벤자민 버튼의 시간은 거꾸로 간다

F. 스콧 피츠제럴드

벤자민 버튼의 시간은 거꾸로 간다
그리고 또 다른 재즈 시대 이야기들

서문 패트릭 오도넬

박찬원 옮김

펭귄 클래식 코리아

벤자민 버튼의 시간은 거꾸로 간다

1판 1쇄 발행 2009년 1월 2일
1판 32쇄 발행 2022년 5월 16일

지은이 | F. 스콧 피츠제럴드 옮긴이 | 박찬원
발행인 | 이재진 단행본사업본부장 | 신동해 편집장 | 김경림
마케팅 | 최혜진 이은미 홍보 | 최새롬
국제업무 | 김은정 제작 | 정석훈

브랜드 펭귄클래식코리아
주소 경기도 파주시 회동길 20
문의전화 031-956-7213 (편집) 02-3670-1123 (마케팅)
홈페이지 www.wjbooks.co.kr
페이스북 www.facebook.com/wjbook
포스트 post.naver.com/wj_booking

발행처 ㈜웅진씽크빅
출판신고 1980년 3월 29일 제406-2007-000046호

Penguin Classics Korea is the Joint Venture with Penguin Random House Ltd.
Penguin and the associated logo are registered and/or unregistered trademarks of
Penguin Random House Limited. Used with permission.
펭귄클래식코리아는 펭귄랜덤하우스와 제휴한 ㈜웅진씽크빅 단행본사업본부의 브랜드입니다.
펭귄 및 관련 로고는 펭귄랜덤하우스의 등록 상표입니다. 허가를 받아야만 사용할 수 있습니다.

이 책은 저작권법에 따라 보호받는 저작물이므로 무단 전재와 무단 복제를 금지하며,
책 내용의 전부 또는 일부를 이용하려면 저작권자와 ㈜웅진씽크빅의 서면 동의를 받아야 합니다.

서문 ⓒ 패트릭 오도넬, 1998/펭귄랜덤하우스
한국어판 ⓒ 웅진씽크빅, 2009

ISBN 978-89-01-09151-8 04800
ISBN 978-89-01-08204-2 (세트)

• 잘못된 책은 구입하신 곳에서 바꾸어 드립니다.
• 책값은 뒤표지에 있습니다.

차례

서문 · 7

나의 마지막 자유분방한 그녀들
젤리빈 · 23
낙타의 뒷부분 · 53
노동절 · 94
자기와 핑크 · 173

판타지
리츠칼튼 호텔만큼 커다란 다이아몬드 · 188
벤자민 버튼의 시간은 거꾸로 간다 · 249
칩사이드의 타르퀴니우스 · 289
오 빨간 머리 마녀! · 301

분류되지 않은 걸작
행복이 남은 자리 · 349
이키 씨 · 383
제미나, 산 아가씨 · 394

주해 · 402

서문

패트릭 오도넬

F. 스콧 피츠제럴드는 『위대한 개츠비(The Great Gatsby)』(1925)라는 '탁월한 미국 소설'의 작가로 간주되지만, 일반적으로 훌륭한 단편 작가로는 인정받지 못한다. 십여 편의 단편 정도가 기억되고 있지만(「리츠칼튼 호텔만큼 커다란 다이아몬드(The Diamond as Big as the Ritz)」, 「얼음 궁전(Ice Palace)」, 「겨울의 꿈(Winter Dreams)」 등이 꾸준히 수록되고 있다.), 그가 쓴 180편 가까운 단편과 희곡 소품(그중 65편이 《새터데이 이브닝 포스트》에 실렸다.) 대부분이 피츠제럴드 연구가들과 애호가들에게만 알려져 있다. 단편 작가로서의 피츠제럴드에 대한 일반적 인식은 그가 호화로운 생활을 유지하기 위해 돈을 목적으로 그 단편들을 썼다는 것이다. 그의 진지한 에너지는 『위대한 개츠비』, 『아름다운, 그리고 저주받은 사람들(The Beautiful and Damned)』(1922), 『밤은 부드러워(Tender Is the Night)』(1934) 등에 쏟아부었지만 피츠제럴드 생전에는 이 책들의 판매가 실망스러웠고, 이전 작품 『낙원의 이편(This Side of Paradise)』(1920)과 같은 놀라운 성공을 이어주지는 못했다.

피츠제럴드가 단편을 써서 생활을 했다는 것은 사실이다. 1929년까지 그는 《새터데이 이브닝 포스트》에 단편 한 편당 사천 달러(오늘날의 오만 달러에 해당)를 요구할 수 있었고, 1919년에서 1940년 사이 작가로서 그가 번 돈은, 단편에서는 이십사만 달러 이상이었고, 장편소설의 선불과 인세에서는 십만 달러가 되지 않았다. 그러나 단편 집필이 그의 주 소득원이었다는 사실 때문에 단편 작가로서 그의 성과가 빛을 잃어서는 안 될 것이다. 피츠제럴드는 사춘기 시절부터 그가 마흔넷의 나이로 죽을 때까지 단편을 썼다. 그는 세심하게 편집하고 수정한 네 권의 단편집을 출간하였다. 그가 종종 자신의 단편을 험담하고 잘못 판단하기는 했어도, 피츠제럴드가 장편 소설가가 되려고 노력한 만큼이나 단편 창작에도 심혈을 기울였음은 분명한 일이다. 그리고 그의 단편들이 그저 장편의 밑그림에 불과했던 것도 아니다. 그의 많은 단편들은 한 주요 작가의 독립적인 작품으로 홀로 설 수 있는 것들이다. 그는 단편이라는 형식을 통해 새로운 스타일, 혁신적인 이야기 화법, 그리고 새롭게 부각되는 개념 등을 실험하였던 것이다. 피츠제럴드는 또한 단편이라는 형식 속에서 그의 예술적 기교를 시험하고, 만화경처럼 화려했던 당시 미국인들의 생활과 문화의 장면들, 놀라운 속도로 스치고 지나가던, '재즈 시대'라고 알려지게 된 그 시대를 포착하고자 했다.

피츠제럴드가 생전에 출간을 위해 엮어낸 네 권의 단편집으로는, 『아가씨와 철학자(Flappers and Philosophers)』(1920), 『재즈 시대 이야기(Tales of the Jazz Age)』(1922), 『모든 슬픈 젊은이들(All the Sad Young Men)』(1926), 그리고 『기상나팔(Taps at Reveille)』(1935) 등이 있다. 이들 단편집에 수록된 이

야기들은 극소수의 예외를 제외하고는 1차 세계대전 후 찾아와 빠른 속도로 생동감 있게 진행되었던 한 '시대'에 실질적으로, 또는 은유적으로 일어났던 구애와 결혼, 환상과 그 환상에 대한 환멸의 삽화이다. 그 시대는 '계약 결혼'과 열광적인 춤, 밀주의 시기였으며, 자유분방한 말괄량이 아가씨와 모피 코트로 전형화되었다. 피츠제럴드는 1910년 후반과 1920년대 그가 쓴 이야기들 속에서 이 시대를 표현하였으며, 그중 가장 유명한 것은 장편 『위대한 개츠비』이다. 여기서, 자유분방한 아가씨의 시대, 즉 재즈 시대는 미몽에서 깨어나 회의하는 시대였으며, 실패한, 상처 입기 쉬운 낭만주의가 질서와 진보라는 오래된 신에 대한 믿음이 사라진 자리를 대신하는 시대였다. 그리고 풍요와 팽창의 과잉 속에서 '지금 이 순간을 즐기라'는 철학과 금주법이라는 속박이 서로 대립하고, 부자와 빈자의 간극이 점점 커지던 시대였다. 그리고 그 시대는 1929년 주식시장 붕괴와 함께 무너진다.

　그의 첫 소설 『낙원의 이편』을 출판했던 스크리브너의 부탁으로, 그리고 장편소설의 출간 6개월 내에 단편집 출간을 요구하는 시장 전략에 따라, 피츠제럴드는 『아가씨와 철학자』, 『재즈 시대 이야기』를 펴낸다. 그 두 권에 실린 이야기들은 그가 1915년에서 1921년 사이에 썼던 것으로, 프린스턴 대학생이었던 그가 결혼을 하고 뉴욕에서 거주하며 일하는 성공적인 작가로 변신하던 시기이다. 그 단편들 중 몇몇은 《새터데이 이브닝 포스트》, 《스크리브너스 매거진》, 《더 스마트 세트》, 그리고 《나소 문학》 같은 프린스턴 대학 학부 문학잡지 등 유명 잡지와 정기간행물에 처음 실렸던 것들이다. 피츠제럴드의 첫 두 단편집에 실린 이야기들은 습작으로 생각될 수도 있으며, 따라서 피츠제럴드가 작가로서 성숙하는 시대의 이야기들과 한 세대가 성숙하는 시대는 나란히 가는 것이다. 이 세대는 바로 거트루드 스타인이 말한 '잃어버린 세대(lost generation)'이다. 그들 잃어버린 세대에게 세계대전의 대량 파괴 경험은 청춘과 죽음의 신성화 속에서 순수의 소멸을 상징한다. 이 시기의 피츠제럴드 작품은, 그 세대 자체가 그러하듯, 청춘의 이상주의와 역사적 경험에서 오는 환멸로 인한 그 이상주의의 소멸을 그렸으며, 그것이 탈출과 초월이라는 그 세대의 꿈들에 대해 과거가 미치는 지배력을 최종적으로, 그리고 잔인하게 인식하면서 『위대한 개츠비』에 축적된다. "그래서 우리는 끊임없이 과거로 물러서려는 흐름과 맞서 계속 앞으로 나아갈 것이다. 전진할 것이다." 따라서 피츠제럴드의 『재즈 시대 이야기』는 그가 그의 세대의 희망이라고 본 것과 그 경험이 불일치한 관계임에 대한 이야기이다. 그러한 불일치는 그것을 통찰하고 있는 이들 이야기 속에서 아이러니한 재미, 광란의 행동, 절망, 방탕, 무기력한 수용, 심지어 때로는 변질 등으로 나타난다.

피츠제럴드는 세인트폴 아카데미 학생 시절부터 이야기를 쓰고 출간하기 시작했다. 세인트폴 아카데미는 그의 가족이 살았던 미네소타 세인트폴 근처에 있는 사립 고등학교이다. 그는 열세 살이던 1909년, 첫 단편 「레이먼드 모기지의 미스터리(The Mystery of the Raymond Mortgage)」를 세인트폴 아카데미의 문학지 《세인트폴 아카데미 그때와 지금》에 실었다. 그가 생전에 출간한 마지막 단편은 그가 할리우드를 소재로 썼던 '팻 하비' 이야기들 중 하나인 「애국적인 단편영화(A Patriotic Short)」로 1940년 《에스콰이어》에 실렸다.

삼십 년 이상 단편을 써온 프랜시스 스콧 키 피츠제럴드는

1896년 9월 24일 세인트폴에서 에드워드와 메리 피츠제럴드 사이에서 태어났다. 그의 아버지는 여행을 많이 하는 영업사원이었는데, 피츠제럴드가 어린 시절 성공을 찾아 뉴욕으로 이사했다. 하지만 피츠제럴드가 열한 살이 되었을 때 아버지가 버펄로에서 해고당한 후 다시 세인트폴에 있는 외할머니 루이자 매퀼런의 집으로 이사하였다. 아버지의 경제적 파산으로 그는 부유한 가톨릭인 매퀼런 집안에서 가난한 친척으로 생활하며 자랐다. 이때의 경험이 가난에 대한 두려움과 돈에 대한 집착의 근원이 되었고, 그것은 그의 인생과 작품 둘 다에서 두드러진 요소로 나타났다. 어린 시절에는 건강이 좋지 않아 그의 어머니는 종종 세인트폴의 겨울을 피해 남쪽 워싱턴 D. C.로 데려가곤 했다.

1908년 세인트폴 아카데미에 입학하면서 그는 글을 쓰고 친구들을 사귀기 시작했다. 1911년, 그의 좋지 못한 성적을 염려한 부모는 그를 뉴욕 시 근처에 있는 가톨릭 기숙학교 뉴먼에 입학시킨다. 피츠제럴드는 뉴먼에서 중부에서 온 외지인이 되어 행복하지 못했지만, 그럼에도 계속 글을 썼다. 그리고 때때로 뉴욕 시내로 나가 '동부'의 화려함에 대한 자신의 환상과 문화적 경험에 대한 열망을 채웠고, 그렇게 해서 황량한 기숙학교 생활에서 잠시나마 일탈할 수 있었다.

피츠제럴드는 1913년 프린스턴 대학에 들어갔다. 루이자 매퀼런에게서 받은 유산과 뉴먼에서의 뛰어난 성적 덕분에, 세인트폴에서 자랄 때는 멀리 환상 속에나 존재했던 최고의 특권과 지적 풍요로움의 세계에 들어갈 수 있게 되었다. 프린스턴에서의 경험은 많은 그의 주인공들이 그러하듯이 만족과 환멸의 모순적 경험이었다. 크리스천 가우스와 같은 스승 아래에서 에드먼드 윌슨, 존 필 비숍 등의 동료와 함께 플로베르와 와일드, 단테 등을 공부하면서 피츠제럴드는 사상의 혼돈 속에 빠져 있다가 근대적 정체성에 대한 자신의 관점을 정립하기 시작한다. 이러한 점진적인 개념의 형성에서 '자아'는 세속적인 경험 속에 완전히 잠겨 있으며, 동시에 자신이 뛰어들어 있는 그 세계를 탈출하고자 노력함으로써 시간과 상황이라는 한계를 초월하기를 갈구한다. 많은 그의 작품 속에서 발견되는 향수와 환멸이 결합된 경향은 이러한 모순과 그 모순이 주인공의 삶과 정신에 가져온 자기 인식에 의해 특징지어진다.

프린스턴에서 피츠제럴드는 끊임없이 글을 썼고, 그때 쓴 글들은 첫 장편소설 『낙원의 이편』의 바탕이 된다. 1917년 10월, 그는 졸업을 하지 않고 4학년 때 프린스턴을 떠나, 1차 세계대전에 참전하기 위해 입대, 미 육군 소위로 임관되었다. 앨라배마 몽고메리 기지에 주둔하는 동안 그는 젤다 세이어를 만나 곧 사랑에 빠졌다. 그들 초기의 떠들썩한 관계는 이십 년 결혼 생활을 특징짓는 것이 되었고, 불륜과 악평, 경제적 곤란, 알코올 중독, 정신병 등 반복되는 불행에도 불구하고 1940년 피츠제럴드가 죽을 때까지 결혼을 유지하였다.

『낙원의 이편』은 잃어버린 세대를 상징하는 애모리 블레인이 성숙해 가는 과정을 그린 이야기로, 첫 소설로서는 엄청난 성공을 거둔다. 피츠제럴드는 이 장편소설과 여러 단편들로부터 상당한 소득을 얻기 시작하였으며, 그와 젤다는 화려하게 과시하며 사는 매력적인 커플이 되었고, 지성과 카리스마 있는 개성까지 결합하며 재즈 시대의 모델로 자리 잡는다. 이때부터 그의 생애가 끝날 때까지 그는 20세기 전반 문학 작품 출간의 주된 장이 되었던 《새터데이 이브닝 포스트》, 《매콜스》, 《레드

북》,《에스콰이어》 등 높은 원고료를 지불하며 발행부수가 많은 잡지들과 지속적으로 인연을 이어간다. 그는 1940년 12월 21일 알코올 중독이 부분적 원인인 심장마비로 이른 죽음을 맞는다.

그가 단편 작가로 오랜 사랑을 받았던 것은, 화려했던 초기 성공과 그가 스스로 길러낸 작가적 개성의 매력에도 일부 기인하지만, 1919년 힘들었던 몇 개월 동안 그가 어떻게 해야 다수 대중의 욕망과 불안을 반영하고 그 상상력을 사로잡을 수 있는 흥미롭고 팔릴 만한 이야기를 쓸 수 있을지 그 방법을 터득하기 시작했기 때문이었다. 처음 시작부터 그의 많은 단편들은 그 질이나 복잡성에 있어 돈을 위해 쓰인 대중 단편들의 전형성을 파괴한 것이었고, 그가 단편 작가로서의 자신의 재능을 완벽하게 발휘하면서 동시에 작품을 성공적으로 마케팅했음이 분명하다.

피츠제럴드의 작가적 성공과, 그리고 여러 가지 의미에서 그의 인생도 1920년 『낙원의 이편』을 출간함으로써 구현된다. 스크리브너에서는 이 소설이 성공하자 재빠르게 그해 10월 『아가씨와 철학자』를 출간했고 이러한 책 출간은 1922년까지도 빠르게 다량 계속된다. 1921년 10월 26일 딸 스코티가 태어나 아버지가 된 그는 두 번째 장편 『아름다운, 그리고 저주받은 사람들』을 《메트로폴리탄 매거진》에 연재했고, 그동안에도 해마다 몇 편의 단편을 발표했다. 그중 「노동절(May Day)」, 「리츠 칼튼 호텔만큼 커다란 다이아몬드」 등은 뛰어난 작품이다. 1922년 3월에는 스크리브너에서 『아름다운, 그리고 저주받은 사람들』을 책으로 출간했다.

두 번째 장편 출간 6개월 만인 1922년 9월 『재즈 시대 이야기』도 출간한다. 출판사에서 몹시 서두른 관계로 피츠제럴드는 이 단편집(첫 단편집보다 5분의 1 정도 더 길다.)에서 동질적이지 못한 작품들을 하나로 엮을 수밖에 없었다. 1919년~1920년 사이 아주 초기 작품들 중 길이 때문에 첫 단편집에 싣지 못했던 것들과, 최근 발표했던 단편들을 함께 모은 것이다.

그래서 피츠제럴드는 이 두 번째 단편집을 세 개의 부분으로 나누고 차례에 그 부제를 달았다. '나의 마지막 자유분방한 그녀들(My Last Flappers)'이란 부제 아래에는 「젤리빈(Jelly Bean)」(《메트로폴리탄 매거진》에 발표), 「노동절」과 「자기와 핑크(Porcelain and Pink)」(소극풍의 단막 희곡, 《스마트 세트》에 발표), 그리고 「낙타의 뒷부분」(《포스트》에 발표) 등을 모았다. 그리고 '판타지(Fantasies)'에는 「리츠칼튼 호텔만큼 커다란 다이아몬드」, 「칩사이드의 타르퀴니우스」(이 두 편은 《스마트 세트》에 실렸던 것이며, 특히 후자는 프린스턴의 《나소 문학》에 먼저 발표했던 것), 「벤자민 버튼의 시간은 거꾸로 간다」(《콜리어》에 발표) 등을 엮었다. 그리고 마지막으로 '분류되지 않은 걸작(Unclassified Masterpieces)'에는 「행복이 남은 자리(The Lees of Happiness)」(《시카고 선데이 트리뷴》), 「이키 씨」(《스마트 세트》), 「제미나(Jemina)」(프린스턴에서 쓴 초고를 《베니티 페어》에 발표) 등을 수록했다.

피츠제럴드는 원래 이 단편집에 '사이드쇼(Sideshow)'라는 제목을 붙이려 했다. 단편소설, 희곡, 소품 등 형식의 다양성과 돈과 권력, 부패에 대한 우화(「리츠칼튼 호텔만큼 커다란 다이아몬드」), 연애에 관한 익살맞은 이야기(「낙타의 뒷부분」), 존 도스 패소스의 역사 파노라마의 회고적 기법과 사회 운동, 데모 군중, 거리의 정치인, 사회주의자 등을 결합한 중편(「노동절」),

그리고 70대로 태어나 유아기로 '거꾸로 성장하는' 남자에게서 정체성의 사회적 구축을 이야기한 판타지(「벤자민 버튼의 시간은 거꾸로 간다」)에 이르는 내용의 다양성까지 적절하게 아우르는 제목이었다. 그렇지만 이 다양하게 모인 이야기들 가운데서도 공통점들이 존재하여 피츠제럴드의 당시 관심과 초기 실험주의적 경향을 드러내고 있다. 전체적으로 볼 때 『재즈 시대 이야기』는, 근대와 역사의 힘 또는 압력이 인간 욕망과 충돌하는 것을, 사회와 자아가 갈등하는 것을 그려낸다. 피츠제럴드는 종종 그러한 대립에서 비극뿐만 아니라 코믹하고 아이러니한 효과도 빚어낸다. 실제로 『재즈 시대 이야기』의 많은 '사이드쇼' 이야기들은 희비극 형식으로 쓰였고, 후에 보다 성숙된 작품 『위대한 개츠비』와 『밤은 부드러워』에 반영된다.(이론의 여지는 있다.)

『재즈 시대 이야기』는 전체적으로 첫 단편집보다는 비평가들로부터 나은 평가를 받았지만 여전히 비평에 있어서나 재정적 문제에 있어서나 불안정하여 피츠제럴드와 출판사에 실망과 염려를 안겨 주었다. 로버트 갈런드는 《볼티모어 뉴스》에서 이 단편집을 "바보스러우면서도 심오하다."라고 쓰면서 "현대 미국 문학의 악동은 래그타임 축제에 갔다. 이 『재즈 시대 이야기』에서 피츠제럴드는 다시 한 번 조숙함을 보여 주며, 프린스턴 시절의 다소 신랄했던 젊은이를 넘어서서 심오하게 어리석고 아이러니하게 현명하다."라고 표현했다.

프린스턴 시절부터 피츠제럴드의 친구였던 에드먼드 윌슨 같이 예리한 비평가는 피츠제럴드의 작품 평가에서도 충실하게 솔직했다. 그는 《베니티 페어》에 "스콧 피츠제럴드의 새 단편집은 (……) 그의 첫 단편집보다 훨씬 낫다."라고 썼다. 윌슨은 "피츠제럴드가 「행복이 남은 자리」에서 우스꽝스러움의 뉘앙스에 완전히 통달했음에 찬사를 보낸다."라고 했으며, 「리츠 칼튼 호텔만큼 커다란 다이아몬드」를 "한결같으며 철저한 판타지"로 간주한다고 했다. 그는 피츠제럴드를 "우리 소설가들 중 가장 예측하기 힘든 사람이다. 그가 다음에는 무엇을 할지 전혀 알 수 없다. 그는 언제나 놀라움을 안겨 준다. 당신을 향한 조롱이라고 생각하는 순간, 그 조롱은 바로 그 자신을 향한 것임을 알게 될 것이다. 그럼에도 『재즈 시대 이야기』 속에서 그는 가장 매혹적인 발레를 무대에 올렸다. 그것은 마치 뮤지컬 「그리니치 빌리지 폴리스(Greenwich Village Follies)」에 초자연적 음악의 함축성을 입힌 것과 같다."라고 썼다.

《클리블랜드 플레인 딜러》의 비평가는 피츠제럴드의 시사적인 단편들의 미학적 특성에 주목하였다. 그는 피츠제럴드가 마치 "기능공 같다."라면서, 하지만 "그 기능공 같은 작업을 효과적으로 만드는 일관되고 저항할 수 없는 쾌활함과 태평스러움이 있다."라고 말했다. 그는 또한, 『재즈 시대 이야기』의 이야기들은 "최신 댄스 스텝처럼 새롭다. 그 이야기들은 독창적이며 스타일이 있고 노련하다. 훈계하려 하지도 않고, 씁쓸함도 없이, 심지어는 빈정거림도 없이 그는 이 시대의 재즈 같은 특징들—전후의 해이함, 젊은이의 냉소주의와 나이 든 이들의 당황스러움을 잘 표현하고 있다."라고 쓰고 있다. 존 파라는 《뉴욕 헤럴드》에서 『재즈 시대 이야기』를 피츠제럴드의 책들 중 "지금까지는 가장 흥미롭다."라고 판단하며, "이 단편집에서 그는 놀랍고도 여전히 젊음이 넘치는 힘과 미덕을 나타내었다. 그는 많은 것을 보여 주는데, 대부분 뛰어난 솜씨로 보여 주었다."라고 썼다.

『재즈 시대 이야기』에 대한 비평은 긍정적이든 부정적이든 모두, 주제의 깊이와 겨루며 미적 솜씨를 단련 중인 그가 중요한 미국 작가로 올라설 것인가, 또는, 그가 그려내는 시대처럼 눈부신 재능이 이미 소비되어 소진되고 통제 불능이 된 그가 빠른 유행과 함께 지나쳐버릴 것인가에 집중되기 시작했다. 그러한 질문은 늘 때가 되면 답을 얻게 마련인데, 피츠제럴드의 경우는 『위대한 개츠비』가 그 답이 되었다. 그의 작가적 경력에서 『재즈 시대 이야기』가 출간되었을 때만 해도, 그가 미래에 중요한 의미를 지닌 작가가 될지에 대해서는 비평가들뿐만 아니라 피츠제럴드 자신의 마음속에도 상당한 불확실성이 존재했다.

　「리츠칼튼 호텔만큼 커다란 다이아몬드」에서 종말적인 폭발이 일어나 낙원이자 동시에 감옥이었던 전설적인 다이아몬드 산이 파괴되자, 주인공 존 언저는 그가 브래드녹 워싱턴의 몬태나 제국에서 경험했던 모든 것은 "꿈이었어요. (……) 누구나 어린 시절은 꿈이에요. 일종의 화학적 광기지요."라고 말한다. 그리고, 그는 "이 세상 전체에는 다이아몬드만이 있어요. 다이아몬드와, 그리고 아마도 미몽에서 깨어나기라는 초라한 선물만이."라고 결론을 맺는다. '젊음 또는 인생이라는 긴 여정이란, 다이아몬드로 예시되는 화려한 초월의 추구('다이아몬드는 영원하다.')와, 꿈이 무너지면서 불가피하게 미몽에서 깨어나는 것으로 양극화된 꿈'이라는 개념은 『재즈 시대 이야기』와 『아가씨와 철학자』에 수록된 많은 단편들의 기본적인 틀이 되는 주제이다. 그 단편들 대부분은 연출된 삶에 관련된 것이며, 어느 중요한 이행 시기에(종종 젊음이 사라지는 순간) 그 삶을 포착하거나, 또는 반복되는 상징적 만남으로 특징지어지는 삶의 진행 단계들을 따라 그 삶을 추적한다. 그의 작가적 삶 내내, 그리고 이들 단편 속에서 피츠제럴드는 인생을 연극으로, 그리고 인생의 꿈에서 깨어나는 그러한 순간들 주변에서 이야기되는 줄거리로 바라보고 있다.

이 존재론적 비유가 「벤자민 버튼의 시간은 거꾸로 간다」, 「오 빨간 머리 마녀!」, 「행복이 남은 자리」 등 다양한 이야기들을 특징짓는다. 「오 빨간 머리 마녀!」에서는 조용한 서점 점원인 멀린 그레인저가 그의 삶에서 여러 번, 어느 신비로운 팜므 파탈과 마주치게 되는데, 그녀는 지상에서 그에게 운명 지어진 사람이었지만, 그는 너무 혼돈스러워 또는 비겁하여, 즉 삶의 일상성에 지나치게 빠져 있어 그 운명을 추구하지 못했던 것을 알게 된다. 이야기는 멀린 자신이 인생을 허비해 버렸음을 인식하는 것으로 결론 맺는다. "그러나 너무 늦어버렸다. 그는 자신이 너무 많은 유혹에 저항했던 것에 대해 신에게 분노했다. 이제 남은 것은 아무것도 없었다. 단지 하늘에 가서 자신처럼 지상의 삶을 낭비한 사람들을 만나는 일뿐이었다."

「벤자민 버튼의 시간은 거꾸로 간다」에서 피츠제럴드는 삶이라는 일련의 시도와 그에 따른 환멸이 연출되는 연극이라는 이론을 시험한다. 그의 단편 주인공들에게 일어나는 아이러니한 반전들은 피츠제럴드 바로 이전에 잡지에 실린 유명한 소설들, 프랭크 R. 스톡턴의 「여인 또는 호랑이?」와 오 헨리의 「매기의 선물」 등에서도 발견되었던 종류의 장치로 보일 수 있다. 「벤자민 버튼의 시간은 거꾸로 간다」가 영화화된다고 해도 놀라운 일이 아닐 것이다. 첫눈에 보아도 이 이야기는 단순하며 영화적 판타지에 적합하다. 한 남자가 이미 늙은이로 태어나 자라면서 젊어진다는, 즉 삶의 일반적인 궤적이 거꾸로 움직이는 이야기이며, 실제로, 이 이야기는 인생을 여행으로 이해하고 태어나고 죽는 것 사이에 발견되는 대칭을 그려낸 복잡한 그림이다. 벤자민 버튼은 살아가면서 '거꾸로 성장하여 젊어지며', 해가 갈수록 젊어지는 그를 그리는 장치로써 피츠제럴드는 그가 줄곧 써왔던 많은 주제들, 즉 한 개인이 그가 살고 있는 계층과 세대 안에서 차지하는 위치, 젊은이의 미숙함과 나이 든 이의 지혜와 쇠약함의 결합, 유행의 덧없음, 그리고 역사가 부과하는 힘 등을 유머러스하게 접근한다. 이 흥미로운 이야기에서 피츠제럴드는 이미 『위대한 개츠비』와 『밤은 부드러워』 같은, 그 주인공들이 변화하는 현실과 늙어가는 육체의 세계에서 영원한 젊음과 영원의 의미를 찾고자 하는 내용의 장편소설을 준비하고 있었던 것이다. 그의 많은 단편들 속에서 피츠제럴드는 젊음의 꿈이 젊음의 화려함 뒤에 오는 역류 속에서 퇴색하기 시작하는 그 순간부터 하향하는 삶을 묘사하고 있다.

화려한 시대에 대한 그의 이야기들 속에서 피츠제럴드는 그 시대의 가치들을 거꾸로 반영하는 덧없는 상태로서의 젊음을 포착하고자 했는데, 그 젊음은 그 시대가 지나가고 있음을 가장 잘 보여 주는 상징이기도 했다. 「젤리빈」, 「낙타의 뒷부분」 등과 같이 실패하고 위험에 처한 연애, 우정, 사랑의 관계 등을 그린 이들 이야기에서 피츠제럴드는 운명과 덧없음에 속박되는 결정들이 이루어져야만 하는 젊음의 위기를 묘사한다. 이런 형태의 연극화 속에서 젊음은 종종 시간의 흐름과 유행의 일시성 안에 존재하는 불통의, 또는 잠깐 머물렀다 가는 단계로 그려지고 있다. 젊음은 천진하지 않으며, 무언가를 잉태하고 있다. 그 잉태의 징후는 갑작스럽고 광적이다. 「낙타의 뒷부분」에서는 댄스파티에서 코믹하고 성급하게 약혼에 변동이 생기는 상황을 그린다. 피츠제럴드는 이들 이야기에서 젊음의 모든 행동은 아무리 무의미해 보이더라도 일생에 영향을 끼치는 결과를 빚어낸다는 것을 암시하고 있다. 그의 관점에서 볼 때, 젊음이란 운명이 형성되는 단계이며, 꿈이 현실이 되는 시점인 것이다. 삶의 여정을 그릴 때, 젊음의 급작스러움을 그리는 이야기들은 불확실한 형태와 방향으로 끊임없이 변화하고 진화하는 사회 질서의 배경 앞에 놓이게 된다. 따라서 개인의 욕망에서 비롯되는 행동과 개인 운명의 형성은 더 크고 불확실한 세계, 그 안에서 운명의 양상들이 풀어져 나가는 세계의 역사와 직접 충돌하게 된다.

피츠제럴드는 역사와 사회 질서를, 가속이 붙은 덧없이 지나가는 시대(말 자체가 모순을 보여 주고 있다.)의 이야기 속에 표현하고 있는데, 그것은 반드시 '모든 전쟁을 끝내는 전쟁'의 부산물이라는 문맥 안에서 보아야 한다. 세계대전에 대한 많은 해석들이 이미 설명했듯이, 전후 국가와 제국들이 세계적 충돌의 결과로 몰락하였고, 사회적 결속감과 역사의 질서 정연한 진보도 예측할 수 없는 방향으로 번지며 수백만 사람들을 휩쓸었던 그 크나큰 불로 인하여 무력화되고 말았다. 일련의 역사적 사건의 결과로 발생한 것으로 보이는 세계대전은 역사 자체가 우발적 사건이라는 믿음을 낳았다. 즉, 유일하게 일관된 것은 환상과 욕망의 연장과 죽음뿐이라는 것이다. 그러한 믿음과 대면했을 때 하나의 반응은 '지금 이 순간을 즐기라'는 철학이며, 그것이 재즈 시대와 격동하는 1920년대를 특징짓게 되었다.

피츠제럴드의 단편들은 그 시대의 전형과 편견, 그리고 주인공들의 행동과 욕망을 묘사하는 역사적 흐름을 정확하게 그려냈다는 의미에서 그 시대를 예증하고 있다 하겠다. 그런 의미에서 가장 뛰어난 그의 단편은 「노동절」과 「리츠칼튼 호텔만큼 커다란 다이아몬드」이다. 「노동절」은 각기 자신의 욕망을 추구하던 등장인물들이 거리에서 벌어지는 사회주의 노동 운동이라는 더 커다란 역사 속에서 서로 직접 접촉하게 된다. 이 단편에서 피츠제럴드는 영화적 기법을 이용하여 전혀 별개로 보이는 삽화들을 함께 엮음으로써 주변화되고, 소외되고, 신분 상승을 지향하는 이들의 이야기가 나란히 진행되도록 하였다. 「리츠칼튼 호텔만큼 커다란 다이아몬드」라는 우화에서 피츠제럴드는 명백한 사명(미국의 영토 확장론)과 서부 팽창에 대해 판타지 형식으로 이야기하는데, 이는 재즈 시대 젊은이들의 꿈이, 즉 부자와 권력과 영원한 삶에 대한 꿈이 실패한 아메리칸 드림의 야망과 완벽하게 일치함을 암시하고 있다. 「리츠칼튼 호텔만큼 커다란 다이아몬드」를 이렇게 해석할 때, 피츠제럴드가 『재즈 시대 이야기』에서 말하고자 하는 더 큰 주제는, 세계대전이라는 세계 무대에서 자신의 위치를 주장했고, 이제는 미국의 건국 이후 미국적 상상력의 한 부분이었던 번영과 팽창, 시간과 공간의 제약으로부터 해방이라는 꿈을 실현할 준비를 갖춘 미국, 불확실한 운명의 젊은 국가로 비쳐지는 미국이다. 20세기 미국의 역사는, 피츠제럴드가 세속적 인생들과 우화적 상황에 대한 이들 단편 속에서 정확하게 예언했듯이, 꿈 그 자체가 비현실적이며, 그 꿈을 추구한 결과가 절망적임을 명백하게 만든 그러한 역사이다.

『재즈 시대 이야기』에 수록된 단편들은 의심의 여지없이 들쑥날쑥한 작품성을 보여 주며, 습작을 하던 작가의 젊은 시절을 반영하고 있다. 「리츠칼튼 호텔만큼 커다란 다이아몬드」, 「노동절」 등은 상당한 솜씨와 예술적 확신을 가지고 풀어나간 진정으로 훌륭한 작품으로 정체성, 장소, 역사에 대한 본질적인 탐구를 제공한다. 성공작에서 실패작에 이르기까지 이 모든 작품들에서 우리는 피츠제럴드를 근대적인, 심지어는 실험적인 작가로 인식할 수 있다. 그는 젊은 시절의 '화학적 광기'에 사로잡혀 테크닉과 전략, 줄거리 라인, 구성, 인물 유형, 비유와 상상의 패턴, 대화의 스타일 등을 실험하며 유기적으로 결합하도록 하였다.

이들 단편은 초기 작품으로서 모두 대단히 흥미로운 것들이다. 이 작품들에서는 작가로서의 피츠제럴드의 대담함을 인식하는 일이 중요하며, 특히 그가 그려내고 정체성을 밝힌 그 시대의 초상화 속에서 모방과 탐구를 기꺼이 결합하고자 했던 그의 의지를 높이 사야 한다. 몇몇 비평가들이 그의 단편집들을 비판하며 피츠제럴드가 그저 또 한 사람의 삼류 문학가가 되리라 했던 예측이 잘못되었음은 문학의 역사가 증명하고 있다. 그러나 그들의 예측은 또한, 그 단편들 자체에 의해 부인되었다. 이들 단편들은 (때때로 통찰력의 순간, 아주 놀랄 만한 문장이나 대화 속에서) 피츠제럴드가 스타일을 통해서 철학을 전달하는, 그리고 말에 의존하는 세계를 구축하는 독특한 능력이 있음을 드러낸다. 그의 단편들은 그 시대에 대한 가치 있는 묘사로 남아 있으며, 그 시대는 이미 끝났지만, 아직도 젊음과 그 젊음의 소멸을 젊음의 언어로 정의하는 스쳐 지나가는 세대에게는 다시 나타나는 시대이기도 하다.

젤리빈

I

짐 파월은 젤리빈[1]이었다. 그를 매력적인 인물로 그리고 싶은 마음이야 굴뚝같지만 그 점에 대해 속인다는 것은 양심이 없는 일이라고 느낀다. 그는 뼛속 깊이 타고난 구십구 퍼센트 젤리빈이었다. 젤리빈 계절 내내, 그러니까 결국 모든 계절 내내 저 아래 젤리빈의 땅에서, 메이슨―딕슨 선[2] 저 한참 아래에서 그는 게으르게 자랐다.

만일 당신이 멤피스 남자에게 젤리빈이라 부르면, 그는 아마도 뒷주머니에서 힘줄 같은 긴 밧줄을 꺼내어 근처의 전신주에 당신 목을 매달아 버릴 것이다. 그러나 뉴올리언스 사람에게 젤리빈이라 부르면, 그는 분명히 씩 웃고는 누가 당신의 여자를 마르디그라[3] 무도회에 데리고 가느냐고 물을 것이다. 이 이야기의 주인공을 낳은 젤리빈 지역은 그 두 도시 사이에 위치한 인구 사만의 작은 도시이다. 사만 년 동안 졸음에 겨워하고 있다가 때때로 잠에서 깨어 움직이며, 언젠가 어느 곳에서 일어났던, 다른 이들은 모두 오래전 잊어버린 전쟁에 관해 중얼거리는 조지아 남부 어느 곳이었다.

짐은 젤리빈이었다. 내가 이 말을 되풀이하여 쓰는 것은 그 소리의 느낌이 좋기 때문이다. 동화의 시작 부분 같기도 하고 짐은 착한 사람이었다고 하는 것 같기도 하다. 젤리빈이라고 말하면 왠지 둥글고 식욕을 돋우는 얼굴에, 머리에서는 온갖 잎과 채소가 자라는 모습이 떠오른다. 하지만 짐은 길고 마른 얼굴이었고, 당구 테이블에 숙여 버릇한 허리는 굽어 있었다. 제대로 구분을 하지 않는 북부에서라면 그를 거리의 놈팡이로 불렀을 것이다. 하지만 남부에서 우리는 '젤리빈'이라 불렀다. 나는 게으름을 피우는 중이다, 나는 게을렀다, 나는 게으를 것이다, 이렇게 평생 일인칭 주어와 게으르다라는 동사를 연결하며 산 사람을 위한 동맹이었다.

짐은 숲이 우거진 거리의 하얀 집에서 태어났다. 집의 앞면에는 비바람을 견뎌온 네 개의 기둥이 서 있었고, 집 뒤에는 격자 울타리가 상당히 많아서 햇빛을 흠뻑 받아 꽃으로 만발한 잔디밭에 상쾌한 십자 무늬 배경이 되어주었다. 원래는 이 하얀 집에 살던 사람들이 옆집과 그 옆집, 그리고 그 옆의 옆집까지 땅을 소유하고 있었지만 그건 워낙 오래전 이야기여서 짐의 아버지조차 기억이 희미한 일이었다. 실제로 그는 싸우다 얻은 총상으로 죽어가면서 이 문제를 그다지 중요하게 생각하지 않아 어린 짐에게 얘기조차 하지 않았다. 당시 짐은 다섯 살이었고 불쌍하게도 겁에 질려 있었다. 하얀 집은 하숙집이 되었다. 메이컨에서 온 말 없는 여자가 운영했는데, 짐은 그 여자를 메이미 이모라고 불렀고, 끔찍하게 그녀를 싫어했다.

짐은 열다섯 살이 되었다. 고등학교에 갔고 헝클어진 검은 머리로 다니며 여자아이들을 두려워했다. 그는 집이 싫었다. 집에서는 네 여자와 늙은이 한 사람이 일 년 내내 끝없이 말을 이어가고 있었다. 그들은 파월의 집이 원래 차지하고 있던 땅에 대해서, 그리고 다음에는 무슨 꽃이 필 것인지에 대해서 수다를 떨었다. 때로 짐의 어머니를 기억하고 그녀의 검은 눈과 머리카락을 닮은 짐의 모습에 감탄하며 동네의 여자아이 부모들이 그를 파티에 초대해 주기도 했지만, 그는 파티에 가면 수줍어졌고 차라리 틸리의 자동차 정비소에서 끊어진 차축 위에 앉아 주사위 게임을 하면서 긴 밀짚이나 마냥 씹고 있는 편이 훨씬 나았다. 용돈을 벌기 위해 그는 이런저런 일들을 했고, 그 때문에 파티에 가기를 그만두었다. 그가 세 번째로 파티에 갔을 때였다. 마저리 하이트가 말소리가 들릴 정도의 거리에서 짐이 가끔씩 식료품 배달을 하러 오는 아이라고 조심성 없게 소곤거렸다. 그래서 짐은 투스텝과 폴카 대신, 원하는 숫자대로 주사위를 던질 수 있는 법을 배웠고, 지난 오십 년 동안 주변 지역에서 있었던 모든 총격 사건의 짜릿한 이야기들을 들었다.

  짐은 열여덟 살이 되었다. 전쟁이 일어났고 그는 수병으로 입대하여 일 년 동안 찰스턴 해군 정비 공장에서 놋쇠를 닦았다. 그리고 변화를 위해서 북쪽으로 가, 일 년 동안은 브루클린 해군 정비 공장에서 놋쇠를 닦았다.

  전쟁이 끝나자 그는 집으로 돌아왔다. 스물한 살이었고 바지는 너무 짧고 너무 꽉 끼었다. 단추가 달린 신발은 길고 좁았다. 보라색과 핑크색이 함께 환상적으로 소용돌이무늬를 이룬 넥타이는 자극적으로 눈에 띄었고 그 위로 보이는 푸른 두 눈은 오랫동안 햇볕을 쬔 오래된 아주 좋은 옷처럼 색이 바랬다.

  사월의 저녁 어스름 속에 부드러운 땅거미가 목화밭과 무더운 마을을 따라 흐르고 있었다. 나무판자 울타리에 기대어 있는 그의 윤곽이 희미하게 보였다. 그는 휘파람을 불며 잭슨가(街) 불빛 위의 달무리를 바라보고 있었다. 그의 정신은 한 시간 동안 줄곧 신경을 건드리고 있던 문제에 골똘히 몰두하고 있었다. 젤리빈이 파티에 초대를 받은 것이다.

남자아이들이 모두 여자아이들을 싫어하던 시절, 클라크 대로와 짐은 학교에서 짝이었다. 하지만 사교 생활에 대한 짐의 열망이 자동차 정비소의 기름 냄새 속에 죽어버린 반면, 클라크는 사랑에 빠지기도 하고 헤어지기도 하며 대학에 들어갔고, 술을 마셨고 또 끊었다. 간단히 말해 그는 마을에서 최고의 인기 있는 남자 중 하나가 된 것이다. 그럼에도 클라크와 짐은 우정을 유지했고, 그 우정은 가볍기는 했지만 매우 확고한 것이었다. 그날 오후 클라크의 오래된 포드가 짐 옆에서 속도를 늦추었다. 그는 거리에 서 있던 짐을 뜬금없이 컨트리클럽 파티에 초대했다. 클라크가 충동적으로 초대한 것이나 짐이 충동적으로 초대를 받아들인 것이나 모두 뜻밖이었다. 짐의 경우는 아마도 무의식적인 무료함 때문이었을 것이다. 반쯤 두려움을 느끼며 떠나는 모험이었다. 그런데 이제 짐은 맑은 정신으로 다시 생각하고 있는 것이다.

그는 노래를 부르기 시작했다. 기다란 발로 느릿하게 돌로 만든 보도블록 하나를 두드리자 아래위로 흔들리며 낮고 거친 그의 선율에 장단을 맞추었다.

"젤리빈 마을의 집에서 1마일 떨어진 곳에
진이 산다네. 젤리빈 여왕이지.
그녀는 주사위를 사랑하고 주사위를 잘 다룬다네.

그녀에게는 어떤 주사위도 어렵지 않다네."

그는 노래를 멈추고 인도 위에서 거칠게 발을 굴렀다.
"젠장!" 중얼거린 소리가 꽤 크게 흘러나왔다.

그들이 모두 올 것이다. 그들, 옛 친구들, 이미 오래전 팔린 집과 벽난로 위의 회색 옷을 입은 장교 초상화를 생각한다면 의당 짐도 속했어야 할 옛 지인들의 그룹이다. 하지만 그들은 여자아이들의 드레스가 조금씩 길어져 감에 따라, 남자아이들의 바지도 불쑥 발목까지 길어졌고, 그렇게 친밀하고 결속력 강한 소규모 그룹으로 함께 성장했다. 성을 빼고 이름만 부르며 지내던, 쉽게 식는 풋사랑을 함께하던 이들 그룹으로부터 짐은 아웃사이더였다. 그는 가난한 백인들의 친구였을 뿐이다. 대부분의 남자들은 그를 알고 있었지만 우월감을 갖고 내려다보았다. 짐은 서너 명의 여자들에게 가볍게 모자에 손을 대며 인사를 하곤 했다. 그뿐이었다.

땅거미가 짙어져 푸르스름해지고 달이 떠오르자 짐은 기분 좋은 냄새를 피우는 무더운 마을 중심가를 지나 잭슨가로 걸어갔다. 가게들이 문을 닫고 있고 마지막으로 물건을 산 사람들이 집을 향해 어슬렁거리며 돌아가고 있는데 그 모습이 마치 꿈꾸듯 천천히 돌아가는 회전목마 위에 올라앉아 떠다니는 것만 같았다. 저 아래에서 열리고 있는 거리의 장터가 알록달록한 노점들로 화려한 골목을 이루고 있었고, 그곳의 다양한 음악들이 밤 속으로 흘러들고 있었다. 파이프오르간에 맞춘 동양의 춤곡, 괴물 쇼 앞에서 울리는 우울한 나팔 소리, 손풍금에 맞춘 경쾌한 「테네시 고향으로 돌아간다네」 연주가 들려오고 있었다.

젤리빈은 한 가게에 들러 칼라를 하나 샀다. 그러고는 천천히 샘네 소다 가게를 향해 걸었다. 늘 그렇듯 여름 저녁 가게 앞에는 서너 대의 차가 주차되어 있었고, 검둥이 아이들이 아이스크림 선데와 레모네이드를 가지고 바쁘게 왔다 갔다 하고 있었다.

"어이, 짐."

지척에서 나는 목소리였다. 조 유잉이 메릴린 웨이드와 함께 차에 앉아 있었다. 낸시 라마와 처음 보는 남자도 뒷자리에 타고 있었다.

젤리빈은 가볍게 손으로 모자를 숙이며 인사했다.

"안녕, 조······." 그러고는 잠시 머뭇거리며 거의 알아챌 수 없이 짧게 망설였다. "다들 안녕하신가?"

그들을 지나쳐 자동차 정비소를 향해 천천히 걸었다. 그곳 2층에 그의 방이 있었다. 그가 "다들 안녕하신가?"라고 한 것은 낸시 라마에게 한 인사였다. 십오 년 동안이나 함께 말을 하지 않았던 그녀였다.

낸시는 기억에 남는 키스와도 같은 입을, 어두운 눈매를, 그리고 부다페스트에서 태어난 어머니로부터 물려받은 검푸른 머리칼을 가지고 있었다. 짐은 자주 거리에서 그녀를 지나쳤다. 그녀는 두 손을 호주머니에 넣고서는 소년처럼 걸었다. 짐은 그녀가 떨어질 수 없는 단짝인 샐리 캐롤 하퍼와 함께 상처를 준 남자들의 마음을 줄 세우면 애틀랜타에서 뉴올리언스까지 늘어설 정도라는 것을 알고 있었다.

순간적인 생각이었지만 짐은 자기가 춤을 잘 출 수 있었으면 좋겠다고 생각해 보았다. 그러다 그는 웃어버리고 문에 다가가며 부드럽게 노래를 불렀다.

"그녀의 젤리롤[4]이 너의 영혼을 비틀리게 할 수 있어.
그녀의 눈은 크고 갈색이지.
그녀는 젤리빈들의 여왕 중 여왕,
젤리빈 마을의 나의 진."

II

9시 30분에 짐과 클라크는 샘네 소다 가게 앞에서 만나 클라크의 포드를 타고 컨트리클럽으로 출발했다.

"짐, 어떻게 먹고사냐?" 클라크가 별스러울 것 없다는 듯이 물었다. 재스민 향기 짙은 밤길을 달리는 중이었다.

젤리빈은 머뭇거리며 생각을 해보았다.

마침내 입을 열어 대답했다. "글쎄, 틸리의 자동차 정비소 2층에 방을 얻었어. 오후에 자동차 일을 좀 도와주는 대가로 틸리가 그냥 준 거야. 가끔 틸리의 택시 한 대를 몰기도 하고 그런 식으로 조금 벌어. 그래도 밥은 꼬박꼬박 먹고 살지."

"그게 다야?"

"글쎄, 일이 많을 때는 일당으로 받기도 해. 대개 토요일이 그렇지. 그리고 내가 잘 얘기를 하지 않는 중요한 수입원이 하나 있어. 넌 기억 못 할지도 모르겠는데 내가 이 지역 주사위 도박 챔피언이야. 사람들이 이제는 컵 속에 있는 주사위를 던지게 하지. 일단 내가 주사위 한 쌍의 느낌을 감으로 잡으면 주사위들이 그냥 알아서 굴러주거든."

클라크가 인정하는 듯이 씩 웃었다.

"난 정말 맘먹는 대로 안 되던데. 네가 언제 한번 낸시 라마와 주사위 게임을 해서 걔 돈을 다 땄으면 좋겠다. 낸시는 남자들과 주사위 게임을 하는데, 걔네 아빠가 해줄 수 있는 것보다 더 많은 돈을 잃지. 지난달에는 빚을 갚느라 값비싼 반지 하나를 팔았어."

 젤리빈은 아무런 말도 하지 않았다.

 "엘름가의 하얀 집은 아직도 네 소유냐?"

 짐이 고개를 저었다.

 "팔았어. 이제는 좋은 동네 축에도 못 드는데 그만하면 꽤 괜찮은 값을 받았지. 변호사가 자유공채[5]에 돈을 넣으라더군. 그런데 메이미 이모가 의식을 잃게 되는 바람에 거기서 나오는 이자는 전부 그레이트팜 요양원에 이모를 맡겨 두는 비용으로 들어가고 있어."

 "흠."

 "저 위 시골에 나이 많은 삼촌이 한 사람 있어. 내가 아주 가난해지면 거기로 갈 수 있을 거야. 괜찮은 농장인데 그 동네는 일할 검둥이가 많지 않거든. 삼촌도 와서 도와달라 그랬어. 그런데 그곳에 많은 의미를 두게 될 것 같진 않아. 너무 외로울 거야." 짐은 갑자기 말을 멈췄다가 다시 입을 열었다.

 "클라크, 나를 초대해 줘서 정말 고맙다는 말 꼭 하고 싶어. 하지만 여기서 차를 멈춰주면 더 고맙겠다. 내려서 시내로 걸어갈게."

 "빌어먹을!" 클라크가 투덜댔다. "너도 나가서 놀고 그래도 괜찮아. 춤은 안 춰도 돼. 그냥 플로어에 가서 흔들기만 하라고."

 "잠깐." 짐이 불안스레 말했다. "너, 나를 여자애들한테 데려가서 그냥 내버려 두고 걔들하고 춤을 추게 만들진 않을 거지?"

클라크가 웃음을 터뜨렸다.

"그러기만 해봐라." 짐이 걱정스러운 목소리로 말을 이었다. "네가 그러지 않겠다고 맹세하지 않으면 난 지금 당장 내려서 내 튼튼한 두 다리로 잭슨가로 돌아갈 거다."

그들은 약간의 논쟁 끝에 여자들이 짐에게 성가시게 굴지 않게 하고 짐은 그저 구석진 곳 한적한 의자에 앉아 구경만 하기로, 그리고 클라크는 춤을 추지 않을 때마다 그곳으로 짐을 찾아가 함께 있기로 약속을 했다.

10시, 젤리빈은 다리를 꼬고 보수적으로 팔짱을 낀 채 짐짓 자연스럽고 편안하게 보이려고, 그리고 춤추는 이들에게 정중하면서도 무심한 태도를 보이려고 애썼다. 실제로는, 극도의 자의식과 주변에서 돌아가는 모든 일들에 대한 강렬한 호기심 사이에서 마음이 반반으로 갈라져 있었다. 여자들이 한 사람씩 드레싱룸에서 나오는 것이 보였다. 쾌활한 새처럼 몸을 펼치며 자신을 뽐내는 그녀들은 분을 바른 어깨 너머로 샤프롱들에게 미소를 지어 보였고, 그러면서 재빨리 시선을 던져 방의 분위기와 자신의 입장에 사람들이 어떤 반응을 보이는지 살펴보았다. 그러고는 다시 새처럼 자신의 에스코트의 팔에 손을 내려놓아 편히 잡았다. 금발에 나른한 눈빛인 샐리 캐롤 하퍼가 막 깨어난 장미처럼 눈을 깜박이며 그녀가 좋아하는 핑크색 옷을 입고 나타났다. 마저리 하이트, 메릴린 웨이드, 해리엇 케리, 정오까지만 해도 잭슨가를 어슬렁거리고 다니던 그녀들이 이제는 머리를 말아 기름을 바르고 조명 아래 섬세하게 물든 모습으로 나타난 것이다. 그들은 마치 가게에서 금방 가져온, 하지만 아직 채 마르지 않은 드레스덴 도자기들처럼 핑크, 파랑,

빨강, 황금색 등으로 기이하게 낯설어 보였다.

짐은 세 시간 반째 그곳에 있었다. 클라크가 여러 번 쾌활하게 "이봐, 어쩌고 있어?" 하며 무릎을 툭 쳐도 짐은 전혀 기분이 나아지지가 않았다. 열두어 명의 남자들이 그에게 말을 걸거나 옆에 잠시 머물렀지만, 짐은 알고 있었다. 그들이 하나같이 짐이 그곳에 있다는 것을 알고 놀라워하고 있음을. 그리고 그중 한둘은 좀 짜증스러워한다는 생각도 들었다. 하지만 10시 30분이 지나면서 그의 거북함은 순식간에 사라지고 숨 막히는 관심의 충동이 완전히 그를 사로잡았다. 낸시 라마가 드레싱룸에서 나온 것이다.

그녀는 노란 오건디 드레스를 입고 있었다. 구석구석 멋진 의상으로, 삼단 러플에 커다란 리본이 뒤에 달려 있었다. 그녀는 일종의 인광 같은 빛을 발하며 검은색과 노란색을 주위에 흩뿌리고 있었다. 젤리빈의 두 눈이 크게 떠졌고 목이 메어왔다. 잠깐 문 옆에 서 있는 그녀에게 그녀의 파트너가 서둘러 다가갔다. 짐은 그를 알아볼 수 있었다. 오후에 조 유잉의 차에 그녀와 함께 타고 있던 그 낯선 남자였다. 낸시는 두 손을 허리에 얹은 채 낮은 목소리로 뭔가 이야기하더니 웃음을 터뜨렸다. 남자도 웃었다. 짐은 툭하고 가슴을 찌르는 새로운 종류의 아픔을 경험했다. 어떤 빛이 그 두 사람 사이를 지나갔다. 잠시 동안 짐을 따뜻하게 비추었던 그 태양으로부터 나온 한 줄기 아름다움이었다. 젤리빈은 불현듯 자신이 그늘진 곳의 잡초처럼 느껴졌다.

잠시 후 클라크가 다가왔다. 그의 눈이 밝게 빛나고 있었다.

"이봐, 친구." 그가 창조력이라곤 전혀 없이 말을 했다. "어쩌고 있냐?"

짐은 예상했던 만큼 잘 버티고 있다고 대답했다.

"너, 나랑 같이 가자." 클라크가 말했다. "내가 오늘 밤 분위기를 띄워줄 뭔가를 구했지."

짐은 클라크의 뒤를 따라 어색하게 플로어를 건너 2층 탈의실로 올라갔다. 거기서 클라크는 이름을 알 수 없는 노란 술병을 꺼내 보였다.

"언제나 바로 그 맛, 옥수수 위스키야."

쟁반에 놓인 진저에일이 들어왔다. '언제나 바로 그 맛, 옥수수 위스키' 같은 강력한 술은 탄산수를 넘어서는 어떤 위장이 필요했다.

클라크가 숨을 죽이며 말했다. "야, 그런데, 낸시 라마, 정말 아름답지 않냐?"

짐이 고개를 끄덕였다.

"굉장히 아름다워." 그가 동의했다.

"걔는 아주 예쁘게 차려입고 이 밤에 작별을 고하고 있지." 클라크가 말을 이었다. "낸시와 같이 있는 남자 봤어?"

"덩치 크고 하얀 바지 입은 친구?"

"그래, 서배너에서 온 오그던 메릿이야. 그 친구 아버지가 메릿 안전면도기를 만든 사람이지. 저 친구, 낸시한테 아주 미쳤어. 일 년 내내 쫓아다니고 있는 중이야."

클라크가 계속 말을 이었다. "낸시는 제멋대로이고 열정적이지. 하지만 난 걔가 좋아. 다른 사람들도 다 그 아이를 좋아해. 그렇지만 낸시가 위험하고 미친 짓들을 하는 건 사실이야. 대개는 별 탈 없었지만 이런저런 행동들 때문에 평판이 온통 상처투성이지."

"그래?" 짐이 술잔을 건넸다. "아주 좋은 옥수수 위스키군."

"괜찮지. 아, 낸시는 정말 막무가내야. 주사위 도박까지 한다니까! 그리고 하이볼[6]도 좋아해. 나중에 한 잔 준다고 약속해 놓았는데."

"낸시는 이 메릿이라는 친구와 사랑하는 사이인 거야?"

"난들 알겠냐. 이 동네 제일 괜찮은 여자들은 전부 결혼해서 다른 동네로 가버리는 것 같아."

클라크는 자기 잔에 한 잔 더 따르더니 조심스럽게 코르크 마개를 닫았다.

"이봐, 짐. 난 가서 춤을 춰야겠다. 네가 춤을 안 춘다니까 이 술병, 네가 잘 끼고 있으면 아주 고맙겠다. 내가 한 잔 한 걸 알면 여기저기서 달라고 할 거고 그럼 금방 바닥나 버리고, 그렇게 되면 나 대신 남들만 신나는 거지."

그래, 낸시 라마가 결혼을 할 것이었다. 동네의 이름난 미인이 하얀 바지를 입은 한 개인의 사적 소유물이 될 참이었다. 그리고 이건 순전히 그 하얀 바지의 아버지가 이웃보다 더 좋은 면도기를 만들었기 때문이었다. 계단을 내려가면서 그 생각이 이루 설명할 수 없이 짐을 의기소침하게 만들었다. 태어나서 처음으로 그는 모호하고 낭만적인 열망을 느꼈다. 그의 상상 속에 그녀에 대한 그림이 만들어지기 시작했다. 사내아이처럼 쾌활하게 거리를 걷는 낸시였다. 그녀는 그녀를 숭상하는 과일가게로부터 십일조로 오렌지 하나를 받았고, 샘네 소다 가게에서는 콜라를 수수께끼 계좌 앞으로 달아놓았다. 그리고 미남들로 호위 부대를 모아 의기양양한 모습으로 차에 올라탄 채 떠나 버렸다. 술과 노래로 흥청망청한 오후를 위해.

젤리빈은 포치로 걸어 나가 한적한 구석으로 향했다. 잔디밭을 비추는 달빛과 무도회장 문을 비추는 외등 사이의 어두운 곳이었다. 의자 하나가 놓여 있었다. 담배에 불을 붙이고 아무 생각 없는 몽상 속으로 빠져들어 갔다. 그것이 그의 평소 모습이다. 그런데 이제 그 몽상은 밤과 축축한 파우더 퍼프, 앞이 깊이 파인 드레스, 그리고 열린 문을 통해 퍼져 나오는 수천 가지 짙은 향기가 스며든 뜨거운 냄새 등으로 관능적으로 바뀌어 있었다. 시끄러운 트롬본 소리에 선명하지 않은 음악도 뜨겁고 아련해져 많은 신발과 구두가 바닥을 스치는 소리 위로 나른한 오버톤이 되어 들렸다.

문을 통해 흘러나온 노란 불빛이 떨어져 사각형을 이루던 자리에 갑자기 검은 형상이 드리워졌다. 어떤 여자가 드레싱룸에서 나오더니 포치로 와 3미터도 채 떨어지지 않은 거리에 섰다. 낮게 뱉어내는 "젠장."이란 소리가 들렸다. 여자가 뒤를 돌아 짐을 보았다. 낸시 라마였다.

짐이 자리에서 일어섰다.

"안녕?"

"안녕……." 그녀가 말을 멈추고 잠시 망설이더니 다가왔다.

"아, 짐 파월이구나."

그가 살짝 고개를 숙여 보였다. 자연스러운 인사말을 생각해 내려 애쓰는데 그녀가 재빨리 입을 열었다. "저기 말이야. 혹시 껌에 대해 잘 알아?"

"뭐라고?"

"신발에 껌이 붙었어. 어떤 멍청이가 껌을 바닥에 버렸는데 그걸 내가 밟았지 뭐야."

쓸데없이 짐의 얼굴이 붉어졌다.

"어떻게 뗄 수 있는지 알아?" 그녀가 성마르게 다그쳐 물었다.

"칼로도 해보았어. 드레싱룸에 있는 건 뭐든지 다 해봤거든."

비누며 물, 심지어는 향수까지 써봤어. 파우더 퍼프에 붙게 하려다가 파우더 퍼프까지 못쓰게 만들었어."

짐은 좀 흥분되어 생각해 보았다.

"글쎄, 어쩌면 휘발유로……."

그 말이 떨어지기가 무섭게 그녀는 짐의 손을 잡아당겨 낮은 포치에서 뛰어내렸고, 꽃밭을 지나 전속력으로 달음질쳐 골프 코스 첫 홀 옆, 달빛 아래 줄지어 서 있는 차들로 향했다.

"휘발유를 빼내." 숨이 찬 그녀가 명령했다.

"뭐?"

"당연히 껌 때문이지. 껌을 떼야 한단 말이야. 껌이 붙어 있으면 춤을 출 수가 없잖아."

짐은 순종적으로 차들을 향해 돌아서서 원하는 용매가 들어 있는지 살피기 시작했다. 그녀가 실린더를 요구했다 해도 최선을 다해 실린더를 잡아 뺐을 터였다.

"여기." 잠깐 둘러본 후 그가 말했다. "여기 적당해 보이는 차가 있네. 손수건 있어?"

"위층에 있는데 젖었어. 비누와 물을 묻혔거든."

짐이 열심히 자기 주머니들을 뒤졌다.

"나도 없는데."

"빌어먹을! 그럼 뚜껑을 열어서 바닥으로 흘러나오게 하자."

그가 주유구 뚜껑을 돌리자 한 방울씩 떨어지기 시작했다.

"더!"

그가 주유구를 완전히 돌려 열었다. 방울방울 떨어지던 기름이 줄줄 흘러나오면서 바닥에 휘발유 웅덩이를 만들었다. 밝게 빛나며 흔들리는 웅덩이 한가운데 수많은 달들이 몸을 떨며 환히 반사되었다.

"아." 그녀가 만족스러운 안도의 숨을 내쉬었다. "전부 다 나오게 해. 이제 웅덩이 안에서 걸어 다니기만 하면 되겠다."

짐이 자포자기하는 심정으로 뚜껑을 끝까지 다 열자 휘발유 웅덩이는 갑자기 더 커져 작은 강줄기들과 시내들이 사방으로 흘러갔다.

"좋아. 이 정도는 돼야지."

스커트를 들어 올리며 낸시가 우아하게 웅덩이 안으로 걸어 들어갔다.

"이제는 껌이 떨어지겠네." 그녀가 중얼거렸다.

짐이 미소를 지었다.

"차는 얼마든지 있으니까."

그녀가 조심스럽게 휘발유 웅덩이에서 나와 자동차 발판에 구두의 옆과 바닥을 문지르기 시작했다. 젤리빈은 더 이상 참을 수가 없었다. 그는 허리를 숙이며 웃음을 터뜨렸고, 곧 그녀도 뒤따라 함께 웃었다.

"클라크 대로와 함께 왔지?" 포치를 향해 돌아가며 그녀가 물었다.

"응."

"클라크 지금 어디 있는지 알아?"

"춤추고 있을 거야."

"젠장. 하이볼 한 잔 준다고 약속하더니."

"그거라면 괜찮아. 그 술병은 지금 여기 내 주머니 속에 있으니까."

그녀가 짐을 보며 환하게 웃었다.

"그런데 진저에일이 있어야 하지 않을까." 짐이 덧붙였다.

"난 아니야. 그냥 그 술병이면 돼."

"정말 괜찮아?"

그녀가 코웃음 치며 웃었다.

"시험해 봐. 난 어떤 남자든 그 못지않게 마실 수 있어. 앉자."

그녀가 테이블 옆에 자리 잡았다. 짐이 그녀 옆 갈대 의자에 털썩 앉았다. 코르크를 딴 그녀는 술병을 입술에 대고 한참을 들이켰다. 그는 홀린 듯이 그녀를 바라보았다.

"술맛이 좋아?"

그녀는 숨을 헐떡이며 고개를 저었다.

"아니. 하지만 술이 만들어주는 내 기분이 좋아. 대부분 사람들도 그럴 거라 생각해."

짐도 동의했다.

"우리 아빠는 너무 지나치게 좋아하셨지. 그래서 돌아가셨고."

"미국 남자들이란 술을 마실 줄을 몰라." 낸시가 진지하게 말했다.

"뭐라고?" 짐이 놀랐다.

낸시가 무심하게 말했다. "사실, 미국 남자들은 무슨 일이든 제대로 아주 잘하는 법을 몰라. 내가 내 평생 후회하는 것 한 가지가 있다면 바로 영국에서 태어나지 않았다는 거야."

"영국에서?"

"그래. 그러지 못한 것이 내 인생에서 유일하게 애석한 일이지."

"거기가 좋아?"

"응. 무척. 직접 가본 적은 없지만 여기 군부대에 와 있는 영국 남자들을 많이 만났어. 옥스퍼드, 케임브리지 남자들. 그건 여기의 시와니와 조지아 대학 같은 거야. 그리고 물론 영국 소설도 많이 읽었지."

짐은 흥미로웠고 또 놀랍기도 했다.

"다이애나 매너스 부인[7] 들어본 일 있어?" 낸시가 진지하게 물었다.

짐은 들어본 적이 없었다.

"있잖아. 나도 그 여자처럼 되고 싶어. 나처럼 어둡고 정말 와일드했어. 그 사람은 말을 타고 성당인지 교회인지 거기 계단을 뛰어올라 갔어. 그래서 그다음부터 소설가들마다 자기 여주인공이 그렇게 하게 만들었다는 거야."

짐은 예의상 고개를 끄덕였지만 그로서는 이해할 수 있는 내용이 아니었다.

"술병 좀 줘." 낸시가 말했다. "조금 더 마셔야겠어. 술 좀 마신다고 잘못되지는 않아."

그녀가 한 모금 들이켠 후 다시 숨찬 목소리로 말을 이었다. "있잖아. 그곳 사람들은 스타일이 있어. 여기 사람들은 죄다 스타일이 없지. 내 말은, 여기 남자들은 정말 내가 옷을 잘 차려입어 줄 만한 가치도, 뭔가 주의를 끌 만한 행동들을 해줄 가치도 없다고. 모르겠어?"

"그런 것 같아. 그러니까, 그렇지 않다고." 짐이 우물거렸다.

"난 그런 걸 전부 다 하고 싶거든. 이 동네에서 스타일이 있는 여자는 정말 나뿐이야."

그녀는 두 팔을 뻗으며 기분 좋게 하품을 했다.

"아름다운 밤이야."

"정말 그래." 짐이 맞장구쳤다.

"보트가 있었으면 좋겠어." 그녀가 꿈을 꾸듯 말했다. "은빛 호수 위로, 예를 들면 템스 강 같은 곳에서 배를 타고 나가고 싶어. 샴페인과 캐비아 샌드위치도 가지고 말이야. 여덟 명 정도 함께 가는 거야. 그리고 그중 한 남자가 배 위의 친구들을 즐겁게 해주기 위해 배에서 뛰어내렸다가 물에 빠져 죽는 거야. 다이애나 매너스 부인과 있던 어떤 남자가 그랬던 것처럼 말이지."

"그 남자는 그녀를 기쁘게 해주기 위해 그랬던 거야?"

"기쁘게 해주려고 물에 빠져 죽을 생각이야 했겠어? 그냥 뛰어내려 사람들을 웃게 하고 싶었던 거지."

"그 남자가 물에 빠져 죽었을 때 사람들이 죽도록 웃었을 것 같은데."

"좀 웃긴 했을 것 같아." 그녀도 인정했다. "매너스 부인도 그랬을 것 같아. 어찌 됐든 부인은 무척 강인했던 것 같아. 나처럼."

"네가 강인하다고?"

"손톱처럼." 그녀는 다시 하품을 하고 말을 이었다. "술 조금만 더 줘봐."

짐이 망설이자 그녀가 거만하게 손을 내밀었다.

"날 계집애 취급하지 마." 그녀가 경고했다. "난 네가 여태껏 봐왔던 여자들과는 달라." 그녀는 잠시 생각했다. "그렇긴 해도 네가 맞을지도 모르지. 너는, 넌 어깨는 젊지만 그 위의 머리는 나이를 먹었으니까."

그녀가 벌떡 일어서더니 문을 향해 걸어갔다. 젤리빈도 일어났다.

"안녕." 그녀가 예의바르게 인사했다. "안녕. 고마워, 젤리빈."

그러곤 그녀는 안으로 걸어 들어갔고 그는 포치 위에 눈을 휘둥그레 뜬 채 남겨졌다.

III

12시가 되자 드레싱룸에서 망토를 입은 행렬이 한 줄로 나왔다. 그들은 코티용 댄스 대열에서 만나는 사람들처럼 각기 코트를 입은 남자 파트너와 짝을 이루었고, 졸음이 느껴지는 행복한 웃음을 지으며 문을 지나 흘러 나갔다. 바깥 어둠 속에는 자동차들이 후진하여 부르릉거리고 있었고 사람들은 일행을 부르며 냉수기 주변으로 모여들었다.

짐은 앉아 있던 구석에서 일어나 클라크를 찾아보았다. 그들은 11시에 만났고, 그 후 클라크는 춤추러 갔다. 그래서 짐은 그를 찾으러 한때 술을 마시던 바였던 음료수 스탠드로 들어가게 되었다. 모두 떠난 방에는 잠에 겨운 검둥이 하나만이 카운터 뒤에서 졸고 있었고 두 남자가 테이블에서 느긋하게 주사위 한 쌍을 만지작거리고 있었다. 짐이 막 나가려고 하던 참에 클라크가 들어오는 것을 보았다. 동시에 클라크가 쳐다보았다.

"어이, 짐!" 그가 불렀다. "이리 와서 이 술병 비우는 것 좀 도와주라. 얼마 남지 않은 것 같지만 한 잔씩 할 만큼은 되거든."

낸시와 서배너에서 왔다는 남자, 메릴린 웨이드, 조 유잉 등이 문간에서 빈둥거리며 웃고 있었다. 낸시가 짐의 눈과 마주치자 익살스럽게 윙크를 해 보였다.

그들은 한 테이블로 옮겨 가 둘러앉은 후 웨이터가 진저에일을 가져오길 기다렸다. 짐은 소심하고 불안한 마음으로 낸시에게 시선을 돌렸다. 그녀는 옆 테이블에서 남자 둘과 5센트 내기 크랩 놀이[8]에 빠져 있었다.

"이리로 가져와라." 클라크가 제안했다.

조가 주위를 돌아보았다.

"사람들이 꼬이면 곤란해. 클럽 규칙에도 어긋나고."

"여긴 아무도 없어." 클라크가 고집했다. "테일러 씨 말고는. 그 사람, 누가 자기 차에서 휘발유를 다 뺐는지 알아내려고 미친 사람처럼 왔다 갔다 하고 있지."

모두 웃음을 터뜨렸다.

"낸시 신발에 뭐가 또 묻었다에 백만 달러 건다. 낸시가 있으면 근처에 주차를 하면 안 돼."

"야, 낸시. 테일러 씨가 너 찾더라!"

낸시의 뺨은 게임의 흥분으로 붉게 달아올라 있었다. "난 그 사람 싸구려 똥차 본 지가 2주는 넘었다고."

짐은 갑자기 조용해진 것을 느꼈다. 고개를 돌려보니 나이를 가늠할 수 없는 사람이 문가에 서 있었다.

클라크의 목소리에 당황스러움이 묻어났다.

"같이 앉으시죠, 테일러 씨."

"고맙군."

환영받지 못한 존재, 테일러는 의자에 팔을 벌리고 앉았다. "그래야 할 것 같아. 휘발유를 파낼 때까지 기다리는 중이거든. 누군가 내 차에 이상한 짓을 해놓았어."

그의 양미간이 좁아지더니 빠르게 한 사람씩 훑어보았다. 짐은 혹 그가 문가에서 무슨 얘기를 들은 것은 아닐까 궁금해졌다. 그리고 그때 무슨 얘기를 하고 있었는지 기억해 내려 애

썼다.

"나 오늘 밤 잘 풀리는데." 낸시가 노래하듯 말했다. "50센트 벌었어."

"나도 그만큼 걸지!" 테일러가 갑자기 끼어들었다.

"어머, 테일러 씨. 주사위 게임을 하시는지 몰랐네요!" 낸시는 그가 자리 잡고 앉아 곧장 자신의 내기에 맞걸자 뛸 듯이 기뻐했다. 낸시가 그의 노골적인 구애를 대놓고 꺾어놓았던 밤 이후로 그들은 공공연하게 서로에 대한 미움을 드러내고 있었다.

"좋아, 예쁜 주사위들아. 엄마가 이겨보자. 7이면 된단다." 낸시가 주사위에 대고 다정하게 말했다. 그녀는 용감하게 손을 치켜들어 과감히 주사위들을 흔들더니 테이블 위에 굴렸다.

"아! 그럴 줄 알았지. 자, 이제 다시 1달러 올리고."

다섯 번을 그녀가 이겼고, 테일러는 질 때마다 투덜거렸다. 그녀는 게임에 감정을 싣고 있어서 짐은 그녀가 이길 때마다 승리감에 도취되는 그녀의 얼굴을 지켜보았다. 그녀는 매번 주사위를 던질 때마다 내기 돈을 두 배로 올렸는데, 그런 행운은 오래 지속되기 힘든 법이다.

"서두르지 않는 게 좋아." 짐이 조심스럽게 주의를 주었다.

"하지만 이것 좀 봐." 그녀가 소곤거렸다. 주사위는 8이었고 그녀가 숫자를 불렀다.

"귀여운 에이다, 이번에는 남쪽으로 가자꾸나."[9]

디케이터의 에이다가 테이블 위로 주사위를 굴렸다. 낸시의 얼굴은 붉어졌고 거의 히스테리 상태였지만 그녀의 운은 계속 버텨주고 있었다. 그녀는 판돈을 거듭 높이며 멈추려 하지 않았다. 테일러는 손가락으로 테이블을 두드리며 초조해하고 있었지만 그 역시 게임을 계속했다.

그러다 낸시가 10을 불렀고, 결국 지고 말았다. 테일러가 게걸스럽게 주사위들을 움켜잡았다. 그는 말없이 주사위를 던졌다. 흥분된 침묵 속에 주사위가 테이블 위에서 한 번, 또 한 번, 구르는 소리만 울려 퍼졌다.

이제 낸시가 다시 주사위를 잡았지만 그녀의 행운은 사라지고 없었다. 한 시간이 지났다. 서로 주고받았다. 테일러가 다시 잡았고, 그리고 또 잡고 잡았다. 결국 동점이 되었다가 최종에 가서는 낸시가 오 달러를 잃고 말았다.

"내 수표를 받을래요?" 그녀가 말을 이었다. "오십 달러요. 그리고 모두 거는 거예요." 그녀의 목소리는 좀 흔들리고 있었고 돈을 향해 뻗는 손은 떨리고 있었다. 클라크는 불안하여 경악에 찬 눈길을 조 유잉과 주고받았다. 테일러가 다시 주사위를 던졌다. 그가 낸시의 수표를 땄다.

"한 판 더 어때요?" 낸시가 대담하게 말했다. "젠장, 어느 은행이든 괜찮아. 사실 돈은 사방에 널렸잖아."

짐은 깨달았다. 자신이 낸시에게 주었던 '언제나 그 맛 옥수수 위스키', 그녀가 마신 그 위스키 때문임을. 그는 과감히 끼어들고 싶었다. 저 나이와 위치의 여자아이에게 은행 계좌가 두 개나 있을 리 없었다. 시계가 2시를 알리자 짐은 더 이상 참고 있을 수 없었다.

"내가, 내가 주사위를 던져주면 어떨까?" 그가 제안했다. 그의 나지막하고 느릿한 목소리는 좀 긴장하고 있었다.

갑자기 졸리고 귀찮아진 낸시가 짐 앞으로 주사위를 던졌다.

"좋아, 옛 친구! 다이애나 매너스 부인이 말했듯이 '던져봐, 젤리빈.' 내 운은 다했으니."

"테일러 씨." 짐이 무심하게 말했다. "거기 있는 수표 하나

대 현금으로 하지요."

 반 시간이 지난 후 낸시가 앞으로 몸을 기울이며 짐의 등을 두드렸다.

 "내 행운을 훔쳐갔군." 그녀가 사려 깊게 머리를 끄덕였다. 짐은 마지막 수표까지 다 휩쓴 후, 그 수표를 다른 수표들과 함께 조각조각 찢어 바닥으로 흩날려 버렸다. 누군가 노래를 부르기 시작했고, 낸시가 의자를 뒤로 차며 벌떡 일어났다.

 "신사 숙녀 여러분." 그녀가 선언했다. "숙녀 여러분(메릴린 너 말이야.), 나는 이 세상에 고하고 싶습니다. 우리 동네 유명한 젤리빈 짐 파월 씨가 '주사위에는 운이 따르나 사랑에는 불운하다.'라는 위대한 법칙의 예외라고 말입니다. 그는 주사위에도 행운이 따랐고, 그리고 내가, 내가 그를 사랑하거든요. 자, 신사 숙녀 여러분, 낸시 라마, 그 유명한 검은 머리의 미인(종종 《헤럴드》에 젊은이들 모임에서 가장 인기 있는 회원의 한 사람으로 실리죠. 다른 아가씨들도 종종 그런 경우로 실리기도 하지만요.), 그런 제가 알리고자 합니다. 어쨌든 발표하려 했었죠. 신사 여러분……." 그녀의 몸이 순간 기울었다. 클라크가 그녀를 붙잡아 다시 균형을 잡았다.

 "내 실수야." 그녀가 웃었다. "그녀는 허리 숙여, 에, 허리 숙여서, 어쨌든……. 젤리빈을 위해 건배합시다. 젤리빈의 왕, 짐 파월을 위하여."

 몇 분 후, 짐은 모자를 손에 들고 클라크를 기다리고 있었다. 낸시가 휘발유를 찾으러 왔던 포치의, 아까와 같은 모퉁이 어둠 속이었다. 그런데 그녀가 불쑥 그의 옆에 나타났다.

 "젤리빈." 그녀가 말했다. "여기 있어, 젤리빈? 내 생각에……." 그녀가 약간 흔들거리는 모습도 마법에 걸린 꿈의 일

젤리빈 45

부처럼 보였다. "내 생각에, 넌 내 가장 달콤한 키스를 받을 자격이 있어, 젤리빈."

순간 그녀의 팔이 그의 목을 감싸 안았고, 그녀의 입술이 그의 입술을 눌렀다.

"나는 이 세상을 미친 듯이 사는 애야. 그런데 넌 내게 친절을 베풀었지."

그러곤 그녀가 가버렸다. 포치를 내려가 귀뚜라미 소리가 요란한 잔디밭 너머로. 짐은 메릿이 정문에서 나와 그녀에게 화를 내며 뭔가 말하는 것을 볼 수 있었다. 그녀는 웃더니 돌아서서 그의 차로 눈길을 돌리며 걸어갔다. 메릴린과 조가 뒤따라가며 어느 재즈 베이비에 대한 나른한 노래를 불렀다.

클라크가 나와 짐과 함께 계단을 내려갔다. "아름답게 불을 밝혔군." 그가 하품을 했다. "메릿 기분이 안 좋아. 분명히 낸시가 싫어진 거야."

골프 코스를 따라 동쪽으로 희미한 어스름의 카펫이 밤의 발치 위로 펼쳐지고 있었다. 차에 탄 일행이 엔진이 더워지는 동안 노래를 부르고 있었다.

"모두 잘 가." 클라크가 소리쳤다.

"안녕, 클라크."

"안녕."

잠깐 사이를 두었다가 부드럽고 행복한 목소리가 이어졌다.

"안녕, 젤리빈."

차는 노랫소리와 함께 떠났다. 길 건너편 어느 농장에선가 수탉이 고독하게 슬픔에 잠겨 울었고, 그들 뒤로는 마지막 검둥이 웨이터가 포치의 불을 껐다. 짐과 클라크는 포드를 향해 어슬렁거리며 걸어갔고, 그들의 신발은 자갈 깔린 차로 위에서 달그락, 자박자박 소리를 울렸다.

"세상에!" 클라크가 조용히 한숨을 내쉬었다. "넌 주사위를 어떻게 그렇게 굴리냐."

짐의 가냘픈 뺨에 물든 홍조를 보기엔, 그리고 그것이 익숙지 않은 부끄러움의 홍조임을 알아보기엔 아직 너무 어두웠다.

IV

틸리 자동차 정비소 위층 황량한 방엔 하루 종일 아래층의 덜커덕거리는 소리, 차가 그르렁거리는 소리, 그리고 검둥이들이 밖에서 차에 호스로 물을 끼얹어 닦으며 부르는 노랫소리가 울려 퍼졌다. 쓸쓸한 네모난 공간이었다. 침대 하나, 기울어진 테이블 하나, 그리고 그 위에 놓인 대여섯 권의 책이 전부였다. 책 중에는 조 밀러의 『아칸소를 지나는 완행열차』, 『루실』(이 책은 옛날 판본이라 옛날식 글씨체로 주석이 많이 달려 있다.) 그리고 해롤드 벨 라이트가 쓴 『세상의 눈』, 오래된 영국 국교회 기도서 등이 있었다. 기도서 표지 여백에는 앨리스 파월이란 이름과 함께 1831년이라고 쓰여 있다.

그가 하나뿐인 전등을 켜자, 젤리빈이 정비소에 들어설 때 어슴푸레하던 동쪽은 이제 짙고 선명한 푸른빛이 되었다. 그는 다시 스위치를 내리고 창가로 가 창턱에 팔꿈치를 괴고 깊어지는 아침을 응시했다. 감정이 깨어나면서 그가 처음으로 인지한 것은 하찮다는 느낌, 그의 인생이 철저하게 어둡다는 데서 오는 둔한 통증이었다. 갑자기 벽 하나가 불쑥 솟아올라 그를 둘러쌌는데, 황량한 방의 흰 벽처럼 확실하고 손에 만져지는 벽이었다. 이 벽을 인식하게 되자, 그의 존재의 로맨스, 태평함, 마음 내키는 대로 하는 즉흥성, 삶이 부여했던 경이로운 관대함, 지금껏 있어왔던 이 모든 것들의 빛이 바래버렸다. 느릿한 노래를 흥얼거리며 잭슨가를 어슬렁거리던 젤리빈, 가게마다, 노점마다 그를 모르는 곳이 없었고, 가벼운 인사와 동네 특유의 재치로 가득했던 그, 슬프기 위해서만, 그리고 시간을 보내기 위해서만 슬펐던 그, 그 젤리빈은 갑자기 사라져버렸다. 밀려오는 통찰력으로 그는 알 수 있었다. 메릿이 그를 경멸하고 있었음을, 새벽녘 낸시의 키스조차 질투가 아닌, 낸시가 스스로를 낮춘 것에 대한 경멸만을 불러일으켰음을. 한편 젤리빈, 그는 낸시를 위해 정비소에서 배운 속임수를 사용했다. 즉, 낸시의 도덕성을 세탁해 준 것이다. 오욕은 그의 몫이었다.

어스름이 푸르스름해지며 방을 밝히고 채워왔다. 짐은 침대로 건너가 그 위에 몸을 던지고는 거칠게 침대 가장자리를 움켜쥐었다.

"난 그녀를 사랑한다." 그는 크게 소리쳤다. "맙소사!"

이렇게 말하고 나자 그는 마치 목 안에서 응어리가 녹아져 내리듯 자신의 안에서 무언가 허물어져 내리는 것을 느꼈다. 공기가 맑아지면서 여명과 함께 빛을 발했다. 그는 엎드려 얼굴을 베개에 묻고 소리 죽여 흐느껴 울기 시작했다.

오후 3시의 햇빛 속에 클라크 대로가 잭슨가를 따라 부릉부릉 힘겨운 소리를 내며 차를 몰고 있었다. 손을 조끼 주머니에 넣은 채 인도에 서 있던 젤리빈이 그를 불렀다.

"안녕!" 클라크가 놀란 듯이 포드를 인도 옆에 세우며 말했다. "지금 일어났어?"

젤리빈은 고개를 저었다.

"아예 잠을 못 잤어. 잠이 와야 말이지. 그래서 아침에 시골 쪽을 한참 걷고 왔어. 방금 시내로 들어온 거야."

"네가 그렇게 느낄 거라 생각했어. 나도 하루 종일 그랬으니까."

"나, 이곳을 떠날까 해." 젤리빈이 혼자 생각에 골몰하며 말을 이었다. "농장으로 갈 생각을 하고 있었어. 가서 던 삼촌네서 일을 좀 하려고. 그동안 너무 빈둥대고 산 것 같아."

클라크가 아무 말 없자 젤리빈이 말을 계속했다.

"메이미 이모가 죽고 나면 내 돈을 농장에 투자해서 돈을 좀 벌 수 있을 것 같아. 우리 집안 사람들 전부 저 위 그 지방 사람들이거든. 큰 집을 갖고 있었지."

클라크가 신기하다는 듯이 짐을 쳐다보았다.

"재미있군. 이 일, 이번 일이 나에게도 같은 방식으로 영향을 끼쳤거든."

젤리빈이 잠시 주저했다.

"모르겠어." 짐이 천천히 말문을 열었다. "뭔가가, 어젯밤 그녀의 무언가가, 그 아인 다이애나 매너스 부인이라는 영국 여자 얘기를 했는데, 하여튼 내가 생각을 하게 만들었어." 그는 몸을 바로 세우고 별스럽게 클라크를 바라보았다. "나도 한땐 가족이 있었지." 그가 도전적으로 말했다.

클라크가 고개를 끄덕였다.

"알아."

"그런데 내가 마지막 남은 사람이야." 젤리빈은 약간 목소리를 높이고 있었다. "그리고 난 아무 쓸모없는 인간이 아니야. 사람들이 날 젤리라고 놀리지. 약하고 흔들거린다고. 우리 가족들이 많았을 때는 아무것도 아니었던 인간들이 이제는 거리에서 코를 치켜들고 나를 지나쳐버려."

클라크는 여전히 말이 없었다.

"그래서 나도 이제 그만이야. 오늘 떠날 거야. 내가 다시 이곳으로 돌아올 땐 신사가 되어 있을 거야."

클라크가 손수건을 꺼내 땀에 젖은 눈가를 닦았다.

"이번 일에 충격을 받은 건 너뿐이 아니야." 그가 침울하게 말했다. "여자애들이 그렇게 처신하는 건 이제 모두 멈춰야 해. 너무 나빠. 게다가 모두 그걸 봐야 하잖아."

짐이 놀라서 물었다. "그럼, 그 얘기가 다 흘러 나갔단 말이야?"

"흘러 나가? 어떻게 그 얘기를 비밀로 할 수 있겠어? 오늘 저녁 신문에 나올 거야. 라마 박사는 어떤 식으로든 자기 명예를 지키겠지."

짐이 두 손을 차 옆면에 대고 긴 손가락으로 철판을 꽉 잡았다.

"테일러가 그 수표들을 조사했다는 뜻이야?"

이번에는 클라크가 놀랐다.

"무슨 일이 있었는지 못 들었어?"

짐의 놀란 눈으로 충분히 대답이 되었다.

"맙소사." 클라크가 극적으로 말했다. "그 네 사람은 위스키를 한 병 더 마시고 동네에 큰 충격을 주자고 마음먹었대. 그래서 낸시와 그 메릿이라는 친구가 오늘 아침 7시에 록빌에서 결혼을 해버렸어."

젤리빈의 손가락 아래 철판에 꾹 눌린 작은 홈집이 생겨났다.

"결혼을 했다고?"

"확실해. 낸시가 술이 깬 후 동네로 서둘러 돌아와 울고불고 죽도록 겁에 질려 전부 실수였다고 난리를 쳤어. 처음엔 라마 박사가 화가 폭발해서 메릿을 죽이겠다고 했지만, 결국 어떻게 수습을 했고, 낸시와 메릿은 2시 30분 기차로 서배너로 떠났어."

짐은 눈을 감고 갑자기 밀려드는 욕지기를 참으려 애썼다.

"너무 안됐어." 클라크가 철학적으로 말했다. "결혼을 말하는 게 아니야. 그건 괜찮다고 생각해. 낸시가 그 친구에게 조금도 애정이 없을 거라 추측되긴 하지만. 그런데 문제는, 그렇게 괜찮은 여자가 그런 식으로 자기 가족에게 상처를 주는 건 범죄라는 거야."

젤리빈은 차에서 손을 떼고 돌아섰다. 다시금 그의 안에서 무언가가, 설명할 순 없지만 거의 화학적 변화 같은 것이 일어났다.

"어디 가는 거야?" 클라크가 물었다.

젤리빈은 고개를 돌려 어깨너머로 멍하니 보았다.

"가야 해." 그가 중얼거렸다. "너무 걸었어. 아플 것 같아."

"그래."

3시의 거리는 뜨거웠고 4시에는 더 뜨거웠다. 4월의 먼지가 태양을 휩쓸고 가리면서 다시 퍼져 나갔다. 세상만큼 오래된 농담이 영원처럼 지속되는 오후에 끝없이 계속되는 것만 같다. 그러나 4시 반이 되자 첫 번째 고요함이 한 겹 내려앉았고, 무성한 잎새를 넓게 펼치고 선 나무 아래로 그늘도 길어졌다. 이 열기 속에는 그 무엇도 중요하지 않았다. 모든 인생은 비바람에 드러나 있다. 그리고 기다림이다. 사건이란 것이 무의미한 그런 더위를 견뎌낸 후, 피곤한 이마를 짚는 여인의 손처럼 부드럽고 위안이 되는 서늘함을 기다리는 것이다. 조지아에서는 말로 표현하기 힘들지도 모르겠지만 어떤 느낌이 있다. 이것은 남부의 가장 위대한 지혜이다. 그래서 얼마 후 젤리빈은 잭슨가의 당구장으로 들어갔다. 그곳에선 분명 같은 부류의 사람들을 만날 것임을, 그들은 그가 아는 낯익은 농담을 해줄 것임을 잘 알고 있었다.

낙타의 뒷부분

I

이 제목에 잠시 머물렀던 피곤한 독자의 흐릿한 눈은 이 제목이 단순한 비유라 생각할 것이다. 컵과 입술,[1] 푼돈,[2] 새 빗자루[3]에 대한 이야기들이 실제로는 컵이나 입술, 동전과 빗자루를 그리는 경우는 거의 없다. 하지만 이 이야기는 예외다. 이 이야기는 구체적이고 우리가 보는 실제 낙타의 뒷부분에 관한 것이다.

목에서 시작하여 꼬리를 향하여 이야기를 풀어갈 것이다. 페리 파크허스트 씨를 소개한다. 그는 스물여덟 살, 변호사이며 털리도 출신이다. 그는 잘생긴 치아와 하버드 졸업장을 가졌고, 머리 가르마를 가운데 탄다. 당신은 그를 전에 만나본 일이 있다. 클리블랜드에서, 포틀랜드에서, 세인트폴, 인디애나폴리스, 캔자스시티 등등에서 말이다. 뉴욕의 베이커브라더스사(社)는 반년마다 서부로 향해 가는 그들의 여행을 멈추고 그에게 자신들의 옷을 입히고자 한다. 몽모랑시사는 3개월마다 젊은 직원 하나를 신속히 파견하여 그의 신발에 있는 작은 구멍들 숫자가 제대로인지 확인한다. 그는 지금 국산 로드스터 자동차를 타지만, 그가 오래만 산다면 프랑스 자동차를 소유할 것이며, 유행이라고 하면 분명 중국 탱크도 탈 것이다. 그는 일몰 빛깔의 가슴에 연고를 바르는 광고 속 젊은이처럼 생겼고 매년 동창회 참석을 위해 동부로 간다.

그의 연인도 소개하고 싶다. 그녀의 이름은 베티 메딜이다. 영화에 나왔더라면 큰 인기를 끌었을 것이다. 그녀의 아버지는 옷값으로 한 달에 삼백 달러씩 주었고, 그녀는 황갈색 눈과 머리카락, 그리고 오색 깃털 부채를 가졌다. 나는 또한 그녀의 아버지, 사이러스 메딜도 소개한다. 그는 어느 모로 보나 피가 통하는 인간이지만 기이하게도 털리도에서는 알루미늄 인간으로 널리 알려져 있다. 하지만 그가 클럽 창가에 두세 명의 강철 인간, 목재 인간, 놋쇠 인간과 함께 앉아 있을 때 보면, 그들은 모두 당신이나 나와 다 같은 모습이다. 다만 더욱더 그렇다는 것이다. 무슨 말인지 아시겠는가.

1919년 크리스마스 휴일 동안 털리도에서는 잘나가는 사람들만 계산하여도 마흔한 번의 만찬, 열여섯 번의 댄스파티, 여섯 번의 남녀 오찬, 열두 번의 티파티, 네 차례의 남자들의 만찬, 두 차례의 결혼, 그리고 열세 번의 브리지 게임 파티 등이 있었다. 이 모든 것들이 누적되면서 나타난 효과 때문에 페리 파크허스트는 12월 29일, 어떤 결심에 이르게 된다.

이 메딜 양이 도대체 그와 결혼을 할 것인가, 하지 않을 것인가. 그녀는 너무나도 즐거운 세월을 보내고 있었기 때문에 그렇게 확고한 결정을 내리는 것이 싫었다. 그러는 동안 그들의 비밀 약혼 기간이 너무 오래 지속된 나머지 무게를 견디지 못하고 언제든 곧 깨어질 것만 같아 보였다. 워버턴이란 이름의 작은 남자는 모든 정황을 알고 있었는데, 그가 페리에게 강력하게 나가라고, 혼인신고를 하고 메딜의 집에 가서 지금 당장 결혼하자고, 그렇지 않으면 영원히 끝이라 말하라고 설득했다. 그래서 페리는 자신과 자신의 마음, 혼인신고서, 최후통첩을 들고 나타났고, 5분 후 그들은 격렬한 말다툼의 한가운데 있었다. 모든 오랜 전쟁과 약혼이 그 끝에 다다르면 일어나게 마련인 그런 산발적인 정면 대결이었다. 그리고 싸움은 흔히 일어나는 끔찍한 실수로 빠져들고 말았다. 두 사람은 사랑하면서도 욕설을 퍼붓게 되고, 그러고는 냉정하게 서로를 바라보면서 지금껏 모든 것은 실수였다고 말하는 것이었다. 대개는 그런 후에도 진심으로 키스를 하고 상대방에게 모두 자신의 잘못이었다고 다독거려 주게 마련이다. 모두 나의 잘못이다 말하라! 그렇다고 말하라! 당신이 그렇게 말하는 것을 듣고 싶다!

화해가 아슬아슬하게 이루어지지 않고 있는 동안, 각자 재면서 줄다리기를 하는 동안, 그러다 화해에 이르면 더욱더 관능적으로, 감상적으로 즐길 수 있을 것이기에. 그런데 그러고 있는 동안 수다쟁이 이모가 베티에게 걸어온 전화가 20분이나 계속되었고, 그것은 영원한 방해가 되어버렸다. 18분이 되었을 때 페리 파크허스트는 자존심과 의혹에 자극받고 품위에 상처를 입어 그의 긴 모피 코트를 입고 밝은 갈색 중절모를 들고서는 성큼성큼 문밖으로 걸어 나갔다.

"다 끝났어." 그는 낙담하여 차의 기어를 1단에 밀어 넣으려 애쓰며 말했다. "이제 다 끝이야. 내가 한 시간 동안 초크를 잡아당겨야겠나? 망할!" 이 말은 추위 속에 오래 서 있었던 자동차에게 퍼부은 말이었다.

낙타의 뒷부분

그는 시내로 차를 몰았다. 그러니까 그는 그저 눈 위에 나 있는 바퀴자국을 따라갔을 뿐이고, 그렇게 시내로 향하게 되었다. 낙심한 나머지 그는 차 좌석에 아주 낮게 수그리고 앉은 채 자신이 어디로 가고 있는지 상관하지도 않았다.

클래런던 호텔 앞 인도에서 그를 부르는 사람이 있었다. 베일리란 이름의 악당으로 이가 크고 호텔에서 살았으며 사랑 따윈 해보지 못한 사람이었다.

"페리." 자동차가 인도 옆에 서자 베일리가 나지막이 말했다. "나한테 기가 막히게 좋은 중류 샴페인 여섯 병이 있어. 자네가 올라가서 마틴 메이시와 내가 마시는 걸 도와주겠다면 삼분의 일은 자네 거야, 페리."

"베일리." 페리가 절박하게 말했다. "내가 자네 샴페인을 마셔주지. 마지막 한 방울까지 다 마셔주겠어. 마시다 죽는대도 상관없어."

"닥쳐, 멍청아!" 악당이 말했다. "샴페인에는 메틸알코올을 넣지 않아. 이건 이 세상이 육천 년보다 더 오래됐다는 걸 증명하는 물건이라고. 너무 오래돼서 코르크가 굳었지. 돌을 뚫는 드릴로 빼야 한다니까."

"위로 올라가자." 페리가 우울하게 말했다. "코르크가 내 마음을 보면 완전히 굴욕감을 느끼고 떨어져 나올 거야."

위층 방에는 사과를 먹거나 그네에 앉아 있는, 또는 강아지에게 말을 걸고 있는 어린 소녀들을 그린 천진난만한 느낌의 호텔용 그림들이 가득했다. 다른 장식품으로는, 넥타이들, 그리고 핑크색 타이츠를 입은 여인들을 다룬 핑크색 신문을 읽고 있는 핑크색 남자 한 사람이 있었다.

"고속도로와 우회도로로 들어가야 할 때는……." 핑크색의 남자가 읽고 있었다. 그러고는 베일리와 페리를 비난하는 눈길로 바라보았다.

"잘 있었나, 마틴 메이시." 페리가 간단히 말했다. "그 케케묵었다는 샴페인은 어디 있나?" 그러고는 멍하니 앉아 그 많은 넥타이들을 못마땅하게 둘러보았다.

"뭐가 급해? 이건 작전이 아니야, 알겠어? 이건 파티라고."

베일리가 느긋하게 옷장 문을 열더니 늘씬하게 생긴 술병 여섯 개를 가지고 왔다.

"그놈의 모피 코트 좀 벗어!" 마틴 메이시가 페리에게 말했다. "아니면 우리한테 창문을 죄다 열라는 건가."

"샴페인을 줘." 페리가 말했다.

"오늘 밤 타운센드 서커스 파티에 가나?"

"난 안 가."

"초대는 받았고?"

"응."

"근데 왜 안 가?"

"이제 파티라면 신물이 나." 페리가 큰 소리로 말했다. "아주 신물이 난다고. 너무 많이 갔더니 지긋지긋해."

"하워드 테이트 파티는 갈 거야?"

"아니, 말했잖아. 신물이 난다니까."

메이시가 위로하듯 말했다. "사실, 테이트 파티는 대학생 애들이나 가는 거니까."

"난 말이야……."

"난 어쨌든 자네가 그 파티 한 군데는 갈 거라고 생각했어. 신문을 보니 자네 이번 크리스마스 파티들을 한 번도 빠지지 않았더군."

"흠." 페리가 침울하게 내뱉었다.

그는 더 이상 파티는 가지 않을 작정이었다. 그의 마음에 고전적인 문구가 떠올랐다. 즉, 인생의 그 부분은 이제 문이 닫힌 것이다. 닫혀 버렸다. 한 남자가 '닫혔다. 닫혀 버렸다.'라고 말할 때는, 분명 어떤 여자가 그를 배신한 것임을, 닫히게 했을 것임을 확신할 수 있다. 페리는 또 다른 고전적인 생각, 즉 자살이 얼마나 비겁한 행동인지에 대해 생각하고 있었다. 그 생각은 훌륭한 것이다. 따뜻하고 영감을 주는 생각이다. 만약 자살이 비겁한 행동이 아니었다면 우리가 잃어야 했을 수많은 좋은 사람들을 생각해 보라!

한 시간이 흐르고 6시가 되었다. 페리에게서 연고 광고에 나왔던 젊은이 같은 모습은 모두 사라져버렸다. 그는 대충 그린 우스꽝스러운 만화의 밑그림처럼 보였다. 그들은 노래를 부르고 있었다. 베일리가 즉석에서 지어낸 즉흥곡이었다.

"얼간이 페리, 등쳐 먹고 다니는 악한,
    차를 마시는 방법으로 온 도시에서 유명하지.
차를 가지고 놀고, 장난을 치고
소리는 내지 않네,
    잘 훈련된 무릎 위 냅킨 위에 놓고 균형도 잡는다네……."

"문제는……." 페리가 말했다. 그는 막 베일리의 빗으로 자기 머리를 가지런히 하고는 오렌지색 넥타이를 머리에 둘러매어 율리우스 카이사르 효과를 내었다. "너희들이 노래를 제대로 부를 줄 모른다는 거야. 내가 곧 이 곡을 그만두고 테너로 부르기 시작할 테니 너희들도 테너로 부르라고."

"난 타고난 테너야." 메이시가 진지하게 말했다. "목소리가 계발이 안 됐을 뿐이야. 목소리를 타고나야 한다고 우리 이모가 그러셨지. 자연적으로 좋은 목소리를 타고나야 하는 거야."

"가수들, 가수들, 모두 노래를 잘하는 사람들뿐이군." 전화를 들고 있던 베일리가 말했다. "아니, 카바레 말고, 야간 당번 놈을 원한다고. 음식을 가진 직원, 음식을 원한다고……."

"율리우스 카이사르." 페리가 거울에서 돌아서며 말했다. "강철 같은 의지와 준엄한 결단력을 지닌 인간."

"조용히 해!" 베일리가 소리 질렀다. "나 베일리인데, 저녁 식사 거하게 올려 보내. 네가 판단하라고. 지금 당장 보내."

그는 좀 헤매다가 수화기를 제자리에 걸었다. 그러곤 입술을 다물고 눈에 근엄한 긴장을 담은 채 서랍장으로 가서 아래 서랍을 열었다.

"이것 봐!" 그가 소리쳤다. 그의 손에는 핑크색 깅엄 천으로 만든 짧은 의상을 들고 있었다.

"바지." 그가 엄숙하게 선언했다. "보라고!"

그것은 핑크색 블라우스, 빨간 넥타이, 그리고 버스터 브라운 스타일 칼라였다.

"이것 봐!" 그가 다시 말했다. "타운센드 서커스 무도회에 입고 갈 의상이야. 나는 코끼리에게 물을 가져다주는 작은 소년이야."

페리는 자기도 모르게 감탄을 했다.

"나는 율리우스 카이사르로 간다." 그가 잠시 생각하더니 말했다.

"안 간다더니!" 메이시가 말했다.

"나? 확실히 가지. 파티에 빠진 적 없어. 우울증에 좋지. 샐러리처럼."

"카이사르라고!" 베일리가 코웃음을 쳤다. "카이사르는 안 돼. 서커스와 상관이 없잖아. 카이사르는 셰익스피어라고. 차라리 광대로 가라."

페리가 고개를 저었다.

"싫어. 카이사르 할 거야."

"카이사르?"

"그래, 전차도 타고."

베일리 얼굴이 환해졌다.

"그래, 좋은 생각이야."

페리가 방 안을 살피며 둘러보았다.

"목욕 가운과 이 넥타이를 빌려줘." 그가 말했다.

베일리가 잠시 생각에 잠겼다.

"별로인데."

"괜찮아. 이거면 돼. 카이사르는 야만인이었어. 그가 야만인이었으니까 내가 카이사르로 간다 해도 날 퇴짜 놓을 순 없어."

"아니야." 베일리가 천천히 머리를 저으며 말했다. "무도회 의상 가게에 가서 의상을 준비해. 놀락의 가게에 가봐."

"닫았어."

"가서 확인해."

오 분 동안 골머리를 썩이며 전화를 한 후에야 작고 지친 목소리가 페리에게 자신이 놀락임을 확인시키고 타운센드 무도회 때문에 8시까지 가게를 닫지 않는다고 말했다. 그렇게 확답을 받은 페리는 엄청난 양의 안심 스테이크를 먹고 마지막 샴페인의 삼분의 일을 마셨다. 8시 15분, 머리에 실크해트를 쓰고 클래런던 앞에 서 있던 남자는 자동차 시동을 걸려고 애쓰는 페리를 볼 수 있었다.

"얼었군." 페리가 잘 안다는 듯이 말했다. "추위 때문에 얼었어. 공기가 너무 차서 그래."

"얼었다고요?"

"그래, 너무 추워서 언 거야."

"시동이 안 걸려요?"

"안 돼. 여름까지 여기 서 있으라 그래. 무더운 8월이 되면 바로 녹을 테지."

"그냥 여기 세워둔다고요?"

"그래, 세워둘 거야. 도둑이 신이 나서 훔치게 하든가. 택시나 불러줘." 실크해트를 쓴 남자가 택시를 불렀다.

"어디 가십니까?"

"놀락네로. 무도회 의상 파는 사람이지."

II

놀락 부인은 키가 작고 무력해 보이는 모습이었다. 세계대전이 끝나고 그녀는 잠시 동안 신생 국가에 속해 있었다. 유럽이 안정되지 못한 상태였기 때문에 그녀는 그 이후로 자신의 국가 정체성이 무엇인지 확신하지 못하고 있었다. 그녀와 그녀의 남편이 하루하루 일을 꾸려가는 가게는 어둡고 으스스했다. 갑옷과 중국 관복 등이 들어차 있었고 천장에는 거대한 종이 새들이 매달려 있었다. 희미하게 보이는 가게 벽면에는 마스크들이 줄지어 진열되어 눈도 없이 손님을 향해 번득이고 있었고, 유리 진열장 안에는 왕관과 가짜 수염, 액세서리와 커다란 가슴

옷,[4] 그림들, 온갖 색깔의 인조털과 가발 등이 있었다.

페리가 가게 안으로 어슬렁어슬렁 들어가니 놀락 부인은 핑크색 실크 스타킹이 가득 찬 서랍에서 힘들었던 하루의 마지막 일과를 정리하고 있었다. 적어도 그녀는 마지막 일거리라 생각하고 있었다.

"뭘 드릴까요?" 그녀가 비관적으로 물었다.

"율리우스 허, 전차를 모는 그의 의상을 주시오."

놀락 부인은 미안하지만 전차를 모는 전사의 옷이란 옷은 모두 오래전 대여되었다고 말했다. 타운센드의 서커스 무도회 때문에 그런 것이냐고 물었다.

그렇다고 답했다.

"미안합니다. 진짜 서커스다운 것은 남은 게 없네요."

장애가 나타난 것이다.

"흠." 페리가 말했다. 그러다 아이디어 하나가 문득 떠올랐다. "캔버스 천이 있다면 텐트로 분장할 텐데요."

"미안합니다만 그런 건 없네요. 철물점에 가보셔야겠어요. 아주 근사한 남부군 복장은 있어요."

"아니요. 군인은 싫어요."

"매우 화려한 왕의 의상이 한 벌 있는데요."

그는 고개를 흔들었다.

그녀가 이거면 되지 않을까 하는 심정으로 말을 이었다. "몇몇 남자 분들은 높은 실크해트 모자에 연미복을 입고 서커스 쇼 리더로 간답니다. 그런데 높은 모자가 다 나갔네요. 콧수염으로 붙일 인조 수염은 드릴 수 있어요."

"뭔가 특이한 걸 원해요."

"뭔가 특이한 것, 어디 보죠. 글쎄요, 사자 머리가 있고요. 거위, 낙타⋯⋯."

"낙타요?" 아이디어 하나가 페리의 상상력을 거세게 움켜쥐었다.

"네. 그런데 두 사람이 필요하죠."

"낙타라, 바로 그거예요. 어디 봅시다."

놓여 있던 선반 제일 위 칸에서 낙타가 내려졌다. 처음 얼핏 보기에 낙타는 아주 말라빠져 송장 같은 머리와 꽤 큼직한 혹이 전부인 것처럼 보였지만, 다 펼쳐놓고 보니 짙은 갈색에 어디 아픈 것 같은 몸체도 있었는데 두꺼운 부풀부풀한 천으로 만들어진 것이었다.

"보시다시피 두 사람이 있어야 해요." 놀락 부인은 낙타를 들고 감탄을 숨기지 않으며 설명했다. "같이 입어줄 친구가 있으면 좋겠죠. 바지 같은 것이 두 벌 있어요. 한 벌은 앞사람, 다른 한 벌은 뒷사람 거예요. 앞사람은 여기 있는 눈을 통해서 밖을 보게 되고요. 뒷사람은 그냥 구부린 채로 앞사람을 따라다녀야 해요."

"써봐요." 페리가 요구했다.

놀락 부인은 순순히 그녀의 고양이 같은 얼굴을 낙타의 머리 안에 밀어 넣더니 좌우로 머리를 세차게 돌려 보였다.

페리는 매료되었다.

"낙타 울음소리가 어떻지요?"

"네?" 놀락 부인이 약간 얼룩이 묻은 얼굴을 꺼내며 물었다. "아, 울음소리요? 나귀 울음 같지요."

"거울로 좀 봐야겠어요."

페리는 커다란 거울 앞에서 낙타의 머리를 써보고는 이리저리 돌려보며 살펴보았다. 흐릿한 불빛 속에 드러나는 효과는 분명히 만족스러웠다. 낙타의 얼굴은 최악의 전형이었고 훈장처럼 여러 군데 상처가 나 있었다. 그렇지만 인정해야 할 것은 그의 코트도 낙타와 마찬가지로 아무렇게나 다루어진 상태였다는 것이다. 사실, 그는 좀 씻고 옷도 다려 입어야 했지만, 그가 특별해 보이는 것은 분명했다. 그는 위풍이 있었다. 그의 모습에서 풍기는 우울한 분위기와 그늘진 눈가에 숨어 있는 갈망의 표정만으로도 그는 어떤 모임에서든 시선을 끌었을 사람이었다.

"보시다시피 두 사람이 필요해요." 놀락 부인이 다시 한 번 말했다.

페리는 시험 삼아 몸체와 다리들을 모아서 뒷다리를 허리에 띠처럼 대보며 몸에 둘러보았다. 전체적인 효과는 엉망이었다. 사탄의 도움으로 수도사가 야수가 되는 중세의 그림처럼 생뚱맞기까지 했다. 아주 잘 봐줘야 그 모습은 담요 위에 궁둥이를 깔고 앉은, 등에 혹 달린 소처럼 보였다.

"이건 이도 저도 아닌 것처럼 보이네요." 페리가 우울하게 타박을 놓았다.

"그게 아니에요." 놀락 부인이 말했다. "두 사람이 있어야 한다니까요."

해결책 하나가 번득였다.

"오늘 밤 같이 갈 사람 있어요?"

"어머나, 저는 도저히……."

"그러지 말고요." 페리가 부추겼다. "분명히 할 수 있어요. 어서요! 기분 좋게 합시다. 뒷다리로 들어가 봐요."

가까스로 뒷다리들을 찾아 입을 열고 있는 깊은 구멍을 벌리며 비위를 맞췄다. 하지만 놀락 부인은 질색인 것 같았다. 그녀는 고집스럽게 뒤로 물러섰다.

"아뇨, 싫어요."

"어서요! 원하시면 앞쪽을 하셔도 돼요. 동전을 던져 정해도 되고요."

"아뇨, 안 해요."

"보람 있는 일로 생각하시라고요."

놀락 부인은 입술을 굳게 다물었다.

"이제 제발 그만하세요!" 부끄러워 빼는 기색이 아니었다. "여태껏 이렇게 행동하는 신사 분은 없었어요. 우리 남편도……."

"남편이 있어요?" 페리가 물었다. "어디 있어요?"

"집에 있지요."

"전화번호가 뭐예요?"

한동안 밀고 당긴 끝에 그는 놀락 집안의 전화번호를 얻었고, 그날 한 번 들은 적이 있는 작고 지친 목소리와 통화하게 되었다. 놀락 씨는 페리의 재치 있고 논리적인 언변에 경계를 늦추고 잠시 흔들리기도 했지만 자신의 주장을 충실하게 지켜냈다. 그는 단호하게, 하지만 점잖게 낙타의 뒷부분이 되어 페리를 돕는 것을 거절했다.

전화를 끊고 나서, 아니 저쪽에서 전화를 끊어버린 후에, 페리는 다리가 세 개 달린 등받이 없는 의자에 걸터앉아 생각에 잠겼다. 전화를 해볼 만한 친구들의 이름을 되뇌어 보다가 베티 메딜의 이름이 아련히 그리고 슬프게 떠오르자 거기에서 생각이 멈추었다. 그는 감상적인 생각에 젖었다. 그녀에게 부탁할 수 있을 텐데. 그들의 연애는 끝났지만 이 마지막 부탁을 거절할 수는 없을 것이다. 분명 무리한 부탁도 아니다. 하룻밤 잠간 동안 그가 사회적 책무의 몫을 다하도록 도와주는 일 아닌가. 그리고 그녀가 고집한다면 그녀가 낙타의 앞부분이 되고 그가 뒤로 가줄 의향도 있었다. 자신의 관대함에 스스로 흡족했다. 그의 마음은 심지어 낙타 안, 모든 세상으로부터 숨겨진 그곳에서의 부드러운 화해라는 장밋빛 꿈에까지 다다랐다…….

"이제 바로 결정을 하셔야겠어요."

놀락 부인의 속물적인 목소리가 그의 달콤한 환상을 훼방 놓으며 재촉했다. 그는 전화기 쪽으로 가서 메딜의 집에 전화를 걸었다. 베티는 집에 없었다. 저녁을 먹으러 외출했단다.

그러던 중, 모든 것이 사라진 것 같았던 순간에 낙타의 뒷부분이 신기하게도 가게 안으로 걸어 들어왔다. 그는 초라한 모습에 코감기가 들어 있었고 전반적인 차림새가 모두 아래로 향하고 있었다. 모자도 아래로 푹 눌러썼고, 턱도 가슴까지 축 축 늘어져 있었으며 코트도 신발에 닿도록 길어 사람이 축 늘어져 보였고 구두 뒤축도 닳아 있어—구세군에도 불구하고—지치고 퇴락한 행색이었다. 그는 클래런던 호텔에서 저 신사를 태웠던 택시 기사라고 말했다. 밖에서 기다리라는 지시를 받았는데 꽤 오래 기다리다 보니 혹시 그 신사가 자기를 속이고 뒷문으로 나간 것은 아닐까 하는 의심이 생겼다고 했다. 그러는 사람들이 가끔 있었고, 그래서 자기가 들어와 보았노라 말했다. 그는 다리 세 개 달린 의자 위에 주저앉았다.

"파티에 가겠소?" 페리가 근엄하게 물었다.

"일해야죠." 택시 기사가 불쌍하게 말했다. "일자리를 잃을 순 없어요."

"아주 훌륭한 파티요."

"아주 훌륭한 일자리인걸요."

"자, 그러지 말고!" 페리가 열심히 권했다. "선심 좀 쓰시오. 봐요, 근사하다고!" 그가 낙타를 들어 올리자 택시 기사가 가소롭게 쳐다보았다.

"허허!"

페리가 열성적으로 첩첩이 접힌 낙타 의상을 헤집었다.

"봐요!" 그가 접혀 있던 의상 한 부분을 들고서는 열정적으로 외쳤다. "이게 당신이 입을 부분이오. 당신은 한마디도 할 필요가 없어요. 그냥 걷기만 하면, 그리고 가끔씩 앉기만 하면 된다고. 앉는 건 다 당신이 해요. 생각해 봐요. 나는 계속 서 있고 당신은 어느 정도는 앉을 수 있다니까. 내가 앉을 수 있을 때는 우리가 누울 때뿐이지만, 당신은 그러니까 언제든 앉을 수 있어요. 알겠소?"

"그게 뭐하는 물건이오?" 그가 의심쩍어하며 물었다. "수의인가?"

"아니." 페리가 분개하여 말했다. "이건 낙타요."

"예?"

그러자 페리가 일정 금액의 돈을 제시했고, 대화는 툴툴거림의 단계를 벗어나 실질적인 기미를 띠었다. 페리와 택시 기사는 거울 앞에서 낙타를 입어보았다.

"당신은 볼 수가 없지만." 페리가 눈구멍을 통해 밖을 내다보려 애쓰며 설명했다. "하지만, 이봐요. 솔직히 말이오, 당신 멋져 보여요! 정말 솔직히 말하는 거요!"

혹에서 나는 투덜거림이 이 다소 의심스러운 칭찬에 대해 알았다는 표시를 해왔다.

"정말 멋지다니까!" 페리가 열성적으로 또다시 말했다.

"좀 움직여 봐요."

뒷다리가 앞으로 움직였다. 거대한 고양이 같은 낙타가 뛰어오르기 위해 등을 구부린 모습의 효과를 내었다.

"아니, 옆으로 움직여 봐요."

낙타의 둔부가 완전히 관절과 어긋났다. 훌라 댄서가 봤다면 부러워 몸부림쳤을 것이다.

"훌륭해요, 그렇죠?" 페리가 놀락 부인을 향해 동의를 구했다.

"멋져 보이는군요." 놀락 부인도 맞장구를 쳤다.

"이걸로 하겠어요." 페리가 말했다.

옷 꾸러미를 페리의 팔 밑에 끼우고서 그들은 가게를 떠났다.

"파티에 갑시다!" 그는 뒷자리에 앉으며 지시했다.

"어느 파티요?"

"가장무도회."

"어디쯤인데요?"

새로운 문제가 생겼다. 페리가 장소를 기억해 내려 애썼지만 크리스마스 시즌 동안 파티를 개최하는 이들의 이름들이 혼란스럽게 눈앞에서 춤을 추며 떠다닐 뿐 생각이 나지 않았다. 놀락 부인에게 물어볼 수도 있었지만 차창 밖을 보니 가게는 불이 꺼져 있었다. 놀락 부인은 이미 가게를 떠나 눈 내리는 거리 저 아래로 사라지는 작고 검은 점이 되어 있었다.

"주택가로 갑시다." 페리가 상당히 자신감 있게 방향을 정했다. "가다가 파티를 보면 멈춰요. 아니면 내가 거기다 싶으면 말을 하겠소."

그는 몽롱한 공상에 잠겨들었고, 그의 생각은 다시 베티에게 이르렀다. 그는 그들이 싸웠던 것이 그녀가 낙타의 뒷부분으로 파티에 가는 것을 거절했기 때문이라고 막연하게 상상했다. 그가 한기를 느끼며 막 졸음에 빠져들 때 택시 기사가 문을 열고 그의 팔을 흔들었다.

"어쩌면 여기인지도 모르겠네요."

페리가 졸음에 겨워하며 밖을 내다보았다. 줄무늬 차일이 보도로부터 넓게 자리 잡은 회색 석조 대저택에까지 이어져 있었다. 비싼 값을 주고 데려왔을 재즈 드럼 소리가 낮게 울려 나오고 있었다. 하워드 테이트의 집임을 알아볼 수 있었다.

"확실해, 여기야." 그가 단호하게 말했다. "여기야! 테이트의 파티가 오늘 밤이지. 분명해. 모두 다 가는 파티야."

"근데요." 기사가 차일을 다시 한 번 쳐다본 후 불안하게 말했다. "제가 여기 온 걸 저 사람들이 정말 비웃지 않을까요?"

페리가 위엄 있게 자세를 바로잡았다.

"누가 무슨 말을 하거든 그냥 내 의상의 일부라고 말하면 될 거요."

자신을 사람이라기보다는 하나의 물건으로 마음속에 그려보니 안심이 되는 것 같았다.

"좋아요, 그럼." 그가 마지못해 말했다.

페리는 차에서 내려 차일 아래로 들어가더니 낙타를 펼치기 시작했다.

"갑시다." 그가 말했다.

몇 분이 지난 후 우울하고 허기진 모습의 낙타 한 마리가 입과 당당한 혹의 끝에서 입김을 피워 올리며 하워드 테이트의 집 문턱을 넘는 것이 목격되었을지도 모르겠다. 콧김도 뿜지 않은 채 깜짝 놀란 하인들을 지나 곧장 무도회장과 이어지는 중앙 계단으로 향했을 것이다. 낙타는 기이한 걸음걸이로 걸었다. 불안하게 서로 바짝 붙어서 가다가 우당탕 뛰기도 했지만,

가장 뛰어난 묘사는 '손발이 안 맞는다.'라는 것이었다. 낙타는 손발이 안 맞게 걸었고, 거대한 아코디언처럼 늘어났다 줄어들었다를 반복했다.

III

하워드 테이트 가문은 털리도에 사는 사람이라면 누구나 알듯이 지역에서 가장 힘 있는 사람들이었다. 하워드 테이트의 부인은 털리도의 테이트가 사람이 되기 전엔 시카고의 토드 가문이었다. 이 테이트 가문은 미국 귀족 사회의 특징이 되기 시작한 의식적인 소박함에 폭넓은 영향을 끼치고 있었다. 테이트가 사람들은 돼지와 농장에 관해 이야기하다가 당신이 재미있어하지 않으면 차가운 눈으로 당신을 보는 단계에 이르러 있었다. 그들은 저녁 식사 손님으로 친구보다는 가신(家臣)을 선호하기 시작했고, 소문내지 않고 조용히 엄청난 돈을 썼으며, 경쟁에서 완전히 흥미를 잃어 아주 완만하게 성장하는 단계였다.

오늘 저녁 댄스파티는 어린 밀리센트 테이트를 위한 것으로, 나이 불문하고 올 수 있었지만 참석자들은 주로 고등학생과 대학생들이었다. 반면 텔리호 클럽에서 열리는 타운센드의 서커스 무도회는 결혼한 젊은 부부가 대부분이었다. 테이트 부인은 무도회장 안에 서서 눈으로 밀리센트를 따라다니다가 딸의 눈과 마주칠 때마다 환한 미소를 지어 보였다. 부인 옆에는 중년의 아첨꾼 두 사람이 서서 밀리센트가 얼마나 완벽하고 우아한 아이인지 얘기하고 있었다. 바로 그때 테이트 부인의 스커트를 꽉 움켜잡으며 열 살짜리 막내딸 에밀리가 "악." 하고 소리를 지르더니 엄마의 품에 뛰어들었다.

"어머나, 에밀리, 무슨 일이니?"

"엄마." 에밀리가 겁에 질린 눈으로, 하지만 입은 여전히 쉬지 않고 말했다. "계단에 뭐가 있어요."

"뭐라고?"

"계단에 뭐가 있다니까요, 엄마. 커다란 개 같아요, 엄마. 하지만 개처럼 생기지는 않았어요."

"무슨 말이니, 에밀리?"

아첨꾼들이 호의적으로 머리를 흔들었다.

"엄마, 그게요. 그게 낙타 같아요."

테이트 부인이 웃음을 터뜨렸다.

"네가 고약한 그림자를 본 게야. 그런 거란다, 얘야."

"아뇨, 아니에요. 분명 뭔가 큰 거였어요, 엄마. 내가 사람들이 더 있는지 보려고 아래층으로 내려가고 있었는데 이 개인지 뭔지, 하여튼 그게 계단을 올라오고 있었어요. 좀 웃기게 생겼어요. 어설프게요, 엄마. 그런데 그게 나를 보더니 짧게 으르렁거렸고, 그러다 계단에서 발이 미끄러지더라고요. 난 그걸 보고 막 뛰어왔어요."

테이트 부인의 웃음이 가셨다.

"얘가 뭔가 보긴 봤군." 그녀가 말했다.

아첨꾼들도 아이가 뭔가 보긴 한 것 같다고 맞장구를 쳤다. 그리고 갑자기 세 여자가 모두 본능적으로 문에서 떨어져 섰다. 둔탁한 발소리가 바로 문밖에서 들렸기 때문이었다.

어두컴컴한 갈색의 형체가 모퉁이를 돌아서자 세 사람은 놀라서 헉하고 소리를 내질렀다. 그들이 본 것은 분명 허기져 자신들을 내려다보고 있는 거대한 짐승이었다.

"악!" 테이트 부인이 소리를 질렀다.

"아, 아악!" 여자들도 합창하듯 비명을 질렀다.

낙타가 갑자기 등을 구부렸고, 헉하던 소리는 날카로운 외침으로 바뀌었다.

"어, 저것 봐!"

"뭐지?"

춤이 중단되었고, 춤을 추던 사람들이 모여들었는데, 그들은 이 침입자에 대해서 다소 다른 반응을 보였다. 실제로 젊은 사람들은 파티의 흥을 돋우기 위해 고용되어 온 엔터테이너나 곡예사가 아닐까 생각했다. 긴 바지를 입은 소년들은 다소 오만하게 바라보며 손을 호주머니에 넣고 낙타 주위를 돌아보고는 자신들의 지적 능력이 모욕당한 것인 양 느꼈다. 하지만 여자아이들은 기뻐서 조그맣게 환성을 질렀다.

"낙타다!"

"아주 우스꽝스러운데!"

낙타는 가볍게 좌우로 흔들며 거기 애매하게 서서는 조심스럽고 뭔가 판단하는 눈길로 무도회장 안을 관찰하였다. 그러더니 마치 황급히 어떤 결정을 한 것처럼 돌아서서 재빨리 문밖으로 걸어 나갔다.

하워드 테이트 씨는 아래층 서재에서 막 나와 홀에서 어떤 청년과 이야기를 하며 서 있었다. 갑자기 위층에서 비명 소리가 들렸고, 거의 동시에 쿵쿵하는 소리가 연달아 나더니 계단 끝에서 커다란 갈색 짐승이 허둥대는 모습이 나타났다. 어딘가 몹시 서둘러 가는 것 같았다.

"도대체 저게 뭐야?" 테이트 씨가 움찔하며 말했다.

낙타는 품위를 잃지 않고 스스로를 추스르더니 지극히 무심한 태도를 보이며 마치 중요한 약속이 막 생각났다는 듯이 현관을 향해 뒤죽박죽 걷기 시작했다. 실은, 앞다리가 태연하게 달리기 시작했다.

"이것 봐, 여기." 테이트 씨가 근엄하게 말했다. "이봐! 잡아, 버터필드! 잡으라고."

젊은이가 강력한 두 팔로 낙타의 뒷부분을 끌어안았고, 더 이상 움직이는 것이 불가능함을 깨달은 앞부분이 순순히 붙잡혀 좀 불안한 상태로 체념한 듯이 서 있었다. 이때쯤엔 젊은이들이 물밀듯이 아래층으로 내려왔고, 영리한 도둑에서 탈출한 미치광이에 이르기까지 모든 것을 다 의심하고 있던 테이트 씨는 청년에게 간결하게 지시했다.

"잡아! 그리고 이 안으로 데려와. 곧 알게 되겠지."

낙타는 서재 안으로 들어가는 것에 동의했다. 테이트 씨는 문을 잠근 뒤, 테이블 서랍에서 권총을 꺼내고는 청년에게 머리에 쓴 것을 벗기라고 지시했다. 그는 헉하는 소리를 내더니 권총을 원래 장소에 다시 넣었다.

"아니, 페리 파크허스트로군!" 그는 놀라 소리쳤다.

"파티를 잘못 찾아왔습니다, 테이트 씨." 페리가 소심하게 웃었다. "놀래드린 건 아닌지 모르겠군요."

"글쎄, 분명 오싹하게는 했지, 페리." 어떻게 된 일인지 점차 깨달을 수 있었다. "타운센드 서커스 무도회에 가던 길이었군."

"그게 그럴 생각이었죠."

"버터필드 씨를 소개하지, 파크허스트 씨." 페리를 향하여 말했다. "버터필드는 우리 집에 며칠 머물고 있다네."

"잠깐 착각을 했어요." 페리가 우물거리며 말했다. "정말 죄송하게 됐습니다."

"괜찮네. 아주 자연스러운 실수지. 나는 광대 옷을 준비했어. 조금 있다가 갈 걸세." 그는 버터필드를 향해 돌아섰다.

"자네도 마음을 바꿔서 우리와 함께 가자고."

청년은 난색을 표했다. 그는 잠자리에 들 생각이었다.

"한잔하겠나, 페리?" 테이트 씨가 권했다.

"고맙습니다. 그러죠."

"아, 그리고." 테이트 씨가 급하게 말을 이었다. "깜박했군. 자네의, 여기 자네 친구 말일세." 그가 낙타 뒷부분을 가리켰다. "실례를 범할 생각은 아니었어. 내가 아는 사람인가? 나오게 하지."

"친구가 아닙니다." 페리가 서둘러 말했다. "그냥 고용한 사람이에요."

"그 사람은 술을 마시나?"

"술 마시나?" 페리가 상체를 뒤로 꼬아 돌리며 물었다.

희미하게 그렇다는 소리가 들렸다.

"당연히 마시지!" 테이트 씨가 따뜻하게 말했다. "정말 쓸모 있는 낙타는 사흘을 버틸 수 있을 만큼 충분히 마셔둬야 한다고."

"말씀드릴 게 있습니다." 페리가 걱정스럽게 말했다. "이 사람 옷차림이 밖으로 나올 만하지가 않습니다. 저에게 술병을 주시면 제가 뒤로 넘겨주겠습니다. 안에서 마시면 되니까요."

이 얘기에 고양된 듯 낙타 천 아래에서 기분 좋게 입맛 다시는 소리가 들려왔다. 집사가 술병과 술잔, 탄산수 병을 가지고 왔고, 그중 한 병이 뒤로 전해졌다. 그러자 말 없는 파트너가 술을 길게 들이켜는 소리가 잦은 간격으로 들려왔다.

순조롭게 한 시간이 흘렀다. 10시가 되자 테이트 씨는 이제 출발하는 게 좋겠다고 생각했다. 그는 광대 복장을 했다. 페리는 다시 낙타의 머리를 썼고, 그들은 나란히 서서 테이트 저택에서 한 블록 떨어진 탤리호 클럽까지 걸었다.

서커스 무도회는 한창이었다. 무도회장 안에는 거대한 천막이 쳐져 덮개들이 늘어뜨려져 있었고, 벽에는 빙 둘러가며 부스들이 줄지어 서 있었다. 다양한 서커스의 여흥을 보여 주기 위한 부스들이었지만 이제는 모두 비어 있었고, 광대들, 수염 단 여인들, 곡예사, 안장 없이 말을 타는 사람들, 곡예단 총감독, 문신 새긴 사람들, 마차 몰이꾼 등이 플로어에서 소리치며 웃는 젊은이들과 온갖 색깔들과 뒤섞여 가득 차 있었다. 타운센드 가족은 이 파티를 꼭 대성공시키고자 마음먹었고, 어마어마한 양의 술을 은밀하게 그들의 집에서 가져왔기에 술들이 이제 아낌없이 넘쳐 나고 있었다. 초록색 리본이 벽을 따라서 완전하게 연회장을 두르고 있었고, '초록색 선을 따라가시오!'라는 안내판과 화살표들이 막 도착한 사람들을 안내하고 있었다. 초록색 선을 따라가면 순한 펀치와 아주 독한 펀치와 평범한 진녹색 술병을 제공하는 바가 나타났다. 바 위의 벽에는 또 다른 화살표가 있었는데, 빨간색으로 아주 구불구불한 모습이었다. 그 아래에는 이렇게 쓰여 있었다. '자, 이제는 이 화살표를 따라가시오!'

그러나 그곳의 화려한 복장과 쾌활한 분위기 가운데서조차도 낙타의 등장은 뭔가 동요를 가져왔다. 페리는 곧 호기심을 보이며 웃음을 터뜨리는 사람들에게 둘러싸였다. 그들은 넓은 입구에서 우울하고 허기진 시선으로 춤추는 사람들을 보고 있는 이 짐승이 누구인지 파악하려 애썼다.

그런데 그때 페리는 어떤 부스 앞에서 우스꽝스러운 경찰에게 이야기를 하고 있는 베티를 보았다. 그녀는 이집트의 뱀을 부리는 마녀 차림을 하고 있었다. 황갈색 머리는 땋아서 놋쇠로 만든 둥근 테 안으로 통과하게 하였고, 반짝이는 동방의 왕관으로 그 효과의 절정을 이루게 했다. 투명한 얼굴 피부는 따뜻한 올리브빛 광채로 물들어 있었고, 두 팔과 등의 절반에는 독을 품은 녹색 눈의 외눈박이 뱀들이 몸을 꼰 채 그려져 있었다. 발에는 샌들이 신겨 있었고, 스커트는 무릎까지 찢어져 있어 걸을 때면 벗은 발목 바로 위에 그려진 가느다란 뱀들도 볼 수 있었다. 목의 상처는 번득이는 코브라였다. 전체적으로 매혹적인 의상이었지만, 나이 든 여인들 가운데서도 특히 겁 많은 사람들은 그녀가 지나갈 때 비명을 지르기도 하였고, 더 골치 아픈 부류들은 "저런 건 허용해서는 안 된다."는 둥, "정말 점잖지 못하다."는 둥 수선을 피웠다.

하지만 낙타의 불확실한 눈으로 내다보는 페리에게는, 오직 밝게 빛나고 생기 있는, 흥분으로 상기된 그녀의 얼굴만이, 그리고 팔과 어깨만이 보였다. 그녀가 빚어내는 움직임만으로 그녀는 어느 그룹에 있어도 항상 눈에 띄는 인물이었다. 그는 매료되었고, 그 매혹은 정신을 맑게 해주는 효과를 가져왔다. 점차 의식이 명료해지면서 그날 일어났던 사건들이 다시 떠올랐다. 안에서 분노가 치밀었고, 그는 저 무리들로부터 그녀를 데려오겠다는 채 완성되지 않은 계획만 가지고 그녀를 향해 발걸음을 떼었다. 차라리 앞으로 조금 늘였다는 표현이 맞을 것이다. 움직이는 데 필요한 사전 지시를 내려야 했는데 순간 잊은 것이다. 그런데 이때, 하루 내내 지독하게 그리고 냉소적으로 그를 조롱하던 변덕스러운 운명의 여신이 그가 자신에게 안겨 준 즐거움에 대한 보상을 충분히 해주기로 마음먹었다. 운명의 여신은 뱀 부리는 마녀의 황갈색 눈을 낙타에게 향하게 만들었다. 운명의 여신은 그녀가 옆에 있는 남자에게 몸을 기울이며 묻게 만들었다. "누구죠? 저 낙타 말이에요."

"난들 알겠어요?"

그러나 워버턴이란 이름의 한 작은 사내는 전모를 다 알고 있었고, 과감하게 의견을 내는 것이 필요하다고 생각했다.

"테이트 씨와 함께 왔어요. 아마도 저 일부분은 워런 버터필드일 거라고 생각해요. 뉴욕에서 온 건축가인데 테이트 일가를 방문 중이죠."

뭔가 베티 메딜 안에서 흔들렸다. 옛날부터 시골 아가씨가 손님으로 온 남자에게 갖게 되는 그런 관심이었다.

"아." 잠깐 사이를 둔 뒤 그녀가 아무렇지도 않게 말했다.

다음 춤곡이 끝났을 때 베티와 그녀의 파트너는 낙타와 매우 가까운 거리에서 춤을 마치게 되었다. 그날 저녁의 주제이기도 했던 형식에 구애받지 않는 대담함으로 그녀는 손을 뻗어 부드럽게 낙타의 코를 어루만졌다.

"안녕, 늙은 낙타."

낙타가 거북하게 흔들었다.

"내가 무섭나요?" 베티가 책망하듯 눈썹을 올리며 말했다. "그러지 말아요. 보다시피 난 뱀을 부리는 사람이지만 낙타도 잘 부린답니다."

낙타가 고개를 깊이 숙여 절을 했고, 누군가 미녀와 야수라며 뻔한 말을 했다.

타운센드 부인이 다가오고 있었다.

"어머나, 버터필드 씨." 그녀가 그렇게 말해 줘 도움이 되었다. "알아보지 못할 뻔했네요."

페리가 다시 고개 숙여 인사하고는 마스크 뒤에서 즐겁게 미소를 지었다.

"함께 있는 사람은 누구인가요?" 그녀가 물었다.

"아." 하고 페리가 말했다. 그의 목소리는 두꺼운 천에 묻혀서 누구 목소리인지 알아차릴 수 없었다. "사람이 아닙니다, 타운센드 부인. 그냥 제 의상의 일부이죠."

타운센드 부인은 웃더니 자리를 떠났다. 페리는 다시 베티를 향했다.

페리는 생각했다. '그런데 그녀가 날 생각하는 마음이 이 정도였군! 헤어진 바로 그날 다른 남자에게, 더구나 완전히 낯선 남자에게 추파를 던지다니.'

그는 충동적으로 그녀를 어깨로 살짝 밀고서는 홀을 가리키듯 머리를 흔들었다. 그녀가 파트너를 떠나 자기와 함께 가기를 원한다는 것을 노골적으로 보여 준 것이다.

"잘 가요, 러스." 그녀가 파트너에게 말했다. "이 늙은 낙타가 나를 사로잡았어요. 어디로 가는 건가요, 야수들의 왕자님?"

그 고고한 동물은 대답을 하지 않았지만 성큼성큼 옆 계단의 외진 구석을 향해 걸었다.

거기서 그녀는 자리에 앉았고, 낙타는 퉁명스러운 지시와 열띤 언쟁 소리를 안에서 내면서 잠깐 혼란을 겪더니 그녀 옆에 자리 잡았다. 낙타의 뒷다리들은 계단 두 개에 불편하게 뻗은 상태였다.

"자, 늙다리." 베티가 쾌활하게 말했다. "우리의 행복한 파티가 맘에 들어요?"

늙다리는 머리를 황홀하게 돌리고 발굽을 유쾌하게 차 보이며 파티가 좋았다는 것을 알렸다.

"하인이 옆에 있는 남자와 이렇게 마주 앉아 있는 건 처음이에요." 그녀가 뒷다리를 가리키며 말했다. "하인이든 뭐든 말이죠."

"아, 귀도 안 들리고 눈도 안 보이는 사람이에요." 페리가 우물대며 말했다.

"장애가 있는 것처럼 느끼시겠어요. 잘 걸을 수가 없잖아요. 마음먹은 것처럼요."

낙타가 애처롭게 머리를 떨구었다.

"당신이 뭐라고 말 좀 했으면 좋겠군요." 베티가 다정하게 말했다. "나를 좋아한다든가, 낙타 씨, 내가 아름답다든가, 아름다운 뱀 부리는 마녀의 것이 되고 싶다든가."

낙타도 그러고 싶었다.

"나와 춤추겠어요, 낙타 씨?"

낙타도 춤을 춰보고 싶었다.

베티는 낙타와 함께 삼십 분을 보냈다. 그녀는 다가오는 모든 남자들에게 적어도 삼십 분씩은 할애했다. 대개는 그것으로 충분했다. 그녀가 새로운 남자에게 다가가면 사교계에 처음 나온 여자들은 마치 기관총 앞에 빽빽하게 배치된 종대처럼 좌우로 흩어졌다. 그래서 페리 파크허스트에게는 다른 이들이 그녀를 보는 것처럼 사랑하는 그녀를 볼 수 있는 유례없는 특권이 주어졌다. 그는 정말 몸 둘 바를 몰랐다.

IV

 부서지기 쉬운 기초 위에 세워진 이 파라다이스에 문득 사람들이 무도회장으로 입장하는 소리가 불청객처럼 끼어들었다. 코티용이 시작하고 있었다. 베티와 낙타도 그 무리에 들어갔다. 그녀의 갈색 손이 그의 어깨 위에 가볍게 얹혀 있었는데 이는 그녀가 낙타를 완전히 소유했음을 오만하게 상징한다.
 그들이 들어가자 커플들은 벌써 벽을 따라 놓인 테이블에 자리를 잡고 있었으며, 화려한 타운센드 부인이 다소 너무 통통한 장딴지를 보이며 안장 없는 말의 기수로 분하고서는 한가운데서 총감독을 담당한 링매스터와 함께 서 있었다. 밴드에 신호를 하자 모두들 일어서서 춤을 추기 시작했다.
 "멋지지 않아요?" 베티가 아 하고 숨을 뱉었다. "춤을 출 수 있을 것 같아요?"
 페리가 열의를 보이며 고개를 끄덕였다. 그는 갑자기 생기에 가득 찼다. 어쨌든 그는 여기서 익명으로 사랑하는 그녀와 얘기를 하고 있지 않은가. 그는 세상에 거만하게 윙크를 할 수 있을 것 같았다.
 그래서 페리는 코티용을 추었다. 춤을 추었다고 말했지만, 실상 그것은 가장 즉흥적인 테르프시코레[5]의 가장 엉뚱한 꿈에서도 나오지 않을 만한 것을 억지로 춤이라 갖다 붙인 것이다. 그는 자기 파트너인 그녀가 그의 힘 없는 어깨 위에 손을 얹고 자신을 플로어 여기저기로 끌고 가게 내버려 두었으며, 그동안 그는 커다란 머리를 온순하게 그녀의 어깨 위로 떨구고는 두 다리로 쓸데없이 헛발질을 하였다. 뒷다리는 또 순전히 자기 방식으로 춤을 추어, 주로 한 발씩 번갈아 폴짝폴짝 뛰었다. 춤이 진행되고 있는지 아닌지 전혀 알 수 없었던 뒷다리로서는 음악이 울리기 시작하면 언제나 일련의 스텝을 밟았고, 그편이 제일 안전하다고 생각했다. 그래서 흔히 연출된 광경이, 낙타의 앞부분은 편하게 서 있는데 뒷부분은 끊임없이 힘차게 움직이는 장면이었고, 이는 바라보던 부드러운 마음을 가진 사람들에게 동정의 땀방울을 자극하였다.

사람들은 거듭 그에게 호의를 보였다. 그는 처음에 짚으로 몸을 덮은 키 큰 여인과 춤을 추었는데, 그녀는 명랑하게 자기는 가마니라고 말하며, 자기를 먹지 말아 달라고 애교를 부리며 부탁했다.

"그러고 싶군요. 당신이 너무 달콤해서요." 낙타가 친절하게 말했다.

링매스터가 "남자들 나오세요!" 하고 외칠 때마다 그는 쿵쾅거리며 베티를 향해 열심히 돌진했다. 그녀는 골판지 비엔나소시지와 있거나 수염 달린 여인의 사진 또는 누구든 운 좋은 사람과 함께 있었다. 어떨 때는 그가 먼저 그녀에게 도착했지만 대개 그의 돌진은 성공적이지 못했고 심각한 내분만 초래하곤 했다.

"제발 좀." 페리가 이를 악물고 거칠게 으르렁거렸다. "기운 좀 내보라고! 당신이 발을 움직였더라면 내가 그녀를 차지할 수 있었잖소."

"아니, 미리 경고를 좀 줘야죠!"

"줬잖소, 제길."

"여기선 빌어먹을, 아무것도 안 보인다고요."

"나만 따라오면 되는 거요. 같이 걸으려니 무슨 모래주머니를 끄는 것도 아니고, 참 나."

낙타의 뒷부분 81

"그럼 뒤에 들어가든가."

"닥쳐요! 여기 있는 사람들이 당신을 발견하면 생전 경험해 보지 못했던 지독한 구타를 당할 거요. 택시 면허도 뺏을걸!"

페리는 자신이 그렇게 쉽게 그런 악마 같은 협박을 했다는 것에 스스로도 놀랐지만, 어쨌든 그 협박이 그 사람에게 최면 같은 영향을 끼친 것 같았다. 그는 "에이, 젠장." 하고는 무안해졌는지 침묵 속으로 잦아들었다.

링매스터가 피아노 위에 올라가더니 손짓을 하여 사람들을 조용히 시켰다.

"상입니다." 그가 소리쳤다. "자, 이리 모이세요!"

"와! 상이다!"

사람들이 수줍어하며 앞으로 모여들었다. 수염 달린 여인으로 분장할 용기를 내었던 아름다운 소녀는 하루 저녁의 추악함에 대해 보상을 받으리란 생각에 흥분으로 몸을 떨었다. 오후 내내 자기 몸에 문신을 그리게 하며 보냈던 남자는 무리의 끝자락에 숨어 있다가 누군가가 분명 당신이 받을 거란 말을 하자 화를 내며 얼굴을 붉혔다.

"서커스에 참석해 주신 신사 숙녀 여러분." 링매스터가 밝은 목소리로 말했다. "모두 좋은 시간을 보내셨으리라 믿습니다. 이제 상을 수여함으로써 마땅히 경의를 표할 곳에 경의를 표하고자 합니다. 타운센드 부인의 부탁으로 제가 상을 수여하겠습니다. 자, 여러분, 일등 상은 여자 분 가운데서 오늘 밤 가장 충격적이면서 가장 잘 어울리는……." 이 대목에서 수염 달린 여인이 포기하듯 한숨을 내쉬었다. "……그리고 가장 창의적인 의상을 입은 분에게 드리겠습니다." 여기서 가마니가 귀를 쫑긋 세웠다. "저희가 동의한 이 결정에 대해서 여기 계신 모든 분들도 찬성하리라 확신합니다. 일등 상은 매혹적인 이집트 뱀 부리는 마녀, 베티 메릴 양입니다."

박수가 터져 나왔다. 주로 남자들이었다. 베티 메릴이 올리브색 페인트를 칠한 얼굴을 아름답게 붉히며 상을 받기 위해 지나갔다. 링매스터는 부드러운 눈길을 주며 그녀에게 커다란 난초 다발을 건넸다.

"자, 이제." 그가 주위를 둘러보며 말을 이었다. "또 하나의 상은 가장 재미있고 창조적인 의상을 입은 남자 분을 위한 것입니다. 이 상은 이견의 여지없이 우리를 방문한 손님에게 드리겠습니다. 바로 이 도시를 방문 중이며, 우리 모두가 오랫동안 머물기를 소망하는 신사, 간단히 말해 허기진 모습과 기발한 춤으로 저녁 내내 우리 모두를 즐겁게 해주었던 고매한 낙타에게 드리겠습니다."

그가 말을 멈추자 모두가 찬성하는 선택이었기에 열렬한 박수와 환호가 터져 나왔다. 상은 커다란 시가 한 박스였는데, 낙타가 신체 구조상 직접 받을 수 없었기에 한쪽에 보관해 두기로 했다.

"자, 이제." 링매스터가 말했다. "우리 모두 즐거움과 우매함이 결혼하는 코티용 춤을 춥시다!"

"성대한 결혼식 행진을 해봅시다. 아름다운 뱀 부리는 마녀와 당당한 낙타는 앞으로!"

베티는 활기차게 앞으로 걸어 나가 올리브빛 팔로 낙타의 목을 감았다. 그들 뒤로 행렬이 늘어섰다. 어린 소년들, 소녀들, 시골뜨기들, 뚱뚱한 여인들, 마른 남자들, 칼을 삼키는 사람들, 보르네오 미개인, 팔 없는 부랑자들. 그들 중에는 은근하게 취해 있는 사람들도 많았지만 모두가 흥분하여 즐거워했고, 주변을 흐르는 조명과 빛깔에, 그리고 기이한 날개와 야만스러운 페인트 때문에 이상하게 낯설어 보이는 지인들의 얼굴에 매혹되어 있었다. 불경스럽게 싱커페이션으로 연주되는 결혼행진곡의 관능적 화음은 트롬본과 색소폰이 현란하게 어우러진 속에 흘러나오고 있었다. 그리고 행진이 시작되었다.

"기쁘지 않아요, 낙타?" 함께 발걸음을 떼면서 베티가 다정하게 물었다. "우리가 결혼을 하고, 이제 당신이 영원히 멋진 뱀 부리는 마녀의 것이 된다니 기쁘지 않나요?"

낙타는 앞다리를 껑충거리며 넘쳐 나는 기쁨을 표현했다.

"목사님! 목사님! 목사는 어디 있나요?" 흥청거림 속에서 외치는 목소리들이 있었다. "누가 목사를 할 거요?"

점보의 머리가—그는 뚱뚱한 검둥이로 오랫동안 탤리호 클럽의 웨이터였다.—반쯤 열린 찬방 문 사이로 급하게 나타났다.

"아, 점보!"

"점보로 하지. 바로 이 친구야."

"이리 와, 점보. 커플 하나 결혼시켜 주지?"

"옳소!"

네 명의 코미디언이 점보를 붙들어 앞치마를 벗긴 다음, 무도회장 앞의 높은 연단으로 데려갔다. 거기서 그의 칼라를 벗겨 뒷면을 앞으로 다시 끼우니 성직자 같은 느낌이 났다. 행렬이 두 줄로 갈라지며 신부와 신랑을 위한 통로를 만들었다.

"준비됐어요." 점보가 소리쳤다. "성경이며 죄다 있어요. 충분해."

그가 안주머니에서 낡은 성경을 꺼냈다.

"와! 점보가 성경 책을 가지고 있다!"

"면도칼도 있을걸. 내기하지."

뱀 부리는 마녀와 낙타가 함께 환호 속에 통로를 지나 점보 앞에 멈췄다.

"결혼 증명서 어디 있소, 낙타 씨?"

가까이 있던 어떤 남자가 페리를 쿡 찔렀다.

"그냥 종이 한 장 주라고. 아무 종이나 괜찮아요."

페리가 당황하여 주머니를 더듬다 접혀 있는 종이 하나를 발견하고는 낙타 입 밖으로 내밀었다. 점보는 그 종이를 거꾸로 들고 열심히 훑어보는 척했다.

"이거 특수한 낙타 결혼 증명서구먼." 그가 말했다. "반지 준비하시오, 낙타 씨."

낙타 안에서 페리가 뒤로 돌아 그의 끔찍한 짝꿍에게 말했다.

"반지를 줘야지, 젠장!"

"반지 같은 게 어디 있어요." 지친 목소리로 항변했다.

"있잖소. 봤다니까."

"이 반지는 내 손에서 못 빼요."

"안 빼면 죽여 버릴 거야."

헉하고 숨을 들이켜는 소리가 났고, 페리는 라인스톤[6]과 놋쇠가 이룬 대단한 결합이 손 안에 들어온 것을 느낄 수 있었다.

다시 한 번 밖에서 그를 쿡 찔렀다.

"대답하세요!"

"네!" 페리가 얼른 소리쳤다.

베티가 상냥한 목소리로 대답하는 것을 들을 수 있었다. 우스꽝스러운 놀이였지만 그 목소리는 그를 감격시켰다.

그러자 그는 라인스톤 반지를 낙타 옷의 찢어진 부분으로 밀어 내보냈고, 점보를 따라 오랜 전통의 구절들을 되뇌며 그녀의 손가락에 반지를 끼워주었다. 그는 아무도 영원히 이 일에

낙타의 뒷부분 85

대해서 모르기를 바라고 있었다. 그는 자기 정체를 밝힐 필요 없이 몰래 빠져나갈 생각을 하고 있었다. 테이트 씨도 아직까지는 비밀을 잘 지켜주고 있었다. 품위 있는 젊은이 페리, 그가 이 일로 이제 막 시작한 변호사 일을 그르칠 수도 있었다.

"신부를 안아야지!"

"가면을 벗어라, 낙타! 신부에게 키스해!"

베티가 웃으면서 그를 향하고는 골판지로 만든 주둥이를 쓰다듬기 시작하자 그의 심장이 본능적으로 마구 뛰었다. 그는 자제력이 사라지는 것을 느꼈다. 두 팔로 그녀를 끌어안고 자신이 누구인지 밝힌 후 바로 지척에서 미소 짓고 있는 저 입술에 키스하고 싶었다. 그때 갑자기 주위의 웃음과 환호가 잦아들고 기이한 정적이 무도회장에 내려앉았다. 페리와 베티가 놀라 올려다보았다. 점보가 너무나도 놀란 목소리로 "여기 봐요!"라고 소리를 질러 모든 시선이 그를 향하고 있었다.

"여기 봐요!" 그가 다시 외쳤다. 그가 거꾸로 들고 있던 낙타의 결혼 증명서를 돌리더니 안경을 꺼내어 고민스러운 표정으로 꼼꼼히 살폈다.

"맙소사!" 그가 탄식을 했고, 실내를 메운 침묵 속에서 그가 하는 말이 모두에게 또렷하게 들렸다. "이건 진짜 결혼 허가서네요."

"뭐라고?"

"응?"

"다시 말해 봐, 점보."

"제대로 읽을 줄은 아는 거야?"

점보는 손을 흔들어 조용히 시켰고, 페리는 자신이 저지른 실수를 깨닫자 핏줄 속에서 피가 불타오르는 것만 같았다.

"그럼요!" 점보가 다시 말했다. "이건 정말 증명서예요. 그리고 관련 이름은, 한 사람은 여기 이 아가씨, 베티 메딜 양이고, 또 한 사람은 페리 파크허스트 씨네요."

모두가 헉 소리를 내며 경악했고, 낮은 웅성거림이 여기저기 터져 나오며 모든 시선이 낙타를 향했다. 베티는 그에게서 얼른 물러섰고, 그녀의 황갈색 눈에는 분노의 불꽃이 튀었다.

"파크허스트 씨인가요? 이봐요, 낙타 씨?"

페리는 아무 대답도 하지 않았다. 사람들이 점점 가까이 다가왔고 뚫어지게 그를 쳐다보았다. 그는 당황스러워 그 자리에서 뻣뻣하게 얼어붙고 말았다. 그가 험악한 점보를 응시하는 순간에도 골판지로 만든 낙타의 얼굴은 여전히 허기지고 냉소적이었다.

"다들 대답을 해봐요!" 점보가 천천히 말을 했다. "이건 엄청나게 심각한 문제예요. 이 클럽에서 하는 일 말고도 나는 정말로 제일 쿨러드 침례교회 목사라고요. 내가 보기에 당신들은 이걸로 정식 결혼을 한 겁니다."

V

그 뒤에 이어진 장면은 탤리호 클럽 역사에 영원히 남을 것이다. 통통한 부인네들이 기절을 하고, 백 퍼센트 미국인들이 욕설을 하고, 순식간에 만들어졌다 흩어지는 번개 같은 무리들 속에서 놀란 눈의 사교계 신인 아가씨들이 재잘거리며 떠들어댔고, 크게 울리는 재잘거림은 전염성이 강하면서도 기이하게 가라앉아, 아수라장이 된 무도회장을 웅웅거리며 떠다녔다. 상기된 젊은이들은 페리나 점보, 혹은 자기 자신들이든 누구든 죽이겠다고 저주를 퍼부었고, 침례교 목사는 시끄러운 아마추어 변호사들의 사나운 무리에 둘러싸여 있었다. 그들은 그에게 질문을 던지고 협박을 하고 전례를 요구하고 결혼 무효를 명령하는가 하면 막 일어난 이 사건이 혹시 미리 계획되었던 것은 아닌지 캐내려고 특별히 더 애를 썼다.

구석에서 타운센드 부인은 하워드 테이트 씨 어깨에 기대어 조용히 울고 있었고, 테이트 씨는 그녀를 위로하려 했지만 허사였다. 그들은 "다 내 잘못이에요."란 말만 계속 되풀이하며 서로 주고받고 있었다. 바깥 눈 쌓인 보도에서는 알루미늄의 남자인 사이러스 메딜 씨가 전차 모는 건강한 남자들 둘 사이를 천천히 오가고 있었다. 그는 차마 다시 입으로 옮기기 어려운 말들을 쏟아내고 있었고, 그리고 이제는 좀 전까지 점보에게 퍼부었던 거친 항변을 터뜨리고 있었다. 그는 오늘 저녁 익살스럽게 보르네오 미개인 복장을 하고 있었는데, 최고로 엄격한 무대연출가라도 그에게 미개인 역할을 맡긴다면 더 이상 고쳐야 할 점이 거의 없다고 인정했을 정도였다.

그동안 두 주인공은 무대의 진짜 중심을 차지하고 있었다. 베티 메릴은—이제 베티 파크허스트인 걸까?—그녀보다 평범한 여자들에게 둘러싸인 채 격렬하게 화를 내고 있었다. 그녀보다 더 예쁜 여자들은 그녀 이야기를 하느라고 바빠 그녀에겐 관심도 주지 않았다. 그리고 홀의 다른 한편에는 낙타가 서 있었다. 가슴에 불쌍하게 매달려 있는 낙타 머리를 제외하고는 그대로였다. 페리는 자기를 둘러싸고 있는 분노하고 당황한 남자들에게 자신이 무고함을 열심히 변명하고 있는 중이었다. 몇 분마다 그가 막 자신의 사건을 명백하게 증명하고 나면, 누군가 나서 결혼 증명서를 언급하고, 그러면 또다시 취조가 시작되었다.

매리언 클라우드라는 아가씨는 털리도에서 두 번째로 아름다운 미인으로 꼽히고 있었는데, 그녀가 베티에게 말한 한마디가 상황의 본질을 바꾸어놓았다.

"글쎄." 그녀가 심술궂게 말했다. "모두 다 무사히 지나갈 거야. 법원에서 당연히 취소할 텐데 뭐."

베티가 흘리던 분노의 눈물이 기적처럼 멈추었고, 입술이 굳게 다물어지더니 그녀가 돌처럼 굳은 표정으로 매리언을 쳐다보았다. 그러곤 자리에서 일어나 모여들어 동정하고 있던 사람들을 양옆으로 물리며 곧장 홀을 건너 페리에게로 향했고, 페리는 겁에 질려 그녀를 바라보았다.

"나한테 오 분 정도 얘기할 시간을 내줄 수 있는 거예요? 아니면, 이건 원래 계획에 없었던 건가요?"

그는 고개를 끄덕였다. 입에서 말이 나오지가 않았다.

그녀는 냉정하게 따라오라고 손짓하며 턱을 치켜들고 홀 밖으로 걸어 나간 후, 조용히 있을 수 있는 작은 카드놀이용 방으로 향했다.

페리가 그녀 뒤로 걷기 시작했지만 뒷다리가 따라주지 않아 휙 하고 멈추게 되었다.

"당신은 여기 있어." 그가 화를 내며 말했다.

"못 하죠." 혹에서 투덜거리는 소리가 났다. "그러려면 먼저 당신이 나가고 나를 내보내 줘야 하는데요."

페리는 망설이다가 호기심 어린 사람들의 눈길을 더 이상은 견딜 수 없어 뭐라고 중얼거렸고, 낙타는 다시 조심스럽게 네 발로 홀을 떠났다.

베티가 그를 기다리고 있었다. 그녀가 분노에 차 말을 시작했다. "도대체, 무슨 짓을 저지른 거예요? 그 망할 결혼 증명서를 만들더니만! 증명서를 받지 말았어야 했다고 내가 그랬죠?"

"사랑하는……."

"그 '사랑하는' 소리 좀 집어치워요! 아껴두었다가 당신 진짜 아내에게나 해주라고요. 이렇게 부끄러운 사고를 일으켰으니 결혼이나 할지 모르겠지만. 그리고 모두 미리 계획했던 것이 아닌 척하지 말아요. 그 검둥이 웨이터에게 돈을 준 거잖아요. 그랬잖아요. 나랑 결혼할 생각이 없었다고 말하는 거예요?"

"아니…… 물론……."

"그래요. 인정을 하라고요. 그래서 일을 저질렀다고. 이제 어떻게 할 건가요? 우리 아버지가 거의 미칠 지경인 거 알아요? 아버지가 당신을 죽이려 들지도 몰라요. 당신은 그래도 싸요. 아버지가 총을 들고서 차가운 쇳조각을 당신에게 박아 넣을 거예요. 이 결혼이, 이 일이 취소되더라도 평생 나를 따라다닐 거라고요!"

페리는 그녀가 했던 말들을 참지 못하고 조용히 되풀이하고 말았다. "오, 낙타 씨, 이 아름다운 뱀 부리는 마녀의 것이 되고 싶지 않나요? 당신의 모든……."

"닥쳐요!" 베티가 소리쳤다.

침묵이 흘렀다.

"베티." 마침내 페리가 말했다. "우리가 이 일을 정말 깨끗하게 마무리하려면 한 가지 방법밖에 없어. 그건 당신이 나와 결혼하는 일이야."

"당신과 결혼을 하라고!"

"그래. 그게 유일한……."

"그만해요! 난 당신과 결혼하지 않을 거예요. 설사 당신이, 당신이……."

"알아. 설사 내가 지구에 남은 마지막 남자라도 말이지. 하지만 당신 명성을 조금이라도 생각한다면……."

"명성이라고요!" 그녀가 소리쳤다. "이제 내 명성을 생각하는 착한 사람이 된 건가요? 왜 그전엔 내 명성에 대해서 생각하지 않은 건데요? 그 불쾌한 첩보를 고용해서 그런, 그런……."

페리가 난감하여 두 손을 위로 들어 올렸다.

"알았어. 당신이 원하는 건 뭐든 하지. 하느님께 맹세컨대 내 모든 권리를 다 포기하겠어!"

"하지만." 새로운 목소리였다. "난 아니오."

페리와 베티가 소스라쳐 놀랐다. 베티가 손을 가슴에 가져갔다.

"세상에, 도대체 무슨 소리였지?"

"나요." 낙타의 뒷부분이 말했다.

곧 페리가 낙타의 가죽을 벗어버렸고, 그러자 흐트러지고 지쳐빠진 인간이 축축하게 늘어진 옷을 걸치고 거의 다 빈 술병을 손에 꽉 쥔 채 그들 앞에 거만하게 서 있었다.

"어머나." 베티가 소리를 질렀다. "당신은 나를 겁주려고 저런 인간을 데려왔군요! 귀머거리라고 했잖아요. 저 무서운 사람요!"

낙타의 뒷부분은 의자에 앉아 만족스럽게 숨을 내쉬었다.

"날 그렇게 말하지 마시오, 아가씨. 난 아무나가 아니올시다. 난 당신 남편이오."

"남편!"

그 외침은 베티와 페리에게서 동시에 뱉어졌다.

낙타의 뒷부분 91

"아, 물론이죠. 저 인간이 당신 남편인 만큼 나도 당신 남편이라고요. 그 검둥이가 당신 짝으로 맺어준 것은 낙타 전체거든요. 게다가 당신 손가락의 그 반지도 내 거라고요."

작은 비명과 함께 베티가 자기 손가락에서 반지를 낚아채어 있는 힘을 다해 바닥으로 던져버렸다.

"이게 다 뭐 하자는 짓이오?" 페리가 어리벙벙하여 물었다.

"젠장, 당신은 나에게 한턱 쏘아야지. 그것도 제대로 쏘아야 할 거요. 그렇지 않으면 나도 저 여자와 결혼했다고 당신과 같은 권리를 주장할 거요!"

"중혼이군." 페리가 엄숙하게 베티를 향하며 말했다.

그러고는 페리에게 그날 저녁 최고의 순간이 왔다. 그가 자신의 모든 운을 걸 궁극의 기회였다. 페리는 자리에서 일어나 처음에는 베티를 바라보았다. 그녀는 이 새로운 골칫거리에 기가 막혀 맥없이 앉아 있었다. 페리는 이번에는 그 택시 기사를 보았다. 그는 의자에 앉아 불안하게 그리고 위협적으로, 옆으로 흔들대고 있었다.

"잘 알았네." 페리는 느릿하게 그에게 말했다. "당신이 저 여자를 가지시오. 베티, 나는 내가 아는 한 우리 결혼이 전적으로 사고였다는 것을 당신에게 증명하겠어. 나는 당신을 내 아내로 맞을 권리를 완전히 포기할 거야. 그리고 당신을, 당신 반지의 주인인 남자에게, 당신의 법적인 남편에게 보내겠어."

잠시 정적이 흐르며 겁에 질린 눈동자 네 개가 페리를 향했다.

"안녕, 베티." 그가 띄엄띄엄 말했다. "새로이 얻은 행복 속에서도 날 잊지 말아 줘. 나는 내일 아침 기차로 저 멀리 서부로 떠나겠어. 부디 날 기억해 줘, 베티."

그들을 마지막으로 한 번 바라본 다음, 그는 몸을 돌려 고개를 가슴으로 떨군 채 손잡이에 손을 가져갔다.

"안녕." 그가 다시 한 번 말했다. 그는 손잡이를 돌렸다.

그러나 이 소리에 뱀과 실크와 황갈색 머리가 급하게 그를 향해 달려 나갔다.

"페리, 날 떠나지 말아요! 페리, 페리, 나도 데려가 줘요!"

그녀의 눈물이 페리의 목을 촉촉이 적시며 흘렀다. 그는 차분하게 두 팔로 그녀를 감싸 안았다.

"상관없어." 그녀가 외쳤다. "사랑해요. 그리고 당신이 지금 이 시간에도 목사를 깨울 수 있다면 다시 한 번 하자고요. 당신과 서부로 가겠어요."

그녀의 어깨 너머로 낙타의 앞부분이 낙타의 뒷부분을 바라보았다. 그리고 그들은 아주 섬세한, 일종의 비밀스러운 윙크를 주고받았다. 오직 진정한 낙타들만이 이해할 수 있는 것이었다.

노동절

　전쟁이 일어났고 싸워 이겼다. 그리고 승리한 이들의 위대한 도시에는 개선문들이 세워지고 흰색, 빨간색, 장밋빛 꽃이 뿌려져 화려했다. 긴긴 봄날 내내 돌아오는 병사들이 주 고속도로를 따라 행진했고, 그들 앞에는 북 두드리는 소리와 금관악기들의 기쁨에 넘친 울림이 앞장을 섰다. 그러면 상인들과 점원들이 언쟁과 계산을 멈추고 창가로 몰려들어서는 하얀 얼굴들을 주렁주렁 지나가는 군대를 향해 돌렸다.

　이 위대한 도시에 일찍이 이런 장관이 없었으니, 모든 것이 승리로 끝난 전쟁이 기차 가득 실어온 것이었다. 그리고 저 멀리 남부와 서부로부터 상인들이 식솔들을 데리고 몰려들었다. 그들은 이 모든 달콤한 향연을 맛보고 화려하게 준비된 여흥을 즐기고자 했으며, 자기 여자들을 위해 다음 겨울 채비를 위한 모피, 황금 망사 가방, 다양한 색상의 실크 신발, 은, 장밋빛 공단, 황금빛 직물을 사고자 했다.

　승리한 측의 글쟁이와 시인들이 칭송한, 눈앞에 다가온 평화와 번영은 너무나도 쾌활하고 요란스러웠기에 지방으로부터 돈 쓸 사람들이 점점 더 많이 모여들어 흥분하며 와인을 마셔 댔고, 상인들은 점점 더 빠르게 장신구와 신발을 팔아치웠으며, 밀려드는 수요에 맞추기 위해 더 많은 장신구와 더 많은 신발을 보내달라고 크게 소리쳐야 했다. 심지어 어떤 상인들은 어찌해 볼 수 없어 손을 흔들며 외치기도 했다.

"맙소사! 신발이 다 나가고 없네! 세상에! 장신구도 다 나가고 없네! 신이시여, 도와주소서! 내가 어찌해야 할지 모르겠나이다."

그러나 아무도 그들의 커다란 부르짖음에 귀 기울이지 않았다. 그러기에는 사람들이 너무도 바빴다. 매일 매일 병사들이 의기양양하게 고속도로를 걸어 지나갔으니 돌아온 젊은이들이 순수하고 용감한 것에, 그리고 그들의 건강한 치아와 분홍빛 뺨에 모두들 흥분하고 기뻐하였다. 그리고 이 땅의 젊은 여자들은 처녀들이었으니 그 얼굴과 몸매가 다 아름다웠다.

그래서 이 시기 동안 위대한 도시에는 많은 사건들이 있었는데, 그중에서 몇 가지가 혹은 하나가 여기에 기록된다.

I

1919년 5월 1일 아침 9시에 한 젊은이가 빌트모어 호텔에서 객실 담당에게 이야기를 하고 있었다. 그는 필립 딘 씨가 이곳에 묵고 있는지, 그렇다면 딘 씨의 방에 연결해 줄 수 있는지 물었다. 청년은 잘 재단되었지만 많이 낡은 양복을 입고 있었다. 그는 키가 작고 호리호리했으며 잘생긴 얼굴은 어두웠다. 눈 위로 눈썹은 보기 드물게 길었고, 눈 아래로는 건강이 나쁜

지 푸르스름하게 반원의 그늘이 드리워져 있었다. 낮게 지속되는 열처럼 얼굴을 물들인 부자연스러운 홍조 때문에 더더욱 아파 보였다.

딘 씨는 그곳에 머무르고 있었다. 젊은이는 옆에 놓인 전화기로 안내되었다.

잠시 후 전화가 연결되었다. 잠이 덜 깬 목소리가 위 어디선가에서 여보세요 했다.

"딘 씨?" 아주 간절하게 말했다. "나 고든이야, 필. 고든 스테렛. 아래에 와 있어. 뉴욕에 있다는 소문을 듣고 여기 있을 거라 짐작했지."

잠이 덜 깬 목소리는 점차 활기를 되찾았다. 야, 고디, 잘 있었냐? 그는 분명 놀랐고, 또 기뻐했다. 고디, 어서 올라와, 올라오라고!

몇 분 후 필립 딘은 푸른 실크 잠옷 차림으로 문을 열었고, 두 젊은이는 반쯤 평정을 잃고 흥분하여 인사를 나눴다. 둘 다 스물네 살쯤 되었고, 전쟁 일 년 전에 예일 대학을 졸업했다. 하지만 닮은 점은 거기까지였다. 딘은 금발에 혈색이 좋았고, 얇은 파자마 아래로 건장한 몸이 보였다. 그의 모든 것에서 건강함과 육체적 편안함이 빛을 발하고 있었다. 그는 자주 미소를 지었는데, 그럴 때면 커다랗게 튀어나온 이가 드러났다.

"안 그래도 널 찾아볼 생각이었어." 그가 열정적인 목소리로 말했다. "나, 2주 휴가야. 잠시 앉아 있어라. 곧 나올게. 샤워 좀 하고."

그가 화장실로 들어가 보이지 않게 되자 방문객의 검은 눈은 초조하게 방 안을 두리번거리다가, 구석에 놓인 커다란 영국식 여행 가방과 의자들 위에 흩어져 있는 두꺼운 실크 셔츠들 위에 잠깐 머물렀다. 주변에는 근사한 넥타이들과 부드러운 모직 양말도 있었다.

고든은 일어나 셔츠 하나를 집어 들고 잠시 들여다보았다. 상당히 도톰한 실크로 노란 바탕에 연한 푸른색 줄무늬가 있었는데, 그런 옷이 열 벌이 넘어 보였다. 그는 무의식적으로 자기 셔츠의 소매 단을 보았다. 낡은 소매 단은 보푸라기가 일어나 있었고 때가 묻어 엷은 회색으로 변해 있었다. 실크 셔츠를 내려놓고는 자신의 해진 셔츠 소매 단이 보이지 않을 때까지 재킷 소매를 끌어내렸다. 그러고는 거울로 가서 내키지 않아 하며, 우울한 감흥 속에 자신을 바라보았다. 이전의 전성기를 보여 주는 넥타이는 빛이 바래고 주름 져 있었으며 더 이상 칼라의 찢어진 단춧구멍을 가리지 못했다. 그는 재미있다는 느낌이 전혀 없이 생각했다. 불과 3년 전만 해도 대학 졸업반 시절, 가장 옷 잘 입는 사람 투표에서 몇 표나마 얻기도 했있는데, 히고.

딘이 몸을 닦으며 화장실에서 나왔다.

"어젯밤 네 옛 친구를 보았어." 딘이 말했다. "로비에서 지나쳤는데 이름이 생각나야 말이지. 4학년 때 네가 뉴헤이번[1]에 데려왔던 여자애 말이야."

고든이 깜짝 놀랐다.

"에디스 브래딘? 그 애 말하는 거야?"

"그래, 그 애. 정말 멋지더군. 여전히 예쁜 인형 같아. 무슨 말인지 알겠지? 손으로 만졌다가는 망가질 것만 같더라니까."

그는 거울 속에 비친 빛나는 자신을 만족스럽게 살펴보더니 이를 드러내며 슬며시 미소를 지었다.

"분명 스물세 살일 거야." 그가 말을 이었다.

"지난달에 스물두 살이 되었어." 고든이 멍하니 말했다.

"뭐? 아, 지난달에. 그 애는 감마 프시 댄스파티에 왔을 거야. 오늘 밤 델모니코에서 예일 대학 감마 프시 댄스파티가 있는 거 알아? 너도 와, 고디. 아마 뉴헤이번 반은 그리로 올 거다. 초대장 얻어줄 수 있어."

딘은 내키지 않는다는 듯 깨끗한 속옷을 걸쳐 입고는, 담배에 불을 붙이며 열린 창가에 앉더니 방 안으로 쏟아져 들어오는 아침 햇살 아래에서 자신의 허벅지와 무릎을 살펴보았다.

"앉아, 고디." 그가 말했다. "그리고 지금껏 뭘 하고 살았는지, 지금 뭘 하고 있는지 다 얘기해 줘."

고든은 갑자기 침대 위에 쓰러졌다. 그러고는 기운 없이 꼼짝 않고 누워 있었다. 얼굴이 편안할 때는 습관적으로 조금 열려 있던 그의 입이 갑자기 무력하고 초라해졌다.

"무슨 문제야?" 딘이 물었다.

"맙소사!"

"문제가 뭐냐니까?"

"세상에 있는 모든 것들이 다." 그가 처량하게 말했다. "나 완전히 망했어, 필. 난 완전히 지쳤어."

"뭐?"

"완전히 지쳤다고." 그의 목소리가 흔들리고 있었다.

딘이 푸른 눈으로 더 가까이서 주의 깊게 그를 살펴보았다.

"확실히 엉망진창인 것처럼 보이는군."

"그래, 난 모든 걸 다 엉망으로 만들었어." 그는 잠시 말을 멈추었다. "처음부터 얘기하는 게 낫겠군. 널 너무 귀찮게 하는 걸까?"

"전혀 그렇지 않아. 계속해." 그렇지만 딘의 목소리에는 망설이는 기색이 있었다. 이 동부로의 여행은 휴가를 위해 계획한 것이었기에, 고든에게 문제가 있다는 것을 알게 되자 좀 성가신 기분이 되었다.

"계속해 봐." 그가 다시 말했다. 그리고 낮은 목소리로 덧붙였다. "어서 해버리고 끝내자고."

고든이 불안하게 이야기를 시작했다. "그러니까 2월에 프랑스에서 돌아와 한 달 동안 해리스버그 집에 갔었어. 그리고 뉴욕으로 와 취직을 했지. 수출하는 회사였어. 그런데 어제 해고당했어."

"해고당했다고?"

"이제 그 이야기를 할 거야, 필. 너한테 솔직하게 말하고 싶어. 이런 문제에 내가 의지할 수 있는 건 너뿐이야. 내가 솔직하게 말해도 괜찮겠지? 그렇지, 필?"

딘은 조금 더 굳어졌다. 무릎을 두드리던 손길에서 점점 열의가 사라졌다. 그는 이렇게 책임감을 부여받는 것이 공평하지 못하다고 막연히 느끼고 있었다. 얘기를 듣고 싶은 것인지 확신이 서지 않았다. 고든 스테렛이 가벼운 어려움에 처한 것을 알고도 전혀 놀라지 않기는 했지만, 지금의 이 곤경에는 불쾌감을 주면서 굳어지게 하는 무언가가 있었다. 그럼에도 그의 호기심을 자극하기는 했다.

"얘기해."

"여자 문제야."

"흠." 딘은 그의 여행을 망치는 것은 없을 것이라 결론을 내렸다. 만일 고든이 우울해진다면 그는 고든을 덜 만날 것이다.

"이름은 주얼 허드슨이야." 침대에서 근심 어린 목소리가 이어졌다. "그 여자는 예전에는 '순수'했어. 그랬던 것 같아. 1년 전까지는 말이지. 여기 뉴욕에서 살았어. 가족은 가난했고. 지금 다른 가족은 모두 죽고 나이 많은 이모와 살고 있어. 내가 그녀를 만난 건 프랑스에서 사람들이 대규모로 들어오기 시작할 그 무렵이었어. 내가 한 일이라곤 새로 온 사람들을 환영하고 그들과 파티를 돌아다닌 것뿐이야. 그렇게 일이 시작된 거야, 필. 그냥 모두를 만나서 기뻤고, 그들도 날 봐서 기뻤고."

"더 분별이 있었어야지."

"알아." 고든이 잠깐 말을 멈췄다. 그러고는 내키지 않는 듯 말을 이었다. "난 내 힘으로 살아야 해. 알잖아, 필. 그리고 난 가난하다는 건 견딜 수가 없어. 그러다 이 망할 여자를 만난 거야. 이 여자가 나와 사랑 같은 것에 빠졌었어, 한동안. 하지만 난 그렇게 가까워질 생각이 전혀 없었는데 자꾸 어딜 가나 마주치게 되는 거야. 내가 수출업자들을 위해서 하던 일이 어떤 건지 너는 알 거야, 물론. 그런데 내가 늘 하고 싶었던 일은 사실 그림이야. 잡지에 삽화 그리는 일. 돈도 되는 일이거든."

"그런데 왜 안 했어? 목적을 이루려면 온 힘을 쏟아부었어야지." 딘이 냉정하게 형식적으로 말했다.

"노력했어, 조금은. 내 작업이 아직 다듬어지지 않아서 그렇지. 난 소질이 있어, 필. 난 잘 그릴 수 있어. 단지, 어떻게 해야 할지를 모를 뿐이야. 미술학교에 가야 하지만 돈이 없어. 그러다 일주일 전쯤 위기가 찾아왔어. 돈이 1달러밖에 남지 않았을 때 그 여자가 날 귀찮게 하기 시작하더군. 돈을 원하는 거야. 돈을 받지 못하면 날 곤경에 빠뜨릴 수 있다고 주장하면서."

"그 여자가 그럴 수 있어?"

"불행하게도, 그럴 수 있어. 내가 일자리를 잃은 것도 그 이유이고. 그 여자가 계속 사무실에 전화를 했고, 사무실에선 더 이상 견딜 수가 없었던 거지. 그 여자는 모든 걸 다 쓴 편지를 가지고 있어. 우리 가족에게 보내겠다고. 정말 꼼짝없이 당하는군. 난 그 여자에게 줄 돈을 구해야 해."

잠시 어색한 침묵이 흘렀다. 고든은 꼼짝도 않고 누워 두 손을 불끈 쥐고 있었다.

"난 다 끝났어." 그가 말했다. 목소리가 떨리고 있었다. "난 반쯤 돌았어, 필. 만약 네가 동부로 오는 걸 몰랐다면 난 자살했을 것 같아. 삼백 달러만 빌려주면 좋겠다."

자신의 벗은 발목을 두드리고 있던 딘의 두 손이 갑자기 조용해졌다. 그리고 두 사람 사이에 감돌던 기이한 불확실성이 긴장되고 팽팽해졌다.

잠시 후 고든이 말을 이었다.

"난 동전 하나 요구하는 것도 부끄러울 지경까지 가족들로부터 돈을 뜯어냈어."

딘은 여전히 아무 대답도 하지 않았다.

"주얼은 이백 달러가 있어야겠대."

"꺼져버리라고 말해."

"그래. 말은 쉬운데, 그 여자는 내가 취중에 써준 편지를 가지고 있어. 운이 없게도 그 여자는 흔히 생각하는 그런 연약한 여자가 전혀 아니야."

딘은 혐오스럽다는 표정을 지었다.

"난 그런 종류의 여자는 참을 수가 없어. 멀리했어야지."

"나도 알아." 고든이 풀이 죽어 말했다.

"넌 지금 상황을 있는 그대로 직시해야 해. 네가 돈이 없으면 넌 일을 해야 하고 여자들을 멀리해야지."

"너한텐 하기 쉬운 말이지." 고든이 눈살을 찌푸리며 말했다. "넌 이 세상 돈을 다 가졌으니까."

노동절 101

"그건 분명히 아니지. 우리 가족은 내가 쓰는 돈을 지독하게 계산하고 확인하고 있어. 나도 거의 여유가 없기 때문에 함부로 쓰지 않기 위해서 더욱더 조심해야 한다고."

그는 창문의 블라인드를 올려 햇빛이 더 밀려들어 오게 했다.

"내가 도덕군자는 아니지. 하늘도 알아." 그가 단호하게 말을 계속했다. "난 쾌락을 좋아해. 이런 휴가 때는 더욱 많이 즐기지. 하지만, 넌, 넌, 아주 끔찍한 상태로군. 네가 이런 식으로 말하는 걸 전에는 들어본 적이 없어. 넌 파산을 한 것처럼 보여. 경제적으로뿐만 아니라 도덕적으로도."

"보통 두 가지가 한꺼번에 일어나지 않나?"

딘이 짜증스럽게 머리를 흔들었다.

"네게는 내가 이해할 수 없는 어떤 단연한 기운이 감돌고 있어. 일종의 사악한 기운이야."

"그건 근심과 빈곤과 불면의 밤이 풍기는 기운이야." 고든이 다소 도전적으로 말했다.

"모르겠군."

"그래. 내가 우울하다는 것, 인정할게. 내가 나를 우울하게 해. 하지만, 이봐, 필. 나도 일주일의 휴식, 새 양복 한 벌, 그리고 얼마쯤의 현금만 있으면 다시 예전의 내가 될 수 있어. 필, 나도 번개같이 그릴 수 있어. 너도 알잖아. 하지만 대부분 좋은 재료를 살 돈이 없었어. 그리고 난 피곤하거나 용기를 잃거나 완전히 지쳤을 때도 그림을 그릴 수 없어. 현금이 조금만 있으면 몇 주일 쉬고 시작할 수 있을 거야."

"네가 그 돈을 다른 여자에게 쓰지 않을 거라고 내가 어떻게 확신하겠어?"

"꼭 그렇게 빈정대야겠냐?" 고든이 가라앉은 목소리로 말했다.

"빈정대는 게 아니다. 이런 네 모습을 보기 싫어서 그래."

"돈, 빌려줄 거야, 필?"

"당장은 결정 못 해. 그건 큰돈이고, 나도 엄청 불편해질 테니까."

"네가 못 빌려준다면 난 지옥 같을 거야. 내가 징징거린다는 거 알아. 다 내 잘못이지. 그렇다고 바뀌는 건 없어."

"언제 갚을 수 있어?"

이건 희망적인 조짐이었다. 고든은 그렇게 생각했다. 솔직한 편이 분명 더 현명할 것이다.

"물론, 다음 달에 갚겠다고 약속할 수도 있지. 하지만 석 달은 걸릴 거야. 내가 그림을 팔기 시작하는 대로."

"네가 그림을 팔 수 있을지 내가 어떻게 알겠어?"

딘의 목소리에는 새로운 완고함이 깃들어 있어 고든에 대한 의심의 냉기를 희미하게 풍기고 있었다. 돈을 못 빌리게 되는 것일까?

"나한테 조금은 믿음이 있는 줄 알았는데."

"그랬지. 하지만 지금 이런 널 보니 확신이 없어지는군."

"내가 막다른 곳에 몰리지 않았더라면 이렇게 널 찾아왔겠냐? 내가 좋아서 이러는 것 같냐?" 그가 말을 중단하더니 입술을 깨물었다. 목소리 속에 차올라 오는 분노를 가라앉히는 것이 좋겠다고 느꼈던 것이다. 어찌 됐든 자신이 부탁하는 입장이니까.

"너는 아주 쉽게 일을 처리하는구나." 딘이 화를 내며 말했다. "내가 돈을 안 빌려주면 내가 나쁜 놈이 되어버리는 그런 상황으로 나를 몰아넣고서 말이야. 그래, 넌 그러고 있다고. 하지만 내가 삼백 달러를 구하는 것이 쉽지 않다는 건 꼭 말해야겠다. 그 정도 금액에 전혀 영향을 받지 않을 정도로 내 수입이 많지는 않아."

그는 의자에서 일어서더니 신중하게 옷을 고른 후 입기 시작했다. 고든은 두 팔을 쭉 펴서 침대 모서리를 꽉 잡으며 소리 내어 울고 싶은 마음을 억눌렀다. 머리가 쪼개지게 아프고 윙윙 울렸으며 입안이 마르고 썼다. 핏속의 열기가 녹아내려 마치 지붕에서 서서히 똑똑똑 떨어지는 소리처럼 수없이 많은 규칙적인 박자로 변해 버린 것을 느낄 수 있었다.

딘이 넥타이를 세심하게 매더니 눈썹을 빗질하고는 이에서 담배 조각을 진지하게 빼내었다. 그다음 그는 담뱃갑을 채우고 빈 박스는 사려 깊게 휴지통 속에 던져 넣더니 담뱃갑을 조끼 주머니에 잘 넣었다.

"아침 먹었어?" 딘이 물었다.

"아니, 요즘 아침은 안 먹어."

"그러면, 우리 나가서 좀 먹자. 돈은 나중에 결정해. 이 얘기는 이제 지쳤어. 난 즐겁게 지내러 동부에 온 거라고." 그가 침울하게 말을 이었다. "예일 클럽에 가자." 그러고는 비난이 깃든 어조로 덧붙였다. "일자리도 포기했겠다, 달리 할 일도 없잖아."

"돈만 있었으면 할 일이 많았지." 고든이 가시 돋친 목소리로 말했다.

"야, 제발 잠시라도 그 얘기는 접어둬라. 내 여행 전체를 우울하게 할 필요는 없잖아. 자, 여기, 여기 돈 좀 있다."

그는 지갑에서 5달러짜리 지폐를 꺼내더니 고든에게 던져 주었고, 고든은 그 돈을 조심스럽게 접어 주머니에 넣었다. 그의 두 뺨에는 홍조가 더 생겨나고 화끈거림도 늘었지만, 열이 나는 것은 아니었다. 그들이 밖으로 나가기 전 잠깐 눈이 마주쳤고, 그 순간 그들은 각기 자신의 시선을 재빨리 아래로 내리게 하는 무언가를 느꼈다. 바로 그 잠깐의 순간 동안 그들은 불현듯, 그리고 분명히, 서로를 미워하였다.

II

5번로와 44번가는 정오의 인파로 붐비고 있었다. 풍요롭고 행복한 햇빛이 황금빛으로 스치고 지나가며 반짝였다. 햇빛은 세련된 상점들의 두꺼운 유리창을 통과하여 망사 가방과 지갑, 회색 벨벳 케이스에 담긴 진주 목걸이를 비추고 있었다. 그리고 다양한 색깔의 사치스러운 깃털 부채와 값비싼 드레스의 레이스와 실크도, 그리고 우아한 실내장식 진열실의 조악한 그림과 섬세한 옛 스타일 가구들도 비추고 있었다.

직장 여성들이 짝을 짓고 무리를 짓고 떼를 지어서 상점 창가를 한가로이 거닐며 화려하게 전시된 여성 침실 가구들을 고르고 있었다. 심지어는 남성용 실크 잠옷을 가정에서 그렇듯 침대 위에 놓아둔 것도 있었다. 그들은 보석 가게 앞에 서서 약혼반지와 결혼반지와 백금 손목시계를 골랐고, 깃털 부채와 오페라 망토를 살펴보러 옮겨 갔다. 그러는 동안 그들이 점심으로 먹은 샌드위치와 아이스크림은 소화되었다.

그 인파들 속에는 어디에나 군복을 입은 남자들이 있었다. 허드슨 강에 닻을 내린 함대의 수병들, 매사추세츠에서 캘리포니아까지 사단을 표시하는 기장을 단 병사들이 몹시 주목을 받고 싶어 했다. 하지만 그들은 이 위대한 도시가 질서 정연하게 정비된 대오가 아닌 일반 병사들에게는 신물이 나 있음을, 그리고 군장과 라이플총의 무게 아래에서는 불편한 도시임을 깨닫고 있었다.

이 잡다한 군중들 속에서 딘과 고든은 걸었다. 딘은 흥미롭게, 가장 천박하고 번지르르하게 드러난 인간성에 주의를 기울였고, 고든은 얼마나 자주 그 자신도 저들 속에 끼어 피곤했고, 대충 먹었고, 과로하고 낭비했던가를 떠올리고 있었다. 딘에게 저러한 생존경쟁은 의미 있고 젊고 유쾌한 것이었다. 그러나 고든에게 그것은 우울하고 무의미하고 끝없이 길기만 한 것이었다.

예일 클럽에서 그들은 동창들을 한 무리 만났고, 그들은 떠들썩하게 딘에게 인사를 했다. 소파와 큰 의자 등에 둥글게 둘러앉은 그들은 모두 하이볼을 한 잔씩 했다.

고든은 대화가 피곤하고 지루했다. 그들은 모두 함께 점심을 먹었고 오후가 시작될 때는 술로 얼큰해졌다. 그들은 모두 그날 밤 감마 프시 댄스파티에 갈 예정이었다. 전쟁 이후로 최고의 파티가 될 것이다.

"에디스 브래딘도 올 거야." 누군가 고든에게 말했다. "그 애가 예전에 네 애인 아니었어? 두 사람 다 해리스버그 출신 아닌가?"

"그래." 그는 화제를 바꾸려 했다. "그 애 오빠를 가끔 보지. 그 친구는 사회주의 열성분자 부류야. 여기 뉴욕에서 신문사인지 그런 뭔가를 경영하고 있어."

"여동생은 화려한데 다른가 보네?" 상대방은 열심히 정보를 물어 날랐다. "그 애는 오늘 밤 3학년 피터 힘멜이라는 친구와 함께 와."

　고든은 8시에 주얼 허드슨을 만나기로 되어 있었다. 그녀에게 얼마간이라도 돈을 주기로 약속했었다. 그는 여러 차례 자신의 손목시계를 보았다. 4시가 되자 다행히도 딘이 자리에서 일어나 칼라와 넥타이를 사러 리버스브라더스에 간다고 말했다. 하지만 그들이 클럽을 나왔을 때 다른 그룹이 그들과 함께 있게 되었고 고든은 매우 낙담하였다. 딘은 이제 유쾌한 분위기였고 행복했고 그날 저녁의 파티를 기대하며 약간 들떠 있었다. 리버스브라더스 상점에서 그는 십여 개의 넥타이를 골랐는데, 하나하나 고를 때마다 다른 사람과 오래 의논을 했다. 좁은 넥타이가 다시 유행이 되는 것 같나요? 리버스에서 웰시 마고트슨 칼라를 더 갖다 놓지 못했다니 체면이 말이 아니군요. '코빙턴' 같은 칼라는 정말 일찍이 없었지요.

　고든은 환장할 지경이었다. 그는 당장 돈이 있어야 했다. 그리고 그는 또한 감마 프시 댄스파티에 가야겠다고 희미하게나마 생각하고 있었다. 그는 에디스가 보고 싶었다. 그가 프랑스로 떠나기 직전 해리스버그 컨트리클럽에서 낭만적인 하룻밤을 보낸 후로 만나지 못했다. 그 연애 사건은 이미 끝났다. 전쟁의 소용돌이 속에 휘말려 가라앉았고 지난 석 달간의 복잡다단함 속에 거의 잊혀졌다. 하지만 마음에 사무쳐오는 그녀, 쾌활하게 별것도 아닌 수다에 빠져들던 그녀의 모습이 불현듯 떠올랐고 그와 함께 수많은 추억들이 다시 생각났다. 대학 시절 내내 그는 일종의 초연하면서도 애정 어린 탄복 속에 그녀의 얼굴을 마음에 고이 품고 다녔다. 그는 그녀를 그리는 것을 좋아했다. 그의 방에는 그녀의 모습을 그린 스케치들—골프를 치는, 또는 수영을 하는—이 빙 둘러 붙어 있었다. 그는 눈길을 사로잡는 멋진 그녀의 옆모습을 눈을 감고도 그릴 수 있었다.

그들은 5시 30분에 리버스 상점에서 나와 인도에 잠시 멈추어 섰다.

"자." 딘이 쾌활하게 말했다. "난 이제 준비가 다 되었어. 호텔로 돌아가서 면도와 이발을 하고 마사지도 받아야겠다."

"그만하면 훌륭해." 또 다른 친구가 말했다. "나도 함께 갈까 봐."

고든은 자신이 결국 당한 것은 아닌가 생각했다. 그는 또 다른 친구를 향해 "꺼져버려, 망할 자식!"이라고 으르렁거리고 싶은 것을 간신히 참았다. 참담함 속에서 그는 혹시 딘이 돈 문제로 언쟁하는 것을 피하려고 저 친구에게 같이 있어달라고 얘기한 것은 아닐까 의심스러워졌다.

그들은 빌트모어 호텔로 들어갔다. 호텔에는 젊은 아가씨들로 활기가 넘치고 있었다. 대부분 서부와 남부 출신으로, 사교계에 데뷔하는 아름다운 그들은 한 유명 대학의 유명 사교 클럽 댄스파티를 위해 모여 있었다. 하지만 고든에게 그들은 꿈속에서 보는 얼굴일 뿐이었다. 그는 마지막으로 한 번 호소를 하기 위해 힘을 모았고, 막 알 수 없는 그 무엇인가를 보이려던 순간, 딘이 갑자기 다른 친구에게 잠깐 실례한다고 하더니 고든의 팔을 잡고 한옆으로 데리고 갔다.

"고디." 그가 빠르게 말했다. "내가 이 일을 전부 신중하게 생각해 봤는데, 돈을 빌려줄 수 없다는 결론을 얻었어. 그렇게 하고 싶지만 그래서는 안 된다고 느껴. 그랬다가는 한 달 동안 내 생활이 엉망이 될 거야."

고든은 그를 멍하게 바라보면서 딘의 윗니들이 저렇게 많이 튀어나온 것을 전에는 왜 보지 못했을까 생각했다.

"정말 너무 미안해, 고디." 딘이 말을 이었다. "하지만 어쩔 수 없어."

그는 지갑을 꺼내더니 찬찬히 지폐로 75달러를 세었다.

"여기." 그가 돈을 내밀며 말했다. "75달러야. 아까 준 5달러와 합하면 80달러지. 실제 여행 경비를 제외하고는 그게 내가 지니고 있는 현금 전부야."

고든은 기계적으로 꽉 쥔 손을 올렸고, 마치 들고 있던 집게라도 되는 것처럼 손을 열어서 돈을 받은 후 다시 꽉 쥐었다.

"댄스파티에서 보자." 딘이 말을 계속했다. "나는 이발소로 가봐야겠다."

"잘 가." 고든이 탁하고 부자연스러운 목소리로 말했다.

"잘 가."

딘이 미소를 짓기 시작하다가 마음을 바꾼 듯 보였다. 그는 간단히 머리를 끄덕이더니 사라졌다.

그러나 고든은 그곳에 서 있었다. 잘생긴 얼굴은 고민으로 뒤틀려 있었고 손에는 지폐 다발이 꽉 쥐어져 있었다. 그러다 갑작스러운 눈물이 앞을 가리게 되자 그는 비틀비틀 어색하게 빌트모어의 계단을 내려갔다.

III

그날 밤 9시경, 두 사람이 6번로 어느 싸구려 식당에서 나왔다. 그들은 추하고 영양 상태도 나빴으며 가진 것이라고는 지극히 낮은 형태의 지능밖에 없었고, 그 자체만으로도 삶에 채색을 더해 주었을 동물적 열정조차 남아 있지 않았다. 그들은 얼마 전 낯선 땅의 더러운 마을에서 춥고 배가 고팠었고, 그곳에서 얻은 해충이 몸에 득실거리고 있었다. 그들은 가난했고 친구도 없었다. 그들은 태어나면서부터 유랑자처럼 던져졌으며 그렇게 유랑자로 죽음에 던져질 것이다. 그들은 미국 육군 제복을 입고 있었고, 어깨에는 뉴저지에서 징병된 사단 표시가 붙어 있었다. 그들은 사흘 전 이곳에 도착했다.

두 사람 중 키가 더 큰 사람의 이름은 캐롤 키였다. 그의 핏줄 속에, 비록 여러 세대를 거치면서 묽게 희석되었을지라도 어떤 잠재력의 피가 흐르고 있음을 암시하는 이름이었다. 하지만 길고 턱이 움푹 들어간 얼굴, 멍하고 물기 어린 눈, 툭 튀어나온 광대뼈 등은 아무리 바라보아도 그 조상의 진가도, 원래의 풍부한 기략도 찾아볼 수 없었다.

그와 함께 있는 사람은 얼굴이 거무스레하고 다리가 O자로 휜 데다 쥐 같은 눈에 매부리코는 심하게 부러져 있었다. 그의 반항적인 분위기는 명백히 허식이었다. 그가 줄곧 살아왔던 으르렁거리고 물어뜯는, 육체적 허세와 위협의 세계로부터 빌려온 자기 보호를 위한 하나의 무기였다. 그의 이름은 거스 로즈였다.

카페를 나선 그들은 아주 맛있게 입맛을 다시면서, 그리고 아주 초연하게 이쑤시개로 이를 쑤시면서 6번로를 따라 어슬렁거리며 내려갔다.

"어디로?" 로즈가 물었다. 키가 남태평양 남양제도로 가자고 하더라도 놀라지 않겠다는 듯한 말투였다.

"술 좀 손에 넣을 수 있는지 알아보면 어때?" 금주법은 아직 시행되지 않고 있었다. 이 제안이 자극적인 것은 병사들에게 술을 판매하는 것이 법으로 금지되어 있었기 때문이다.

로즈가 흥분하여 동의하였다.

"방법이 생각났어." 키가 잠시 생각하더니 말했다. "형제가 있어."

"뉴욕에?"

"응. 노인네야." 형이란 뜻으로 한 말이었다. "싸구려 술집 웨이터야."

"우리에게 술 좀 줄지도 모르겠네."

"줄 수 있을 거야! 날 믿어. 내일 이 망할 놈의 군복은 벗어버릴 거야. 다시는 입지도 않을 거고. 보통 옷을 구해야지."

"글쎄, 난 못 할지도 몰라."

둘이 가진 돈을 합해도 5달러가 되지 않았으니, 이런 계획은 그냥 악의도 없고 위로가 되는 유쾌한 말장난으로 받아들일 수 있겠다. 그렇지만 이 말장난은 두 사람을 즐겁게 하는 것 같았다. 그들은 껄껄껄 웃으며 성서에 나오는 인물들을 언급하여 더 흥을 북돋웠고 거기다 "아, 이런!", "알잖아!", "내 말이 그거야!" 같은 말들을 되풀이해 강조했다.

이 두 남자의 마음의 양식 전체는, 그들을 살아 있게 해준 기관들인 군대, 일자리, 극빈자 시설과 그 기관들에서 겪었던 직속상관들에 대한 수년에 걸친 콧소리 섞인 불쾌한 비판들로 가득 차 있었다. 바로 그날 아침까지도 그 기관은 '정부'였고 직속상관은 '대위님'이었으며, 이들로부터 벗어난 두 사람은 이제 다음의 속박을 선택하고 받아들이기 전까지는 막연하게 난처한 상태에 놓여 있었다. 그들은 불안정했고 화가 나 있었으며 안절부절못하고 있었다. 그들은 군에서 나온 것에 대해 애써 안도하는 척함으로써, 그리고 군기(軍紀)가 자신들의 고집스럽고 자유를 사랑하는 의지를 다시는 억압해서는 안 된다고

노동절

서로를 위로함으로써 이 불안함을 숨겼다. 그랬다. 실제로, 그들은 새로 발견한 의심할 여지가 없는 이 자유보다는 차라리 감옥에서 더 편안함을 느꼈을 것이다.

갑자기 키는 보폭을 늘렸다. 로즈는 고개를 들고 그의 시선을 따라가다가 50야드 정도 떨어진 저 아래 거리에 사람들이 모여들고 있는 것을 발견했다. 키가 킬킬 웃더니 사람들의 무리를 향하여 뛰기 시작했다. 로즈도 그래서 같이 킬킬거리며 그의 짧고 굽은 다리를 재게 움직여, 큰 보폭으로 서투르게 걷는 키 옆을 따라 걸었다.

무리의 가장자리에 다다랐고, 그들은 곧 무리와 뒤섞여 하나가 되었다. 누추한 옷을 입고 다소 술에 취한 것 같은 일반 시민들과 여러 사단 출신에, 여러 단계의 취기를 보여 주는 군인들이 모여 있었는데, 그들은 모두 손짓, 몸짓이 바쁜 길고 검은 수염의 키 작은 유대인을 둘러싸고 있었다. 유대인은 두 팔을 흔들며 흥분하여, 그러나 간결한 설교를 하고 있는 중이었다. 키와 로즈는 사람들 사이를 비집고 앞으로 들어가서는 예리한 의심의 날을 세우고 그를 유심히 살폈다. 그의 말들이 그들의 공통된 의식을 꿰뚫고 들어왔다.

"전쟁에서 무엇을 얻었습니까?" 그가 거세게 소리쳤다. "당신 주변을 둘러봐요. 둘러보라고요! 당신은 부자입니까? 돈을 많이 주던가요? 아니죠. 그저 살아 있다면, 두 다리 멀쩡하다면 운이 좋은 겁니다. 돌아왔더니 전쟁에 돈 주고 나가지 않을 만큼 돈 많은 놈하고 마누라가 도망가지만 않았다면 그것만으로도 운이 좋은 겁니다. 그 정도면 운이 좋단 말입니다! 전쟁에서 돈 번 놈이 J. P. 모건하고 존 D. 록펠러 말고 누가 있습니까?"

이때 키 작은 유대인의 웅변은 그의 수염 난 턱에 누군가 휘두른 주먹의 적대적인 공격으로 중단되었고, 그는 뒤로 떨어져 나가 인도 위에 큰 대자로 뻗고 말았다.

"망할 놈의 볼셰비키주의자 같으니라고!" 그에게 한 방 날린 덩치 큰 대장장이 출신 병사가 소리쳤다. 동의하는 웅성거림이 있었고 군중들이 더 가까이 모여들었다.

유대인은 비틀거리며 일어섰고 그는 곧 다시 쓰러졌다. 대여섯 개의 주먹이 날아들었다. 그는 이번에는 그대로 누워 있었다. 숨은 거칠었고 안팎으로 찢어진 입술에서는 피가 솟아나왔다.

온갖 말들로 떠들썩하더니, 곧 로즈와 키는 자신들이 6번로를 따라 떼 지어 몰려가는 무리 속에서 함께 떠밀려 가고 있음을 깨달았다. 챙이 처진 모자를 쓴 마른 민간인과 즉석에서 막 웅변을 마친 건장한 군인 한 사람이 앞장서고 있었다. 군중은 무서운 속도로 엄청나게 불어났고, 전적으로 동참하지는 않았지만 일단의 시민들이 간헐적인 환호로 지지를 보내며 인도에서 그들을 따라가고 있었다.

"우리가 어디로 가는 거요?" 키가 바로 옆에 있던 남자에게 소리쳐 물었다.

그 남자는 선두의 그 모자 쓴 남자를 가리켰다.

"저 사람이 그들이 많이 있는 곳을 알고 있소! 우리는 그들에게 보여 줄 거요!"

행렬은 6번로를 따라 내려갔고, 여기저기서 병사와 수병들이, 그리고 민간인들도 종종 행진에 끼어들었는데, 민간인들은 마치 새로 만들어진 스포츠 오락 클럽의 입장권을 제시하는 양 어김없이 자신들이 군에서 막 제대했다고 외치며 다가왔다.

행렬은 방향을 꺾어 길을 건넌 후 5번로로 향했고, 여기저기서 그들이 톨리버 홀에서 열리는 공산주의 회합에 가고 있다는 말들이 들려왔다.

"그게 어디요?"

질문은 앞으로 전해졌고 잠시 후 대답이 뒤로 다시 흘러 전달되었다. 톨리버 홀은 저 아래 10번가에 있었다. 그 회합을 해산시키려는, 그리고 이미 그곳에 가 있는 다른 병사들도 많다고 한다!

그러나 10번가는 너무나 멀게 들렸고, 10번가라는 말에 곳곳에서 투덜거림이 들려오더니 많은 사람들이 행진에서 이탈하였다. 로즈와 키도 그들 중 하나였다. 두 사람은 걸음을 늦추어 더 열성적인 사람들이 자신들을 지나쳐 가도록 했다.

"술이나 마시는 게 낫겠어." 키가 그렇게 말했다. 그들은 걸음을 멈추고 '비겁자!'와 '겁쟁이!'라는 외침 한가운데서 인도로 올라갔다.

"형이 이 근처에서 일해?" 하찮은 것에서 영원한 것으로 변하는 사람인 양 로즈가 물었다.

"그럴 거야." 키가 대답했다. "한 2년, 형을 만나지 못했어. 계속 펜실베이니아에 있었으니까. 어쩌면 밤에는 일 안 하는지도 모르지. 바로 이 근처야. 거기 있다면 우리에게 술 좀 먹여 줄 수 있어."

그들은 몇 분간 거리를 훑고 다닌 후에 그곳을 찾았다. 5번로와 브로드웨이 사이에 싸구려 테이블보를 덮은 식당이었다. 키는 형 조지가 있는지 알아보러 들어갔고 로즈는 그동안 인도에서 기다렸다.

"여기는 그만두었대." 키가 나오며 말했다. "저 위 델모니코에서 웨이터를 하고 있다는데."

로즈가 그럴 줄 알았다는 듯이 눈치 있게 고개를 끄덕였다. 능력 있는 사람은 종종 일자리를 옮기는 것이니 그것에 놀라서는 안 된다. 그도 예전에 어떤 웨이터를 알고 있었다. 그들은 걸어가면서 웨이터가 팁보다는 임금으로 돈을 더 많이 버는지에 대해 오랫동안 이야기를 나누었는데, 그것은 그 웨이터가 일하는 식당의 사회적 품격에 따라 달라지는 것으로 결론이 났다. 델모니코에서 식사한 백만장자들이 샴페인 한 병을 마시고 50달러짜리 지폐를 던지는 장면을 서로에게 생생하게 묘사하고서는 두 사람은 각자 속으로 웨이터가 될 생각을 해보았다. 실제로, 키의 가느다란 눈썹에서는 형에게 일자리를 부탁할 결심이 숨겨져 있었다.

"웨이터는 그런 사람들이 남긴 샴페인을 다 마실 수 있어." 로즈가 음미하며 말하고는 뒤늦게 또 생각이 난 것처럼 덧붙였다. "야, 좋겠다!"

그들이 델모니코에 도착했을 때는 10시 30분이었고, 그들은 택시들이 꼬리를 물고 줄지어 식당 문 앞으로 와 근사하고 모자도 쓰지 않은 아가씨들을 내려놓는 모습에 놀랐다. 야회복을 차려입은 뻣뻣한 젊은 신사가 아가씨들을 안내하고 있었다.

"파티로군." 로즈가 약간 위압당한 투로 말했다. "들어가지 않는 게 좋을지도 몰라. 형은 바쁠 텐데."

"아냐. 형은 그렇지 않을 거야. 형은 괜찮을 거야."

좀 망설이다가 두 사람은 그들이 보기에 그래도 가장 덜 화려한 문으로 들어갔다. 들어가고 보니 그곳은 작은 룸이었고, 그 즉시 결단력을 잃어버린 그들은 눈에 띄지 않도록 한쪽 구석에 초조하게 서 있게 되었다. 그들은 모자를 벗어 두 손으로 쥐었다. 침울함이 검은 구름처럼 밀려들었다. 그러자 방 한 끝의 문이 벌컥 열렸고 두 사람은 화들짝 놀랐다. 웨이터 한 사람이 혜성처럼 들어왔다가 방을 가로질러 다른 쪽 끝 문으로 휙 사라져버렸다.

세 사람의 웨이터가 그렇게 번개처럼 지나간 후에야 이들은 정신을 차리고 웨이터 한 사람을 소리쳐 불렀다. 그는 돌아서더니 두 사람을 의심스럽게 바라보았고, 언제든 돌아서서 도망갈 준비라도 하는 것처럼 살그머니 고양이 같은 발걸음으로 다가왔다.

"저기요." 키가 먼저 말을 했다. "저기, 우리 형을 알아요? 여기서 웨이터를 하는데요."

"성이 키예요." 로즈가 덧붙였다.

그 웨이터는 안다고 했다. 위층에 있는 것 같다고 했다. 주연회장에서 큰 댄스파티가 진행 중이었다. 웨이터가 전하겠다고 했다.

십 분 후 조지 키가 나타나 극도의 의심을 품은 채 동생에게 인사했다. 우선 드는 가장 자연스러운 생각은 동생이 돈을 요구하겠지 하는 것이었다.

조지는 키가 크고 턱이 작았는데, 그 정도만이 동생과 닮은 점이었다. 웨이터의 눈은 멍하지 않았다. 살아서 반짝이는 눈이었고, 태도는 부드럽고 도시적이었으며 은근히 거만하였다. 그들은 형식적인 이야기들을 나누었다. 조지는 결혼을 해서 세 명의 아이가 있었다. 그는 적당한 관심은 보였지만 캐롤이 군에서 해외로 나갔었다는 이야기를 그다지 대단하게 받아들이지는 않았다. 그런 반응에 캐롤은 실망했다.

"조지 형." 동생이 불렀다. 예의상 할 이야기들은 다 했다. "한잔하고 싶은데 아무도 우리한테는 팔려고 하지 않네. 형이 술 좀 줄 수 있어?"

조지는 잠시 생각했다.

"그래. 그럴 수 있을 것 같아. 하지만 삼십 분은 있어야 해."

"괜찮아. 기다릴게." 캐롤이 말했다.

그 말을 듣고 로즈는 편한 의자에 앉으려 했지만 조지가 화를 내며 부르는 소리에 벌떡 일어나고 말았다.

"이봐! 조심하라고! 여긴 앉으면 안 돼! 12시에 연회가 있어 준비해 놓은 방이라고."

"내가 망가뜨리진 않을 거요." 로즈가 골이 나서 말했다. "나는 이 잡는 소독도 받았다고요."

"무신경하군." 조지가 엄격하게 말했다. "만약 수석 웨이터가 여기서 이야기하고 있는 걸 보면 날 완전히 박살 낼 거라고."

"아."

수석 웨이터란 말에 두 사람은 온전히 이해할 수 있었고, 초조하게 챙이 없는 군모를 만지작거리며 조지가 무슨 말을 해주길 기다렸다.

"이렇게 하지." 잠깐 뜸을 들인 조지가 말했다. "자네들이 기다릴 만한 장소가 있어. 나를 따라오라고."

두 사람은 그를 따라 멀리 떨어진 문으로 나간 후 휑한 식품 저장실을 지나 어두운 나선계단을 통해 2층으로 올라갔다. 그러자 마침내 작은 방이 나타났는데, 그 안에는 양동이와 청소용 솔들이 쌓여 있었고 희미한 전구 하나가 켜져 있었다. 조지는 이 달러를 달라고 하더니 삼십 분 후에 위스키 한 병을 가지고 오기로 약속하고 그들을 남겨 두고 나갔다.

"조지 형은 돈을 잘 벌고 있는 게 틀림없어." 키가 뒤집힌 양동이 위에 앉으며 침울하게 말했다. "분명히 일주일에 50달러는 벌 거야."

로즈는 고개를 끄덕이고 침을 뱉었다.

"내 생각도 그래."

"아까 형이 무슨 댄스파티라고 그랬지?"

"대학교 사람들이 많이 모인다고. 예일 대학."

두 사람은 서로에게 진지하게 고개를 끄덕여 보였다.

"그 군인들 지금 어디 있을지 궁금하지 않아?"

"모르겠어. 내가 걸어가기엔 너무 멀었다는 건 알지."

"나도 그래. 내가 그렇게 멀리 걷는 일은 없지."

십 분이 지나자 그들은 잠자코 있을 수가 없었다.

"저 문밖에 뭐가 있는지 봐야겠다." 로즈가 말하며 조심스럽게 다른 쪽 문을 향해 걸어갔다.

초록색 베이즈 천으로 만든 여닫이문이었다. 그가 문을 살짝 밀어 조금 열어보았다.

"뭐가 보여?"

대답 대신 로즈는 헉하고 숨을 들이마셨다.

"이런! 이거 술이 있군!"

"술?"

키가 문 앞의 로즈에게로 가서 자기도 고대하는 마음으로 들여다보았다.

"정말 술이 확실하군." 잠시 뚫어지게 살펴본 후 그가 말했다.

그들이 있던 방의 두 배쯤 되는 크기였고, 찬란한 술의 성찬이 준비되어 있었다. 하얀 테이블보를 덮은 두 개의 테이블 위에는 술병들이 차례로 골고루 섞여 길게 줄지어 늘어서 있었다. 위스키, 진, 브랜디, 프랑스산과 이탈리아산 베르무트주,

오렌지 주스, 다양한 탄산수, 그리고 펀치가 담긴 큰 그릇도 두 개 있었다. 방에는 아직 아무도 없었다.

"막 시작하는 댄스파티를 위한 거야." 키가 속삭였다. "바이올린 소리 들려? 아, 젠장, 춤추는 건 개의치 않아."

그들은 살며시 문을 닫고 서로의 마음을 이해한다는 듯이 눈길을 나누었다. 서로 떠볼 필요가 없었다.

"나 저 술 몇 병 손에 넣고 싶어." 로즈가 단호하게 말했다.

"나도."

"들킬 것 같아?"

키가 잠시 생각을 해보았다.

"저 사람들이 마시기 시작할 때까지 기다리는 편이 나을지도 몰라. 지금은 저렇게 다 나와 있으니까 몇 병이 있는지 알고 있는 거야."

그들은 그 점에 대해서 몇 분간 이야기했다. 로즈는 아무라도 들어오기 전에 지금 당장 한 병을 들고 코트 아래 숨겨 오자고 했다. 하지만 키는 조심해야 한다고 주장했다. 형에게 문제가 될까 봐 염려가 되었던 것이다. 술병을 딸 때까지 기다리면 한 병 정도 가지고 와도 괜찮을 것이며 모두들 다른 대학 친구가 가져간 것으로 생각할 것이다.

그들이 여전히 언쟁을 벌이고 있을 때 조지 키가 급하게 문으로 들어오더니 그들에게는 어떻다는 말도 별로 없이 초록색 문으로 사라져버렸다. 잠시 후 코르크 마개들을 따는 소리, 그러곤 얼음이 갈라지고 콸콸 술을 붓는 소리가 들려왔다. 조지가 펀치를 섞고 있었다.

두 군인은 서로 바라보며 환희의 미소를 지었다.

"야, 이런!" 로즈가 나지막이 말했다.

조지가 다시 나타났다.

"조용히들만 하고 있어." 그가 빠르게 말했다. "오 분 후에 가져다줄게."

그는 들어왔던 문으로 다시 사라졌다.

그의 발걸음이 계단 아래로 멀어지자마자 로즈가 조심스럽게 살피더니 기쁨의 방으로 잽싸게 들어가 술 한 병을 손에 쥐고 나왔다.

"이렇게 하자." 첫 술을 즐거이 마시며 앉아 있다가 그가 말했다. "네 형이 올라올 때까지 기다리는 거야. 그리고 그가 가져온 술을 우리가 그냥 여기에서 마실 수는 없는지 물어보는 거지, 알겠냐. 가지고 가서 마실 만한 장소가 없다고 말하면서 말이야, 알겠냐. 그러면 저 방에 아무도 없을 때마다 몰래 들어가 코트 아래로 술을 숨겨 나올 수 있게 되지. 이틀 마실 술은 충분히 되지 않겠어?"

"당연하지." 로즈가 흥분해서 말했다. "야, 정말! 우리가 마음만 먹는다면 언제든 다른 군인들에게 팔 수도 있어."

그들은 잠시 이 아이디어에 대해 낙관적으로 생각에 잠기며 말을 멈추었다. 그러다 키가 그의 일직사관 코트의 칼라에 손을 올리더니 후크 단추를 풀었다.

"여기 더운 것 같지 않냐?"

로즈가 열렬하게 동의를 표했다.

"더럽게 덥다."

IV

드레싱룸에서 나왔을 때 그녀는 여전히 화가 나 있었다. 그녀는 중간에 있는 응접실을 가로질러 이어져 있는 홀로 들어갔다. 실제로 일어난 일에 대해 화가 났다기보다는—그건 결국 그녀가 사교적 존재라는 가장 단순하고 진부한 사실에 불과하다.—하필이면 그것이 왜 오늘 밤이냐 하는 것 때문이었다. 그녀는 자신에게 화가 나지는 않았다. 그녀는 늘 그래왔듯이 품위와 절제된 동정을 적절하게 보이며 행동했다. 그녀는 간결하고 능숙한 솜씨로 그를 냉대했다.

택시가 빌트모어 호텔을 막 떠났을 때였다. 채 반 블록도 못 갔을 것이다. 그가 어색하게 오른팔을 들어 올리더니—그녀는 그의 오른쪽에 앉아 있었다.—그녀의 진홍빛 털이 달린 오페라 망토 위로 꼭 감싸 안으려는 시도를 했다. 그건 그 자체만으로도 벌써 실수였다. 여자가 잠자코 따라줄지 확신할 수 없을 때 남자는 처음에는 팔을 멀리 뻗어 살짝 안아야 했다. 그것이 당연하고 품위 있는 행동이었다.

그가 저지른 두 번째 무례는 그 자신도 의도하지 않은 무의식중 행동이었다. 그녀는 오후 내내 미장원에 있었다. 그녀의 머리에 재앙이 일어난다는 것은 생각만으로도 지극히 불쾌한 일이었다. 그런데 피터는 그 불운한 시도 중에 팔꿈치 끝으로, 아주 살짝이기는 했지만 그녀의 머리를 스쳤던 것이다. 그것이 두 번째 실수였다. 그 두 가지만으로도 이미 충분했다.

그가 속삭이기 시작했다. 그의 첫 속삭임에 그녀는 이 남자는 그저 대학생 아이에 불과하다는 결론을 내렸다. 에디스는 스물두 살이었고, 어쨌든 이 댄스파티는 전쟁 이후 제대로 된

노동절

파티로는 처음이었기에 이와 연결된 무언가 다른 기억들이 점점 속도를 빨리하며 머릿속에서 되살아나고 있었다. 다른 댄스파티와 다른 남자, 슬픈 눈빛의 사춘기 시절, 꿈같은 추억 그 이상의 감정을 품고 있던 남자였다. 에디스 브래딘은 고든 스테렛과의 추억에 빠져 있었다.

그녀는 그렇게 델모니코의 드레싱룸에서 나와 문 입구에 잠깐 서서 그녀 앞에 있는 검은 드레스 어깨 너머로 예일 대학 남자들을 바라보았다. 그들은 기품 있는 검은 나방들처럼 계단 주변을 경쾌하게 오가고 있었다. 그녀가 나온 방에서 진한 향수 냄새가 흘러나왔다. 향수를 뿌린 아리따운 아가씨들이 들어오고 나가며 남긴 것이었다. 진한 향수와 향이 나는 파우더의 은은히 추억이 어린 분가루였다. 떠돌던 그 향기는 홀에서 담배 연기의 강한 냄새와 만나더니 관능적으로 계단을 따라 내려와 감마 프시 댄스파티가 열리고 있는 연회장으로 스며들었다. 그녀가 익히 알고 있던 냄새였다. 흥분시키고 자극적인, 사람을 들뜨게 하는 달콤한 냄새, 사교계 댄스의 향기였다.

그녀는 자신의 모습을 살펴보았다. 그녀의 드러난 팔과 어깨는 파우더를 발라 크림 같은 순백색이었다. 그녀는 자신의 팔과 어깨가 아주 부드러워 보인다는 것을, 오늘 밤 검은 배경 속에서 우유처럼 빛나며 두드러져 보일 것임을 알고 있었다. 머리치장도 성공적이었다. 붉은빛 머리는 틀어 올려 구부리고 물결치게 만들어 감탄할 만한 도도한 굴곡의 움직임을 빚어내었다. 입술은 짙은 붉은빛으로 정교하게 칠을 했고, 눈동자는 섬세하여 마치 도자기로 만든 것처럼 부서질 것만 같은 푸른빛을 발하였다. 그녀는 완벽하고 한없이 정교했으며, 복잡하고 화려한 머리에서 작고 가냘픈 두 발에 이르기까지 매끄러운 선으로 흘러내리는 완벽한 아름다움 그 자체였다.

그녀는 오늘 밤 이 흥청거리는 파티에서 무슨 말을 할지 생각해 보았다. 분위기는 벌써 크고 낮은 웃음소리와 구둣발 소리들, 그리고 계단을 오르내리는 쌍쌍의 움직임들로 어렴풋이 고양되고 있었다. 그녀는 자신이 오랫동안 해왔던 말들—그녀의 대사—을 또 읊조릴 것이다. 유행하는 표현과 시사적인 용어들, 대학가 은어들이 함께 꿰어져 본질적으로 하나가 되는, 가볍고, 약간은 자극적인, 그러면서도 섬세하고 감성적인 그런 언어를 구사할 것이다. 그녀는 근처 계단에 앉아 있던 여자가 하는 말을 듣고 살짝 미소를 지었다. "당신은 그 절반도 몰라요!"

그녀는 미소를 짓자 잠깐 사이에 화가 녹아내렸다. 그녀는 눈을 감고 기쁘게 깊은 숨을 들이마셨다. 그녀는 두 팔을 옆으로 내려뜨린 후, 몸매를 은근히 드러내며 가리고 있는 몸에 딱 맞는 매끈한 드레스에 팔을 스칠 듯이 가까이 붙였다. 그녀는 전에 없이 자신의 부드러움을 느꼈고, 또 순백색 팔이 마음에 들었다.

'내게선 달콤한 향기가 나.' 그녀가 자신에게 꾸밈없이 말했다. 그러자 또 다른 생각이 뒤를 이었다. '난 사랑을 위해 태어났어.'

그녀는 그 말의 어감이 좋아 다시 한 번 되뇌어 보았다. 그러자 어쩔 수 없는 연상 작용으로, 새롭게 일어난, 고든에 대한 꿈이 반란을 일으켰다. 두 달 전, 그녀의 상상력이 예기치 않게 발전하면서 그녀조차 짐작하지 못했던, 그를 다시 보고 싶다는 욕망을 드러내었고, 그것이 이 시간, 이 파티로 이끌었던 것이다.

반반하고 세련된 미모였지만 에디스는 진지하게 생각하는 신중한 여자였다. 그녀 속에도 그녀의 오빠를 사회주의자와 평화주의자로 만든 사춘기 시절의 이상주의, 깊이 생각하고자 하는 열망, 그와 같은 것이 흐르고 있었다. 헨리 브래딘은 그가 경제학 강사로 있던 코넬 대학을 떠나 뉴욕으로 왔고, 급진적인 주간 시사 저널에 칼럼을 쓰면서 불치의 악마들에 대한 최신 치료법을 쏟아내고 있었다.

에디스는 그보다는 현실적이었기에 고든을 치료하는 것만으로도 만족했을 터였다. 고든에게는 나약한 성품이 있어 그것을 고쳐주고 싶었다. 그에게는 무력함이 있어 그것을 보호해 주고 싶었다. 그리고 그녀는 오랫동안 알아온 누군가를, 그녀를 오랫동안 사랑해 온 누군가를 원했다. 그녀는 좀 피곤을 느꼈다. 그녀는 결혼하고 싶었다. 편지 더미, 대여섯 장의 사진들, 그만큼의 추억들, 그리고 이 피로감, 그녀는 다음번 고든을 만나면 그들의 관계가 달라지게 할 것이라고 마음먹었다. 달라지게끔 그녀가 말을 할 것이다. 그리고 오늘 밤이 있었다. 이 밤은 그녀의 밤이었다. 모든 밤은 그녀의 밤이었다.

그때 그녀의 생각은 진지한 표정의 학부 학생으로 해서 중단되었다. 그는 상처받은 모습으로 일부러 과하게 형식을 차려 그녀 앞에 서더니 지나치게 고개를 숙여 인사했다. 그녀가 파티에 함께 온 남자, 피터 힘멜이었다. 그는 키가 크고 유머가 있었으며, 뿔테 안경을 썼고, 매력적인 괴팍한 분위기도 있었다. 그녀는 갑자기 그가 싫었다. 아마도 그가 그녀에게 키스하려다가 못 했기 때문일 것이다.

"저." 그녀가 먼저 입을 열었다. "아직도 나한테 화가 나 있어요?"

"전혀 아닙니다."

그녀가 한 발짝 다가가 그의 팔을 잡았다.

"미안해요." 그녀가 부드럽게 말했다. "나도 내가 왜 그런 식으로 예민하게 대응했는지 모르겠어요. 이상하게도 오늘 밤 기분이 엉망이에요. 미안해요."

"괜찮아요." 그가 중얼거렸다. "그 얘기는 그만하죠."

그는 불쾌하고 당황스럽게 느꼈다. 그녀가 자신의 마지막 시도의 실패를 노골적으로 언급한 것이었을까?

"실수였어요." 그녀가 말을 이었다. 여전히 의식적으로 부드러운 말투였다. "우리 둘 다 잊어버려요." 그런 말을 하는 그녀가 미워졌다.

몇 분 후 그들은 댄스 플로어로 들어갔다. 특별히 불러온 재즈 오케스트라의 단원들이 몸을 흔들며 연주하다가 붐비는 연회장에 알렸다. "색소폰과 나만 남으면, 바로 그 둘은 친─구!"

콧수염을 기른 남자가 파트너로 끼어들었다.

"안녕하세요?" 그가 섭섭하다는 듯 말했다. "절 기억 못 하는군요."

"이름이 얼른 떠오르지 않아서요." 그녀가 가볍게 말했다. "알긴 잘 알죠."

"어디서 만났느냐 하면요……." 그의 목소리가 서글프게 끊기면서 매우 살결이 희고 금발인 남자가 끼어들었다. 에디스는 관례상 하는 말을 낯선 사람에게 중얼거렸다. "너무 고맙습니다만…… 나중에 오세요."

그 금발의 남자는 열정적으로 손을 흔들며 고집을 부렸다. 그녀는 알고 지내던 수많은 제임스 중 한 명임이 생각났다. 성은 알 바가 아니었다. 그녀는 그가 춤을 출 때 별난 리듬이 있었다는 것까지 기억이 났고, 그들이 춤을 추기 시작하자 자신이 옳았음을 곧 알게 되었다.

"여기 오래 머물 건가요?" 그가 자신 있게 말을 했다.

그녀는 뒤로 몸을 젖히며 그를 쳐다보았다.

"2주요."

"어디에 있어요?"

"빌트모어에요. 언제 한번 전화해요."

"정말이에요." 그가 다짐을 했다. "그러겠어요. 차를 마시러 가죠."

"나도 정말이에요. 진심이라고요."

검은 피부의 남자가 아주 정중하게 끼어들었다.

"날 기억하지 못하는군요, 그렇죠?" 그가 진지하게 말했다.

"기억나는 것 같은데요. 이름이 할란이죠."

"아뇨, 발로예요."

"어쨌든 거의 비슷했잖아요. 하워드 파티에서 우쿨렐레[2]를 아주 잘 연주하던 사람이죠."

"연주는 했지만, 그게 아니라……."

이가 튀어나온 한 남자가 끼어들었다. 에디스는 약한 위스키 냄새를 느낄 수 있었다. 그녀는 술을 마시는 남자가 좋았다. 술을 마시는 남자는 더 유쾌했으며, 사람을 볼 줄 알았고, 칭찬할 줄 알았다. 훨씬 이야기하기가 편했다.

"내 이름은 딘이에요. 필립 딘." 그가 쾌활하게 말했다. "날 기억 못 하겠지요. 하지만 당신은 뉴헤이븐에 오곤 했어요. 내가 4학년 때 같은 방을 쓰던 친구와 함께요. 고든 스테렛이라고."

에디스가 얼른 그를 올려다보았다.

"네, 그 사람과 두 번 함께 갔었죠. '펌프앤슬리퍼'[3]와 3학년 무도회에요."

"그 친구 봤겠죠, 물론." 딘이 무심하게 말했다. "그 친구 오늘 밤 여기 왔어요. 조금 전에 봤는데."

에디스는 화들짝 놀랐다. 놀라긴 했지만, 그녀 역시 그가 여기 왔을 거라는 상당한 확신을 느끼고 있던 차였다.

"어머나, 아뇨. 아직 못……."

뚱뚱한 붉은 머리 남자가 끼어들었다.

"안녕하세요, 에디스." 그가 말을 걸었다.

"아, 네, 안녕하세요."

그녀가 미끄러지면서 살짝 비틀거렸다.

"미안해요." 그녀가 기계적으로 중얼거렸다.

그녀는 고든을 보았던 것이다. 고든은 아주 창백하고 내키지 않는 표정으로 문가 한옆에 기대어 담배를 피우면서 연회장 안을 들여다보고 있었다. 에디스는 그의 얼굴이 마르고 파리한 것을 알 수 있었다. 담배를 문 입술을 향해 들어 올린 손은 떨리고 있었다. 에디스는 이제 고든과 상당히 가까운 곳에서 춤을 추고 있었다.

"남자들을 너무 많이 초대해서요." 키 작은 남자가 말했다.

"안녕, 고든." 에디스가 파트너의 어깨 너머로 그를 불렀다. 그녀의 가슴이 마구 뛰었다.

그의 커다란 눈동자가 그녀에게 꽂혔다. 그가 그녀를 향해 한 발 내디뎠다. 그녀의 파트너가 그녀를 돌려세웠다. 파트너가 푸념하는 소리가 들렸다. "하지만 파트너 없이 온 남자 절반은 취해서 곧 떠나 버려요. 그래서……."

그때 그녀 옆에서 낮은 목소리가 들려왔다.

"실례할까요?"

그녀는 갑자기 고든과 함께 춤을 추고 있었다. 그의 한 팔이 그녀를 안고 있었다. 격정적으로 끌어안은 그의 손이 느껴졌다. 손가락을 벌려 그녀의 등에 대고 있는 그의 손이 느껴졌다. 작은 레이스 손수건을 쥔 그녀의 손이 그의 손안에 꽉 쥐어져 있었다.

"아, 고든." 그녀가 숨이 막히는 듯이 말했다.

"안녕, 에디스."

그녀가 또다시 미끄러졌다. 다시 중심을 잡으면서 몸을 앞으로 숙이다가 그녀의 얼굴이 그의 검은 야회복에 닿게 되었다. 그녀는 그를 사랑했다. 그녀는 자신이 그를 사랑했음을 알았다. 그러곤 잠깐 침묵이 흐르면서 이상한 불안감이 그녀를 엄습했다. 뭔가 잘못됐다.

갑자기 그녀의 가슴이 뒤틀렸고, 뭐가 잘못됐는지 깨달은 그녀의 가슴이 뒤집혔다. 그는 가엾고 비참했고, 좀 취한 데다 지독하게 지쳐 있었다.

"아." 그녀가 저도 모르게 탄식했다.

그의 눈길이 그녀를 내려다보고 있었다. 그녀는 그의 눈에 핏발이 서 있고, 눈동자가 불안정하게 흔들리고 있음을 깨달았다.

"고든." 그녀가 속삭였다. "우리 좀 앉아요. 나 앉고 싶어."

그들은 거의 플로어 한가운데 있었고, 에디스는 방 건너편에서 남자 두 사람이 자신을 향해 오고 있음을 보았다. 그녀는 춤을 멈추고 고든의 지친 손을 잡아끌고 사람들에게 부딪히며 그들을 뚫고 나갔다. 그녀의 입은 굳게 닫혀 있었고, 얼굴은 화장기 아래에서도 약간 창백했으며, 두 눈은 눈물을 그렁그렁 담은 채 흔들리고 있었다.

에디스가 부드러운 카펫이 깔린 계단 위 높은 곳에 빈자리를 발견했고, 그는 힘겹게 그녀 옆에 주저앉았다.

"있잖아." 그가 불안정하게 그녀를 바라보며 말을 시작했다. "당신을 만나서 정말 기뻐, 에디스."

그녀는 그를 바라볼 뿐 아무 대답도 하지 않았다. 이 만남이 그녀에게 끼친 영향은 상상을 초월했다. 오랜 시간 그녀는 삼촌들로부터 저 아래로는 운전기사들에 이르기까지 여러 단계의 중독자들을 보아왔고, 그녀가 느꼈던 감정도 재미있다에서 혐오스럽다에 이르기까지 다양했지만, 여기서 그녀는 생전 처음으로 새로운 감정을 느껴야 했다. 그것은 이루 말로 다 표현할 수 없는 공포였다.

"고든." 그녀가 나무라듯이, 그리고 거의 울음을 터뜨릴 듯이 말했다. "당신, 모습이 악마 같아."

그가 고개를 끄덕였다. "문제들이 좀 있었어, 에디스."

"문제요?"

"온갖 문제들. 우리 집에는 아무 말도 하지 마. 난 완전히 산산조각 났어. 엉망진창이야, 에디스."

그의 아랫입술이 늘어졌다. 에디스는 거의 바라보지 않는 것 같았다.

"나에게, 나에게……." 그녀가 주저하며 말했다. "나에게 얘기해 줄 수 없어요, 고든? 내가 항상 당신에게 관심이 있다는 건 당신도 알잖아요."

그녀는 입술을 깨물었다. 좀 더 강렬한 무언가를 말할 생각이었지만, 결국 입 밖에 낼 수 없음을 깨달았다.

고든이 멍하게 고개를 저었다. "얘기할 수 없어. 당신은 좋은 여자야. 그런 이야기를 좋은 여자에게 말할 수 없어."

"젠장!" 그녀가 도전적으로 말했다. "누구한테는 그런 식으로 좋은 여자라고 부르는 것이 완벽한 모욕이라고 생각해. 얼굴에 대고 문을 쾅 닫아버리는 행동이라고. 당신 술에 빠져 사는군요, 고든."

"고맙군." 그가 우울하게 고개를 떨어뜨렸다. "지적해 주시니 아주 고맙군."

"왜 술을 마셔요?"

"왜냐하면, 난 환장하게 비참하니까."

"그래서 술을 마시면 뭐가 나아져요?"

"뭘 하는 거야? 날 개과천선이라도 시키려는 건가?"

"아뇨, 도우려는 거예요, 고든. 나한테 얘기해 줄 수 없어요?"

"난 지독한 곤경에 빠졌어. 날 모른 체하는 게 당신에게 최선이야."

"왜요, 고든?"

"미안해. 당신에게 끼어들어서. 당신에게 부당한 행동이었어. 당신은 순수한 여자인데, 순수하고 착하고 그런. 여기 있어. 당신과 춤출 다른 사람을 데려올게."

그가 비틀거리며 일어났지만 그녀가 팔을 뻗어 그를 다시 그녀 옆 계단에 주저앉혔다.

"여기 있어요, 고든. 무슨 억지예요? 정말 날 가슴 아프게 하는군요. 당신은, 당신은 미친 사람처럼 굴고 있어요."

"나도 인정해. 내가 좀 미쳤어. 내가 뭔가 잘못된 것 같아, 에디스. 뭔가가 나를 빠져나갔어. 그래도 난 상관없어."

"상관있어요. 말해 봐요."

"그냥 그거야. 난 항상 별났지. 다른 애들과 좀 달랐어. 대학 때는 괜찮았지만, 이제는 전부 엉망이야. 지난 넉 달 동안 내 안에서 뭔가 툭툭 끊어지고 있었어. 마치 드레스에 달린 작은 후크 단추들처럼. 그리고 이제 몇 개만 더 풀리면 완전히 끊어져 버릴 참이야. 나는 조금씩 미쳐가고 있어."

그는 완전히 눈을 돌려 그녀를 바라보았고, 그러고는 웃기 시작했다. 그녀는 몸을 움츠리며 뒤로 뺐다.

"도대체 뭐가 문제인 거예요?"

"그냥 내가 문제야." 그가 다시 말했다. "내가 미치고 있어. 여기 전체가 나에게는 꿈같아, 이 델모니코가."

그가 이야기하는 동안 그녀는 그가 완전히 변했음을 알았다. 그에게 쾌활하고 즐겁고 마음 편안한 면은 전혀 존재하지 않았다. 거대한 무기력과 절망이 그를 사로잡고 있었다. 강한 혐오가 밀려왔고, 불현듯 어렴풋한 권태가 뒤따랐다. 그의 목소리가 깊은 공허 속에서 울려 나오는 것처럼 들렸다.

"에디스." 그가 말했다. "난 내가 똑똑하고 재능도 있고, 예술가인 줄 알았어. 그런데 이제 보니 난 아무것도 아니야. 그림을 그릴 수가 없어, 에디스. 내가 왜 당신에게 이 이야기를 하는지 모르겠군."

그녀는 우두커니 고개를 끄덕였다.

"그림을 그릴 수가 없어. 아무것도 할 수가 없어. 난 교회 쥐처럼 가난해." 그가 쓰디쓰게, 그리고 너무 크게 웃어댔다. "난 망할 놈의 거지가 되었어. 친구 피를 빠는 거머리야. 난 낙오자야. 나는 찢어지게 가난하다고."

그녀의 혐오감은 점점 커졌다. 이번에는 거의 고개를 끄덕이지도 않았다. 자리에서 일어설 기회를 기다렸다.

노동절

갑자기 고든의 눈에 눈물이 차올랐다.

"에디스." 그가 그녀를 바라보며 말했다. 자제하려고 굉장히 애쓰는 것이 보였다. "아직도 나에게 관심을 가져주는 사람이 한 사람이라도 남았다는 것을 알아서 정말 얼마나 위안이 되는지 몰라."

그가 손을 뻗어 그녀의 손을 토닥였다. 그녀는 자기도 모르게 손을 뺐다.

"정말 당신은 너무나도 친절해." 그가 다시 되풀이했다.

"글쎄요." 그녀가 그의 눈을 쳐다보며 천천히 말했다. "옛 친구를 만나는 일은 누구에게나 언제든 기쁜 일이죠. 하지만 당신의 이런 모습을 보게 돼서 유감이에요, 고든."

두 사람은 서로를 바라보았고 잠시 침묵이 흘렀다. 그의 눈에서 순간적이지만 어떤 열정이 아른거렸다. 그녀는 일어나 그를 쳐다보았다. 그녀의 얼굴엔 거의 표정이 없었다.

"춤출까요?" 그녀가 냉정하게 말했다.

'사랑은 부서지기 쉬운 것이다.' 그녀는 그렇게 생각하고 있었다. '하지만 그 부서진 조각들은 남아 있다.' 입술을 맴돌던 말들, 어쩌면 입 밖으로 내어 말할 수도 있었던 말들. 새로운 사랑의 언어들, 새롭게 배운 부드러움, 그런 것들은 다음의 연인을 위해 고이 간직해 두리라.

V

피터 힘멜, 아름다운 에디스의 파트너인 그는 거절당하는 일에 익숙하지 않았다. 그런 그가 거절을 당했기에 그는 상처받

앉고 창피했으며 자신이 부끄러웠다. 대략 두 달 동안 그는 에디스 브래딘과 속달 편지를 주고받는 관계에 있었다. 속달 편지란 결국 서신이 감상적이었다는 뜻임을 알았기에, 그는 자기 행동의 근거가 확실하다고 믿고 있었다. 그런데 왜 그녀가 그저 한 번의 키스에 그런 태도를 취해야 했는지 그 이유를 찾고 있었지만 답을 얻을 수 없었다.

그래서 콧수염 사내가 끼어들었을 때 그는 홀로 나갔고, 문장 하나를 만들어 자신에게 여러 번 되풀이하여 말했다. 상당 부분 지워졌지만, 내용은 이러했다.

'글쎄, 어떤 여자든 남자를 유도해 놓고 좌절시켰다면······ 그녀는 그랬어. 그렇다면, 내가 나가서 근사하게 취하더라도 할 말이 없다 이거야.'

그래서 그는 만찬장을 지나 옆에 연결되어 있는 작은 방으로 들어갔다. 이른 저녁에 봐둔 곳이었다. 방에는 여러 개의 커다란 펀치 그릇들이 있었고, 그 옆으로는 술병들이 많이 늘어서 있었다. 그는 술병들이 놓인 테이블 옆에 앉았다.

두 잔째 마신 하이볼에 지루함, 혐오스러움, 시간의 단조로움, 사건의 혼란스러움 등이 희미한 배경이 되어 물러섰고 그 앞으로 반짝이는 거미줄이 생겨났다. 그런 것들은 스스로 체념하게 되었다. 그러곤 조용히 선반 위에 놓여 잊혔다. 오늘의 어려움들은 저절로 대열을 맞추고 정돈되더니, 그의 간단한 해산 명령에 걸어 나가 사라져버렸다. 그렇게 근심이 사라지자 그 자리에 근사한 상징주의가 들어와 퍼져 나갔다. 에디스는 변덕스럽고 대수롭지 않은 여자가 되었다. 염려하지 않아도 좋을, 오히려 비웃어도 될 여자가 된 것이다. 그녀는 그의 주변에 형성되고 있는 표면상의 세계에 그 자신의 꿈의 형태처럼 들어맞았다. 그 자신도 어느 정도 상징적이 되었다. 일종의 절제하는 주신, 유희를 즐기는 천재적인 몽상가가 된 것이다.

그러고는 상징적 분위기가 퇴색하였고, 그가 세 잔째 하이볼을 마시자, 그의 상상력은 훈훈해져 오는 열기 앞에 무너지고 그는 쾌락의 물 위에 누워 둥둥 떠 있는 것과 비슷한 상태로 빠져들었다. 그때였다. 그는 가까이 있던 초록색 베이즈 천으로 만든 문이 손가락 하나만큼 열리는 것을, 그 틈 사이로 사람의 눈이 자신을 열심히 지켜보고 있음을 알게 되었다.

"흠." 피터는 차분하게 중얼거렸다.

초록색 문이 닫혔다. 그러곤 다시 열렸다. 이번에는 눈곱만큼 빠끔히.

"머리카락 보일라." 피터가 중얼거렸다.

문은 닫힌 채 있었지만, 그는 긴장된 목소리의 간헐적인 속삭임을 감지할 수 있었다.

"한 사람이야."

"뭐 하고 있는 거지?"

"그냥 앉아서 보고 있어."

"빨리 꺼지지. 한 병 더 가져와야 하는데."

피터가 듣고 있는 동안 그 말들은 그의 의식 속으로 스며들었다.

'야, 이거, 아주 놀랄 만한 일이군.' 그는 생각했다.

그는 흥분되었다. 신이 났다. 어떤 미스터리와 부딪히게 되었다고 느꼈다. 세련되게 무심함을 가장하며 일어선 그는 테이블 주위를 돌다가 재빨리 방향을 틀어 초록색 문을 힘껏 잡아당겼다. 로즈 이병이 방 안으로 고꾸라지며 들어왔다.

피터가 고개를 숙여 인사했다.

"안녕하십니까?" 그가 말했다.

로즈 이병이 한 발을 약간 다른 발 앞에 놓으며 싸울 태세를 또는 도망하거나 타협할 자세를 취했다.

"안녕하십니까?" 피터가 다시 한 번 정중하게 말했다.

"괜찮소만."

"술 한 잔 드릴까요?"

로즈 이병은 혹시 놀리는 것은 아닐까 의심스러워 살피듯이 그를 바라보았다.

"좋소." 마침내 그가 말했다.

피터가 의자를 가리켰다.

"앉아요."

"친구가 있어요." 로즈가 말했다. "저 안에 친구가 한 사람 있어요." 그가 초록색 문을 가리켰다.

"얼마든지 괜찮으니 어서 나오게 해요."

피터가 건너가 문을 열고 키 이병을 환영했다. 키는 여전히 믿지 못하고 있었다. 불안하고 뒤도 켕겼다. 의자를 찾은 세 사람은 펀치 그릇 주위에 둘러앉았다. 피터가 그들에게 하이볼을 한 잔씩 주고 케이스에서 담배도 한 대씩 꺼내 주었다. 두 사람은 좀 주저하며 받았다.

"자." 피터가 편안하게 말을 이었다. "이제 왜 당신들이 저 방에서 빈둥거리며 시간 보내기를 선호하는지 물어도 될까요? 보아하니 저 방엔 바닥 닦는 솔만 잔뜩 있는 것 같은데. 그리고 언제 인류가 이렇게 발전해서 일요일을 빼고는 매일 만칠천 개의 의자를 제조하기에 이르렀을까요?" 그가 잠깐 말을 멈추었다. 로즈와 키는 그를 멍하니 보고 있었다. 피터가 말을 계속했다. "말해 보겠어요? 왜 한 곳에서 다른 곳으로 물을 운반하기

노동절

위해 만든 물건들 위에 앉아 쉬고자 했는지?"

그때 로즈가 꿍얼거리는 소리를 내었다.

"그리고 마지막으로……." 피터가 말했다. "말해 보시죠. 왜 거대한 촛대들이 아름답게 걸려 있는 빌딩에서, 빈약한 전등 하나 아래 이 저녁 시간을 보내려 했는지?"

로즈가 키를 바라보았다. 키도 로즈를 바라보았다. 그들은 웃음을 터뜨렸다. 그들은 요란스럽게 웃어댔다. 그들은 서로를 바라보며 도저히 웃음을 터뜨리지 않을 수가 없었다. 하지만 그들은 이 남자와 함께 웃고 있는 것이 아니었다. 그들은 이 남자를 비웃고 있는 것이었다. 그들로서는 이런 식으로 이야기하는 사람이란 엄청나게 취했거나 엄청나게 미친 사람이라 생각할 수밖에 없었다.

"당신들 예일대 사람이겠군요." 피터가 그의 하이볼을 다 마시고 또 한 잔을 준비하며 말했다.

그들은 또 웃음을 터뜨렸다.

"아뇨."

"그래요? 난 당신들이 예일 대학의 그 셰필드 이과대학이라는 낮은 클래스 사람들일지도 모른다고 생각했죠."

"아뇨."

"흠. 글쎄요, 그거 안됐군요. 그럼 분명 하버드 사람들이군요. 신문에서 표현하듯이 이, 이 보랏빛 푸른색[4]의 낙원에서 당신들의 익명성을 유지하고자 하는."

"아뇨." 키가 냉소적으로 말했다. "우리는 그냥 누구를 기다리는 중이었어요."

"아하." 피터가 일어나 그들의 잔을 채우면서 말했다. "매우 흥미롭군요. 청소부 아가씨와 데이트가 있었나요, 그래요?"

두 사람 다 화를 내며 아니라고 부정했다.

"괜찮아요." 피터가 납득시켰다. "변명하지 마세요. 청소부 아가씨도 이 세상의 어떤 여자와 마찬가지로 훌륭한 법입니다. 키플링이 말했죠. '어떤 여자도, 주디 오그래디도 한 꺼풀 벗기면 다 같다.' 라고요."

"물론이죠." 키가 말하며 로즈에게 노골적으로 한 눈을 찡긋해 보였다.

"예를 들어 제 얘기를 하면요." 피터가 잔을 비우며 말을 계속했다. "여기에 어떤 여자와 함께 왔죠. 그런데 아주 버릇없는 여자예요. 지금껏 본 중에서 가장 버릇없는 여자예요. 키스를 거절하더라고요. 아무 이유도 없이. 내가 키스를 하고 싶다고 확신하게끔 일부러 유도를 해놓고서는, 그래놓고 뒤통수를 치다니! 날 퇴짜를 놓았다고! 젊은 세대가 도대체 어떻게 되고 있는 겁니까?"

"그거야말로 운이 나빴네." 키가 말했다. "정말이지 운이 나빴어."

"저런!"

"한 잔 더 할래요?" 피터가 말했다.

"우리는 잠깐 일종의 어떤 싸움에 끼어들었었죠." 키가 잠시 멈추었다 말을 이었다. "하지만 너무 멀어서요."

"싸움? 바로 그런 게 진짜죠!" 피터가 비틀거리며 자리에 앉았다. "자, 모두 싸워! 나도 육군에 있었어요."

"그건 어떤 볼셰비키주의자와의 싸움이었어요."

"바로 그거예요!" 피터가 흥분해서 소리쳤다. "내 말이 그 말이에요! 볼셰비키를 죽여라! 그들을 소탕하라!"

"우리는 미국 사람이오." 로즈가 완강하고 도전적인 애국주의를 나타내며 말했다.

"물론이죠." 피터가 말했다. "세계에서 가장 훌륭한 민족입니다! 우리는 모두 미국인이오. 자, 한 잔 더 해요."

그들은 한 잔 더 했다.

VI

1시에 특별 오케스트라가 델모니코에 도착했다. 특별 오케스트라의 날에서도 특별한 그런 오케스트라였다. 그 단원들이 피아노 주위에 거만하게 자리 잡고서는 감마 프시 파티에 음악을 제공했다. 단장은 뉴욕 전역에 이름이 나 있는 플루트 연주자로, 최신 재즈 곡을 플루트로 연주하며 물구나무를 서서 어깨를 흔들며 춤추는 묘기로 유명했다. 그가 연주를 하는 동안 조명은 모두 꺼지고 플루트 연주자를 비추는 스포트라이트와 이리저리 움직이는 광선 조명만이 남는다. 그러면 춤을 추는 무리들 위로 깜박거리는 어둠과 끊임없이 변화하는 빛깔들이 던져졌다.

에디스는 춤을 추며 노곤하고 꿈꾸는 듯한 상태로 빠져들어 갔다. 이는 사교계에 갓 데뷔한 여자들에게나 생기는, 하이볼 여러 잔을 마신 후 고고한 영혼이 느끼는 열기와 같은 상태였다. 그녀의 마음은 음악의 품속에서 막연하게 떠다녔다. 그녀의 파트너들은 화려한 채색으로 변화하는 어둠 아래에서 비현실적인 환영처럼 계속 바뀌었고, 지금의 몽롱한 상태에서 그녀는 춤이 시작된 이후 마치 며칠의 시간이 흐른 것만 같았다. 그녀는 많은 남자들과 많은 단편적인 이야기들을 했다. 그녀는 한 번 키스를 받았고 여섯 번 구애를 받았다. 이른 저녁에는 여러 다른 학부 학생들이 그녀와 춤을 추었지만, 지금은 그곳의 더 인기 있는 여자들처럼 그녀도 그녀만의 열성 팬들이 있었다. 그러니까 대여섯 명의 남자들이 그녀 한 사람만을 지목하거나 다른 미인을 함께 선택하여 번갈아 가며 춤을 추는 것이다. 그 남자들이 규칙적으로 어김없이 연이어 끼어들어 왔다.

몇 번 그녀는 고든을 볼 수 있었다. 그는 계단 위에 오래도록 앉아 있었다. 두 손으로 머리를 감싸고는 멍한 눈으로 눈 아래 바닥의 무한히 작은 한 점을 뚫어져라 바라보고 있었다. 매우 우울한 모습이었고, 그렇게 보였다. 그리고 상당히 취해 있었다. 하지만 에디스는 매번 급하게 시선을 돌렸다. 모든 것이 오래전 일만 같았다. 그녀의 정신은 이제 수동적으로 움직였고, 감각은 비몽사몽 잠으로 가라앉았다. 발만이 춤을 추었고 목소리만이 흐릿한 감상적 희롱 속에서 계속 얘기를 하고 있었다.

그러나 피터 힘멜이 끼어들었을 때 그녀는 판단하지 못하고 분노할 수 없을 만큼 그렇게까지 피곤하지는 않았다. 그는 엄청나게, 그리고 행복하게 취한 상태였다. 그녀는 놀라 그를 쳐다보았다.

"어머, 피터!"

"나 좀 취했어요, 에디스."

"아니, 피터, 당신 멋진 사람이에요. 정말 그래요. 그런데, 이건 불량한 행동이라고 생각하지 않아요? 나와 같이 왔으면서."

그러곤 그녀는 마지못해 미소를 지어 보였다. 그가 진지하고 감상적으로 그녀를 바라보다 순간적으로 바보 같은 미소를 지어 보였기 때문이다.

"에디스." 그가 진지하게 말했다. "내가 당신 사랑하는 거

알죠, 그렇죠……?"

"당신이 지금 말하고 있잖아요."

"사랑해요. 그리고 난 그냥 당신이 내 키스를 받아주길 원했을 뿐이에요." 그가 슬프게 덧붙였다.

그의 창피함, 부끄러움, 그것들은 다 사라졌다. 그녀는 이 세상에서 가장 아름다운 여자였다. 가장 아름다운 눈, 저 하늘의 별과 같다. 그는 우선 사과를 하고 싶었다. 주제넘게 키스하려 했던 것에 대해, 그리고 다음에는 술 마신 것에 대해서도. 하지만 그녀가 자신에게 화가 났다고 생각했기에 차마 용기를 낼 수 없었다.

붉은 머리의 퉁퉁한 남자가 끼어들더니 에디스를 쳐다보며 환하게 웃었다.

"누구와 같이 왔어요?" 그녀가 물었다.

아니었다. 그 붉은 머리의 퉁퉁한 남자는 혼자였다.

"그럼 죄송하지만, 오늘 밤 저를 집에 바래다주시길 부탁드리면 결례가 될까요?" (이 과도한 소심함도 에디스가 사람의 마음을 끄는 매력 중 하나였다. 그녀는 그 붉은 머리 퉁퉁한 남자가 곧 기뻐서 날뛰리라는 것을 알고 있었다.)

"결례라니요? 아니, 이런 세상에. 저야 너무 행복한 일이죠. 제가 행복한 마음으로 그리하리라는 걸 아시지요?"

"정말 감사해요! 아주 친절하시군요."

그녀는 손목시계를 보았다. 1시 반이었다. 그리고 "1시 반이네." 하고 혼잣말을 하다가 그녀의 오빠가 점심때 했던 말이 희미하게 기억 속으로 흘러들어 왔다. 오빠는 매일 새벽 1시 반 넘어서까지 신문사 사무실에서 일을 한다고 했다.

에디스가 갑자기 지금의 파트너를 향해 돌아섰다.

"델모니코가 몇 번가에 있는 거죠?"

"몇 번가요? 물론 5번로죠."

"아뇨. 동서를 잇는 길이 몇 번가냐고요?"

"아, 어디 보자. 44번가네요."

그녀 생각이 맞았다. 헨리의 사무실은 바로 길 건너 모퉁이만 돌면 되었다. 곧 잠깐 빠져나가 오빠를 놀라게 해줘야겠다는 생각이 떠올랐다. 오빠 앞에 나타나 진홍색 오페라 망토를 입은 눈부신 아름다움으로 오빠의 '기운을 북돋아 주는 것이다.' 이런 일이 바로 에디스가 즐겨 하는 종류의 일이었다. 형식에 얽매이지 않는 유쾌한 행동들. 그런 생각이 떠올라 그녀의 상상력을 사로잡자 그녀는 순간 망설이다가 곧 결정을 해버렸다.

"제 머리가 다 헝클어지려 하네요." 그녀가 상냥하게 파트너에게 말했다. "잠깐 가서 매만지고 와도 괜찮을까요?"

"그럼요."

"당신은 정말 멋진 사람이에요."

몇 분 후, 진홍색 오페라 망토를 몸에 감싼 그녀가 보조 계단을 빠르게 내려가고 있었다. 그녀의 뺨은 이 작은 모험의 흥분으로 빨갛게 달아올라 있었다. 그녀는 문가에 서 있던 남녀와 마주쳤다. 턱이 빈약한 웨이터와 립스틱을 과하게 바른 아가씨가 격렬하게 언쟁을 벌이고 있었다. 그녀는 문을 열고 따뜻한 5월의 밤으로 걸어 나갔다.

VII

립스틱을 과하게 바른 여자가 잠시 날카로운 눈길로 그녀를 따르더니 곧 턱이 빈약한 웨이터를 향해 자기주장을 계속했다.
"올라가서 그 사람에게 내가 왔다고 어서 전하라고요." 그녀가 도전적으로 말했다. "그러지 않으면 내가 직접 올라가겠어요."
"안 된다고요. 못 올라간다니까요." 조지가 단호하게 말했다.
여자가 냉소적인 웃음을 흘렸다.
"그래, 못 올라간다고? 내가 못 올라간다고? 이봐요, 나는 댁이 평생 본 것보다 더 많은 대학생들을 알고, 그 대학생들도 나를 안다고. 그리고 기꺼이 나를 파티에 데려들 가지."
"그럴지도 모르지만……."
"그럴지도 모르지만." 그녀가 말을 중단시켰다. "지금 막 나간 여자 같은 이들은 괜찮고. 저 여자가 어딜 갔는지 누가 알겠어? 저런 여자들은 여기 초대받아 오고, 가고 싶을 때 가는 건 괜찮고, 내가 친구를 만나겠다는데, 어디서 싸구려 음식이나 나르고 도넛이나 먹는 웨이터를 여기 세워 날 못 들어가게 막다니."
"이것 봐요." 조지 키가 말했다. "그러다 난 여기서 쫓겨난다고. 그리고 댁이 얘기하는 사람이 댁을 만나고 싶지 않을 수도 있고."
"그 사람은 날 보고 싶어 해요."
"어쨌든 저 많은 사람 중에 내가 어떻게 찾으란 거요?"
"분명히 거기 있어요." 그녀가 자신 있게 말했다. "그냥 누구한테든 고든 스테렛을 물어봐요. 그럼 당신에게 그를 가리켜 보여 줄 거예요. 저 사람들은 다 서로를 안다니까요."

그녀는 망사 가방을 꺼내더니 1달러 지폐를 한 장 조지에게 건넸다.

"여기요." 그녀가 말했다. "뇌물이에요. 그 사람을 찾아서 내 말을 전해 줘요. 오 분 내로 내려오지 않으면 내가 올라간다고요."

조지는 비관적으로 고개를 흔들더니 잠시 생각해 보았다. 그리고 상당히 망설인다 싶더니 안으로 사라졌다.

원래 말한 오 분이 채 되지 않아 고든이 아래층으로 내려왔다. 그는 이른 저녁때보다 훨씬 더, 그리고 좀 다르게 취해 있었다. 술이 딱딱한 껍데기처럼 그의 몸 위에 굳어 있는 것 같았다. 그는 무거운 몸을 비틀거리고 있었고, 말할 때도 거의 횡설수설이었다.

"안녕, 주얼." 그가 분명치 않은 발음으로 말했다. "바로 내려왔어, 주얼. 돈은 구하지 못했어. 하지만 노력은 했다고."

"돈은 아무래도 좋아요!" 그녀가 날카롭게 쏘아붙였다. "당신 열흘 동안 내 곁에 오지 않았어요. 왜 그래요?"

그가 천천히 머리를 흔들었다.

"아주 몸이 안 좋았어, 주얼. 아팠어."

"아팠으면 왜 나한테 이야기를 안 했어요? 난 그렇게 돈에 목매지 않아요. 당신이 날 무시하기 시작하기 전에는 돈 문제는 꺼내지도 않았어요."

다시 그가 고개를 흔들었다.

"당신 무시한 적 없어. 전혀 그렇지 않아."

"그렇지 않았다고요! 당신은 3주 동안이나 내 곁에 오지도 않았어요. 술에 떡이 돼서 정신없을 때를 빼놓고는요."

노동절 143

"아팠다니까, 주얼." 그가 지친 눈으로 그녀를 보며 되풀이해 말했다.

"여기 와서 당신 친구들과 놀 만큼 괜찮으면서요? 저녁때 나와 만나겠다고 했잖아요. 돈도 가져오겠다고 했고요. 그래놓고 전화 한 통 하지 않았어요."

"돈을 구할 수 없었어."

"그런 건 상관없다고 내가 지금 말했잖아요. 난 당신을 만나고 싶었어요, 고든. 하지만 당신은 다른 사람이 더 좋은 것 같아."

그는 괴롭게 이를 부정했다.

"그럼 가서 모자를 가지고 따라와요." 그녀가 말했다.

고든이 주저했다. 그녀가 갑자기 가까이 오더니 두 팔을 올려 그의 목을 안았다.

"나와 함께 가요, 고든." 그녀가 반쯤 속삭이듯 말했다. "우리 '디바이너리스'에 가서 한잔하고, 그리고 내 아파트로 가요."

"안 돼, 주얼……."

"할 수 있어요." 그녀가 단호하게 말했다.

"난 너무 아프단 말이야."

"그렇다면 더더욱 여기 남아서 춤추면 안 되죠."

안도와 절망이 뒤섞인 시선으로 주위를 둘러보며 고든은 여전히 망설였다. 그때 그녀가 문득 그를 자기 쪽으로 당기더니 부드럽고 연한 입술로 그에게 키스했다.

"그래." 그가 힘겹게 말했다. "모자를 가져올게."

VIII

투명하고 푸르른 5월의 밤 속으로 나온 에디스는 텅 빈 거리를 바라보았다. 대형 상점들의 창문은 어두웠고, 문 위로는 커다란 철가면이 내려져 있었다. 그동안은 그날 하루의 화려함을 묻어두는 어두운 무덤에 불과했다. 42번가 쪽을 바라보며 그녀는 24시간 영업하는 식당들에서 비치는 불빛들이 뒤섞여 아른거리는 것을 볼 수 있었다. 6번로 위로는 고가 전철에서 불빛의 너울거림이 크게 포효하며 전철역 양쪽으로 늘어선 희미한 불빛들 사이로 거리를 가로지르더니 단단한 어둠 속으로 한 줄기 빛이 되어 질주해 들어갔다. 하지만 44번가는 매우 조용했다.

망토를 잡아당겨 몸을 감싸며 에디스는 재빠르게 큰길을 건넜다. 혼자 가던 어떤 남자가 그녀를 지나치며 거친 목소리로 속삭였다. "어디 가시나, 아가씨?" 그녀는 초조하게 발걸음을 재촉했다. 어린 시절 그녀가 잠옷 차림으로 집 앞길을 걷고 있을 때 어느 집인지 커다란 뒷마당에서 그녀를 향해 짖어대던 개가 생각이 났다.

그녀는 곧 목적지에 도착했다. 44번가에 있는 비교적 오래된 2층짜리 건물이었는데, 감사하게도 2층 창문에서 가냘픈 불빛을 볼 수 있었다. 바깥의 불빛만으로도 충분히 창문 아래 간판을 읽을 수 있었다. '뉴욕 트럼펫.' 안으로 발을 디디니 어두운 홀이었고, 잠시 후 구석 계단이 눈에 들어왔다.

그리고 그녀는 길고 나지막한 방에 들어와 있었다. 책상이 많이 놓여 있었고 벽마다 신문철들이 걸려 있었다. 안에는 두 사람밖에 없었다. 그들은 방의 양 끝에 따로 앉아 있었고, 두 사람 다 초록색 보안용 챙을 쓴 채 책상 스탠드 불빛 하나에 의

지해 무언가 쓰고 있었다.

 잠깐 동안 그녀는 어찌할 줄 몰라 문가에 서 있었는데, 그때 두 남자가 동시에 돌아보았고, 그녀는 오빠를 볼 수 있었다.

 "아니, 에디스!" 그가 앉은 자리에서 일어나 챙을 벗으며 놀란 얼굴로 그녀에게 다가왔다. 그는 키가 크고 말랐으며 검은 피부에 아주 두꺼운 안경을 썼는데, 그 아래로 검은 눈이 날카로웠다. 그의 시선은 꿈을 꾸듯 멀리 바라보고 있어, 항상 말하는 상대의 머리 너머에 고정되어 있는 것처럼 보였다.

 그는 두 손으로 그녀의 팔을 잡으며 뺨에 키스했다.

 "무슨 일이야?" 그가 좀 놀라 물었다.

 "길 건너 델모니코 댄스파티에 왔어, 헨리 오빠." 그녀가 흥분하여 말했다. "오빠를 보러 달려오고 싶어 참을 수가 없어야지."

 "와줘서 기쁘구나." 놀란 표정은 순식간에 사라지고 다시 평소의 모호함으로 되돌아갔다. "그래도 밤에 이렇게 혼자 다니면 안 되잖니."

 방의 다른 한 끝에 있던 남자가 호기심 어린 눈으로 그들을 보고 있다가 헨리가 오라는 몸짓을 하자 다가왔다. 그는 작은 눈을 반짝거리는 물렁하게 살이 찐 남자였는데, 칼라와 넥타이를 벗은 그의 모습은 일요일 오후 중서부 지방의 농부 같은 인상을 주었다.

 "내 여동생이야." 헨리가 말했다. "날 보려고 들렀어."

 "안녕하십니까?" 통통한 남자가 미소를 띠며 말했다. "제 이름은 바르톨로뮤예요, 브래딘 양. 당신 오빠는 오래전에 내 이름을 잊었지만요."

 에디스가 공손하게 웃었다.

"글쎄요." 그가 말을 이었다. "별로 우아한 방은 아니죠, 그렇죠?"

에디스가 방을 둘러보았다.

"아주 좋아 보이는데요." 그녀가 대답했다. "폭탄은 어디 두시나요?"

"폭탄요?" 바르톨로뮤가 웃으며 말했다. "그거 재미있네요. 폭탄이라. 동생 말 들었어, 헨리? 우리가 폭탄을 어디 두는지 알고 싶대. 이거 아주 재미있군."

에디스가 몸을 돌려 빈 책상 위에 걸터앉았다. 두 다리가 책상 끝에 매달려 흔들리고 있었다. 그녀의 오빠가 곁에 앉았다.

그가 멍하게 물었다. "그런데 이번 뉴욕 여행은 어때?"

"좋아, 호이트 사람들과 함께 빌트모어 호텔에 있어. 일요일까지. 내일 오찬이 있는데 올 수 없어?"

그는 잠시 생각했다.

"나는 아주 바쁘다." 그가 거절했다. "그리고 여자들 몰려 있는 것도 싫고."

"좋아." 그녀가 흔들리지 않고 말했다. "그럼 오빠하고 나하고 둘이서만 점심해."

"그래, 알았어."

"열두 시에 전화할게."

바르톨로뮤는 자기 책상으로 돌아가고 싶었지만 농담 하나도 하지 않고 그냥 가버리는 것은 실례라고 생각하고 있는 것이 분명했다.

"저기." 그가 어색하게 입을 열었다.

두 사람이 그에게로 고개를 돌렸다.

"저기, 우리는, 우리는 아까 이른 저녁에 아주 손에 땀을 쥐는 시간을 보냈답니다."

두 남자가 시선을 교환했다.

"더 일찍 오지 그랬어요?" 바르톨로뮤가 좀 용기를 얻고서는 말을 이었다. "오늘 정기 공연이 있었는데."

"정말요?"

"세레나데였지." 헨리가 말했다. "군인들이 저 밖 거리에서 무리를 지어 모여서는 간판에 대고 소리를 질러대기 시작했어."

"왜?" 그녀가 물었다.

"그냥 군중이야." 그가 멍하게 말했다. "군중들은 다 그렇게 고함을 지르지. 앞장서서 주도적으로 뭘 할 만한 사람도 없었어. 있었다면 아마 여기 처들어와서 다 때려 엎었겠지만."

"그래요." 바르톨로뮤가 에디스를 보며 말했다. "더 일찍 오셨어야 했다니까요."

그는 이 정도면 퇴장해도 좋을 만한 대사라고 생각했는지 갑자기 돌아서더니 자기 책상으로 돌아갔다.

"군인들은 모두 사회주의자를 반대하는 거야?" 에디스가 오빠에게 물었다. "그러니까 군인들이 폭력적으로 오빠를 공격하고 그러냐고?"

헨리가 보안용 챙을 다시 눈에 쓰며 하품을 했다.

"인류는 먼 길을 왔어." 그가 무심하게 말했다. "하지만 우리들 대부분은 퇴행했어. 군인들은 자신들이 뭘 원하는지, 뭘 미워하는지, 뭘 좋아하는지 모르고 있어. 그들은 크게 무리를 지어 행동하는 일에 익숙해져 있어. 그리고 데모를 해야만 하는 것처럼 보여. 그런데 그냥 우리를 상대하게 된 것뿐이야. 오늘 밤 시내 곳곳에서 폭동이 있었어. 오늘이 노동절이잖아."

"여기서 시위가 아주 심각했었어?"

"전혀." 그가 비웃으며 말했다. "9시쯤 스물다섯 명 정도가 거리에 멈춰 서더니 달을 보며 울부짖더군."

"아." 그녀가 화제를 바꾸었다. "나를 봐서 기뻐, 오빠?"

"그럼, 물론."

"아닌 것 같은데."

"기쁘다니까."

"오빠는 날, 음, 소모적인 사람으로 생각하겠지. 일종의 세계 최악의 경박한 여자."

헨리가 웃었다.

"전혀 그렇지 않아. 젊었을 때 즐겁게 지내. 왜? 내가 꼬장꼬장하고 너무 심각하기만 한 젊은이처럼 보여?"

"아니." 그녀가 잠깐 말을 멈췄다. "하지만 나는 어쩐지 오빠가 추구하는 모든 목적과 완전히 다른 편에 서 있다는 생각이 들기 시작했어. 일종의 부조화처럼. 그렇지 않아? 나는 이렇게 파티에 가고 오빠는 여기서 그런 종류의 파티가 다시는 가능할 수 없게 만드는 그 무엇을 위해 일하고 있잖아. 오빠의 사상이 실행된다면 말이야."

"난 그런 식으로 생각하지 않아. 넌 젊어. 그리고 넌 네가 길러진 그대로 행동하고 있는 거야. 그러니 계속해서 즐겁게 지내."

한가로이 흔들거리던 그녀의 발이 멈추었고 그녀의 음성이 낮아졌다.

"난 오빠가, 오빠가 해리스버그로 돌아와서 즐겁게 살았으면 좋겠어. 오빠는 확신을 느껴? 정말 올바른 길을 가고 있다고?"

"예쁜 스타킹을 신었구나." 그가 말을 끊었다. "이게 도대체 뭐라고 하는 거냐?"

"수를 놓았다고 하지." 그녀가 시선을 아래로 흘깃 내려다보며 대답했다. "귀엽지 않아?" 그녀가 스커트를 올리고 실크로 감싼 날씬한 장딴지를 드러냈다. "아니면 실크 스타킹을 비난하나?"

그는 약간 화가 난 것처럼 보였다. 그의 검은 눈이 날카롭게 그녀에게 꽂혔다.

"지금 어떻게 해서든 내가 널 비난한다고 입증하려는 거니, 에디스?"

"그런 건 전혀 아니야."

그녀가 말을 멈추었다. 바르톨로뮤가 투덜거리는 소리가 들렸다. 그녀가 고개를 돌려보니 그가 책상을 떠나 창가에 서 있었다.

"왜 그래?" 헨리가 물었다.

"사람들." 바르톨로뮤가 대답했다. 그리고 잠시 후 말했다. "꽉 들어찼군. 6번로에서 몰려오고 있어."

"사람들?"

통통한 그가 코를 유리창에 대고 눌렀다.

"군인들이군, 맙소사!" 그가 힘주어 말했다. "돌아올 것 같더라니."

에디스가 책상에서 뛰어내려 창가에 있는 바르톨로뮤에게 급하게 다가갔다.

"아주 많네요!" 그녀가 흥분해서 말했다. "이리 와봐, 오빠!"

헨리는 자기 보안용 챙을 조절하더니 그대로 앉아 있었다.

"불을 끄는 편이 낫지 않을까?" 바르톨로뮤가 제안했다.

"아냐, 금방 물러갈 거야."

"그러지 않을 거야." 에디스가 창가에서 응시하며 말했다. "물러갈 생각은 아예 하지도 않고 있어. 더 많은 사람들이 오고 있어. 봐. 엄청나게 많은 사람들의 무리가 6번로를 꺾어 오고 있어."

그녀는 가로등의 노란 불빛과 푸른 그림자를 통해서 인도에 가득 찬 사람들을 볼 수 있었다. 그들은 대부분 군복을 입고 있었으며, 어떤 이들은 맑은 정신이었고, 어떤 이들은 광적으로 취해 있었지만, 모두의 위로 아우성과 고함이 휩쓸고 있었.

헨리가 일어나 창가로 다가가자 사무실 불빛에 긴 그림자가 되어 드러났다. 즉각 산발적인 고함 소리가 일정한 구호가 되었고, 요란한 일제 사격이 시작되었다. 던질 수 있는 작은 것들이, 담배꽁초며 담뱃갑, 심지어는 동전들까지 날아들어 창문에 부딪혔다. 접이문이 돌아가면서 이제는 요란한 소리가 계단을 타고 올라오기 시작했다.

"올라오고 있어." 바르톨로뮤가 소리쳤다.

에디스가 불안하게 헨리를 돌아보았다.

"올라오고 있어, 헨리 오빠."

아래층 홀에서 나는 그들의 외침을 이제는 꽤 알아들을 수 있는 상태였다.

"망할 놈의 사회주의자들!"

"이층으로, 앞으로! 어서!"

"우리가 이 빌어먹을……."

다음 오 분은 꿈속같이 흘렀다. 에디스는 그 아우성이 갑자기 비구름처럼 그들 세 사람 위에서 터졌을 때, 계단 위로 천둥치듯 소리들이 울렸을 때, 그리고 헨리가 그녀의 팔을 잡고 사무실 뒤쪽으로 끌고 갔을 때도 의식이 있었다. 그때 문이 열렸고, 한 무리의 사람들이 물밀듯이 밀려들어 왔다. 리더들은 아니었다. 그저 어쩌다 제일 앞에 서 있게 된 사람들이었다.

"이봐, 안녕하신가!"

"늦었군, 안 그래?"

"너, 그리고 네 여자, 빌어먹을!"

그녀는 술에 엉망으로 취한 군인 두 사람이 앞으로 떠밀려 나오는 것을 보았다. 그들은 앞에서 바보처럼 휘청거렸다. 한 사람은 키가 작고 피부가 검었으며, 다른 한 사람은 키가 크고 턱이 빈약했다.

헨리가 한 발짝 앞으로 나서서 손을 들어 올렸다.

"친구들!" 그가 말했다.

소란이 잠시 잦아들어 조용해지는가 싶더니 다시 투덜거림이 일어났다.

"친구들!" 그가 되풀이해서 말했다. 멀리 바라보는 그의 눈은 군중들 머리 위를 응시하고 있었다. "이 밤에 이렇게 이곳을 침입하면 여러분들이 상처 입히는 것은 여러분 자신입니다. 우리가 부자처럼 보입니까? 우리가 독일인처럼 보입니까? 저는 여러분께 공명정대함을 바라며……."

"조용히 해!"

"네가 조용히 해!"

"어이, 그 여자 친구는 누구요?"

거칠게 테이블을 뒤지고 있던 민간인 복장의 한 남자가 갑자기 신문 하나를 들어 올렸다.

"여기 있다!" 그가 소리쳤다. "저들은 독일이 전쟁에서 이기기를 원했다!"

또 다른 한 무리가 계단에서 어깨를 부딪치며 들어왔고, 갑자기 꽉 들어찬 방에서 그들 모두는 뒤로 몰린 창백한 소수를 에워싸고 있었다. 에디스는 키가 크고 턱이 빈약한 군인이 여전히 앞에 서 있음을 보았다. 키가 작고 검은 피부는 사라지고 없었다.

그녀는 조금씩 뒤로 물러서 창문 가까이 서 있었다. 열린 창문으로는 서늘한 밤공기가 맑게 살랑이며 들어왔다.

그리고 사무실은 난장판이 되었다. 그녀는 군인들이 앞으로 밀려오고 있음을 깨달았고, 그 순간 통통한 남자가 머리 위로 의자를 휘두르는 것이 눈에 들어왔으며, 곧 불이 나갔다. 그녀는 거친 옷 아래의 따뜻한 몸들이 미는 것을 느꼈고, 귓가에는 고함과 짓밟힘과 거친 숨소리가 가득 찼다.

어디선가 사람이 갑자기 휙하고 그녀 옆을 지나갔고, 비틀거리며 옆으로 움직이는가 싶더니 순간적으로 아주 무력하게 열린 창문 밖으로 사라져버렸다. 끔찍하고 단편적인 비명 소리가 울리다가 아우성에 묻혀 짧게 사라지고 말았다. 뒤편 건물에서 비치는 희미한 불빛으로 에디스는 떨어진 사람이 키가 크고 턱이 빈약한 군인이었다는 것을 직감했다.

그녀 안에서 엄청난 분노가 올라왔다. 그녀는 두 팔을 마구 휘두르며 무작정 사람들이 가장 많이 몰린 난투극을 향해 나아갔다. 신음 소리, 욕설, 주먹을 치고받는 소리가 들려왔다.

"헨리 오빠!" 그녀가 미친 듯이 불렀다. "헨리 오빠!"

그리고 몇 분이 지나면서 그녀는 불현듯 사무실 안에 다른 종류의 사람들도 있다는 것을 느꼈다. 그녀는 목소리를, 지시를 내리는 권위적인 깊은 목소리를 들을 수 있었다. 그녀는 싸움의 광경 속 여기저기를 쓸고 다니는 노란색 빛줄기를 보았다. 비명 소리가 더 퍼져 있었다. 난투극이 더 커지더니, 그러고는 멈추었다.

갑자기 불이 켜지고 방 안에는 경찰들이 가득했다. 그들은 여기저기 곤봉을 휘두르고 있었다. 낮은 목소리가 울려 퍼졌다.

"이제 그만! 그만! 그만해!"

그리고 또 들려왔다.

"조용히 하고 나가! 이제 그만!"

방 안은 세면기처럼 비어버렸다. 구석에서 붙잡고 싸우던 경찰 하나가 잡고 있던 군인을 놓아주고는 노려보며 문을 향해 떠밀었다. 낮은 목소리가 계속 울렸다. 에디스는 그 목소리가 문 근처에 서 있는 목덜미가 굵은 경찰 서장에게서 나오는 것임을 알아차렸다.

"이제 그만! 안 돼! 네놈들 중 군인 한 사람이 떠밀려 창문에서 떨어져 죽었다고!"

"헨리 오빠!" 에디스가 외쳤다. "헨리 오빠!"

그녀가 자기 앞에 있던 남자의 등을 주먹으로 마구 쳤다. 그녀는 다른 두 사람 사이를 질주했다. 싸우고, 소리 지르고, 마구 때리며 그녀는 책상 근처 바닥에 앉아 있는 아주 창백한 사람에게 간신히 도착했다.

"헨리 오빠!" 그녀가 격렬하게 외쳤다. "왜 그래? 왜 그래? 다쳤어?"

그는 눈을 감고 있었다. 그는 신음하더니 올려다보며 넌더리를 내면서 말했다.

"놈들이 내 다리를 부러뜨렸어. 맙소사! 얼간이들!"

"그만!" 경찰이 소리쳤다. "이제 그만! 이제 그만하라고!"

IX

"차일드, 59번가." 매일 8시면, 어느 아침이나 다른 식당들과 별 차이가 없는 곳이다. 대리석 테이블의 넓이 또는 프라이팬이 윤이 나는 정도보다도 더 작은 차이일 것이다. 그곳에서 눈 한구석에 잠이 가득한 가난한 사람들의 무리가 보일 것이다. 그들은 자기 앞만을, 자기 음식만을 똑바로 보려고, 그래서 다른 가난한 사람들을 보지 않으려고 노력한다. 하지만 네 시간 전의 59번가의 차일드는, 서쪽 끝 오리건 주의 포틀랜드에서 동쪽 끝 메인 주의 포틀랜드에 이르기까지 존재하는 그 어떤 차일드 식당과도 거의 닮지 않았다. 파리한, 하지만 위생적인 벽에 둘러싸인 식당 안에는 코러스 걸들과 대학교 남학생들, 사교계 아가씨들, 난봉꾼, 창녀 등의 소리들이 뒤섞여 흘렀다. 그들은 브로드웨이의, 심지어는 5번로의 가장 쾌활한 이들의 모임의 전형이 아니라 할 수 없었다.

5월의 이른 아침, 식당은 평소보다 더 만원이었다. 대리석 상판의 테이블 위로 자기 아버지가 마을 하나씩은 소유한 그런 아가씨들의 흥분된 얼굴이 모여들었다. 그들은 메밀 팬케이크와 스크램블드에그에 피클을 곁들여 맛있게 먹었는데, 만약 같은 장소에서 네 시간 후라면 그들로서는 거의 불가능할 일이었다.

그곳에 있는 사람들의 대부분은 델모니코의 감마 프시 댄스 파티에서 온 사람들이었다. 단지 몇몇 코러스 걸들만이 예외였는데, 그들은 한밤중의 쇼를 마치고 사이드테이블에 앉아 있었으며, 쇼를 마치고 화장을 좀 더 지웠더라면 좋았겠다고 생각하고 있었다. 때때로 추접스러운, 쥐처럼 생긴 사람이 있어 절망적으로 소외감을 느끼며 피곤하고 당황스러운 호기심으로 그 멋쟁이들을 바라보고 있었다. 노동절 다음 날 아침 풍경이었다. 노동절 기념은 아직도 진행 중이었다.

거스 로즈는 술이 깼지만 아직은 조금 멍하였다. 그야말로 추접스러운 인물로 분류되어야 할 것이다. 그가 폭동 후에 어떻게 44번가에서 59번가로 왔는지는 반밖에, 그것도 어렴풋하게만 기억이 났다. 그는 캐롤 키의 시체가 구급차에 실려 떠나는 것을 보았고, 그러고 나서 두세 명의 군인들과 함께 북쪽으로 걷기 시작했다. 44번가와 59번가 사이 어디선가 다른 군인들은 어떤 여자들을 만나 가버렸고, 로즈는 콜럼버스서클로 걸어갔다가 차일드에서 희미하게 흘러나오는 불빛을 보고 커피와 도넛을 먹고 싶은 욕구를 채우기로 했다. 그는 걸어 들어갔고 자리에 앉았다.

주위로는 온통 가볍고 대수롭지 않은 잡담과 높은 웃음소리가 떠다녔다. 처음에 그는 사람들의 말을 전혀 알아들을 수 없었지만 어리둥절한 오 분 정도가 흐르자 그는 이것이 어떤 유쾌한 파티의 뒤풀이라는 것을 깨달았다. 들뜨고 신이 난 청년 하나가 친밀하고 허물없는 태도로 여기저기 테이블을 돌아다니며 가리지 않고 모든 사람들과 악수를 했고 가끔씩 멈추어서서 허튼 농담을 하곤 했다. 케이크와 계란을 높이 쳐들고 바쁘게 돌아다니던 웨이터들은 속으로 욕하며 그를 옆으로 밀어냈다. 가장 눈에 띄지 않는 한적한 자리에 앉아 있던 로즈로서는 이 모든 광경이 미녀와 분방한 쾌락의 화려한 서커스인 것만 같았다.

얼마간이 지나자 그는 점차 그와 대각선으로 앉아 사람들로부터 등을 돌리고 있는 남녀가 이 식당에서 가장 흥미로운 커플임을 알았다. 남자는 취해 있었다. 야회복 차림의 그는 넥타이는 단정치 못했고 셔츠는 물과 와인을 흘린 자국으로 부풀어 있었다. 흐릿하고 핏발이 선 눈은 이쪽저쪽 부자연스럽게 두리번거리고 있었다. 입술 사이로 나오는 숨결이 가빴다.

'흥청망청 마셔댔군.' 로즈가 생각했다.

여자는 완전히는 아니더라도 거의 술이 깬 상태였다. 여자는 예뻤다. 검은 눈과 열기를 띠어 발그스름한 얼굴의 그녀는 마치 빈틈없는 매처럼 곁에 앉은 남자에게 적극적인 시선을 고정하고 있었다. 때때로 그녀는 그에게 몸을 기울여 열심히 뭔가 속삭였고, 그러면 그는 머리를 무겁게 숙여 또는 유령같이 불쾌하게 한 눈을 찡긋해 보임으로써 대답을 대신했다.

로즈가 한동안 그 두 사람을 관찰하자, 여자가 그에게 날카롭고 화난 눈초리를 던졌다. 그는 시선을 돌려 테이블을 여러 개 붙인 곳에 모여 있던 무도회 참석자들 중 가장 돋보이게 유쾌한 두 사람을 바라보았다. 놀랍게도 그는 그중 한 사람을 알아볼 수 있었다. 델모니코에서 아주 우스꽝스러울 만큼 그를 환대했던 바로 그 젊은이였다. 그러자 그는 두려움이 없지 않아 뒤섞인 막연한 감상과 함께 키를 생각하게 되었다. 키는 죽었다. 그는 10미터 아래로 떨어졌고 그의 머리는 깨진 코코넛처럼 갈라졌다.

"정말 좋은 친구였지." 로즈가 애석하게 여기며 말했다. "그래, 정말 좋은 친구였어. 지독하게 운이 나빴던 거야."

그 무도회 참석자 두 사람이 다가오더니 로즈의 테이블과 그 옆 테이블 사이로 지나가며 친구들에게, 그리고 낯선 사람들에게 똑같이 유쾌한 친근감을 보이며 말을 걸고 다녔다. 문득 로즈는 뻐드렁니의 금발 머리 남자가 반대편에 있는 남자와 여자를 불안스럽게 보다가 못마땅하게 머리를 설레설레 흔들기 시작하는 것을 보았다.
 눈에 핏발이 선 남자가 올려다보았다.
 "고디." 뻐드렁니 남자가 말했다. "고디."
 "안녕한가." 얼룩진 셔츠의 남자가 탁한 목소리로 말했다.
 뻐드렁니가 두 사람에게 비관적으로 손가락을 흔들었고 여자에게는 냉담한 비난의 눈길을 던졌다.
 "내가 뭐라 그랬어, 고디?"
 고든이 자리에서 몸을 흔들었다.
 "지옥에나 가버려!" 고든이 말했다.
 딘은 계속 그 자리에 서서 손가락을 흔들었다. 여자가 화를 내기 시작했다.
 "당신은 가봐요!" 그녀가 거칠게 말했다. "당신은 취했군요. 취했다고요."
 "저 친구도 그래요." 딘이 말했다. 그의 손가락 동작은 계속되었고 고든을 가리키고 있었다.
 피터 힘멜이 어슬렁거리며 그리로 갔다. 이제 점잔을 빼며 연설이라도 할 생각이었다.
 "자자, 그만." 피터는 마치 아이들의 하찮은 싸움을 말리러 온 사람처럼 말을 시작했다. "뭐가 문제예요?"
 "당신 친구를 데리고 가주세요." 주얼이 쏘아붙였다. "저 사람이 우리를 귀찮게 하고 있어요."
 "뭐가 문제라고요?"
 "들었잖아요!" 그녀가 새된 목소리로 말했다. "당신의 취한 친구를 데리고 가랬잖아요."
 그녀의 높은 목소리가 식당의 소란을 뚫고 울려 퍼졌고 웨이터가 급하게 다가갔다.

"조용히 해주셔야 합니다!"

"이 인간이 취했어요." 그녀가 소리쳤다. "우리를 모욕하고 있다고요."

"아하, 고디." 비난을 받은 딘이 물러서지 않고 말했다. "내가 뭐라 그러더냐?" 그가 웨이터를 향했다. "고디와 난 친구요. 도와주고 있는 거예요. 그렇잖아, 고디?"

고디가 올려다보았다.

"나를 돕는다고? 웃기지 마!"

주얼이 갑자기 일어서더니 고든의 팔을 잡고 부축하여 일으켜 세웠다.

"가요, 고디!" 그녀가 그를 향해 몸을 기울이며 속삭이듯 말했다. "여기서 나가요. 이 사람 아주 고약하게 취했어요."

고든은 일으켜 세워지는 대로 몸을 맡기더니 문을 향해 가기 시작했다. 주얼이 잠깐 돌아보더니 자신들을 떠나게 만든 사람을 향해 말했다.

"난 당신에 대해 다 알아!" 그녀가 거칠게 말했다. "잘난 친구더군요. 이 사람이 얘기해 줬다고요."

그러고는 그녀가 고든의 팔을 잡았고, 그들은 호기심 어린 사람들을 뚫고 나가 계산을 한 후 밖으로 나갔다.

"앉으셔야 합니다." 그들이 나가자 웨이터가 피터에게 말했다.

"뭐라고? 앉으라고?"

"네. 아니면 나가시죠."

피터가 딘을 돌아봤다.

"이 웨이터 때려줍시다." 그가 말했다.

노동절 159

"그러지."

그들은 웨이터를 향해 다가갔다. 그들의 얼굴이 굳어졌다. 웨이터가 뒷걸음질 쳤다.

피터가 갑자기 옆에 있던 테이블의 접시로 손을 뻗어 다진 고기 요리를 한 움큼 집어 들더니 던졌다. 그것은 낮은 포물선을 그리며 근처에 있던 사람들 머리 위에 마치 눈꽃처럼 내려앉았다.

"이봐! 참으라고!"

"밀어내!"

"그만둬!"

피터가 웃음을 터뜨리며 절을 했다.

"여러분의 친절한 성원에 감사드립니다, 신사 숙녀 여러분. 제게 약간의 음식과 중절모를 빌려주는 분이 있다면 우리는 이 쇼를 계속하도록 하겠습니다."

경비원이 재촉했다.

"당신, 나가 줘야겠소!" 그가 피터에게 말했다.

"못 나가!"

"이 사람, 내 친구요!" 딘이 성을 내며 말을 거들었다.

웨이터들이 몰려들었다. "그 사람 내보내!"

"나가는 게 낫겠어, 피터."

잠시 다툼이 일어났고 두 사람은 문 쪽으로 떠밀리고 밀쳐졌다.

"내 모자와 코트가 저기 있어!" 피터가 소리쳤다.

경비원이 피터를 잡은 손을 놓았고, 피터는 아주 약삭빠르게 우스꽝스러운 태도를 취하며 곧장 다른 테이블로 달려가서는 화가 치민 웨이터들을 향하여 조롱하는 웃음을 터뜨리며 약 올리는 손짓을 해 보였다.

"난 좀 더 기다리는 편이 좋겠어." 그가 말했다.

쫓고 쫓기는 장면이 시작되었다. 네 명의 웨이터가 한쪽으로, 그리고 또 네 명이 다른 쪽으로 갔다. 딘이 그들 중 두 명의 코트를 잡아 붙들었고 그러자 또 다른 싸움이 일어났다가 다시 피터를 쫓기 시작했다. 피터는 설탕 그릇 하나와 커피를 여러 잔 뒤집어엎은 후에야 마침내 잡히고 말았다. 계산대에서 또다시 새로운 말다툼이 이어졌다. 거기서 피터가 다진 고기 요리를 포장용으로 하나 더 사서 경찰들에게 던지려는 시도를 했던 것이다.

하지만 그의 퇴장 의식에 따른 소동은 다른 현상 때문에 위축되었다. 그 현상을 향해 레스토랑에 있던 모든 사람들이 감탄의 눈길을 던졌고, 절로 길게 뻗어 나오는 "오— 오— 오!" 하는 소리가 이어졌다. 정면에 있던 커다란 유리가 진한 크림 같은 푸른색, 화가 맥스필드 패리시의 달빛 색깔로 변한 것이었다. 그 푸른색이 유리창을 밀착하며 누르는데, 마치 사람들을 향하여 레스토랑 안으로 밀고 들어오는 것만 같았다. 콜럼비스서클에 새벽이 온 것이었다. 마술 같은, 숨 막힐 듯한 여명이었다. 새벽은 불멸의 크리스토퍼 콜럼버스의 커다란 동상 윤곽을 드러내더니, 신기하고 불가사의하게 점점 빛이 바래고 있던 실내의 노르스름한 전기 불빛과 섞여 들었다.

X

미스터 입구와 미스터 출구는 인구 조사원이 명단에 올리지 않았다. 주민등록이나 출생 기록, 결혼 증명, 사망신고 혹은 슈퍼 외상 장부를 찾아보아도 그들의 이름은 발견할 수 없을 것이다. 망각이 그들을 삼켰고, 그들이 존재하긴 했다는 증언은 모호하고 불확실하며 법정에서도 용인되기 어렵다. 하지만 나는 잠깐 동안 미스터 입구와 미스터 출구가 살았으며 숨을 쉬었고 이름이 불리면 대답을 했고 나름대로의 생생한 개성을 빛냈다는 것을 증언할 가장 확실한 근거를 가지고 있다.

그들의 짧은 삶 동안 그들은 고유의 의상을 입고 어느 위대한 나라의 위대한 큰길을 걸어 내려가고 있었다. 그들은 비웃음을 샀고 욕을 먹었으며 쫓김을 당하여 결국 그곳에서 도망쳤다. 그리고 그들은 사라졌고 그 후론 그들의 이야기가 들리지 않았다.

택시 한 대가 덮개를 열고 5월 새벽의 아주 어렴풋한 미광 속에 브로드웨이를 빠르게 달려 내려가고 있었고, 그들은 벌써 흐릿하게 형체를 드러내고 있었다. 택시 안에는 미스터 입구와 미스터 출구의 영혼이 앉아 이야기를 나누고 있었다. 그들은 크리스토퍼 콜럼버스 동상 뒤로 하늘을 그리도 빠르게 물들이던 푸른색의 빛에 대해 경탄하며 이야기했고, 일찍 일어난, 잿빛 늙은 얼굴들이 거리를 따라 창백하게 스치듯 걸어가는 모습이 마치 바람에 날려 회색 호수 위로 날아간 종잇조각 같다고 놀라워하며 이야기하였다. 그들은 레스토랑 차일드 경비원의 불합리함부터 산다는 일의 불합리함에 이르기까지 모든 것에 서로 맞장구를 쳤다. 그들은 아침이 그들의 빛나는 영혼에서 깨워 낸 극도의 감상적 행복감에 현기증을 느꼈다. 실제로 살아 있다는 것에서 느끼는 그들의 기쁨이 너무나도 신선하고 힘찬 것이어서 그들은 크게 소리를 질러 밖으로 표현하고 싶어졌다.

"야호!" 피터가 두 손을 모아 입에 대고 소리를 질렀다. 딘도 똑같이 의미 있고 상징적이었지만 그 울림이 울려 나오는, 발음이 분명치 않은 고함을 지르며 동참했다.

"요호! 예! 요호! 요부바!"

53번가에서는 검은 단발머리의 아름다운 아가씨가 타고 있는 버스를 향해 소리 질렀다. 52번가에서는 거리의 청소부였다. 그는 몸을 비켜 피하며 고함을 쳤다. "어디다 대고 난리야!" 성가시고 기분이 상한 목소리였다. 50번가에서는 아주 순백색의 건물 앞 순백색의 인도 위에 있던 한 무리의 남자들이 돌아보며 그들을 쳐다보더니 소리쳤다.

"굉장한 파티였나 보군요."

49번가에서 피터가 딘을 돌아보았다. "아름다운 아침이야." 딘은 올빼미 같은 눈을 가늘게 뜨며 진지하게 말했다.

"그런 것 같아."

"아침 좀 먹을까, 어때?"

딘이 동의하며 덧붙였다.

"아침과 한잔."

"아침과 한잔." 피터가 되풀이하였고, 두 사람은 서로 마주 보며 고개를 끄덕였다. "그게 논리적이야."

그리고 두 사람은 크게 웃음을 터뜨렸다.

"아침과 한잔! 맙소사!"

"그런 메뉴는 없지." 피터가 말했다.

"안 주려나? 신경 쓰지 마. 가져오게 만들면 되지. 압박을 가하라."

"논리로 말하라."

노동절

택시가 갑자기 브로드웨이를 벗어나더니 동서로 가로지르는 길을 따라가다가 5번로에 있는 커다란 무덤 같은 건물 앞에 멈추었다.

"어찌 된 거요?"

택시 기사는 여기가 델모니코라고 그들에게 말해 주었다.

다소 당황스러운 일이었다. 그들은 몇 분 동안 깊이 집중해 생각해야만 했다. 그들이 그렇게 지시를 했다면 분명히 무슨 이유가 있었을 터였다.

"뭐 코트가 어쨌다나 그랬수다." 택시 기사가 말했다.

그거였다. 피터의 코트와 모자였다. 그가 코트와 모자를 델모니코에 두고 왔던 것이다. 그렇게 결론을 내린 그들은 택시에서 내려 서로 팔짱을 끼고 입구를 향하여 걸어갔다.

"이보슈!" 택시 기사가 말했다.

"뭐?"

"요금을 줘야죠."

그들은 어이가 없다는 부정의 표시로 고개를 저었다.

"나중에요, 지금 말고. 여기서 기다려요."

택시 기사는 싫다고 했다. 그는 당장 돈을 받기를 원했다. 상당한 자제심을 발휘한 그들은 경멸하며 은혜를 베푸는 태도로 기사에게 돈을 지불했다.

안으로 들어간 피터는 아무도 없는 옷 보관소를 뒤지며 그의 코트와 중산모를 찾았지만 허사였다.

"없는 것 같아. 누가 훔쳐간 거야."

"이과대 학생일 거야."

"그럴 가능성이 크지."

"걱정하지 마." 딘이 품위 있게 말했다. "내 것도 여기 놓고

갈게. 그러면 우리 둘 다 옷차림이 같아지지."

그는 코트와 모자를 벗었고, 그것을 걸며 두리번거리던 그의 눈길에 휴대품 보관소의 문 두 짝에 하나씩 붙어 있는 커다란 종이 표지판 두 개가 자석처럼 끌리며 들어왔다. 왼쪽 문의 표지판에는 커다란 검은 글자로 '입구' 그리고 오른쪽 문의 표지판에도 역시 두드러진 글자로 '출구'라고 쓰여 있었다.

"이것 봐!" 그가 기쁘게 소리쳤다.

피터의 눈이 딘의 손가락이 가리키는 곳을 향했다.

"뭐?"

"저 표지판들을 봐. 가져가자."

"좋은 생각이야."

"아주 드물고 가치 있는 표지판일 거야. 요긴하게 쓸 거 같아."

피터가 문에서 왼쪽의 표지판을 떼어내어 자기 몸 주위에 숨기려고 해보았다. 하지만 그 표지판은 상당한 크기여서 여의치가 않았다. 아이디어 하나가 저절로 떠올랐다. 그는 엄숙하고 신비롭게 등을 돌리고 뒤돌아섰다. 잠시 후 그가 극적으로 다시 빙그르르 돌아서며 양팔을 벌리고는 자신을 바라보고 있던 딘에게 모습을 보여 주었다. 그는 표지판을 조끼 안에 넣어서 셔츠 앞을 완전히 가리고 있었다. 실제로 '입구'라는 단어가 커다란 검은 글자로 셔츠 위에 쓰인 것만 같았다.

"야!" 딘이 환호했다. "미스터 입구."

딘도 자기의 표지판을 같은 방식으로 옷에 넣었다.

"미스터 출구!" 그가 의기양양하게 말했다. "미스터 입구가 미스터 출구를 만나다."

그들은 앞으로 다가가 악수를 했다. 다시 웃음이 밀려들었고 그들은 발작적으로 몸을 흔들며 유쾌하게 웃어댔다.

"야호!"

"우리 아침을 많이 먹자고."

"우리, 우리 코모도르로 가지."

서로 팔을 낀 그들은 기운차게 문 밖으로 나갔고, 44번가에서 동쪽을 바라보며 코모도르로 향했다.

그들이 밖으로 나왔을 때 키가 작고 얼굴이 검은 군인 한 사람이 창백하고 지친 모습으로 힘없이 인도를 따라 걷고 있다가 그들을 돌아보았다.

그는 그들에게 말을 걸기라도 할 것처럼 발걸음을 떼다가, 곧 그들이 그를 전혀 알아보지 못하겠다는 어리둥절한 시선으로 바라보자 멈추어 기다렸다. 두 사람이 비틀비틀 거리를 걸어가기 시작하자, 그는 즐겁고 뭔가 기대하는 말투로 "이런 세상에!" 하고는 계속 그렇게 중얼거리며 마흔 발짝 정도 떨어져 그들을 뒤따라갔다.

미스터 입구와 미스터 출구는 그사이 그들의 미래 계획에 관한 농담들을 주고받고 있었다.

"우리는 술을 원한다. 우리는 아침밥을 원한다. 다른 하나 없이는 나머지도 필요 없다. 그 둘은 하나요, 따로따로가 아니다."

"우리는 둘 다 원한다!"

"둘 다!"

이제는 꽤 날이 밝았고 지나가는 사람들이 두 사람을 호기심 어린 눈길로 바라보았다. 누가 봐도 두 사람은 대화에 몰두한 모습이었고, 그들은 그 대화에서 상당한 즐거움을 얻고 있었다. 이따금씩 아주 격렬한 웃음이 발작적으로 그들을 사로잡으면 여전히 팔을 끼고 있던 두 사람은 몸을 거의 절반으로 접으며 웃어댔다.

코모도르에 도착하자 그들은 졸린 눈을 한 도어맨과 몇 마디 재치 있는 농담을 주고받고는 회전문을 좀 헤매며 통과한 후 별로 사람이 없는 로비를 소란스럽게 지나 식당으로 들어갔다. 한 웨이터가 당황해하며 구석에 있는 외진 테이블로 안내했다. 두 사람은 무력하게 차림표를 자세히 들여다보았고, 서로에게 메뉴를 이야기하며 황당하다는 듯이 중얼거렸다.

"여기 술이 없는데." 피터가 비난조로 말했다.

웨이터가 그 말을 듣기는 했지만 무슨 소리인지 이해할 수 없었다.

"반복하겠는데." 피터가 참을성 있게 관용을 보이며 말했다. "이 차림표에는 설명도 없이, 마음에 들지 않게 술도 없구먼."

"이리 줘!" 딘이 자신 있게 말했다. "저 친구는 내가 알아서 하지." 그가 웨이터를 향해 말했다. "우리는 말이야. 우리는 말이야……." 그가 아주 불안하게 차림표를 살폈다. "우리는 말이야, 샴페인 한 병하고, 에, 에, 햄 샌드위치 하나."

웨이터가 의심스럽게 바라보았다.

"가지고 오라고!" 미스터 입구와 미스터 출구가 합창으로 외쳤다.

웨이터가 헛기침을 하고는 사라졌다. 잠깐 기다리는 동안, 그들은 자신들을 수석 웨이터가 조심스럽게 살펴보고 있는 것을 모르고 있었다. 이윽고 샴페인이 도착했고, 샴페인을 보자 미스터 입구와 미스터 출구는 기쁨에 넘쳤다.

"우리가 아침으로 샴페인 마시는 걸 사람들이 반대한다고 상상해 봐. 상상해 보라고."

두 사람 모두 그런 멋진 광경을 떠올리려고 집중을 했지만 그들로서는 너무 무리였다. 그들 두 사람의 상상력을 합하여도 누군가가 아침으로 샴페인을 먹는다고 해서 반대하고 나서는 사람이 있는 세상을 그려보기는 불가능했다. 웨이터가 코르크 마개를 펑 하고 어마어마하게 큰 소리를 내며 뽑았고 두 사람의 잔은 곧 연한 노란색 거품으로 채워졌다.

"건강을 위하여, 미스터 입구."

"건강을 위하여, 미스터 출구."

웨이터가 물러갔다. 몇 분이 지났다. 병에는 샴페인이 얼마 남지 않았다.

"그건, 그건 굴욕적이야." 딘이 갑자기 말했다.

"뭐가 굴욕적이야?"

"우리가 아침으로 샴페인 먹는 걸 사람들이 반대한다는 생각."

"굴욕적?" 피터가 생각을 해보았다. "그래, 그게 맞는 말이야, 굴욕적."

또다시 두 사람은 쓰러지게 웃었고, 소리를 질렀으며 의자에 앉은 채 옆으로, 그리고 앞뒤로 흔들어댔다. 그들은 계속 서로 '굴욕적'이라는 말을 되풀이했는데, 한 번씩 되풀이할 때마다 그 말은 기가 막히게 우스꽝스러워지기만 할 뿐이었다.

몇 분 더 그렇게 멋진 시간이 지난 후 두 사람은 한 병 더 시키기로 했다. 불안한 웨이터는 직속상관에게 의논했고, 조심스러운 상관은 더 이상 샴페인을 주어서는 안 된다는 암시적인 지시를 내렸다. 계산서를 가져다주었다.

오 분 후 서로 팔짱을 낀 두 사람은 코모도르를 떠나 호기심 어린 눈으로 바라보는 사람들을 지나 42번가로 갔고 거기서 밴

더빌트가로 올라가 빌트모어 호텔로 향했다. 호텔에서 그들은 갑작스러운 기지를 발휘하여 몸을 부자연스럽게 똑바로 세우고 빠르게 걸어서 위기에 대처하며 로비를 건너갔다.

일단 식당에 들어가자 그들의 행동은 또다시 반복되었다. 그들은 간헐적으로 발작적인 웃음을 터뜨리다가 갑작스럽게 산발적으로 정치며 대학, 자신들의 쾌활한 성격 등에 대해 이야기 나누기를 되풀이했다. 그들의 시계는 이제 9시를 가리키고 있었으며, 그들은 자신들이 잊혀지지 않을 파티에 참석했다는, 이는 영원히 기억하게 될 그 무엇이었다는 생각을 어렴풋이 하게 되었다. 그들은 두 번째 샴페인 병을 천천히 음미하고 있었다. 둘 중 누구든 '굴욕적'이라는 말만 하면 그들은 숨이 끊어질 듯이 웃었다. 식당은 이제 윙윙거리며 흔들리고 있었다. 기이한 가벼움이 스며들어 무거운 공기를 정화시키고 있었다.

그들은 계산을 하고 로비로 걸어 나갔다.

바로 그때였다. 그날 아침 천 번쯤 돌아갔을 회전문이 다시 돌아가며 눈 밑이 검게 그늘진 아주 창백한 미녀가 로비로 들어왔다. 입고 있는 이브닝드레스는 마구 구겨져 있었다. 그녀는 통통한 평범한 남자와 함께 있었는데 누가 봐도 어울리는 파트너는 아니었다.

계단 위에서 이 커플과 미스터 입구와 미스터 출구가 마주쳤다.

"에디스." 미스터 입구가 말했다. 그는 그녀에게 쾌활하게 한 발짝 다가가 품위 있게 절을 했다. "좋은 아침입니다."

통통한 남자가 누구냐는 듯한 눈길을 에디스에게 던졌다. 허락만 한다면 즉시 가로막고 있는 이 남자를 집어 던지기라도 할 태세였다.

노동절 169

"무례를 용서하시지요." 피터가 뒤늦게 생각난 것처럼 덧붙였다. "에디스, 좋은 아침이에요."

그는 딘의 팔꿈치를 잡더니 앞으로 밀어 내세웠다.

"미스터 출구를 소개합니다, 에디스. 내 가장 친한 친구. 떨어질 수 없는 사이죠. 미스터 입구와 미스터 출구."

미스터 출구가 한 걸음 나아가 인사를 했다. 사실 그는 너무 많이 앞으로 나갔고 너무 깊이 고개를 숙인 나머지 앞으로 약간 기울어져 한 손을 가볍게 에디스의 어깨에 얹으며 간신히 균형을 잡았다.

"저는 미스터 출구입니다, 에디스." 딘이 유쾌하게 중얼거렸다. "미스터 입구와 미스터 출구랍니다."

"미스터 입구와 출구." 피터가 자랑스럽게 말했다.

하지만 에디스는 그들 옆을 똑바로 보고 있었다. 그녀의 시선은 그녀 위, 복도 어딘가 무한한 점에 고정되어 있었다. 그녀가 통통한 남자에게 가볍게 고개를 끄덕였고, 그러자 그는 황소같이 앞으로 나아가 저돌적이고 무뚝뚝한 몸짓으로 미스터 입구와 미스터 출구를 양옆으로 밀쳤다. 그렇게 트인 길로 그와 에디스가 걸어갔다.

열 발짝 정도 가던 에디스가 다시 멈추었다. 그러고는 어떤 키가 작고 검은 피부의 군인을 손으로 가리켰다. 그 군인은 놀라워하며 무언가에 홀린 것처럼 그냥 사람들의 무리, 그리고 특히 미스터 입구와 미스터 출구가 하는 양을 구경하고 있는 중이었다.

"저기." 에디스가 소리쳤다. "저기 보세요!"

그녀의 목소리가 높아졌고 좀 날카로워졌다. 그 남자를 가리키는 그녀의 손가락이 가볍게 떨렸다.

"우리 오빠의 다리를 부러뜨린 군인이 저기 있어요."

여기저기서 외침이 들렸다. 데스크 근처에 있던 모닝코트를 입은 남자가 자기 자리를 떠나 기민하게 앞으로 나아갔다. 통통한 남자가 번개처럼 그 키가 작고 검은 군인을 향해 튀어나갔고, 로비가 작은 무리들로 가득 차면서 미스터 입구와 미스터 출구의 시야도 차단되었다.

그러나 미스터 입구와 미스터 출구에게 이 사건은 그저 윙윙 울리며 빙글빙글 도는 세상의 다채롭고 시시각각 색이 변화하는 한 단편에 불과했다.

그들은 커다란 목소리들을 들었다. 그들은 그 통통한 남자가 뛰어오르는 것을 보았다. 그러고는 갑자기 광경이 흐릿해졌다.

그들은 위로 올라가는 엘리베이터 안에 있었다.

"몇 층 가십니까?" 엘리베이터 승무원이 물었다.

"아무 층이나." 미스터 입구가 말했다.

"꼭대기 층으로." 미스터 출구가 말했다.

"여기가 꼭대기 층입니다." 엘리베이터 승무원이 말했다.

"한 층을 더 올리지." 미스터 출구가 말했다.

"더 높이." 미스터 입구가 말했다.

"하늘로." 미스터 출구가 말했다.

XI

6번로 근처 작은 호텔의 침실에서 고든 스테렛이 잠에서 깨어났다. 뒤통수가 아팠고 핏줄 구석구석 울렁거리며 메스꺼웠다. 그는 침실 사방에 내려앉은 어둑한 잿빛 어두움을, 그리고 한구석, 오랫동안 놓여 있던 커다란 가죽 의자 위, 찢어져 속살이 드러난 자리를 바라보았다. 그는 옷들을 보았다. 바닥에 구겨진 옷들이 흩어져 있었다. 그는 퀴퀴한 담배 냄새와 시큼한 술 냄새를 맡았다. 창문은 꼭 닫혀 있었다. 창밖에서 환한 햇빛이 먼지들이 가득 떠 부유하는 햇살 한 줄기를 창문턱 너머로 던져주고 있었다. 그 햇살은 그가 자고 있던 넓은 나무 침대의 헤드보드에 막혀 부서지고 있었다. 그는 가만히 누워 있었다. 혼수상태처럼, 약에 취한 것처럼. 눈은 크게 뜨고 있었고 생각은 기름칠하지 않은 기계처럼 덜컥거리며 마구 돌아가고 있었다.

그가 먼지가 부유하는 햇살과 커다란 가죽 의자의 찢어진 상처를 본 지 삼십 초가 지났을 것이다. 그는 자기 옆 가까이에 생명을 지닌 존재가 있음을 느꼈다. 그리고 또다시 삼십 초가 지나자 그는 이미 돌이킬 수도 없이 자신이 주얼 허드슨과 결혼했음을 깨달았다.

그는 한 시간 반 후 밖으로 나가 스포츠 용품 가게에서 리볼버 권총을 한 자루 샀다. 그러고 나서 택시를 타고 그가 사는 이스트 27번가의 방으로 갔다. 그는 그림 재료들이 놓인 테이블에 몸을 기댄 후, 관자놀이 바로 뒷부분에 대고 총을 당겼다.

자기와 핑크

　작은 여름 산장, 아래층의 한 방. 벽 위로 띠 벽지가 둘러 있다. 발치에 그물 더미가 있는 어부, 진홍색 바다 위의 배 한 척, 발치에 그물 더미가 있는 어부, 진홍색 바다 위의 배 한 척, 발치에 그물 더미가 있는 어부, 계속 그렇게 되풀이되고 있었다. 한 군데에서 띠 벽지가 겹치는 부분이 있어 그곳에선 어부의 반쪽과 그물 더미 반쪽이 배 반쪽과 진홍색 바다 반쪽과 눅눅하게 모여 있었다. 띠 벽지에는 줄거리가 없었지만 그래도 있는 그대로 나를 매료시켰다. 나는 끝없이 계속 그것을 따라갈 수도 있었지만 방에 있는 두 개의 물건 중 하나가 내 눈길을 잡아끌었다. 그것은 푸른색의 자기 욕조였다. 어떤 개성이 있었다, 그 욕조에는. 새 경주용 차의 늘씬한 몸체는 아니었지만 높은 뒷좌석이 있는 작은 몸체는 마치 금방이라도 뛰어나갈 것만 같았다. 하지만 욕조의 다리가 너무 짧은 나머지 그것은 주변 환경과 하늘빛 푸른 페인트칠에 순응하고 있었다. 그러나 그 욕조는 심술궂게도 어떤 손님도 욕조에서 다리를 완전히 펴도록 허락하지 않았고, 그래서 우리는 깔끔하게 방 안의 또 다른 물건으로 다가갔다.

그것은 한 소녀였다. 분명 욕조에 소속된 한 부분으로, 머리와 목의 앞부분만이 보였다.(아름다운 소녀들에게는 목덜미 대신 목이라고 부른다.) 그리고 어깨가 살짝 욕조 측면 위로 올라와 있었다. 연극의 첫 십 분 동안 관객들은 그녀가 이 연기를 원칙에 입각해서 하는지, 그래서 정말 옷을 전혀 걸치고 있지 않은지, 아니면 눈속임이어서 옷을 입고 있는 것인지 그 생각에 골몰들을 하고 있었다.

소녀의 이름은 줄리 마비스였다. 그녀가 욕조 안에 당당하게 앉은 모습으로 보아서 키가 그리 크지 않다는 것과 거동이 훌륭하다는 것을 추측할 수 있다. 그녀가 미소를 지을 때는 윗입술이 살짝 말려 부활절 토끼를 떠올리게 한다. 그녀는 곧 스무 살이 된다.

하나 더. 욕조의 위 오른편에 창문이 하나 있다. 창문은 좁았고, 넓은 창문턱이 있었다. 창문은 햇살은 가득 들여보냈지만, 안을 들여다보는 사람이 욕조는 볼 수 없도록 효과적으로 만들어져 있었다. 이야기가 어떻게 돌아갈지 짐작이 가는가?

우리는 아주 전통적인 방식으로, 노래와 함께 시작한다. 그러나 연극의 첫 절반에서는 관객이 놀라서 숨이 막히도록 하는 장면들이 연출되기 때문에, 뒤의 나머지 부분을 여기서 이야기하고자 한다.

줄리: (열정적인 소프라노의 분위기로)

    카이사르가 시카고를 추었을 때
    그는 우아한 아이였다.

신께 바쳐진 닭들이
야단법석을 떨었고
처녀 사제들은 광란하였다.
네르비족이 강해질 때마다
카이사르는 그들을 지독히 조롱했고
그들은 신발을 신고 흔들며
집정관 블루스와 더불어
로마 제국 재즈를 추었네.

(뒤이어지는 커다란 환호 속에서 줄리는 겸손하게 두 팔을 움직여 물 표면에 물결이 일게 한다.—최소한 그녀가 그렇게 하고 있다고 우리가 생각한다. 그때 왼쪽에 있는 문이 열리며 로이스 마비스가 등장한다. 그녀는 옷을 입고 있지만 또 다른 옷과 수건을 들고 있다. 로이스는 줄리보다 한 살 위이며 얼굴이나 목소리가 줄리와 거의 똑같다. 그러나 옷차림이나 표정에서 보수적인 표시가 난다. 그렇다. 당신은 제대로 추측하였다. 실수로 이 사람을 저 사람으로 착각하는 것은 이야기를 회전시키는 오래되고 녹슨 축이다.)

로이스: (들어오면서) 오, 미안해. 네가 여기 있는지 몰랐어.
줄리: 아, 안녕. 작은 음악회를 하고 있었어……
로이스: (말을 끊으며) 왜 문을 잠그지 않았니?
줄리: 안 잠갔어?
로이스: 그럼 안 잠갔지. 내가 그냥 문을 뚫고 들어왔다고 생각해?
줄리: 열쇠로 열고 들어온 줄 알았지, 언니.
로이스: 넌 정말 조심성이 없어.

줄리: 그렇지. 난 청소부의 강아지처럼 행복해. 그리고 작은 음악회를 하고 있어.

로이스: (엄하게) 철 좀 들어라!

줄리: (핑크빛 팔 하나를 방을 향하여 흔들며) 벽은 소리를 반사해. 그래서 욕조 안에서 노래를 하면 아주 아름다운 뭔가가 생기는 거야. 사랑스러움을 뛰어넘는 효과를 가져다주지. 노래 한 곡 불러줄까?

로이스: 욕조에서나 빨리 나와 줬으면 좋겠어.

줄리: (생각에 잠겨 머리를 흔들며) 서두를 수 없어. 지금은 이곳이 내 왕국이야, 신에의 공경.

로이스: 왜 그런 온건한 이름이야?

줄리: 신에 대한 공경이 청결 다음이기 때문이지. 제발 아무 것도 던지지 마!

로이스: 얼마나 오래 있을 거야?

줄리: (잠깐 생각한 후) 15분에서 25분 사이.

로이스: 나 돕는 셈치고 10분만 하렴.

줄리: (회상에 잠기며) 오, 맙소사! 지난 1월 추웠던 어느 날을 기억해? 부활절 토끼 같은 미소로 유명한 줄리가 외출하려 했는데 뜨거운 물이 거의 없었어. 어린 줄리가 목욕하려고 막 욕조를 채웠는데 심술궂은 언니가 와서는 그 안에 들어가 목욕을 했지. 그래서 할 수 없이 어린 줄리는 콜드크림으로 씻어야 했고. 아주 비싸고 수고로운 목욕이었어.

로이스: (참을성 없이) 그래서 서두르지 않겠다고?

줄리: 내가 왜 그래야 해?

로이스: 나 데이트가 있어.

줄리: 여기 집에서?

로이스: 네가 알 바 아니야.

(줄리는 드러나 있는 어깨를 으쓱하더니 물을 휘저어 물결을 만든다.)

줄리: 마음대로 해.

로이스: 오, 맙소사. 그래! 여기 집에서 데이트가 있어. 그런 셈이야.

줄리: 그런 셈이라고?

로이스: 그 사람, 집에는 안 들어와. 와서 나를 부르면 함께 산책하러 나갈 거야.

줄리: (눈썹을 치켜 올리며) 오, 계획이 분명해지는군. 그 문학적인 캘킨스 씨로구나. 그 사람 초대하지 않기로 엄마에게 약속한 줄 알았는데.

로이스: (절망적으로) 엄마는 너무 바보야. 그 사람이 이혼했다고 싫어하는 거야. 물론 엄마가 나보다 세상을 더 경험했지. 하지만……

줄리: (현명하게) 엄마한테 넘어가지 마! 경험은 세상에 가장 큰 황금 벽돌이다! 나이 든 사람들은 모두 그걸 팔아먹지.

로이스: 난 그 사람이 좋아. 우리는 문학에 대해 얘기해.

줄리: 아, 그래서 요즘 집 안에 무거운 책들이 여기저기 보이는군.

로이스: 그 사람이 내게 빌려준 거야.

줄리: 그 사람 하자는 대로 하겠지. 로마에 있을 때는 로마법을 따르라. 하지만 난 책이랑은 끝났어. 난 받을 교육 다 받았으니까.

로이스: 넌 참 일관성이 없다. 작년 여름에는 매일 책을 읽었잖아.

줄리: 내가 일관성이 있었다면 난 아직도 따뜻한 우유병을 빨며 살고 있을걸.

로이스: 그렇겠지. 그리고 그건 아마 내 우유병이겠지. 어쨌든 난 캘킨스 씨가 좋아.

줄리: 난 그 사람 본 적이 없어.

로이스: 어쨌든 좀 서둘러줄래?

줄리: 그래. (잠시 말을 멈추었다가) 물이 미지근해지기 기다렸다가 뜨거운 물을 더 넣을 거야.

로이스: (빈정거리는 투로) 아주 재미있겠구나.

줄리: 우리가 '비누 놀이' 했던 거 기억나?

로이스: 응, 열 살 때였지. 네가 지금껏 그 놀이를 하지 않는 게 상당히 놀랍다.

줄리: 난 아직도 해. 곧 하려고 하는데.

로이스: 바보 같은 놀이야.

줄리: (따뜻하게) 아니, 그렇지 않아. 배짱에 좋지. 언니는 분명히 어떻게 하는 건지 잊어버렸을 거야.

로이스: (도전적으로) 아니, 잊지 않았어. 욕조에 비누 거품을 가득 채우고 끝에 서서 미끄러져 내려가는 거야.

줄리: (냉소적으로 고개를 흔들며) 훙! 그건 일부분에 불과해. 미끄러져 내려갈 때 손과 발이 닿으면 안 되고…….

로이스: (참지 못하고) 맙소사! 난 관심 없어! 여름에 여기 좀 그만 오거나 아니면 욕조가 두 개 있는 집을 구했으면 좋겠어.

줄리: 작은 양철통을 사거나 아니면 호스를 사용해…….

로이스: 아, 그만해!

줄리: (뜬금없이) 수건 두고 가.

로이스: 뭐?

줄리: 갈 때 수건 두고 가라고.

로이스: 이 수건?

줄리: (다정하게) 응, 수건을 깜빡했네.

로이스: (처음으로 주위를 돌아보며) 이런 멍청이. 가운도 없잖아!

줄리: (역시 주위를 돌아보며) 그러게. 가운도 없어.

로이스: (점점 의심이 커지면서) 여기 어떻게 왔어?

줄리: (웃음을 터뜨리며) 글쎄, 아마, 그냥 확! 하고 잽싸게 내려왔나 봐. 하얀 거품을 마구 내며 계단을 휘젓고, 그리고……

로이스: (아연해하며) 세상에, 이런 철면피 같으니라고. 자존심도 긍지도 없어?

줄리: 둘 다 많지. 내 행동이 그걸 증명한다고 생각해. 나는 상당히 잘생겼거든. 자연스러운 상태에서는 정말 더 예쁘다고.

로이스: 글쎄, 너는…….

줄리: (소리 내어 생각한다.) 나는 사람들이 아무런 옷도 입지 않았으면 좋겠다. 나는 미개인이거나 토착민이거나 그랬어야 했어.

로이스: 너는…….

줄리: 어젯밤 꿈을 꾸었어. 어느 일요일, 교회에 꼬마 아이가 옷을 잡아당기는 자석을 가져왔어. 그 자석은 모든 사람들의 옷을 다 끌어당겼지. 사람들은 끔찍한 상태가 되었어. 울고 소리 지르고, 마치 생전 처음 자기 피부를 발견한 사람들처럼 행동하는 거야. 그중 나만 전혀 신경 쓰지 않았지. 나는 그저 웃었어. 내가 헌금 봉투를 돌렸어. 아무도 하려 하지 않았으니까.

로이스: (이야기에 전혀 귀를 기울이지 않고 있다가) 내가 오지 않았더라면, 넌 그럼 옷을, 옷을 입지 않고 다시 뛰어서 돌

아갈 생각이었다는 거야?

줄리: '자연 상태'라는 말이 훨씬 낫지.

로이스: 거실에 누구라도 있으면?

줄리: 지금까지 누가 있은 적이 없었어.

로이스: 지금까지! 세상에! 도대체 얼마나…….

줄리: 게다가 대개는 수건이 있었어.

로이스: (완전히 기가 막혀서) 어머! 너 좀 맞아야겠구나. 너 그러다 걸렸으면 좋겠어. 네가 나왔을 때 거실에 목사가 열댓 명, 그 부인과 딸들까지 다 있었으면 좋겠다.

줄리: 거실은 그 사람들이 다 있을 만큼 넓지도 않습니다, 라고 세탁 교구의 청결한 케이트가 대답했습니다.

로이스: 알았어. 넌 네 욕조를 만들었으니 그 안에 누워 있으렴.

(로이스는 단호하게 문을 향해 간다.)

줄리: (놀란 듯) 언니! 언니! 가운은 상관없지만 수건은 필요해. 비누 조각이나 젖은 때수건으로 물을 닦을 순 없잖아.

로이스: (고집스럽게) 난 그런 인간의 비위를 맞추지 않겠어. 네가 알아서 가장 좋은 방법으로 몸을 말려봐. 바닥에 구르든지. 옷을 안 입는 동물들은 그렇게 하거든.

줄리: (다시 만족스럽게) 좋아. 나가!

로이스: (거만하게) 흥!

(줄리는 차가운 물을 틀어 손가락으로 물줄기가 포물선을 그리며 로이스에게 향하게 한다. 로이스가 재빨리 물러나고는 문을 쾅 닫는다. 줄리는 웃으며 물을 잠근다.)

줄리: (노래 부른다.)

애로 상표 칼라를 한 남자가
디저키스 상표 아가씨를 만날 때
산타페의 연기 나지 않는 철도에서
그녀의 페베코 치약 미소와
그녀의 루실 스타일과
랄라라 랄랄라 하루는…….[1]

(줄리는 휘파람을 불며 수도꼭지를 틀기 위해 앞으로 몸을 숙이다가 파이프에서 쿵 하고 커다란 소리가 세 번 울려 깜짝 놀란다. 잠깐 정적이 흐른다. 그러자 그녀는 수도꼭지가 전화기라도 되는 것처럼 입을 가까이 대었다.)

줄리: 여보세요! (대답이 없다.) 배관공이세요? (대답이 없다.) 수도국에서 왔나요? (크게 쾅 하고 울리는 소리 한 번) 무얼 원해요? (대답이 없다.) 당신은 유령이군요, 그래요? (대답이 없다.) 저, 그럼, 쿵쿵 치지 마세요. (그녀는 손을 내밀어 따뜻한 물 수도꼭지를 튼다. 물이 나오지 않는다. 그녀는 다시 수도꼭지에 입을 가까이 댄다.) 당신이 배관공이라면 그건 못된 장난이에요. 나를 위해 물을 틀어줘요. (쿵쿵하고 두 번 울림.) 말대꾸 말아요! 난 물을 원한다고요. 물! 물!

(젊은 남자의 머리가 창문에서 나타난다. 가는 콧수염과 호의적인 눈을 가졌다. 안을 들여다보지만 보이는 거라고는 어부의 그물과 진홍빛 바다뿐이다. 남자는 말을 해보기로 한다.)

청년: 누가 기절했어요?

줄리: (움찔하며 곧 귀를 기울인다.) 고양이가 펄쩍 뛰겠네!

청년: (돕는다는 투로) 쥐가 났으면 물은 좋지 않아요.

줄리: 쥐요? 누가 쥐가 났다고요?

청년: 고양이 얘기를 했잖아요.

줄리: (단호하게) 하지 않았어요!

청년: 글쎄요. 그건 나중에 얘기하죠. 이제 나갈 준비가 됐어요? 아니면, 당신이 나와 외출하면 다들 험담을 할 거라고 아직도 그렇게 생각하고 있나요?

줄리: (미소를 지으며) 험담이오? 사람들이 그럴까요? 그건 험담 이상일 거예요. 완전히 스캔들이 될 거예요.

청년: 아니, 좀 지나치게 말하는군요. 당신 가족은 어느 정도 언짢아하겠지만, 순수하게 보면 모든 것이 다 가능하답니다. 몇몇 나이 든 여자들을 제외하고는 다른 사람들은 신경도 쓰지 않을 겁니다. 자, 어서.

줄리: 당신은 지금 당신이 원하고 있는 것이 무엇인지 몰라요.

청년: 사람들이 무리를 지어 우리를 따라올 거라고 생각해요?

줄리: 무리? 매 시간 뉴욕을 출발하는 순 강철로 만든 특별 식당 열차까지 생길걸요.

청년: 저기, 집을 청소하고 있나요?

줄리: 왜요?

청년: 벽에서 그림을 모두 떼었군요.

줄리: 이 방엔 원래 그림이 하나도 없었어요.

청년: 이상하군요. 그림 하나, 태피스트리, 패널, 그런 게 없는 방은 들어본 적이 없거든요.

줄리: 여긴 가구도 하나 없는걸요.

청년: 정말 이상한 집이군.

줄리: 그건 당신이 창문으로 보는 각도에 달렸어요.

청년: (감상적으로) 당신과 이렇게 얘기하는 것도 참 좋군요.

당신은 그저 목소리만 들리고. 내가 당신을 볼 수 없는 편이 오히려 기쁘군요.

줄리: (고맙게) 저도 그래요.

청년: 무슨 색을 입고 있어요?

줄리: (어깨를 세심하게 살펴본 후) 글쎄요. 핑크빛이 도는 흰색인 것 같네요.

청년: 당신에게 잘 어울리나요?

줄리: 아주 잘 어울려요. 이건, 이건 오래된 거예요. 오랫동안 갖고 있었죠.

청년: 오래된 옷을 싫어하는 줄 알았는데.

줄리: 싫어해요. 하지만 이건 생일 선물이었고, 말하자면 입고 있어야 해요.

청년: 핑크빛 흰색이라. 분명 고상하겠군요. 유행하는 스타일인가요?

줄리: 그렇죠. 아주 심플한 표준 모델이에요.

청년: 아름다운 목소리예요. 잘 울려 퍼지는군요! 가끔 눈을 감으면, 먼 곳의 외딴 섬에서 날 부르는 당신이 보이는 것만 같아요. 그럼 나는 물속에 뛰어들어 파도를 뚫고 당신에게 다가가죠. 저기 서 있는 당신이 날 부르는 소리를 들으며, 물은 당신 양옆으로 펼쳐져 있고요.

(욕조 옆에 있던 비누가 미끄러져 첨벙하고 소리를 낸다. 젊은이가 눈을 깜빡인다.)

청년: 뭐였어요? 내가 꿈을 꾼 건가요?

줄리: 네. 당신은, 당신은 매우 시적이군요. 그렇죠?

청년: (꿈꾸듯이) 아뇨, 나는 산문을 써요. 운문은 뭔가가 나를 휘저어 어떤 자극을 받을 때만 쓰죠.

자기와 핑크

줄리: (중얼거리며) 숟가락이 휘젓나.

청년: 늘 시를 사랑하긴 하죠. 지금까지도 내가 처음으로 외운 시를 기억한답니다. 「에반젤린」이란 시랍니다.

줄리: 그건 거짓말이에요.

청년: 내가 「에반젤린」이라고 했나요? 그게 아니고 「갑옷을 입은 해골」이죠.

줄리: 나는 교양이 없는 사람이에요. 하지만 내 첫 시는 기억할 수 있어요. 연이 하나밖에 없죠.

파커와 데이비스
울타리 위에 앉았네
15전으로 1달러를
벌려고 하였네.

청년: (열심히) 문학이 점점 좋아지나요?

줄리: 너무 오래되거나 복잡하거나 우울하지만 않다면요. 사람들도 마찬가지고요. 저는 사람들도 너무 나이 들거나 복잡하거나 우울하지만 않으면 대개는 좋아한답니다.

청년: 물론 저는 엄청나게 많이 읽습니다. 당신은 어젯밤 월터 스콧을 좋아한다고 말했지요.

줄리: (생각하며) 스콧? 어디 보자, 네. 『아이반호』와 『마지막 모히칸족』을 읽었어요.

청년: 그건 쿠퍼 작품이에요.

줄리: (화를 내며) 『아이반호』가요? 기가 막혀! 나도 안다고요. 나도 읽었다고요.

청년: 『마지막 모히칸족』이 쿠퍼가 쓴 거라고요.

줄리: 상관없어요. 나는 오 헨리를 좋아하니까. 그가 어떻게 그런 이야기들을 다 썼는지 모르겠어요. 대부분을 감옥에서 썼죠. 「레딩 감옥의 노래」[2]도 그렇고요

청년: (입술을 깨물며) 문학, 문학! 문학은 내게 얼마나 큰 의미를 지니는지.

줄리: 글쎄요. 개비 데슬리스가 베르그송에게 말했죠. 내 외모와 당신 두뇌라면, 우리가 함께 못 할 것이 없다고요.

청년: (웃음을 터뜨리며) 당신은 정말 따라가기가 힘들군요. 하루는 아주 유쾌하고, 다음 날이면 기분이 나쁘고. 내가 당신 기질을 그렇게 잘 이해하지 못했다면…….

줄리: (참을성 없이)오, 당신도 그런 아마추어 성격 분석가인가요? 오 분 만에 사람들을 판단하고 그들이 언급될 때마다 다 안다는 듯이 바라보는. 나 그런 것들이 싫어요.

청년: 내가 당신에 대해 판단해 냈다는 말이 아니에요. 당신은 정말 신비로운 사람이에요. 인정합니다.

줄리: 역사에서 신비로운 사람은 둘뿐이죠.

청년: 누군가요?

줄리: 철가면을 쓴 사람과, 상대방이 통화중일 때 "어, 어이구, 어이구, 어이구." 하고 말하는 사람이오.

청년: 당신은 정말 신기하군요. 사랑합니다. 당신은 아름답고 지적이고 정숙해요. 그렇게 모두 갖추기는 드물거든요.

줄리: 당신은 역사가지요. 역사 속에 욕조 이야기가 있는지 말해 줘요. 나는 욕조가 대단히 무시당해 왔다고 생각해요.

청년: 욕조라! 어디 봅시다. 글쎄요. 아가멤논이 욕조에서 칼에 찔려 죽었어요. 샬롯 코르데도 마라[3]를 욕조에서 찔러 죽였고요.

줄리: (한숨을 쉬며) 그렇게 옛날요! 태양 말고는 아무것도 새로운 것이 없어요. 그렇죠? 바로 어제 저는 코미디 뮤지컬 악보를 하나 골랐어요. 적어도 20년은 된 것이죠. 표지를 보니 「노르망디의 시미(The Shimmies of Normandy)」라고 되어 있더군요. 그런데 옛날식으로 철자가 C로 되어 있는 거예요.[4]

청년: 난 요즘 춤들이 싫어요. 오, 로이스, 당신이 보고 싶어요. 창문으로 와요.

(파이프에서 쿵 하고 큰 소리. 갑자기 수도꼭지에서 물이 흐른다. 줄리가 재빨리 잠근다.)

청년: (당황하며) 대체 뭐죠?

줄리: (재치 있게) 나도 뭔가 들었어요.

청년: 물 흐르는 소리 같았는데.

줄리: 그랬나요? 이상하네요. 사실은 제가 금붕어 어항에 물을 채우고 있었거든요.

청년: (아직도 이상하다는 듯이) 그럼 쿵 하는 소리는 뭐였죠?

줄리: 금붕어 한 마리가 턱을 닫는 소리요.

청년: (갑작스러운 결심과 함께) 로이스, 당신을 사랑해요. 나는 세속적인 사람은 아닙니다. 하지만 나는 성실하고 오래도록…….

줄리: (즉각 관심을 보이며) 오, 너무 멋져요.

청년: 미래를 위해 단련하는 사람이죠. 난 당신을 원해요.

줄리: (회의적으로) 홍! 당신이 진짜 원하는 것은, 세상 사람들이 차려 자세를 하고서 당신이 "쉬어!"라고 할 때까지 거기 서 있는 것이죠.

청년: 로이스, 나는, 로이스, 나는…….

(그는 로이스가 문을 열고 들어와 닫는 것을 보고 말을 멈춘다.

로이스는 짜증스럽게 줄리를 보다가 문득 창가에 있는 청년을 보게 된다.)

　로이스: (겁에 질려) 캘킨스 씨!

　청년: (놀라서) 아니, 핑크빛 흰색을 입었다고 그랬잖아요.

　(로이스는 절망스러운 눈길로 바라본 후, 비명을 지르며 항복하듯 두 손을 들고 바닥에 주저앉는다.)

　청년: (너무 놀라며) 맙소사! 기절했네. 곧장 들어가겠소.

　(줄리의 시선이 로이스의 힘없는 손에서 떨어진 수건에 닿는다.)

　줄리: 그렇다면 나는 곧장 나가야지.

　(그녀는 두 손을 욕조 옆에 대고 몸을 일으켜 밖으로 나온다. 관객들로부터 중얼거림, 반은 헉하며 숨을 들이마시는 소리, 반은 한숨을 내쉬는 소리 등이 흘러나와 물결친다. 벨라스코[5]의 칠흑같은 어둠이 빠르게 내려와 무대를 어둡게 만든다.)

　　막이 내린다.

리츠칼튼 호텔만큼 커다란 다이아몬드

I

존 T. 언저는 하데스[1]에서 잘 알려진 가문 출신이다. 하데스는 미시시피 강 유역의 작은 도시로, 이 가문은 그곳에서 여러 세대를 살아왔다. 존의 아버지는 여러 열띤 대회들을 거쳐 아마추어 골프 챔피언이 되었다. 어머니 언저 여사는 '몸이 뜨거우면 행동도 뜨겁다.'라는 그 지역의 속담처럼 정치 연설로 이름을 날리고 있었다. 젊은 존 T. 언저는 이제 막 열여섯 살이 되었고, 긴 바지를 입기 시작하기 전에 이미 뉴욕에서 유행하는 모든 최신 춤을 다 추어보았다. 그리고 이제 얼마간 집을 떠나 있을 것이다. 뉴잉글랜드 지방의 교육은 다른 모든 지방에는 독이어서, 각 지방의 가장 촉망받는 젊은이들을 해마다 빼앗아 가고 있었는데, 그것이 존의 부모도 사로잡고 말았다. 존이 보스턴 근처 세인트 미다스[2] 학교에 가는 일 외에는 그들을 만족시키는 것이 없었다. 하데스는 그들의 사랑스러운 영재 아들에게는 너무나 작은 도시였다.

이제 하데스에는—당신이 만약 하데스에 가본 일이 있다면 알 것이다.—시류에 걸맞은 사립 고등학교와 대학의 이름들이 별 의미가 없었다. 그곳 주민들은 너무 오랫동안 세상과 떨어져 있었다. 비록 드레스와 매너, 문학 등에서는 유행을 쫓아가고 있음을 보여 주었지만, 그들은 상당 부분을 모두 풍문이나 또는 시카고의 미스 소고기 아가씨가 보았다면 "좀 구식이야."라고 소리쳤을 그런 모임에 의존하고 있었다.

존 T. 언저가 떠나기 전날이었다. 언저 부인은 어머니들이 그렇듯 미련하게 가방마다 마직 양복으로 가득 채우고, 선풍기까지 챙겼으며, 언저 씨는 돈이 가득 든 불연성 재질의 지갑을 그에게 주었다.

"기억해라. 여기는 언제나 네 집이다." 그가 말했다. "우리가 집에 불이 나지 않도록 잘 지키고 있을 테니 안심하거라."

"그럼요." 존이 목이 메어 말했다.

"네가 누구인지, 어디에서 왔는지 결코 잊지 마라." 아버지는 자랑스럽게 말을 이었다. "그리고 그 무엇도 너를 감히 해칠 수 없다. 너는 언저 가문이다. 하데스 출신이다."

그리고 아버지와 아들은 악수를 했고, 존은 눈물을 흘리며 걸어 나갔다. 십 분 후 그는 도시의 경계를 벗어났다. 그는 멈춰 서서 마지막으로 다시 한 번 돌아보았다. 시의 입구 위에 붙어 있는 옛 스타일의 빅토리아식 문구가 신기할 정도로 근사하게 보였다. 그의 아버지는 여러 번 그 문구를 좀 더 진취적이고 활력 있는 것으로 바꾸려 노력했다. 예를 들면, '하데스—당신의 기회'라든가 또는 평범한 '환영합니다.'를, 전구로 장식한 진심 어린 악수 모양의 표지판 위에 걸거나 하는. 옛날 문구는 좀 우울하다고 언저 씨는 생각했다. 하지만 지금은……

존은 한 번 더 돌아본 후, 결연히 다시 얼굴을 목적지로 향하였다. 그가 돌아서자 하늘을 배경으로 빛나는 하데스의 불빛에는 따뜻함과 열정적인 아름다움이 가득 차 있는 것처럼 보였다.

세인트 미다스 학교는 보스턴에서 롤스피어스 자동차로 삼십 분 거리에 있었다. 실제 거리는 아무도 모를 것이다. 왜냐하면 지금껏 존 T. 언저를 제외하고는 롤스피어스를 타지 않고 도착한 사람이 아무도 없었고, 아마 앞으로도 다시는 없을 것이기 때문이다. 세인트 미다스는 세계에서 가장 비싸고 가장 들어가기 힘든 남자 사립 고등학교이다.

존의 첫 두 해는 즐겁게 지나갔다. 학생들의 아버지는 모두 갑부였고, 존은 여름방학마다 친구들의 상류사회 휴양지들을 방문하며 지냈다. 그는 그 친구들을 모두 좋아했지만, 친구들의 아버지는 모두 거의 한 사람인 것처럼 느꼈다. 어린 마음에 그는 종종 그들이 매우 닮아 있어 놀라곤 하였다. 존이 집이 어디라고 말하면, 그들은 유쾌하게 묻곤 하였다. "그 아래는 상당히 덥지?" 그러면 존은 애써 미소를 지으며 대답하곤 했다. "네, 정말 그래요." 그들이 모두 그렇게 농담을 하지 않았더라면 그는 더 진심 어린 대답을 했을 것이다. 하지만 잘해야 그들은 "그 아래 덥지는 않니?"라고 물었고, 존은 그것 역시 듣기 싫었다.

2년째 중간 즈음이었다. 퍼시 워싱턴이라는 상당히 잘생긴 소년이 존의 학년으로 들어왔다. 이 새 학생은 예의가 발랐고, 세인트 미다스 학생치고도 지나치게 옷을 잘 입었다. 하지만 어쩐 일인지 그는 다른 학생들과 거리를 두고 지냈다. 그가 친하게 지내는 유일한 사람이 존 T. 언저였지만, 존에게조차 그는 자기 집이나 가족에 대해서는 전혀 이야기하지 않았다. 두말할 것 없이 그는 부유하였다. 그러나 그런 몇 가지 추측 외에 존이 그에 대해 아는 것은 거의 없었다. 그래서 퍼시가 여름방학 때 '서부에 있는' 자기 집에서 지내자고 초대했을 때 그의 호기심은 달콤함에 푹 감싸였다. 존은 망설이지 않고 초대를 받아들였다.

그들이 기차에 타자 그제야 퍼시는 처음으로 제법 이야기를 하였다. 하루는 그들이 식당 칸에서 점심을 먹으면서 학교 아이들 몇 명의 불완전한 성격에 대해 이야기를 하고 있었다. 그런데 퍼시가 문득 말투를 바꾸더니 갑작스러운 말을 꺼냈다.

"우리 아버지가 지금까지는 세계에서 제일 부자야."

"아, 그래." 존이 예의바르게 말했다. 그러한 자신감에 뭐라고 대응해야 할지 생각할 수 없었다. 그는 '그거 아주 훌륭하구나.' 도 생각했지만 너무 빈말처럼 들렸고, '정말?'이라고도 말하려 했으나, 그러면 퍼시의 말을 의심하는 것처럼 들릴 수도 있어 하지 않았다. 그리고 그런 놀라운 말에 대해서는 토를 달지 않는 법이다.

"지금까지는 제일 부자지." 퍼시가 되풀이해서 말했다.

존이 말했다. "세계 연감에서 읽었는데 미국에서 일 년에 오백만 달러 넘게 버는 사람이 한 사람, 삼백만 달러 넘는 사람이 네 명, 그리고……."

"그들은 아무것도 아니야." 퍼시의 입은 비웃음으로 일그러져 있었다. "돈밖에 모르는 자본가에 재정적으로는 피라미, 보잘것없는 상인과 대부업자야. 아버지는 그 사람들 재산을 다 사들여도 표시도 안 나."

"그런데 너희 아버지는 어떻게……."

"왜 그들이 우리 아버지의 소득세를 기록하지 않았느냐고? 왜냐하면 아버지는 전혀 내지 않으니까. 뭐 조그만 건 내시지. 하지만 진짜 소득에 대해서는 전혀 내지 않으셔."

"정말 부자시겠구나." 존은 간단하게 말했다. "기쁘다. 나는 대단한 부자들이 좋아. 부자면 부자일수록 난 더욱 좋다." 그의 검은 얼굴에 열정적인 솔직함이 떠올랐다. "지난 부활절에 쉬리처 머피네를 방문했어. 그 애 어머니 비비언이 가진 루비는 달걀 크기였고 사파이어는 빛이 들어오는 전구만 하더군……."

"나도 보석이 좋아." 퍼시가 열중하며 말했다. "물론 학교 애들 그 누구도 아는 걸 원치 않지만, 나도 꽤 수집을 했지. 난 우표 대신 보석을 수집했어."

"다이아몬드도." 존이 신이 나서 말을 이었다. "머피는 호두만 한 다이아몬드가 있더라."

"그건 아무것도 아니다." 퍼시가 앞으로 몸을 숙이며 목소리를 낮추어 속삭였다. "그건 정말 아무것도 아니다. 우리 아버지는 리츠칼튼 호텔보다 더 큰 다이아몬드가 있어."

II

몬태나의 저녁놀이 두 개의 산 사이로 거대하게 멍이 든 것처럼 내려앉고, 그로부터 검은 핏줄이 독을 품은 하늘로 뻗어갔다. 그 하늘로부터 한참 떨어진 아래에 피시 마을이 웅크리고 있었다. 하찮고 쓸쓸한, 잊힌 마을이었다. 피시 마을에는 열두 명의 사람이 있었다. 그렇다고들 한다. 열두 명의 음산하고 불가해한 영혼들이 문자 그대로 거의 벌거숭이 바위에서 근근이 나오는 젖을 빨아 먹고살았는데, 인구를 거주시키는 신비로운 힘이 그들을 그곳에 데려다 놓았고, 그들은 따로 떨어져 나간 종족이 되었다. 이들 피시 마을의 열두 명은 마치 자연의 옛적 변덕 때문에 생겨난 어떤 종자들 같았다. 아니, 어쩌면 자연은 그들이 고생하다 멸종하도록 포기한 것인지도 모른다.

저 멀리 검푸른 멍으로부터 길게 움직이는 불빛 행렬 하나가 황폐함 위로 기어들어 왔다. 열두 명의 피시 사람들이 유령처럼 초라한 기차역으로 모여들었다. 7시 기차가, 시카고발 대륙횡단열차가 지나가는 것을 보기 위해서이다. 일 년에 여섯 번 정도 대륙횡단 급행열차가 상상할 수 없는 어떤 권력을 통해서 이 피시 마을에서 정차했고, 그런 일이 있을 때면 한 사람 정도가 기차에서 내렸고, 항상 저녁 어스름 속에서 나타나는 마차에 올라타고는 검푸른 저녁놀을 향하여 사라졌다. 이 무의미하고 비상식적인 현상을 구경하는 것이 피시 마을 사람들에겐 일종의 의식이 되었다. 구경한다, 그게 다였다. 거기서 그들을 설레게 하거나 상상하게 만드는 어떤 중대하고 환상적인 요소도 남지 않았다. 그렇지 않았다면 그 신비로운 방문에서 종교 같은 것이 생겨났을지도 모를 일이다. 그러나 피시 마을 사람들은 모든 종교 그 너머에 있었다. 가장 노골적이고 가장 황량한 교조들도, 심지어 기독교조차도 이 황폐한 바위 위에는 발을 딛지 못하였다. 따라서 그곳에는 제단도, 사제도, 희생양도 없었다. 오직 매일 저녁 7시, 침묵의 집회가 초라한 역 옆에서 열렸을 뿐이며, 그러면 모인 회중은 흐릿하고 열의 없는 감탄의 기도를 올렸다.

이 6월 저녁, 그들이 감히 도전을 했었더라면 그들의 거룩한 지도자로 뽑았을지도 모를 기차의 '위대한 기관사'께서 명하시기를, 이 7시 기차는 사람이든 물건이든 분명 뭔가를 피시 마을에 내려놓을 것이라 했다. 7시에서 2분이 지나자 퍼시 워싱턴과 존 T. 언저가 기차에서 내렸고, 홀린 듯이 입을 딱 벌린 채 바라보고 있는 피시 마을 열두 사람의 소심한 눈들을 지나쳐 분명 어디에선가로부터 나타났을 마차에 올라타더니 사라져 버렸다.

삼십 분 후 어스름이 까맣게 짙어지자, 말없이 마차를 몰던 검둥이가 그들 앞 어딘가 어둠 속에 있던 흐릿한 형체에게 소리쳐 인사했다. 그의 외침에 답하여 저쪽에서는 둥근 불빛을 이들에게 비추었다. 헤아릴 수 없이 깊은 밤으로부터 튀어나온 악의 품은 눈길이 그들을 보고 있는 것만 같았다. 가까이 다가가면서 존은 그것이 거대한 자동차의 미등이란 것을 알았다. 그 자동차는 그가 지금껏 본 어떤 것보다 더 크고 더 근사했다. 자동차 몸체는 니켈보다 더 사치스럽고 은보다 더 가벼운 빛이 나는 금속이었으며, 바퀴의 중심에는 초록색과 노란색의 기하학적 장식들이 박혀 있어 보는 각도에 따라 색깔이 달라졌다. 존은 그 장식들이 유리인지 보석인지 감히 추측해 보지 않았다.

검둥이 두 명이 런던의 왕가 행차 사진에 나오는 것 같은 반짝이는 제복을 입고서 차 옆에 차려 자세로 서 있었다. 두 젊은이가 마차에서 내리자 그들은 존이 알아들을 수 없는 언어로 인사를 했다. 남부 지방 흑인 사투리 중에서도 심한 종류인 것 같았다.

"타." 퍼시가 친구에게 말했다. 그들의 가방은 리무진의 상아색 지붕 위로 올려졌다. "여기까지 마차로 데리고 와서 미안하다. 하지만 기차에 있는 사람들이나 피시 마을의 신에게 버림받은 그 인간들이 이 자동차를 보는 것은 당연히 적절하지 못하니까."

"와! 정말 근사한 차군!" 차의 실내를 보고 나온 감탄이었다. 존은 시트의 천이 지극히 섬세하고 정교하게 짠 실크 태피스트리로 만들어진 것을 알아차렸다. 황금빛 천을 바탕으로 보석과 자수로 장식을 한 것이었다. 그들이 호사롭게 앉은 두 안락의자는 듀베틴[3] 같은 것으로 덮여 있었는데, 의자 자체는 무수한 색깔의 타조 깃털의 끝으로 직조한 것이었다.

"정말 굉장한 차야." 존이 감탄하며 다시 큰 소리로 말했다.

"이까짓 것?" 퍼시가 웃었다. "이건 고물이라 그냥 짐차처럼 쓰는 거야."

그러는 중 그들은 어둠 속을 미끄러지듯 나아가 두 개의 산 사이 갈라진 곳을 향하여 가고 있었다.

"한 시간 반이면 도착할 거야." 퍼시가 시계를 보며 말했다. "이제껏 네가 보아온 그 무엇과도 다를 거라고 말해 주는 편이 좋겠군."

그 차가 존이 보게 될 것들에 대한 예시라면, 존은 진정 놀라워할 준비가 되어 있었다. 하데스에 널리 퍼진 소박한 신앙심은 그 신조가 부자들을 진심으로 경배하고 존경하란 것이었다. 만약 존이 부자들 앞에서 기쁨으로 몸을 낮추지 않고 달리 느끼거나 했다면, 그의 부모는 그 불경죄에 겁에 질려 몸을 돌렸을 것이다.

그들은 이제 두 개의 산이 갈라진 곳에 이르러 그 안으로 들어가고 있었으며, 그러자 거의 즉시 길이 상당히 울퉁불퉁해졌다.

"만약 달빛이 비추고 있었더라면 우리가 큰 협곡 안에 있다는 것을 볼 수 있을 텐데." 퍼시가 창밖을 보며 말했다. 그가 통화기에 대고 뭐라고 얘기하자 하인이 곧 탐조등을 켰고, 커다란 빛줄기가 산허리를 훑고 지나갔다.

"돌이 많은 게 보이지? 보통 차라면 반 시간 안에 부딪혀 박살이 날 거야. 실제로 길을 알지 못하면 탱크가 있어야 통과할 수 있어. 이제 우리가 비탈을 올라가는 걸 알겠지."

그들은 분명히 오르막길을 오르고 있었고, 몇 분 후 차는 높은 언덕 위를 가로지르고 있었다. 멀리서 막 떠오른 창백한 달이 보였다. 차가 갑자기 멈추더니 차 옆의 어둠 속에서 여러 사람이 모습을 드러냈다. 그들도 역시 검둥이였다. 다시 두 젊은이는 아까와 마찬가지로 거의 알아들을 수 없는 사투리 인사를 받았다. 그러고는 검둥이들이 작업을 시작했다. 머리 위에 매달려 있던 네 개의 커다란 케이블을 갈고리를 이용해 보석이 박힌 근사한 바퀴 중심과 연결시켰다. "헤이야!"라는 소리가 울리자 존은 차가 서서히 땅에서 들어 올려지는 것이 느껴졌다. 점점 위로, 양쪽의 가장 높은 바위보다 더 위로, 그러고도 더 위로, 마침내 그는 달빛 속에 물결치는 계곡이 자신 앞에 펼쳐진 것을 볼 수 있었다. 그 광경은 그들이 막 떠나왔던 바위투성이 수렁과는 극명히 대조적이었다. 한편으로는 여전히 바위들이 있었는데, 갑자기 그들 양쪽 어디에도, 주변 어디를 둘러봐도 바위는 존재하지 않았다.

공중을 향해 직각으로 솟아오른 칼날 같은 돌들을 넘어간 것이 확실했다. 잠시 후 그들은 다시 내려가기 시작하더니 마침내 부드럽게 땅에 닿으면서 평평한 흙 위에 내려졌다.

"최악은 이제 끝났어." 창밖을 흘깃 보며 퍼시가 말했다. "여기서 5마일만 더 가면 돼. 그럼 계속 우리 소유의 길이야. 태피스트리 벽돌로 되어 있지. 우리 소유다, 여기가 미국 땅이 끝나는 지점이다, 아버지는 그렇게 말씀하셔."

"우리 캐나다에 있는 거야?"

"아니, 몬태나 로키산맥 한가운데야. 그런데 여긴 미국에서 한 번도 측량된 적이 없는 유일한 5제곱마일의 땅이야."

"왜 조사된 적이 없어? 잊어버렸나?"

"아니." 퍼시가 씩 웃으며 말했다. "세 번이나 시도는 있었지. 첫 번째 때는 우리 할아버지가 국가 측량국 전체를 뇌물로 움직였지. 두 번째는 할아버지가 미국 공식 지도에 좀 손을 봐줬어. 그 상태로 15년을 갔어. 마지막엔 더 어려웠어. 우리 아버지가 인공적으로 매우 강력한 자기장을 만들어서 나침반이 작동하지 않게 만들었어. 그리고 아버지는 측량 기구 한 벌을 갖추고 있었는데, 그 기기들은 우리 땅이 나타나지 않도록 약간씩 결함을 가지고 있었지. 아버지는 그 기기들을 원래의 기구와 바꿔치기하셨어. 그리고 아버지는 강의 진로를 바꾸게 만들어서 강둑 위에 마을이 건설되어 있는 것처럼 보이게 했어. 그래서 그들이 그 마을을 보고 계곡에서 10마일 떨어진 곳의 마을로 착각하게 만든 거야. 우리 아버지가 두려워하는 건 단 한 가지야." 그가 말을 맺었다. "세계에서 유일하게 우리를 발견할 수 있는 것."

"그게 뭔데?"

퍼시가 목소리를 낮추고 조용히 말했다.

"비행기." 그가 속삭였다. "우리는 대여섯 대의 고사포가 있고, 지금까지는 잘 처리해 왔지. 하지만 사망자도 몇 있고 포로도 상당히 많아. 우리는, 그러니까 우리 아버지와 나는 그런 걸 신경 쓰지는 않아. 그렇지만 어머니와 여동생들은 근심스러워하지. 게다가 언젠가는 우리가 처리할 수 없는 경우도 생길 거고."

　초록빛 달의 하늘에 특별히 등장한 구름들, 친칠라의 단편들, 구름 조각들이 점점이, 어느 타타르 왕의 시찰을 위해 행렬을 이루는 동양의 값진 물건들처럼 그렇게 초록빛 달을 지나가고 있었다. 존이 느끼기에 지금은 낮이었고, 그는 머리 위 하늘에서 날아가는 어떤 젊은이들을 보는 것만 같았다. 그들은 소책자들과 특허 의약품 광고지를 뿌려대고 있었다. 거기에는 바위에 둘러싸인 절망적인 작은 마을을 위한 희망의 메시지가 담겨 있다. 존은 그들이 구름 밖으로 내려다보며 응시하고 있는 것이 보이는 것만 같았다. 그들은 그가 향해 가고 있는 그곳의 무엇인가를 응시하고 있다. 그렇다면 그것이 무엇인가? 그들은 그곳에 있는 어떤 남모르는 기구에 의해서 착륙당한 다음, 특허의약품과도, 소책자와도 멀리 떨어져 심판의 날까지 투옥되어 있는 것일까, 아니면 그들은 그 덫에 빠지지 않았기에 훅 하고 연기를 뿜으며 사라졌고, 찢어질 듯 포탄이 날카롭게 일제사격하여 그들을 힘없이 땅으로 떨어지게 만들었고, 그리하여 퍼시의 어머니와 여동생을 '근심스럽게' 한 걸까. 존이 머리를 흔들었다. 헛웃음의 망령이 그의 열린 입술에서 조용히 흘러나왔다. 도대체 어떤 무모한 일들이 여기에 숨겨져 일어나고 있는 것일까. 크로이소스 왕 같은 기이한 갑부의 도덕적 편법? 끔찍한 황금의 미스터리······?

　친칠라 같은 구름은 이제 흘러 지나가고 바깥은, 몬태나의 밤은 한낮처럼 밝았다. 태피스트리 벽돌 길은 근사한 바퀴들과 아주 부드럽게 맞닿았으며, 그들은 그렇게 달빛에 빛나는 고요한 호수를 끼고 돌아갔다. 그들은 잠깐 어둠 속을 지나가기도 했다. 소나무 숲은 강렬하고 서늘했다. 그리고 곧 잔디가 펼쳐진 넓은 대로로 나왔다. 존의 기쁨의 탄성과 퍼시의 간결한 "집이야."라는 말이 동시에 울렸다.

별빛을 가득 받으며 더없이 아름다운 성 한 채가 호숫가에 떠올랐다. 빛나는 대리석은 이웃해 있는 산 높이의 절반만큼이나 솟아올라 있었고, 그러고는 우아하고 완벽한 대칭 속에서, 그리고 반투명한 여성적인 나른함 속에서, 소나무 숲의 커다란 어둠 속으로 녹아들어 갔다. 탑들도 많았다. 내리뻗은 외벽에는 가냘픈 장식 무늬들이 새겨져 있었고, 멋지게 조각하여 만든 셀 수 없이 많은 노란색 창문들에는 타원형, 육각형, 삼각형의 황금빛 불빛들이 빛나고 있었다. 별빛과 푸른 차양이 교차하는 면에서 부서지는 불빛의 부드러움, 이 모든 것이 존의 영혼에 음악의 화음처럼 울렸다. 가장 높고, 아랫부분이 가장 검은 탑 꼭대기에 설치된 외부 조명들은 일종의 떠가는 동화의 나라였다. 존이 마법에 홀린 듯 따뜻하게 그것을 올려다보고 있노라니 바이올린의 짧게 끊어지는 소리가 희미하게 로코코 화음 속에서 흘러내렸다. 지금껏 들어보았던 어떤 소리와도 달랐다. 그리고 곧 차가 넓고 높은 대리석 계단 앞에 멈췄다. 주변의 밤공기는 수많은 꽃들의 향기로 물들어 있었다. 계단 위에서 커다란 문 두 개가 조용히 열리며 호박빛 불빛이 어둠 속으로 흘러나왔고 검은 머리를 높게 틀어 올린 아름다운 여인의 윤곽을 드러내어 주었다. 그녀는 그들을 향해 두 팔을 뻗었다.

"어머니." 퍼시가 말했다. "제 친구예요. 존 언저, 하데스에서 왔어요."

그리고 나서 존이 기억하는 첫째 날 밤은 수많은 색깔들과 빠른 감각의 느낌, 사랑의 속삭임처럼 부드러운 음악, 그리고 사물들과 빛과 그림자의 아름다움 등 그 모든 것의 눈부심이었다. 서서 술을 마시던 백발의 신사가 있었다. 그는 황금 줄기 위에 크리스털로 만든 잔으로 여러 색이 나는 코디얼주를 마셨다. 꽃 같은 얼굴의 소녀가 있었는데 그녀는 티타니아[4]처럼 차려입고 머리를 땋아 사파이어로 장식했다. 한 방은 벽이 모두 부드러운 순금으로 만들어져 있어 그가 손으로 누르니 그대로 자국이 생겼다. 또 어떤 방은 완벽한 감옥에 대한 관념적인 착상 같았다.—천장, 바닥, 그 모든 곳에 다이아몬드란 다이아몬드, 모든 크기와 모양의 깨어지지 않은 다이아몬드 덩어리가 줄지어 늘어서 있었다. 구석마다 놓인 키가 큰 보랏빛 램프에 불이 들어오자 그 방은 감히 비교의 대상이 없는, 인간이 바라거나 꿈꿀 수 있는 한계를 넘어서는 백색으로 찬란하게 눈이 부셨다.

그런 방들을 미로처럼 두 젊은이는 헤매고 다녔다. 때때로 그들 발아래 바닥은 아래에서 비추는 조명으로 근사한 문양을 만들며 빛났다. 때로는 야하게 화려하고 어울리지 않는 색깔의 무늬였고, 때로는 파스텔빛 부드러움 혹은 단순한 백색 또는 미묘하고 복잡한 모자이크였다. 분명 아드리아 해 어느 사원에서 가져온 것이리라. 두꺼운 크리스털 바닥 아래로 푸른색 또는 초록색 물이 소용돌이치는 것도 보았다. 거기에는 생기에 찬 물고기들과 무지갯빛 잎들이 자라고 있었다. 그들은 온갖 종류와 색깔의 모피를 밟으며 걸었고, 아주 창백한 상아의 복도를 따라 걷기도 했다. 그 상아는 인간이 존재하기도 전에 멸종한 공룡의 거대한 송곳니 전체를 조각하기라도 한 것처럼 부러지지 않은 완벽한 것이었다…….

그리고 어렴풋이 이동한 것을 기억한다. 그들은 저녁을 먹고 있었다. 저녁 식사 때 각각의 접시는 거의 알아차릴 수 없을 만큼 섬세하게 다이아몬드를 두 겹으로 겹친 것이었으며, 그 사이에는 에메랄드로 정교하고 진기하게 선세공을 해놓았는데, 그것은 마치 초록빛 공기를 얇게 한 조각 저며 넣은 것만 같았다. 조용히 밀려오는 조심스러운 음악은 복도를 따라 흘러내렸고, 깃털로 만들어진, 허리를 따라 은근히 굴곡진 의자는 그가 포르투갈 포트와인 첫 잔을 마시는 동안 그를 빨아들여 압도하고 있는 것처럼 보였다. 그는 나른한 상태에서 질문들에 대답하고 노력했지만 그에게 감겨드는 달콤한 만족이 잠의 환상에 더해졌고, 보석, 좋은 직물들, 와인, 금속 등이 그의 눈앞에서 흐릿해지며 달콤한 안개 속으로 빠져들어 갔다······.

"네." 그는 예의를 갖추려 노력하며 대답했다. "저 아래 지방은 분명히 저한테도 덥답니다."

그는 간신히 웃음도 덧붙였지만 희미한 웃음이었다. 그러고는 움직임도 없이, 아무런 저항도 없이 그는 두둥실 떠오르는 것 같더니 멀어져 갔다. 꿈같은 핑크빛 차가운 디저트를 그냥 두고서······ 그는 잠에 빠져들었다.

그가 잠에서 깼을 때 몇 시간이 흘렀음을 알았다. 그는 흑단 나무 벽으로 둘러싸인 크고 조용한 방에 있었다. 흐릿한 조명은 빛이라고 부르기엔 너무 약하고 너무 희미했다. 초대해 준 주인, 퍼시가 그를 내려다보며 서 있었다.

"저녁 먹다가 잠이 들더구나." 퍼시가 말했다. "나도 거의 그럴 뻔했지. 한 해를 학교에서 보내고 난 뒤 다시 편안해지니 얼마나 특별한 위안이었는지 몰라. 네가 자는 동안 하인들이 네 옷을 벗기고 목욕을 시켰어."

"이거 침대야, 아니면 구름이야?" 존이 한숨을 쉬었다. "퍼시, 퍼시, 잠깐만, 사과하고 싶어."

"뭘?"

"네가 리츠칼튼 호텔만 한 다이아몬드가 있다고 했을 때 믿지 않았던 것."

퍼시가 미소를 지었다.

"나를 믿지 않았다고 생각했어. 그게 그 산이야."

"그 산이라니?"

"이 성이 올라앉은 산. 산이라고 하기엔 그리 크지 않지. 하지만 위에 덮인 약 50피트 정도의 잔디 뗏장과 자갈들이 없으면, 하나의 다이아몬드야. 흠도 없는 1세제곱마일짜리 하나의 다이아몬드라고. 듣고 있니? 그러니까……."

하지만 존 T. 언저는 다시 잠에 빠져들었다.

III

아침이었다. 그가 잠에 깨어났을 때 나른함 속에서도 그 순간 방 안에 햇빛이 가득히 들어와 있음을 느낄 수 있었다. 한쪽 벽의 흑단 나무 패널들을 일종의 레일 장치를 이용해 양쪽 옆으로 밀어 침실의 절반이 밝은 빛을 향해 열려 있었다. 커다란 덩치의 검둥이가 흰색 제복을 입고 그의 침대 옆에 서 있었다.

"좋은 저녁이군." 제멋대로인 정신을 찾아오려고 애쓰면서 존이 중얼거렸다.

"좋은 아침입니다, 도련님. 목욕할 준비가 되셨습니까, 도련님? 아니, 일어나지 마세요. 제가 넣어드립니다. 잠옷의 단추만 풀어주시면 됩니다. 네, 그렇게요. 고맙습니다."

존은 잠옷이 벗겨지는 동안 가만히 누워 있었다. 그는 즐거웠고 기분이 좋았다. 그는 자신의 시중을 들고 있는 이 검은 가르강튀아[5]가 마치 어린아이를 들듯이 자기를 들어 올릴 것이라 생각했지만 그런 일은 일어나지 않았다. 그 대신 침대가 한쪽 옆으로 천천히 기울어지는 것이 느껴지더니 그의 몸이 벽을 향하여 구르기 시작했다. 처음엔 깜짝 놀랐으나, 그는 곧 벽에 도착했고 그와 동시에 벽의 휘장이 열리면서 양털같이 폭신폭신한 경사로로 2야드 정도 더 미끄러진 후 체온과 같은 온도의 물속으로 부드럽게 빠져들었다.

그는 주위를 돌아보았다. 그가 지나온 통로 또는 경사로는 가볍게 접혀 제자리로 물러나 있었다. 그는 다른 방으로 던져져, 바닥을 파서 만든 욕조 안에 앉아 있었다. 머리가 바닥보다 조금 위로 나와 있었다. 그를 둘러싼 모든 것이, 방 안의 벽도, 욕조의 옆면과 바닥도 모두 푸른 수족관이었다. 그가 앉아 있는 크리스털 표면을 통해서 바라보니 물고기들이 호박색 불빛 속을 헤엄치며 그가 쭉 뻗고 있는 발가락들에는 아무런 관심도 보이지 않은 채 그 옆을 미끄러져 갔다. 물고기들과의 사이에는 두꺼운 크리스털뿐이었다. 머리 위로는 초록빛 바다 같은 유리를 통해서 햇빛이 내려오고 있었다.

"오늘 아침에는 장미 향수를 넣은 뜨거운 물과 비누 거품을 준비했습니다, 도련님. 마무리는 차가운 소금물이 어떠신지요."

그 검둥이는 옆에 서 있었다.

"그러지." 존이 얼빠진 미소를 지으며 동의했다. "좋을 대로." 자신의 빈약한 생활의 기준에 맞춰 이 목욕을 주문하는 일은 생각만으로도 건방지고 상당히 짓궂은 일이었을 것이다.

검둥이가 버튼을 누르자 따뜻한 비가 내리기 시작했는데, 당연히 머리 위에서 떨어진 것이지만 실제로는, 존도 잠시 후에야 발견한 것이지만, 가까이 있던 분수에서 내리는 것이었다. 물은 연한 장미 빛깔로 변했고, 욕조의 모퉁이에 있던 작은 해마의 머리에서 비눗물 줄기가 뿜어 나왔다. 잠시 후 양옆에 붙은 십여 개의 작은 노들이 그 혼합물을 저어 눈부시게 찬란한 핑크빛 거품 무지개를 만들었다. 거품은 아주 달콤한 가벼움으로 부드럽게 그를 감쌌고, 그의 주위 여기저기에서 반짝이는 장밋빛 방울방울이 되어 터졌다.

"영사기를 틀어드릴까요, 도련님?" 검둥이가 무심하게 말했다. "오늘 기계에는 좋은 코미디 필름이 들어 있어요. 아니면, 원하신다면 진지한 작품으로 곧 넣어드릴 수도 있습니다."

"고맙지만 괜찮아." 존은 예의 바르게 하지만 단호하게 대답했다. 그는 이 목욕을 너무나도 즐기고 있어 어떤 오락에도 주의를 돌리고 싶지 않았다. 하지만 주의를 끄는 것이 등장했다. 잠시 후 그는 바로 밖에서 들려오는 플루트 소리에 열심히 귀 기울였다. 플루트는 멜로디를 마치 폭포처럼, 그 목욕실처럼 시원한 초록빛으로 떨어뜨리고 있었다. 거품같이 가벼운 피콜로 소리도 함께 들렸는데, 그 연주는 그를 덮고 매료시킨 비누 거품의 레이스보다도 더 섬세하였다.

차가운 소금물로 원기를 돋우고 깨끗한 차가운 물로 마무리를 한 후 그는 밖으로 나와 푹신한 가운을 입었고, 같은 천을 덮은 소파 위에서 오일과 알코올, 향료로 마사지를 받았다. 그러고 나서 그가 관능적인 의자에 앉자 면도를 해주었고 머리도 다듬어주었다.

"퍼시 씨가 손님의 거실에서 기다리고 계십니다." 이 모든 과정들이 끝나자 그 검둥이가 말했다. "제 이름은 지그섬입니다, 언저 씨. 저는 아침마다 언저 씨를 뵐 것입니다."

존은 그의 거실을 비추는 상쾌한 햇살 속으로 걸어 들어갔다. 그곳에는 그를 위한 아침 식사와 퍼시가 기다리고 있었다. 퍼시는 흰색 염소 가죽 반바지를 입은 근사한 모습으로 안락의자에 앉아 담배를 피우고 있었다.

IV

다음은 퍼시가 아침을 먹으며 존에게 들려준 워싱턴 가족의 이야기이다.

워싱턴 씨의 아버지는 버지니아 사람으로 조지 워싱턴과 볼티모어 경의 직계 후손이었다. 남북전쟁이 끝났을 때 그는 25세의 대령이었고 가진 것은 시대에 뒤진 농장과 천 달러 정도의 황금뿐이었다.

피츠 노먼 컬페퍼 워싱턴, 그것이 그 젊은 대령의 이름이었다. 그는 버지니아의 재산을 남동생에게 선물하고 서부에 가기로 결정했다. 그는 가장 신임하는, 그리고 당연히 그를 숭배하는 흑인 이십여 명을 고르고, 서부행 티켓 스물다섯 장을 샀다. 서부에서 그는 그들의 이름으로 땅을 받아 양과 소를 키우는 목장을 시작할 생각이었다.

그가 몬태나에 머물렀던 한 달도 되지 않는 기간 동안 상황은 몹시 나쁘게 흘러갔다. 그러다 그는 위대한 발견을 하기에 이르렀다. 산에서 말을 타고 있던 그는 길을 잃었고, 음식 없이 하루를 보내고 나니 허기가 심해지기 시작했다. 그는 총도 가지고 있지 않았기 때문에 할 수 없이 다람쥐를 잡아야 했는데,

다람쥐를 쫓던 중 그는 다람쥐가 입에 무언가 빛나는 것을 물고 있는 걸 보았다. 다람쥐는 구멍으로 사라지기 직전—신은 그 다람쥐로 배고픔을 달래주도록 하지 않았다.—물고 있던 것을 떨어뜨렸다. 주저앉아서 상황을 생각하고 있던 피츠 노먼의 눈에 옆 풀밭에서 반짝이는 것이 들어왔다. 몇 초 만에 그는 완전히 식욕을 잊고 십만 달러를 얻었다. 음식이 되기를 끈질기게 거부했던 다람쥐가 그에게 커다랗고 완벽한 다이아몬드 하나를 선물한 것이다.

그날 밤 늦게 그는 캠프로 가는 길을 발견했고, 열두 시간 후 그의 흑인들 중 남자들은 모두 그 다람쥐 구멍으로 가서 열광적으로 산허리를 파고 있었다. 그는 그들에게 자신이 모조 다이아몬드 광산을 발견했다고 말했으며, 아주 작은 다이아몬드라도 본 일이 있는 사람은 그들 중 한두 사람에 불과했기에 그들은 의심할 여지없이 그의 말을 믿었다. 발견의 규모가 얼마나 엄청난 것인지 분명해지자 그는 곤혹스러워졌다. 그 산 자체가 하나의 다이아몬드였다. 말 그대로 순수한 다이아몬드 덩어리였다. 그는 네 개의 자루에 반짝이는 견본품들을 가득 담아 말에 싣고 세인트폴로 향하였다. 거기서 그는 대여섯 개의 작은 다이아몬드를 처분할 수 있었다. 그가 더 큰 것을 팔려 하자 가게 주인이 기절했고 피츠 노먼은 공공 교란죄로 체포되었다. 감옥에서 탈출한 그는 뉴욕행 기차를 탔고, 뉴욕에서 중간 크기의 다이아몬드 몇 개를 팔아 그 대가로 황금 이십만 달러어치를 받았다. 하지만 그는 보기 드문 크기의 다이아몬드들은 함부로 내보이지 않았다. 사실, 그가 뉴욕을 빨리 뜬 것은 다행이었다. 보석업계에서 엄청난 파문이 일어났던 것이다. 다이아몬드의 크기 때문이라기보다는 다이아몬드가 그렇게 알 수 없는 출처를 통해 뉴욕에 나타났기 때문이었다. 캐츠킬에서, 뉴저지 해안에서, 롱아일랜드에서, 워싱턴스퀘어 광장 아래에서 다이아몬드 광산이 발견되었다는 소문이 급격하게 유포되었다. 곡괭이와 삽을 든 남자들이 꽉꽉 들어찬 원정 열차들이 매시간 뉴욕을 떠나 근처에 있는 이런저런 엘도라도로 향했다. 그러나 그즈음 젊은 피츠 노먼은 벌써 몬태나로 돌아가고 있었다.

2주일이 지나자 그는 산에 있는 다이아몬드가 현재 세상에 알려진 모든 다이아몬드의 양과 거의 같다고 판단하게 되었다. 어떤 일반적 계산법을 사용해도 그 가치를 정확히 평가할 수는 없었다. 그것은 한 덩어리로 된 순수한 다이아몬드였기 때문이었고 만일 팔려고 시장에 내놓는다면 시장을 송두리째 뒤집어엎을 것이며, 게다가 다이아몬드의 가치는 그 크기에 비례해서 가격이 달라지는데, 그렇다면 그 10분의 1만 사려 해도 세상에 있는 황금으로는 충분치 않을 것이다. 그리고 누구든 그렇게 큰 다이아몬드로 무엇을 할 수 있겠는가?

정말 놀랄 만한 궁지에 처한 셈이었다. 어떤 의미에서는 그가 지금껏 세상에 존재했던 그 누구보다 부자였지만, 또 한편으로 생각하면, 그가 정말 그만큼 부자이긴 한 걸까? 만약 비밀이 새어 나가면 정부에서 황금뿐 아니라 보석 업계의 공황을 막기 위해 어떤 조치를 취할지 알 수 없는 일이었다. 정부에서 즉시 권리를 주장하고 독점권을 시행할지도 몰랐다.

다른 선택의 여지가 없었다. 그는 그 산을 비밀리에 거래해야 했다. 그는 남동생을 남부로 내려보내 흑인 하인들을 책임지게 했다. 그 검둥이들은 노예제도가 폐지된 것을 전혀 깨닫지 못하고 있었던 것이다. 이를 확실히 하기 위해 그는 그가 작성한 선언문을 읽어주며 포레스트 장군이 흩어진 남군을 재조직하고 전력을 다한 전투에서 북군을 물리쳤다고 발표했다. 검둥이들은 맹목적으로 그를 믿었다. 그들은 투표를 통해 그것은 바람직한 일로 선포하고 곧 하인으로서의 복무를 재개했다.

피츠 노먼 자신은 십만 달러와 각종 크기의 자연 그대로의 다이아몬드들을 두 개의 트렁크에 가득 채우고 외국으로 길을 나섰다. 그는 중국 정크선을 타고 러시아로 향하여 몬태나를 떠난 지 6개월 후 상트페테르부르크에 도착했다. 그는 눈에 띄지 않는 숙소에 묵으며 즉시 궁정 보석사에게 연락하여 황제를 위한 다이아몬드가 있다고 알렸다. 그는 상트페테르부르크에서 지내는 2주일 동안 끊임없이 살해의 위험에 처하여 숙소를 이리저리 옮겨 다니며 살았고 두려움 때문에 그 2주일 내내 트렁크에는 서너 번 이상 접근하지 않았다.

일 년 후에 더 크고 좋은 다이아몬드를 가지고 다시 돌아오겠다는 약속을 한 뒤에야 떠나도 좋다는 허락을 받은 그는 인도로 출발했다. 그리고 그가 떠나기 전, 궁중의 재무 담당자는 그를 위해 미국의 여러 은행들에 네 개의 차명을 이용, 총 천오백만 달러를 입금해 주었다.

그는 2년 조금 넘게 떠나 있은 후 1868년 미국으로 돌아왔다. 그는 22개 국의 수도를 방문했고, 다섯 명의 황제, 열한 명의 왕, 세 명의 왕자, 샤, 칸, 술탄을 각 한 명씩 만났다. 그 당시 피츠 노먼은 자신의 부를 십억 달러로 계산했다. 한 가지 사실이 일관되게 그의 비밀이 밝혀지는 것을 막았다. 크기가 큰 그의 다이아몬드들은 그 어느 것도 일주일 이상 대중의 주목을 받지 않은 채 최초의 바빌로니아 제국의 날들로부터 대중의 눈을 사로잡았던 많은 재앙과 연애와 혁명과 전쟁의 역사에 묻혀

갈 수 있었다.

1870년부터 1900년 그가 사망할 때까지 피츠 노먼 워싱턴의 역사는 황금의 긴 서사시였다. 물론 부차적인 문제들도 있었다. 측량을 교묘히 빠져나갔고, 버지니아 여자와 결혼해서 아들을 하나 낳았으며, 여러 가지 불운하고 복잡한 문제들이 생겨 동생을 살해할 수밖에 없기도 했다. 동생은 불행하게도 경솔하여 인사불성이 되도록 술을 마시는 버릇이 있었고 그 때문에 여러 차례 그들의 안전이 위험에 처했었다. 하지만 이 발전과 확장을 이루었던 행복한 시간들에 오점을 남긴 다른 살인은 극히 드물었다.

그는 죽기 직전 원칙을 바꾸어, 외부 재산 중 몇백만 달러만 남기고는 모두 희귀한 광물을 대량으로 사들이는 데 사용했다. 그리고 그것을 골동품으로 표시한 후 세계 각지에 있는 은행의 금고에 넣어두었다. 그의 아들 브래드독 탈턴 워싱턴은 이 원칙을 더욱 강하게 지켜갔다. 그 광물들을 가장 희귀한 원소인 라듐으로 바꾸었고, 그래서 십억 달러어치의 황금에 해당하는 양을 시가 상자만 한 크기로 저장할 수 있었다.

피츠 노먼이 죽은 뒤 삼 년 후, 아들 브래드독은 사업이 충분히 커졌다고 판단했다. 그와 그의 아버지가 산에서 캐어낸 부의 양은 정확한 계산이 불가능할 정도였다. 그는 그가 거래하는 수천 개의 은행에 어떤 차명으로 대략 얼마만큼의 라듐을 보관하고 있는지 장부에 암호로 기록해 두었다. 그리고 그는 매우 간단하게 일을 처리했다. 광산을 닫아버린 것이다.

그는 광산을 닫았다. 광산에서 그동안 캐어낸 것만으로도 앞으로 태어날 워싱턴 일가에게 수 세대 동안 견줄 바 없는 부귀를 제공할 것이다. 그의 한 가지 걱정은 그 비밀을 보호하는 것이었다. 그렇지 않으면, 비밀의 발견에 따르는 공황 속에 그는 세상의 모든 재산가들과 함께 극한 빈곤으로 떨어질 것이다.

이런 가족과 함께 존 T. 언저가 지내고 있는 것이다. 이것이 그가 그곳에 도착한 다음 날 아침, 벽이 은으로 만들어진 거실에서 들은 이야기이다.

V

아침 식사 후에 존은 거대한 대리석 문을 통해 밖으로 나갔고 자신 앞에 펼쳐진 광경을 신기하게 바라보았다. 다이아몬드 산에서 몇 마일 떨어진 곳의 가파른 화강암 절벽에 이르기까지 협곡 전체가 황금빛 아지랑이를 내뿜고 있었으며, 그 아지랑이는 잔디밭과 호수들, 정원들의 곱고 부드러운 곡선 위로 한가로이 떠다니고 있었다. 여기저기 느릅나무들이 모여 섬세한 그림자 숲을 이루고 있어 검푸르게 산을 장악하고 있는 거친 소나무 군락과는 대조를 이루고 있었다. 존이 경치를 바라보고 있는 동안, 약 반 마일 떨어진 수풀에서 세 마리의 아기 사슴들이 또닥또닥 한 줄로 걸어 나오더니 기이한 쾌활함을 보이며 검은 이랑이 진 어슴푸레한 다른 수풀 속으로 사라지는 것이 보였다. 존은 설사 염소가 피리를 불며 나무들 사이로 가는 것을 보았다 해도, 님프의 핑크빛 피부와 금빛 머리를 푸르고 푸른 나뭇잎 사이에서 흘깃 보았다고 해도 놀라지 않았을 것이다.

그런 근사한 희망 속에 존은 대리석 계단을 내려가다 그 아래에서 잠자고 있던 두 마리의 러시아산 울프하운드의 잠을 살짝 방해한 뒤 흰색과 푸른색 벽돌 길을 따라 걷기 시작했다. 그

길이 특별히 어디론가 이어져 있는 것 같지는 않았다.

그는 최대한 자신을 즐기고 있었다. 결코 현재에서만 살 수 없는 것이며, 항상 젊음의 빛나는 상상 속의 미래에 대비하여 그날을 측정해야만 하는 것이 젊음의 지복이며 또한 젊음의 부족함이다. 꽃과 황금, 여자와 별, 그 미래는 비길 데 없고 도달하기 어려운 젊은 꿈의 예시이자 예언일 뿐이다.

존이 완만한 모퉁이를 돌아가니 빽빽한 장미 덩굴들이 짙은 향기로 대기를 가득 채우고 있었다. 그는 공원을 건너 나무 아래 이끼가 덮인 곳으로 향했다. 그는 이끼 위에 누워본 적이 없었기에 이끼가 그 이름을 '이끼처럼' 하고 형용사로 쓸 만큼 정말 그렇게 부드러운지 확인하고 싶었다. 그때 그는 한 소녀가 풀밭을 건너 자신을 향하여 오고 있는 것을 보았다. 지금껏 본 가장 아름다운 사람이었다.

그녀는 무릎을 살짝 덮는 작고 하얀 가운을 입고 있었으며, 푸른 사파이어 조각들을 박아 넣은 목서초로 만든 화관을 머리에 쓰고 있었다. 그녀는 걸어오며 분홍빛 맨발로 그녀 앞의 이슬들을 흩뿌렸다. 그녀는 존보다 어렸다. 잘해야 열여섯 살 정도였다.

"안녕." 그녀가 부드럽게 말했다. "내 이름은 키스마인이에요."

그녀는 존에게 이미 그 훨씬 이상이었다. 그는 그녀를 향해 나아갔다. 맨발인 그녀의 발가락을 밟지 않도록 그가 조심스럽게 가까이 가는 동안 그녀는 거의 움직이지 않았다.

"날 만난 적이 없지요." 그녀가 부드러운 목소리로 말했다. 그녀의 푸른 눈이 덧붙이고 있었다, "아, 그래서 당신은 참 많은 걸 놓친 거예요!" …… "우리 언니 재스민은 어젯밤에 만났죠. 나는 상추 식중독으로 아팠어요." 그녀의 부드러운 목소리가 계속되었고 그녀의 눈길도 이어졌다. "아플 때면 난 상냥해요. 그리고 내가 괜찮을 때도."

'당신은 제게 아주 커다란 인상을 남기는군요.' 존의 눈이 말했다. '그리고 나도 그렇게 느리지 않답니다.' ─ 안녕하세요?' 그의 목소리가 말했다. "오늘 아침엔 좋아졌기를 바랍니다." ─ '내 사랑.' 그의 눈이 기쁨으로 떨며 말했다.

그들이 길을 따라 함께 걷고 있음을 존은 알아차렸다. 그녀의 제안으로 그들은 이끼 위에 함께 앉았다. 존이 얼마나 부드러운지 알아보려던 그 이끼였다.

그는 여자에 대해서는 비판적이었다. 단 하나의 결점, 그러니까 발목이 두껍다거나 목소리가 거칠다거나 유리 눈이라거나 그것만으로도 그는 극도로 냉담해졌다. 그런데 여기 생전 처음으로 그는 완벽한 육체의 화신으로 보이는 소녀 곁에 있는 것이다.

"동부 출신인가요?" 키스마인이 매혹적인 관심을 보이며 물었다.

"아니에요." 존이 간결하게 대답했다. "하데스에서 왔어요."

한 번도 하데스를 들어본 일이 없었는지, 아니면 하데스에 대해 언급할 만한 좋은 말이 떠오르지 않았던 것인지 그녀는 더 이상 그에 대해서는 이야기하지 않았다.

"이번 가을, 동부로 가서 학교에 다닐 거예요." 그녀가 말했다. "제가 동부를 좋아할까요? 뉴욕의 미스 벌지 학교로 갈 건데요. 굉장히 엄격하대요. 하지만 주말에는 뉴욕에 있는 우리 집에서 가족과 함께 지낼 거예요. 아버지가 들으셨는데 여자들은 걸어 다닐 때 둘씩 다녀야 한대요."

"아버지는 당신이 자부심을 갖기를 원하는군요." 존이 말했다.

"우리 모두 그래요." 그녀는 품위 있게 대답했다. "우리 누구도 벌을 받아본 적이 없어요. 벌을 받아서는 안 된다고 아버지가 말씀하셨어요. 한번은 재스민 언니가 어렸을 때 아버지를 계단에서 민 적이 있었어요. 그런데 아버지는 그냥 일어나서 다리를 절며 가버리셨지요." 키스마인이 계속 말했다. "어머니는, 글쎄요, 좀 놀라셨어요. 당신 출신이, 저기 당신이 그곳 출신이라는 이야기를 들으셨을 때요. 어머니 말씀이, 어머니가 어렸을 때는, 하지만, 있잖아요, 어머니는 스페인 사람이고 구식이어서요."

"여기 바깥에서 시간을 많이 보내나요?" 존은 자신이 그 말에 상처 입었음을 감추기 위해 물었다. 그것은 그의 지방색에 대한 잔인한 언급인 것 같았다.

"퍼시와 재스민과 나는 여름마다 이곳에 와요. 하지만 내년 여름에 재스민은 뉴포트로 갈 거예요. 그리고 내년 가을엔 런던에서 사교계에 데뷔할 거구요. 왕실에서 알현도 한대요."

"그거 아세요?" 존이 주저하며 말했다. "당신은 내가 처음 당신을 보았을 때 생각했던 것보다 훨씬 더 속물적이군요."

"어머, 아니에요, 그렇지 않아요." 그녀가 급하게 큰 소리로 외쳤다. "나는 그렇게 되는 건 생각지 않아요. 속물적인 젊은 사람들은 끔찍하게 흔하다고 생각해요. 그렇게 생각지 않아요? 나는 정말 그렇지 않답니다. 당신이 날 그렇다고 한다면 난 울고 말 거예요."

그녀는 아주 낙담한 나머지 입술을 떨고 있었다. 존은 그렇지 않다고 말할 수밖에 없게 되었다.

"난 그런 뜻이 아니었어요. 그냥 당신을 놀리려고 한 말이에요."

"내가 정말 그렇다면 그런 말 들어도 마음 쓰지 않았을 거예요." 그녀는 계속 주장했다. "하지만 난 그렇지 않다고요. 나는 아주 순진하고 여성적이에요. 담배도, 술도 전혀 하지 않고 읽는 것도 시뿐이죠. 수학이나 화학은 거의 알지 못해요. 그리고 옷도 매우 소박하게 입어요. 실제로 나는 거의 차려입지를 않지요. 나에 대해서 속물적이라는 말은 전혀 가당치 않아요. 나는 여자들은 건전하게 젊음을 즐겨야 한다고 믿고 있어요."

"나도 그래요." 존이 진심으로 말했다.

키스마인은 다시 밝은 기분으로 돌아왔다. 그녀가 그에게 미소를 지었다. 그녀의 푸른 눈 한쪽 귀퉁이에서 아직 고여 있던 눈물이 흘러내렸다.

"난 당신이 좋아요." 그녀가 속삭였다. 아주 다정했다. "당신이 여기 있는 동안 계속 퍼시하고만 지낼 건가요, 아니면, 나에게도 잘해 줄 건가요? 생각해 봐요. 난 절대적인 처녀지요. 평생 남자와 사랑에 빠져본 일이 없어요. 퍼시 외의 남자들은 혼자서 그냥 보는 일조차 허락받지 못했지요. 내가 여기까지 이 숲 속으로 나온 것은 혹 당신과 마주칠 수 있을까 해서였어요. 이 근처에는 가족들이 없으니까요."

마음 깊이 기쁨을 느낀 존은 하데스의 댄스 학교에서 배운 대로 엉덩이부터 몸을 숙여 인사를 했다.

"이제 가는 게 좋겠어요." 키스마인이 사랑스럽게 말했다. "11시에는 어머니와 함께 있어야 해요. 당신은 한 번도 내게 키스해 달라고 요구하지 않는군요. 요즘 남자들은 으레 그런다고 생각했는데."

존이 자랑스럽게 몸을 세웠다.

"그러는 남자들도 있지요." 그가 대답했다. "하지만 난 아니에요. 여자들도 그런 일은 하지 않는답니다. 하데스에서는요."

두 사람은 나란히 서서 집을 향해 걸어갔다.

VI

존은 가득한 햇살 속에서 브래드독 워싱턴 씨와 마주 보고 서 있었다. 그는 마흔 살 정도로, 표정이 드러나지 않는 자긍심이 강한 얼굴에 지적인 눈을 가지고 있었고 체격도 당당하였다. 아침에 그에게서는 말의 냄새가, 가장 훌륭한 준마의 냄새가 났다. 그는 손잡이에 커다란 오팔 하나가 박힌 회색 자작나무 재질의 평범한 지팡이를 들고 있었다. 그와 퍼시는 존에게 주변을 구경시켜 주었다.

"노예들 숙소가 저기지." 그의 지팡이가 그들 왼편에 있는 대리석 수도원 건물을 가리켰다. 그것은 산허리를 따라 세워진 우아한 고딕 양식이었다. "내가 젊었을 때 한동안 어리석은 이상주의에 사로잡힌 시기가 있어 사업에 집중하지 않았지. 그때 노예들은 아주 호사스러운 생활을 했어. 예를 들면, 그들 방마다 타일이 깔린 욕실을 만들어주었거든."

존이 비위를 맞추는 웃음을 지으며 대담하게 말했다. "제 생각에 그 사람들은 욕조를 석탄 보관용으로 썼을 것 같군요. 쉬리처 머피 씨에게 들은 이야기인데, 한번은 그가……."

"쉬리처 머피 씨의 의견 따윈 중요하지 않을 것 같군." 브래드독 워싱턴이 냉정하게 말을 끊었다. "내 노예들은 욕조에 석탄을 보관하지 않았어. 그들은 매일 목욕하라는 지시를 받았고 또 그렇게 했으니까. 목욕을 하지 않으면 내가 황산 샴푸를 명령했을지도 모르니까. 하지만 나는 상당히 다른 이유로 목욕을 중단시켰어. 몇 명이 감기에 걸려 죽었거든. 어떤 종족에겐 물이 좋지 않더군. 마시는 것을 제외하곤 말이지."

존은 웃었고, 그러다 고개를 끄덕여 진지한 동의를 표하기로 했다. 브래드독 워싱턴은 그를 불편하게 만들었다.

"여기 있는 모든 검둥이들은 우리 아버지가 함께 북으로 데려온 검둥이들의 후손이네. 이제 약 250명이 되지. 자네도 느꼈겠지만, 그들은 바깥세상과 너무 오랫동안 단절되어 살았기 때문에 원래의 사투리는 거의 구분할 수 없는 특수 방언으로 변해 버렸어. 몇 명은 영어를 말할 수 있게 교육시켰지. 내 비서와 집 안의 하인 두세 명 정도. 여기는 골프 코스." 그가 계속했다. 그들은 부드러운 겨울 풀밭을 따라 걷고 있었다. "모두 그린이야. 보다시피 페어웨이도, 러프도, 벙커도 없어."

그는 존을 보며 유쾌한 미소를 지어 보였다.

"감옥에 사람이 많나요, 아버지?" 갑자기 퍼시가 물었다.

브래드독 워싱턴은 당황스러워하더니 무의식중에 욕을 내뱉었다.

"원래 숫자에서 하나가 모자라." 그가 음울하게 말했다. 그리고 잠시 후 덧붙였다. "좀 어려움이 있었다."

퍼시가 말했다. "어머니가 말씀하시길 이탈리아어 선생이……."

"엄청난 실수야." 브래드독 워싱턴이 화난 목소리로 말했다. "하지만 물론 그를 잡게 될 확률이 크지. 아마 숲 속에 쓰러져 있거나 절벽에서 떨어졌을 거야. 그리고 설사 도망을 쳤다 해도 아무도 그의 이야기를 믿지 않을 가능성이 더 크고. 이십여 명의 사람을 풀어 근처 동네마다 뒤지고 있다."

"소식이 없나요?"

"조금. 열네 명이 내 대리인에게 저마다 그 사람 인상착의와 맞아떨어지는 사람을 죽였다고 보고했다더군. 물론 그들이 원하는 건 오직 현상금이겠지만."

그가 말을 멈췄다. 그들은 땅에 파인 커다란 구덩이로 왔다. 회전목마 기구 둘레 정도의 크기에 튼튼한 쇠창살 뚜껑이 덮여 있었다. 브래드독 워싱턴은 존에게 몸짓을 하더니 지팡이를 창살 아래로 넣어 그 안을 가리켰다. 존이 창살 가장자리로 다가가 들여다보았다. 곧 아래에서 들려오는 사나운 아우성들이 그의 귀를 엄습했다.

"지옥으로 내려와라!"

"어이, 얘야. 그 위 공기는 어떠냐?"

"이봐, 밧줄을 던져."

"오래된 도넛 없나, 친구? 아니면 먹던 샌드위치라도?"

"저기, 이봐요. 댁과 같이 있는 사람 밀어 넣어주면 우리가 쏜살같이 사라지게 만드는 쇼를 보여 주리다."

"나 대신 그 인간 좀 한 대 쳐라, 제발."

너무 어두워서 구덩이 아래가 잘 보이지는 않았지만 존은, 거기서 들리는 목소리와 표현의 거친 낙관주의와 억센 생동감으로 볼 때 그들이 기가 센 편인 미국 중산층 출신임을 알 수 있었다. 그때 워싱턴 씨가 지팡이를 다시 꺼내더니 풀밭의 단추를 눌렀고, 그러자 아래의 광경이 밝은 빛 아래 드러났다.

"이들은 모험심 많은 수부들인데, 불행하게도 엘도라도를 발견하게 되었지." 그가 말했다.

그들 아래로 땅 속의 커다란 빈 공간이 드러났는데 그릇의 안과 같은 형태였다. 양옆은 가팔랐고 윤이 나는 유리로 만든 것이 분명해 보였다. 약간 오목한 그 표면 위로 이십여 명의 사람들이 서 있었다. 그들은 비행사 옷을 입고 있었는데 반은 소품의상 같았고 반은 제복 같았다. 위를 향하고 있는 그들의 얼굴은 분노와 악의, 절망, 냉소적 분위기 등으로 빛나고 있었으며, 길게 자란 수염으로 뒤덮여 있었다. 예외적으로 몇 명은 눈에 띄게 수척했지만 대부분은 잘 먹어 건강한 모습이었다.

브래드독 워싱턴은 정원 의자를 구덩이 가장자리로 끌고 와 앉았다.

"자, 어떠신가, 자네들?" 그가 상냥하게 물었다.

햇빛이 빛나는 하늘을 향해 저주의 합창이 울려 퍼졌다. 소리치기에도 지친 몇 명을 제외하고는 모두들 아우성을 쳤지만 브래드독 워싱턴은 동요 없이 침착하게 그 소리를 들었다. 그리고 마지막 울림까지 사라지자 그가 다시 입을 열었다.

"자네들의 곤경에서 빠져나갈 길을 생각해 보았는가?"

여기저기서 대꾸들이 떠올라 왔다.

"우린 그냥 여기가 좋아서 있기로 했수다!"

"위로 올려주시오. 그럼 길을 찾으리다!"

브래드독 워싱턴은 다시 그들이 조용해질 때까지 기다렸다. 그리고 말했다.

"내가 상황을 말했잖은가. 나도 당신들이 여기 있는 것을 원하지 않아. 정말이지 다시는 당신들을 보고 싶지도 않아. 당신들의 그 호기심 때문에 당신들이 여기 있는 것이고, 언제든 나와 내 이익을 보호할 길을 당신들이 생각해 낸다면 나도 기쁘게 고려를 해보지. 그러나 당신들이 터널을 파는 데만 골몰한다면, 그래, 당신들이 새로 파기 시작한 터널에 대해서도 알고 있어. 당신들은 결코 멀리 가지 못해. 이건 당신들이 주장하는 것처럼 그렇게 어려운 일이 아니야. 당신들은 집에 있는 사랑하는 가족을 울부짖지만, 애초에 그렇게 집에 있는 가족들을 염려했다면 결코 그렇게 비행을 떠나지도 않았을걸."

키가 큰 남자 한 사람이 다른 사람들로부터 떨어져 나와 손을 들어 자신의 포획자의 주의를 끌고선 이렇게 말했다.

"몇 가지 질문 좀 합시다!" 그가 소리쳤다. "당신은 공정한 사람인 척하는군."

"그런 어처구니없는 말을. 내 위치에 있는 사람이 어떻게 당신 같은 사람에게 공정할 수 있겠어? 차라리 스페인 사람이 스테이크 덩어리에 대해 공정하다고 하는 게 낫지."

그런 무자비한 말에 이십여 스테이크의 얼굴들이 침울해졌지만, 그 키 큰 남자는 계속 말을 이었다.

"좋소!" 그가 외쳤다. "전에도 이 문제로 언쟁을 벌였지. 당신은 박애주의자도 아니고 공정한 정신의 소유자도 아니오. 하지만 그래도 당신은 인간이지. 적어도 당신은 본인이 인간이라고 말하지. 그렇다면 당신은 잠시라도 우리 입장이 되어서 생각해야 하지 않겠소. 도대체, 얼마나, 얼마나, 얼마나……."

"얼마나 뭐?" 워싱턴이 차갑게 물었다.

"얼마나 불필요한 일인지……."

"난 아니야."

"저기, 얼마나 잔인한지……."

"그 부분은 이미 얘기했지. 자기 보존에 관한 한 잔인함은 존재하지 않는다고. 당신들은 군인이었고, 그렇다면 잘 알잖나. 다른 걸 얘기해 봐."

"그렇다면, 얼마나 어리석은 일인지."

"그거야, 내가 그건 시인하지." 워싱턴이 인정했다. "하지만 대안을 생각해 보라고. 나는 당신들 모두 또는 누구든 바란다면 고통 없이 죽여 주겠다고 제안했었지. 나는 또 당신 아내든 연인이든 자식들, 어머니 모두 납치해서 이곳으로 데리고 와주겠다고 제안도 했었지. 그 아래 당신들의 공간을 확장하고 평생 먹여 주고 입혀 주겠다고도 했어. 만약 영원한 기억상실증을 만들 방법이 있다면, 모두 그렇게 만든 후 내 지역 밖 어디선가에서 즉시 풀어줄 거야. 하지만 내가 생각할 수 있는 방법은 그 정도야."

"우리가 당신을 밀고하지 않을 거라고 믿는 건 어떻소?" 누군가 소리쳤다.

"당신은 진지하게 제안하지를 않는군." 워싱턴이 멸시하는 표정으로 말했다. "내 딸에게 이탈리아어를 가르치라고 한 사람을 꺼내 주었지. 지난주 그는 도망쳐 버렸어."

갑자기 이십여 명의 목에서 기쁨의 환성이 터져 나왔고 즐거운 야단법석이 뒤따랐다. 포로들은 나막신 춤을 추었고 환호를 지르고 요들송을 불렀으며 불현듯 동물적인 활기가 솟구치는지 서로를 붙들고 뒹굴었다. 그들은 심지어 양옆의 유리 벽으로 할 수 있는 만큼 최대한 뛰어올랐다가 다시 미끄러져 바닥으로 내려와 서로의 몸을 자연 쿠션으로 삼아 그 위에 떨어졌다. 그 키 큰 남자가 노래를 시작하자 다른 이들도 따라 불렀다.

"오, 우리는 카이저를 목매달 것이다.
덜 익은 사과나무 위에."

브래드독 워싱턴은 그 노래가 끝날 때까지 불가해한 침묵 속에 앉아 있었다.

"보다시피." 그는 어느 정도 주의를 끌 수 있게 되자 말을 시작했다. "나는 당신들에게 어떤 악감정도 없어. 나는 당신들이 즐거워하는 것을 보는 일이 좋아. 그래서 나는 한 번에 진상을 전부 밝히지 않았어. 그는, 이름이 뭐였더라? 크리트크티치엘로? 내 대리인들 총에 맞아 죽었어. 열네 곳에."

그 열네 곳이 도시들을 말한다고 여겨지지 않자 기쁨에 들떴던 소란이 곧 가라앉았다.

워싱턴이 분노를 실어 소리 높였다. "어찌 되었든 그는 도망치려 했던 거야. 그런 경험을 하고도 당신들과 모험을 해보라고?"

다시 아우성들이 터져 나왔다.

"물론이지!"

"당신 딸 중국어 배우고 싶어 할까?"

"이봐, 나도 이탈리아어 할 수 있어. 우리 어머니가 이탈리아 출신이거든."

"어쩌면 뉴욕 스타일로 말하는 걸 배우고 싶으려나."

"그 눈이 크고 파란 어린 아가씨라면 이탈리아어보다 더 좋은 걸 많이 가르쳐줄 수 있어."

"나는 아일랜드 노래들을 알지. 한때 놋쇠를 두들길 수 있었다네."

워싱턴 씨가 그의 지팡이를 갑자기 앞으로 뻗더니 풀밭의 단추를 눌렀고, 아래의 광경은 곧 꺼져버렸다. 이제 그곳에는 쇠창살의 검은 이빨로 음침하게 덮인 커다란 검은 입구만이 남았을 뿐이었다.

"이봐!" 아래에서 목소리 하나가 외쳤다. "우리한테 축복은 해주고 가야지."

하지만 워싱턴 씨는 뒤따르는 두 청년과 함께 이미 골프 코스의 9번 홀을 향해 걸어가고 있었다. 마치 구덩이와 그 안에 든 것이 쓰기 편한 아이언 골프채로 쉽게 성공시킬 수 있는 골프 코스의 한 벙커에 불과하다는 듯이.

VII

다이아몬드 산 아래의 7월은 밤에는 이불을 덮어야 했지만 낮에는 따뜻하고 햇빛이 붉게 빛났다. 존과 키스마인은 사랑에 빠져 있었다. 그는 그녀에게 주었던 작은 황금 풋볼 공('하느님과 조국과 세인트 미다스를 위하여'라고 새겨진)이 백금 체인에 걸린 채 그녀 가슴에 간직되고 있는 것을 몰랐다. 하지만 그랬다. 그리고 그녀 역시, 어느 날 그녀의 소박한 머리 장식에서 떨어진 커다란 사파이어가 존의 보석 상자 안에 애정과 함께 담겨 보관되고 있다는 것을 알지 못했다.

어느 늦은 오후, 루비와 흰 담비로 장식된 음악실이 조용할 때 그들은 그곳에서 한 시간을 함께 보냈다. 그는 그녀의 손을 잡았고, 그를 바라보고 있는 그녀에게 그녀의 이름을 소리 내어 속삭였다. 그녀가 그를 향해 몸을 굽혔다. 그리고 주저하다 말했다.

"지금 '키스마인'이라고 했나요?" 그녀가 부드럽게 물었다. "아니면……."

그녀는 확실하게 알고 싶었다. 그녀는 자신이 오해했을지도 모른다고 생각했다.

　두 사람 누구도 키스를 해본 경험이 없었지만, 그 한 시간 동안 그것은 중요하지 않은 듯했다.

　오후가 그렇게 흘러갔다. 그날 밤, 가장 높은 탑에서 음악의 마지막 숨결이 흘러내려 왔을 때 두 사람은 각자 깨어 있었다. 행복하게 그날 하루의 순간순간을 다시 꿈꾸어 보며. 그리고 그들은 가능한 빨리 결혼해야겠다고 결심했다.

VIII

　매일 워싱턴 씨와 두 젊은이는 깊은 숲 속에서 사냥이나 낚시를 하거나 지루한 코스를 따라 골프를 쳤는데, 존은 예의상 그를 초대해 준 사람이 이기도록 해주었다. 혹은 호수의 산속 청량함 속에서 수영을 하기도 하였다. 존은 워싱턴 씨가 좀 완고한 성격임을 알게 되었다. 그는 자신 외에는 어떤 생각이나 의견에도 극히 무관심했다. 워싱턴 부인은 언제나 냉정하고 말수가 적었다. 그녀가 두 딸들에게 무심한 것이 명백히 보였다. 그녀는 아들인 퍼시에게만 전적으로 열중하여 저녁 식사 때면 빠른 스페인어로 퍼시와 끊임없이 대화를 나눴다.

　언니인 재스민은 약간 다리가 휘고 손발이 크다는 점을 제외하고는 외모상으로는 키스마인과 닮았지만 기질은 완전히 달랐다. 그녀가 가장 좋아하는 책들은 혼자된 아버지를 위해 집안일을 하는 가난한 소녀들에 관한 내용이었다. 존은 키스마인으로부터 세계대전의 종식으로 인한 충격과 실망에서 재스민이 전혀 회복되지 못했다는 이야기를 들었다. 재스민은 군인무

료급식소 전문가 자격으로 막 유럽을 향해 출발할 참이었기 때문이다. 그녀는 심지어 한동안 수척해지기까지 했고, 그래서 브래드독 워싱턴은 발칸반도에서 새로운 전쟁을 일으키기 위한 조치를 취하기도 했다. 그러나 재스민은 부상당한 세르비아 군인들의 사진을 보고 그 행동 전체에 대한 흥미를 잃어버리고 말았다. 하지만 퍼시와 키스마인은 아버지로부터 그 모든 냉정한 기품 속에 깃든 오만한 태도를 물려받은 것으로 보였다. 우아하면서도 일관된 이기심이 그들이 하는 생각마다 일정하게 거듭 드러났다.

존은 성과 계곡의 경이로움에 매혹되어 있었다. 브래드독 워싱턴은, 퍼시 말에 따르면 정원 설계사와 건축가, 무대 설치 디자이너, 지난 세기로부터 살아남은 프랑스의 데카당 시인 등을 납치해 오도록 하였다. 그는 그들이 자유로이 검둥이 노예들 전부를 쓸 수 있게 해주었고 세상에서 구할 수 있는 재료라면 무엇이든 제공하겠다고 보장했으며, 상당 부분 그들의 생각대로 작업할 수 있게 배려해 주었다. 하지만 한 사람 한 사람 그들은 쓸모없음을 드러냈다. 그 데카당 시인은 언젠가 봄에 자신이 큰길로부터 멀리 떨어져 있음을 애탄하기 시작했고, 향료와 유인원과 상아에 대한 모호한 언급만 할 뿐 실질적인 가치가 있는 것에 관해서는 아무것도 말하지 않았다. 무대 디자이너는 계곡 전체를 일련의 기교와 화려한 효과들로 꾸미길 원했지만, 워싱턴 씨는 그런 상태에 대해 곧 싫증을 느끼게 될 터였다. 건축가와 정원 설계사도 마찬가지여서 그들은 관습적인 것만 고집하였다. 그들은 이건 꼭 이렇게, 저건 꼭 저렇게 만들어야 했다.

그러나 최소한 그들은 자신들을 어떻게 해야 하는지에 대한 문제는 풀었다. 그들은 어느 날 밤새 한 방에 모여 분수의 위치를 결정하려 하다가 다음 날 아침 일찍 모두 미쳐버리고 말았고, 지금은 코네티컷 웨스트포트의 어느 정신병원에 편안하게 수용되어 있다.

존이 궁금하여 물었다. "그러면 저 멋진 응접실들과 홀, 통로, 화장실 등은 누가 설계한 거야?"

퍼시가 대답했다. "그건 말하기 좀 부끄러운데, 영화 만드는 사람이었어. 그가 그래도 우리가 찾은 사람들 중에는 유일하게 무제한의 돈을 제대로 다룰 줄 아는 사람이었어. 비록 냅킨을 칼라에 꽂아서 사용하고 읽을 줄도 쓸 줄도 모르긴 했지만 말이야."

8월이 끝나 가자 존은 곧 학교로 돌아가야 한다는 것이 아쉬워지기 시작했다. 그와 키스마인은 다음 해 6월에 함께 도망가기로 결정했다.

"여기서 결혼한다면 더 좋을 텐데." 키스마인이 털어놓았다. "하지만 당연히 아버지로부터 당신과의 결혼 허락은 절대로 받을 수 없을 거야. 차선책은 도망을 가는 거죠. 요즘 미국에서 부유한 사람들이 결혼하는 일은 끔찍해요. 항상 언론에 발표문을 보내야 해요. 전해 내려 오는 유풍대로 결혼할 거라고요. 그건 남들이 사용했던 오래된 중고 진주들을 잔뜩 두르고 유제니 황후가 한 번 입었던 레이스를 걸친다는 뜻이에요."

"알아요." 존이 열정적으로 말했다. "내가 쉰리처 머피 가족을 방문했을 때 그 집안 장녀인 그웬돌린은 웨스트버지니아의 절반을 소유한 사람의 아들과 결혼했어요. 그녀가 집에 편지를 쓰기를, 은행 직원인 남편의 봉급으로 살아가기가 몹시 힘들다고 하더군요. 그러면서 이렇게 썼어요. '고맙습니다, 하느님.

그래도 저에겐 네 명의 좋은 하녀가 있고 그래서 그나마 도움이 되는군요.'"

"정말 우스꽝스럽군요." 키스마인이 지적했다. "이 세상에 사는 수많은 사람들을 생각해 봐요. 노동자들이며 그런 사람들을요. 그들은 겨우 두 명의 하녀를 데리고도 잘 지내고 있잖아요."

8월 말 어느 오후, 키스마인이 우연히 던진 말이 상황 전체의 형세를 바꾸고 존을 공포의 상태로 던져 넣었다.

그들은 그들이 가장 좋아하는 숲 속에 있었다. 키스와 키스 사이 존은 어떤 로맨틱한 불길함에 빠져 있었는데, 그는 그런 가슴 아림을 둘의 관계에 첨가하기를 즐겨했다.

"가끔 난 우리가 결국 결혼하지 못할 거라는 생각이 들어요." 그가 슬프게 말했다. "당신은 너무 부유하고 너무 훌륭해요. 당신처럼 부자인 사람이 다른 여자들 같을 수는 없지요. 나는 아마도 오마하나 수시티의 유복한 철물 도매상의 딸과 결혼하고 그녀의 50만 달러 정도로 만족해야 할지도 모르겠어요."

"나도 어떤 철물 도매상의 딸을 한번 안 일이 있어요." 키스마인이 말했다. "당신이 그 여자와 만족스럽게 지낼 거라곤 생각지 않아요. 우리 언니의 친구였죠. 이곳을 방문했었어요."

"아, 그럼 다른 손님들도 있었군요." 존이 놀라서 말했다.

키스마인은 자기 말에 후회를 하는 것 같았다.

"아, 네." 그녀가 서둘러 말했다. "아주 조금요."

"그런데 당신은, 당신의 아버지는 그 손님들이 밖에 나가 이야기할까 봐 염려하지 않았나요?"

"아, 어느 정도는요. 네, 어느 정도는." 그녀가 대답했다. "우리 뭔가 더 즐거운 이야기를 해요."

하지만 존의 호기심이 피어올랐다.

"뭔가 더 즐거운!" 그가 물었다. "그 이야기는 왜 즐겁지 않은 거죠? 착한 여자들이 아니었나요?"

너무나 놀랍게도 키스마인은 흐느껴 울기 시작했다.

"착한 여자들이었어요. 그래서 문제였고요. 나는 그들 몇 명과는 상당히 친해졌어요. 재스민도 그랬고요. 그런데도 재스민은 계속 그들을 초대하는 거예요. 난 정말 이해할 수 없었어요."

어두운 의혹이 존의 가슴에 생겨났다.

"당신 말은, 그 사람들이 입을 열었고, 그래서 당신 아버지가 그 사람들을 없애도록 했다는 건가요?"

"그보다 더 심했어요." 그녀가 띄엄띄엄 말했다. "아버지는 위험을 감수하지 않았어요. 그런데도 재스민은 그들에게 오라고 계속 편지를 썼지요. 그들은 정말 좋은 시간을 보냈는데!"

그녀는 슬픔의 발작으로 완전히 지쳐 있었다.

이렇게 드러난 비밀의 공포에 충격을 받은 존은 입을 벌린 채 그곳에 앉아 있었다. 몸의 모든 신경들이 그의 척추 위에 수많은 참새들이 내려앉아 지저귀는 것처럼 떨고 있는 것을 느꼈다.

"이렇게 당신에게 얘기를 하고 말았군요. 그래서는 안 되었는데." 그녀가 갑자기 차분해지며 검푸른 눈을 닦았다.

"그들이 떠나기 전에 죽였다는 뜻이었어요?"

그녀가 고개를 끄덕였다.

"대개 8월에요. 또는 9월 초에요. 우리로서는 일단은 그들로부터 얻을 수 있는 모든 기쁨부터 얻는 것이 자연스러운 일이었으니까요."

"이렇게 가증스러울 수가! 어떻게, 왜, 내가 미치고 있는 것이 분명해! 정말 당신 말이 맞다고 인정한……."

"그랬어요." 키스마인이 어깨를 으쓱해 보이며 말을 끊었다. "우리는 그들을 저 비행사들처럼 감금할 수는 없어요. 그곳에 있다면 매일 우리에게 끊임없이 비난을 보내겠지요. 그리고 재스민과 나에게는 그편이 훨씬 나았어요. 아버지는 항상 우리가 예상했던 것보다 일찍 일을 처리하셨고, 그랬기에 우리는 작별 인사를 나누는 장면을 연출하지 않아도 되었으니까요."

"그래서 그들을 살해했군요! 네!" 존이 소리쳤다.

"아주 편안하게 보냈어요. 잠든 동안 약을 먹였어요. 그리고 그 가족들에겐 항상 그들이 뷰트에서 선홍열로 죽었다고 말했지요."

"하지만 그런데도 왜 계속 친구들을 초대한 건지 도저히 이해할 수 없어요!"

"난 하지 않았어요." 키스마인이 분노를 터뜨렸다. "난 한 사람도 초대한 적 없어요. 재스민이 그랬다고요. 그리고 그들은 늘 행복한 시간을 보냈단 말이에요. 재스민은 마지막이 가까워지면 가장 멋진 선물을 선사하곤 했지요. 나도 아마 손님들을 오게 하겠죠. 내가 그만큼 마음이 강해지면요. 우리는 우리가 살아 있는 동안은 삶을 즐겨야 해요. 죽음과 같은 불가피한 것들 때문에 방해받을 수는 없어요. 여기에서 이렇게 살면서 아무도 없다면 얼마나 외로울지 상상해 봐요. 아버지와 어머니도 우리가 그랬듯이 두 분의 가장 친한 친구들을 희생시켰어요."

존이 비난하며 소리 질렀다. "그래서, 그래서 내가 당신과 사랑을 나누게 하고 그 사랑을 되돌려 주는 척도 하고, 결혼을 이야기하고, 그러면서도 줄곧 내가 살아서는 이곳을 나가지 못하리라는 것을 완벽하게 잘 알고 있었던 거군요."

"아니에요." 그녀는 열정적으로 부정했다. "지금은 그렇지 않아요. 처음엔 그랬었죠. 당신은 여기 있었어요. 나로선 어쩔 수 없었어요. 그래서 당신의 마지막 날들이 우리 두 사람 모두에게 행복한 나날들이 되는 게 좋겠다고 생각했어요. 그런데 내가 당신과 사랑에 빠진 거예요. 그리고, 그리고, 난, 정말이지 당신이, 당신이, 죽을 거라는 사실이 유감이에요. 하지만 당신이 다른 여자에게 키스하는 것보다는 그편이 나아요."

"오, 그래요? 그렇겠어요?" 존이 격렬하게 소리쳤다.

"훨씬 낫지요. 게다가, 나는 늘 그런 이야기를 들었어요. 여자는 결코 결혼할 수 없는 남자와 훨씬 더 많은 즐거움을 맛볼 수 있다고요. 내가 왜 당신에게 얘기를 했을까요? 이제 당신의 행복한 시간을 모두 망쳐버린 셈이군요. 당신이 몰랐을 때는 우리 정말 즐겁게 지내고 있었는데. 이런 일들이 당신을 우울하게 만들리란 걸 알고 있었어요."

"오, 알고 있었군요. 그랬어요?" 존의 목소리가 분노로 떨리고 있었다. "이 이야기는 이제 그만해요. 시체보다 나을 게 없다는 것을 뻔히 알면서도 그 사내와 사랑을 나누는 정도의 자존심과 품위밖에 갖고 있지 않다면, 나는 더 이상 당신과 아무런 볼일이 없어요!"

"당신은 시체가 아니에요!" 그녀가 겁에 질려 반박했다. "당신은 시체가 아니에요! 내가 시체에게 키스했다고 말하게 할 수 없어요!"

"난 그렇게 얘기하지 않았어요!"

"그랬어요! 내가 시체에게 키스했다고 말했잖아요!"

"그런 말 안 했어요!"

리츠칼튼 호텔만큼 커다란 다이아몬드

그들의 목소리가 높아져 있었다. 그러나 갑작스러운 불청객의 등장에 두 사람 모두 즉시 침묵 속으로 빠져들었다. 발소리가 길을 따라 그들 방향으로 오고 있었고, 잠시 후 장미 덩굴이 갈라지더니 브래드독 워싱턴이 나타났다. 잘생긴 표정 없는 얼굴 위에 자리한 지적인 눈이 그들을 뚫어질 듯 바라보았다.

"누가 시체에 키스를 했다는 거지?" 그가 분명히 힐난하는 어조로 물었다.

"아무도 아니에요." 키스마인이 재빨리 대답했다. "우리는 그냥 농담을 하는 중이었어요."

"어쨌든 두 사람 여기서 뭘 하고 있는 거야?" 그가 무뚝뚝하게 물었다. "키스마인, 넌 네 언니와 함께 책을 읽거나 골프를 치고 있어야 할 텐데. 가서 책을 읽어라. 골프를 쳐라. 내가 돌아왔을 땐 여기 있어선 안 된다!"

그리고 그는 존에게 인사를 하더니 길을 따라 올라가 버렸다.

"알겠어요?" 그가 들을 수 있는 거리를 벗어나자 키스마인이 언짢아하며 말했다. "당신이 다 망쳐버렸어요. 우린 이제 더 이상 만날 수 없어요. 아버지가 당신을 못 만나게 할 거예요. 우리가 사랑한다고 생각하면 당신을 독살할 거라고요."

"우린 사랑하지 않아요. 더 이상 아니야!" 존이 거칠게 소리쳤다. "그러니 워싱턴 씨는 그 부분에 대해서는 마음을 놓아도 되는 거요. 게다가, 내가 여기 계속 있을 거라는 멍청한 생각하지 말아요. 여섯 시간 내에 나는 저 산들을 넘어가 있을 테니까. 내가 길을 갊아 저 산들을 통과한다 해도 말이지. 그리고 나는 동부로 향하고 있을 거요."

그들은 둘 다 자리에서 일어났고, 존의 이러한 말에 키스마인이 가까이 다가가 팔짱을 꼈다.

"나도 가겠어요."

"미친 것 아니에요? 어떻게……."

"당연히 나도 가요." 그녀가 기다리지 않고 말을 끊었다.

"당신은 분명히 안 돼요. 당신은……."

"알았어요." 그녀가 차분하게 말했다. "그렇다면 지금 아버지를 따라가서 아버지와 함께 이 문제를 얘기해요."

별수 없이 존은 불안한 미소를 억지로 지었다.

"알았어요, 내 사랑." 그는 창백하고 설득력 없는 애정을 표현하며 동의했다. "그럼 함께 가요."

그녀에 대한 사랑이 돌아와 평온하게 다시 그의 가슴에 자리잡았다. 그녀는 그의 것이었고, 그녀는 그의 위험을 나누며 함께 가려 한다. 그는 팔을 그녀에게 두르며 열정적으로 키스를 했다. 어쨌든 그녀는 그를 사랑했으며, 사실상 그를 구한 것이다.

이 문제를 의논하며 그들은 천천히 걸어 성으로 돌아갔다. 그들은 브래드독 워싱턴이 그들이 함께 있는 것은 본 이상 다음 날 밤 떠나는 것이 최선이라는 결론을 내렸다. 그럼에도 저녁 식사 때 존의 입술은 유난히 말라 있었으며, 초조하게 공작 수프를 크게 한 숟가락 떠서 왼쪽 폐로 흘려 넣었다. 하급 집사 한 사람이 그를 안아서 터키석과 검은담비 카드실로 옮기고는 등을 두들겼는데, 퍼시는 그것을 대단히 재미있는 장난으로 생각했다.

IX

자정이 한참 지난 후 존의 몸은 신경질적인 경련을 일으켰다. 그는 벌떡 일어나 앉아서 방 안에 드리워진 졸음의 베일을 응시했다. 열린 창문, 그 푸르스름한 어둠의 사각형을 통해서 그는 멀리서 들려오는 희미한 소리를 들었다. 불편한 꿈에 덮여 흐릿한 기억 속에서 그 소리가 무엇인지 채 확인하기도 전에 소리는 바람에 묻히고 말았다. 하지만 뒤이어 날카로운 소음이 더 가까이서 들리더니 곧 방 바로 밖까지 다가왔다. 손잡이가 돌아가는 찰칵 소리, 한 발 내딛는 소리, 소곤거림, 알아들을 수 없었다. 위장 저 아래에서 단단한 덩어리가 뭉쳐졌고, 그가 긴장하며 들으려고 괴로워하는 순간 그의 몸 전체가 아픔을 느꼈다. 그때 베일 하나가 사라지는 것 같더니 희미한 형체가 문 옆에 서 있는 것이 보였다. 그 형체는 어둠 속에서 희미하게 그려져 덩어리로만 보였고, 커튼의 주름들과 뒤엉켜 왜곡되어 있어 마치 더러운 유리판에 비친 모습 같았다.

공포 혹은 결단에서 비롯된 갑작스러운 동작으로 존은 침대 옆에 있던 단추를 눌렀다. 그러자 다음 순간 그는 옆에 딸린 방의 바닥에 파인 초록색 욕조 안에 앉아 있었다. 욕조에 반쯤 차 있던 차가운 물의 충격에 놀라 잠이 깬 상태였다.

그는 벌떡 일어나 욕조를 나왔다. 그의 뒤로는 젖은 잠옷에서 무겁게 물이 줄줄 흐르며 사방으로 흩어졌다. 그는 담청색 문을 향해 뛰었다. 그 문을 통해 2층의 상아 층계참으로 나갈 수 있음을 알고 있었다. 문은 소리 없이 열렸다. 위의 커다란 돔에서 타오르고 있던 진홍색 램프 하나가 가슴을 찌를 정도로 아름다운 조각 계단의 화려한 곡선을 비추고 있었다. 잠깐 동안 존은 망설였다. 주위에 모여 있던 침묵의 당당함에 압도되었기 때문이었다. 그것은 마치 그 거대한 주름들과 윤곽 속으로 상아 층계참 위에서 떨며 서 있는 작은 존재에 엄습한 고독을 모두 삼켜버리는 것처럼 보였다. 그때 두 가지 일이 동시에 일어났다. 그의 거실 문이 활짝 열리며 세 명의 발가벗은 검둥이들이 홀을 향해 뛰어들어 오고 있었고, 존이 미칠 듯한 공포 속에서 계단을 향해 달려가려 할 때, 복도 반대편 벽에 있던 또 다른 문이 밀리며 열리더니 불이 밝혀진 엘리베이터 안에 브래드독 워싱턴이 서 있는 것이 보였다. 그는 털 코트를 입고 무릎까지 오는 승마 장화를 신고 있었으며, 그 위로는 장밋빛 잠옷이 붉게 빛나고 있었다.

순간 세 명의 검둥이들이—존은 그들 중 어느 누구도 본 일이 없었다. 그의 머릿속에 이들이 전문 킬러들임에 틀림없다는 생각이 스쳤다.—존을 향하던 움직임을 멈추더니 엘리베이터 안의 남자를 향해 기다리는 태도로 돌아섰다. 그는 오만한 태도로 소리쳐 명령을 내렸다.

"이리로 와! 너희 셋 모두! 번개같이 빨리!"

그 순간 세 검둥이는 엘리베이터 안으로 뛰어들어 갔고, 문이 미끄러져 닫히면서 타원형의 불빛이 보이지 않게 되었으며, 다시금 존은 홀에 혼자 남게 되었다. 그는 상아 계단에 기대어 힘없이 주저앉았다.

무언가 중대한 일이 일어난 것이 분명했다. 그 무언가가 최소한 잠시 동안만이라도 그의 작은 재앙을 연기한 것이다. 도대체 무엇이었을까? 검둥이들이 폭동이라도 일으킨 걸까? 비행사들이 철창의 쇠창살을 비틀어 연 것일까? 아니면 피시 마을의 남자들이 맹목적으로 산을 넘어와 황량하고 쓸쓸한 눈으로 이 화려한 계곡을 응시하고 있었던 것일까? 존은 알지 못했다. 엘리베이터가 윙 하며 올라가자 다시 바람이 약하게 웅웅거리는 소리가 들렸고, 잠시 후 엘리베이터가 내려가는 소리도 들렸다. 아마도 퍼시가 아버지를 도우려고 급하게 달려가는 것일 게다. 지금이 키스마인을 만나 즉시 탈출할 계획을 세울 기회라는 생각이 들었다. 존은 엘리베이터가 조용해질 때까지 몇 분을 기다렸다. 젖은 잠옷을 파고드는 밤의 서늘함 때문에 그는 조금 떨면서 방으로 돌아가 재빨리 옷을 갈아입었다. 그러고는 길고 긴 계단을 올라갔고 러시아산 검은담비가 깔린 복도 쪽으로 꺾은 후 키스마인의 스위트룸으로 향했다.

그녀의 거실 문은 열려 있었고 램프가 켜져 있었다. 키스마인은 앙고라 가운을 입고 귀를 기울이는 자세로 창가에 서 있었다. 존이 조용히 방으로 들어가자 그녀가 돌아보았다.

"아, 당신이군요!"

그녀가 방을 건너 그에게로 오며 속삭였다.

"당신도 들었어요?"

"당신 아버지 노예들이 내……."

"아뇨." 그녀가 흥분하여 말을 끊었다.

"비행기들이에요!"

"비행기? 그 소리 때문에 내가 깼었나 보군."

"적어도 열두어 대는 되는 것 같아요. 조금 전 바로 달 앞을 지나가는 비행기 한 대를 보았어요. 절벽 옆에 있는 경비가 총을 쏘았고, 그래서 아버지가 일어난 거죠. 우리는 즉시 그들에게 발포할 거예요."

"저들은 목적을 갖고 여기 온 건가요?"

"네, 도망간 이탈리아 사람 때문이죠."

그녀의 마지막 말과 동시에 열린 창문을 통해 연속적인 날카로운 소리가 날아들어 왔다. 키스마인은 작은 비명을 지르더니 떨리는 손가락으로 서랍장 위의 상자에서 동전 하나를 꺼내어 전등 하나를 향해 뛰어갔다. 순간 성 전체가 암흑에 싸였다. 그녀가 퓨즈를 터뜨린 것이다.

"어서요!" 그녀가 그에게 소리쳤다. "지붕의 정원으로 올라가서 거기서 지켜봐요!"

망토를 두르면서 그녀가 그의 손을 잡았고, 그들은 문으로 나가는 길을 발견할 수 있었다. 탑으로 올라가는 엘리베이터까지는 한 발짝만 가면 되었다. 거기서 그녀가 단추를 누르자 그들은 위를 향해 올라갔고, 그는 어둠 속에서 두 팔을 그녀에게 두르며 그녀에게 키스를 했다. 마침내 존 언저에게도 로맨스가 찾아온 것이다. 잠시 후 그들은 별빛에 하얗게 빛나는 플랫폼으로 나왔다. 하늘에는 어렴풋한 달빛 아래 회오리 치고 있는 구름 조각들 사이로 들락날락하며 떠 있는 십여 대의 검은 날개를 가진 몸체들이 줄기차게 원을 그리며 돌고 있었다. 계곡 여기저기에서 그들을 향해 불의 섬광이 튀어 올랐고 뒤이어 날카로운 폭발음이 들려왔다. 키스마인은 기쁘게 박수를 쳤지만, 비행기들이 미리 정한 신호에 따라 폭탄을 투하하기 시작하자 곧 기쁨은 절망으로 변했다. 계곡 전체가 깊이 울려 퍼지는 굉음과 붉게 타오르는 빛의 파노라마가 되었다.

오래지 않아 공격자들의 목표는 대공포가 위치한 지점으로 집중되었고, 거의 그 즉시 대공포 하나가 거대한 재가 되어 연기를 피워 올리며 장미 덩굴 공원에 나뒹굴게 되었다.

"키스마인." 존이 간절하게 불렀다. "나를 살해하기 바로 직전에 이 공격이 일어났다는 걸 당신에게 얘기하면 당신도 다행이라 느낄 거야. 경비가 저지하기 위해 총을 발사하는 소리를 듣지 못했더라면 나는 지금쯤 완전히 죽은 목숨……."

"안 들려요!" 그녀 앞에 펼쳐지는 광경에 몰두하고 있던 키스마인이 외쳤다. "더 크게 얘기해 봐요!"

존이 소리쳤다. "난 그냥, 저들이 성에 폭격을 시작하기 전에 나가는 게 좋겠다는 얘기예요!"

갑자기 검둥이 숙소의 입구 전체가 산산조각이 나더니, 그곳에 늘어서 있던 주랑들 아래에서 불꽃이 솟구쳐 올라오며 엄청난 양의 부서진 대리석 조각들이 날아올라 멀리 호숫가까지 던져졌다.

"오만 달러어치의 노예가 저렇게 사라지는군." 키스마인이 말했다. "그것도 전쟁 전 가격으로. 자산에 대해 존중을 할 줄 아는 미국 사람은 드물다니까."

존은 다시 한 번 그녀가 떠나도록 시도했다. 비행기의 목표는 순간순간 정확해지고 있었지만, 그때까지 응사하고 있는 대공포는 두 대밖에 남지 않았다. 불에 둘러싸인 요새가 그다지 오래 버티지 못하리라는 것은 명백해 보였다.

"어서!" 존이 키스마인의 팔을 잡아당기며 소리쳤다. "가야 해요! 저 비행사들이 당신을 발견하면 그대로 당신을 죽일 거라는 거 모르겠어요?"

그녀는 마지못해 동의했다.

"재스민을 깨워야 해요!" 그녀가 말했고, 그들은 서둘러 엘리베이터로 향했다. 그때 그녀는 일종의 어린아이 같은 즐거움 속에 덧붙였다. "우리는 가난하겠군요, 그렇죠? 책에 나오는 사람들처럼. 나는 고아가 되고 아주 자유롭겠죠. 자유롭고 가난하고! 얼마나 재미있을까!" 그녀는 걸음을 멈추고 그를 향해 입술을 올려 달콤한 키스를 했다.

"두 가지가 함께하는 것은 불가능해요." 존이 엄하게 말했다. "사람들은 이미 그것을 알아냈죠. 나는 그 둘 중에서 고르라면 자유롭기를 선택하겠어요. 혹시 모르니까 당신 보석 상자에 있는 것들을 당신 호주머니에 담는 게 좋겠어요."

십 분 후 두 여자들은 어두운 복도에서 존과 만났고 성의 1층으로 내려갔다. 마지막으로 화려한 홀들의 장엄함을 지나가면서 그들은 잠시 테라스에서 서서 불타오르는 검둥이 숙소들과 호수 반대편에 추락한 비행기 두 대가 타다 남은 불길을 바라보았다. 하나 남은 총이 여전히 완강히 발사를 하고 있었고, 공격자들은 더 아래로 내려오기를 두려워하고 있는 것 같았다. 그러나 그들은 천둥 같은 소리를 내며 대공포 둘레를 불꽃으로 에워쌌고 마침내 우연한 한 발이 에티오피아인 경비를 무력화하고 말았다.

존과 두 자매는 대리석 계단을 통과해 내려간 후 왼쪽으로 곧장 꺾어 좁은 길을 올라가기 시작했다. 길은 고무 밴드처럼 다이아몬드 산을 감아 올라갔다. 키스마인은 반쯤 올라간 곳에 울창하게 나무가 들어선 자리를 알고 있었다. 그곳에서라면 보이지 않게 숨어서 누운 채 계곡 속의 광란의 밤을 지켜볼 수 있을 것이며, 필요하다고 판단이 되면 최종적으로는 바위투성이 협곡 안으로 나 있는 비밀 통로를 통해서 탈출할 수 있을 터였다.

X

그들이 목적지에 도착하자 3시였다. 친절하면서도 차분한 재스민은 커다란 나무의 밑동에 기대어 곧 잠에 빠져들었고, 존과 존의 팔에 안긴 키스마인은 함께 앉아 아침만 해도 정원이었던 폐허에서 꺼져가는 전투가 절망적인 성쇠를 거듭하고 있는 광경을 바라보았다. 4시를 막 넘기고 나자 마지막 남아 있던 총이 철커덩 소리를 내며 붉은 연기를 잠깐 너울거리더니 작동을 멈추었다. 달은 기울었지만 비행기들이 지상 가까이서 맴돌고 있는 것을 볼 수 있었다. 공격당한 자들에게 더 이상의 물자가 없다는 것을 확인한 비행기들은 착륙할 것이고, 그러면 워싱턴 가문의 어두운 비밀과 화려한 지배도 끝을 맞이할 것이다.

사격이 중지되자 계곡엔 정적이 감돌았다. 타다 남은 비행기 두 대의 잔해가 풀밭에 웅크리고 있는 어떤 괴물의 눈처럼 빨갛게 타오르고 있었다. 성이 검게 침묵하며 서 있었다. 성은 빛이 없어도 햇빛 속에서만큼 아름다웠다. 네메시스[7]가 숲 속을 흔드는 소리가 점점 커졌다가 잦아드는 불평으로 하늘을 채웠다. 그때 존은 키스마인도 그녀의 언니처럼 깊이 잠들어 있다는 사실을 깨달았다.

그들이 막 따라왔던 길에서 발소리를 알아차린 것은 4시가 한참 지난 후였다. 그는 숨을 죽이고 침묵 속에서 발소리의 주인공들이 자신들이 자리 잡은 곳을 지나칠 때까지 기다렸다. 공기 중에는 인간의 것이 아닌 미세한 흔들림이 있었고, 이슬은 차가웠다. 새벽이 곧 밝아오리라는 걸 알았다. 존은 발소리가 산 위로 충분히 멀리 올라가 들리지 않게 될 때까지 기다렸다. 그리고 그는 뒤따라갔다. 가파른 정상에서 반쯤 떨어진 곳에 나무들이 쓰러져 있었고, 단단한 바위들이 아래에 다이아몬드를 덮은 채 평평하게 펼쳐진 곳이 나타났다. 그 지점에 도착하기 바로 직전, 그는 속도를 줄였다. 동물적인 육감으로 바로 앞에 사람이 있다는 것을 느꼈기 때문이었다. 키가 큰 바위에 다가가 그는 바위 위로 조금씩 머리를 들어 올렸다. 그의 호기심은 보상을 받았다. 다음이 그가 본 광경이다.

브래드독 워싱턴이 그곳에 꼼짝도 않고 서 있었다. 그의 형체가 소리도 생명의 신호도 없이 잿빛 하늘을 배경으로 드러났다. 동쪽에서 새벽이 다가와 차가운 초록빛을 대지에 드리우자 그 고독한 인물은 새로운 날 속에서 하찮은 대조를 이루었다.

존이 지켜보고 있는 동안 워싱턴은 잠깐 헤아릴 수 없는 생각에 몰두한 채 서 있더니 발치에 낮게 앉아 있던 검둥이 두 명에게 그들 사이에 놓여 있던 짐을 들라고 손으로 지시했다. 그들이 힘겹게 일어서자, 태양의 첫 노란 햇살이 거대하고 정교하게 다듬어진 다이아몬드의 무수한 프리즘들을 부딪치며 통과하고 있었다. 그리고 백색의 광채가 밝혀지더니 샛별 조각처럼 하늘에서 빛났다. 짐을 진 노예들은 한동안 그 무게 아래에서 비틀거렸다. 젖어서 빛나는 피부 아래에서 물결치던 그들의 근육이 잡히고 단단해졌고, 세 사람은 다시금 하늘 앞에서 도전적인 무기력으로 꼼짝하지 않고 있었다.

잠시 후 워싱턴이 머리를 들더니 주의를 끄는 동작처럼 천천히 두 팔을 들어 올렸다. 수많은 군중들에게 귀 기울이라 환기를 시키는 것 같았다. 그러나 그곳에 군중은 없었다. 오직 산과 하늘의 거대한 침묵만이 흐르고 있었고, 곧 나무들 사이로 들리는 희미한 새들의 지저귐에 그 정적은 깨졌다. 바위 위의 인물은 잔뜩 무게를 실어, 그리고 억제할 수 없는 자긍심과 함께 말을 시작했다.

"그곳에 있는 당신……." 그가 떨리는 목소리로 소리쳤다. "당신…… 거기……!" 그는 잠시 말을 멈추었다. 두 팔은 아직도 하늘을 향해 든 채였고, 머리는 마치 대답을 기다리기라도 하듯이 주의 깊게 세우고 있었다. 존은 산 아래로부터 올라오고 있는 사람들이 있는 것인지 눈을 크게 뜨고 보았지만 산에는 사람이라고는 흔적도 없었다. 오직 하늘과 나무 꼭대기를 스치고 지나가는 바람이 플루트를 흉내 내는 소리뿐이었다. 워싱턴이 기도를 하고 있는 것일까? 잠시 존은 추측을 해보았다. 그때 착각은 깨졌다. 그의 태도 전반에는 기도와는 상반되는 뭔가가 있었다.

"아, 그 위의 당신!"

목소리는 강하고 자신에 차 있었다. 그것은 절망적인 탄원이 아니었다. 그 무언가가 있다면 그것은 소름 끼치게 오만한 분위기였다.

"그곳에 있는 당신······."

말들이, 너무 빨라 이해할 수 없는 그런 언어들이 하나에서 또 하나로······ 존은 숨을 죽이고 귀 기울이면서 여기서 한 문장, 저기서 한 문장을 들었고, 그러는 동안에도 목소리는 끊어졌다가 이어졌다가 다시금 끊어지고 했다. 때로는 강경하고 따지는 투였고, 때로는 느리고 곤혹스러운 인내심으로 물들기도 했다. 그러고는 마침내 홀로 듣고 있는 그에게 문득 확신이 찾아왔다. 깨달음이 엄습하자 동맥을 따라 피가 순식간에 솟구쳐 퍼져갔다. 브래드독 워싱턴은 하느님에게 뇌물을 제안하고 있는 것이었다!

그랬다. 의심의 여지없이 그러했다. 노예들의 팔에 들려 있는 다이아몬드는 미리 보여 주는 표본으로, 앞으로 더 많이 바칠 것에 대한 약속이었다.

그것은—존은 좀 시간이 지난 후에야 깨달았다.—워싱턴의 문장들을 엮고 있는 줄기였던 것이다. 부자가 된 프로메테우스가 이미 그리스도의 탄생 이전에 잊힌 제물, 잊힌 제식, 폐기된

기도로 증언하고 있었다. 한동안 그의 이야기는 신성이 인간으로부터 받도록 되어 있는 이런저런 선물들을 신에게 상기시키는 형태를 취하고 있었다. 재앙으로부터 도시를 구해 준다면 최고의 교회들을 바칠 것이며 몰약과 황금의 선물, 인간 생명과 아름다운 여인, 포로로 잡힌 병사들, 어린이와 여왕들, 짐승과 숲과 들판, 양과 염소, 수확한 곡물과 도시들, 신의 분노를 누그러뜨릴 보상을 구하며 신의 노여움을 가라앉히기 위한 갈망과 피 속에서 바쳤던 모든 정복지, 그리고 이제 그는, 브래드독 워싱턴, 다이아몬드의 황제이자 황금시대의 왕과 사제이며 화려함과 호화로움의 권위자인 그는, 그 이전의 어떤 왕자들도 꿈꾸어 본 일 없는 보물을 바치고자 하는 것이다. 애원하면서가 아닌 당당한 자존심 속에서.

그는 신에게 바칠 것이었다.—그는 계속 말을 이어 구체적인 내용으로 들어갔다.—세상에서 가장 큰 다이아몬드를. 그 다이아몬드는 나무에 달린 잎사귀들보다 훨씬 많은 수천 개의 면으로 다듬어질 것이며, 그러면서도 다이아몬드 전체가 파리 한 마리만 한 다이아몬드의 완벽한 형태를 갖출 것이다. 많은 사람들이 오랜 세월에 걸쳐 작업할 것이다. 금을 세공하여 거대한 돔을 만들어 그 안에 세팅할 것이다. 황금 돔에는 아름다운 조각을 하고 오팔과 아로새긴 사파이어 문들을 갖출 것이다. 중앙을 비워 내고 그곳에는 예배당이 자리할 것인데, 그 중앙을 차지할 제단은 계속 변환하고 붕괴하는 무지개 색 라듐으로 만들어 기도하다 머리를 드는 신도들의 눈을 태워버릴 것이며, 또한 그 제단 위에서 은혜를 베푸는 신의 즐거움을 위하여 그가 선택하는 제물을 희생시킬 것이다. 설사 그 희생물이 가장 위대하고 가장 큰 권력을 가진 살아 있는 인간이라 할지라도.

그 대가로 워싱턴은 간단한 것만을 요구할 것이다. 신에게는 우스꽝스러울 정도로 쉬운 것, 즉 모든 것이 지금 즉시, 어제처럼 되어 있는 것, 그리고 그렇게 계속 남아 있는 것이다. 얼마나 간단한가! 그냥 하늘을 열어 이 사람들과 비행기를 되삼키고 그냥 다시 닫아주면 되는 일이다. 그리고 그로 하여금 다시 한 번, 되살아나 건강해진 노예들을 소유하도록 해주면 되는 일이다.

지금껏 그에게는 대접을 하거나 협상을 벌여야 할 상대가 없었다.

그는 그저 자신의 뇌물이 충분히 큰 것이었을까 하는 것만 걱정하였다. 하느님도 매수를 할 수 있다. 물론이다. 하느님은 사람의 모습을 하고 있다. 그렇다고들 하지 않는가. 그렇다면 분명 매수를 할 수 있는 것이다. 하지만 매우 드문 액수가 될 것이다. 오랜 세월을 걸려 건축한 그 어떤 성당도, 만 명이 동원되어 건설한 어떤 피라미드도 이 성당 같지는, 이 피라미드 같지는 못할 것이다.

그는 여기서 잠시 말을 멈췄다. 그것이 그의 제안이었다. 모든 것은 그가 상술한 바에 달렸으며, 그의 주장에는 그 가격에 너무 싸구려라고 할 어떤 천박한 것도 없었다. 그는 신에게 받든지 말든지 알아서 하라고 말했다.

그의 말이 끝나가면서 문장들은 끊어지고 짧아지고 또 불확실해졌다. 몸은 긴장하여 주변 공간에서 사소한 압력이나 생명체의 소곤거림을 잡아내려고 애쓰고 있었다. 머리카락은 그가 이야기를 하는 동안 점차 백발로 변하였고, 이제 그는 마치 늙고, 엄숙하고, 분노에 찬 선지자 같은 모습으로 하늘을 향해 머리를 높이 들었다.

존이 어지러이 홀린 듯한 상태에서 바라보고 있을 때 기이한 현상이 그의 주변에서 일어난 것처럼 보였다. 순식간에 하늘이 어두워지고, 불현듯 강한 바람이 휘몰아치며 웅웅거렸으며, 마치 멀리서 들리는 트럼펫 소리, 커다란 실크 가운이 바스락거리는 것 같은 한숨, 한동안 둘레의 자연 전체가 이 어둠의 기운에 물들었다. 새의 지저귐이 멈췄다. 나무들도 멈춰 섰다. 그리고 산 너머 저 멀리서 무겁고 위협적인 천둥이 으르렁 울렸다.

그러나 그게 다였다. 바람은 계곡의 키 높은 풀들을 따라 잦아들었다. 동이 트고 제시간에 날이 다시 밝았다. 떠오른 태양은 황금빛 안개의 뜨거운 물결을 내려보냈고, 안개는 앞에 펼쳐진 길을 밝게 비추었다. 잎새들은 태양 아래에서 웃음을 터뜨렸고, 그 웃음은 나무들을 흔들어 큰 가지마다 동화의 나라에 나오는 여학교 같았다. 신은 뇌물을 받기를 거절한 것이다.

다음 순간, 존은 그날의 승리를 바라보았다. 그리고 돌아서며 호숫가에 내려앉는 갈색의 펄럭임을, 그리고 또 하나의 펄럭임, 그리고 또 하나를 보았다. 구름에서 내려오는 황금빛 천사들의 춤 같았다. 비행기들이 지상으로 내려오고 있었다.

존은 바위에서 미끄러져 내려와 산허리를 달려 나무숲으로 뛰어들어 갔다. 소녀들은 깨어서 그를 기다리고 있었다. 키스마인이 벌떡 일어나자 주머니 속의 보석들이 쨍그랑거렸고 벌린 입술에선 질문이 나오려 했으나 존은 본능적으로 말할 시간이 없음을 느꼈다. 그들은 잠시의 지체도 없이 산을 떠나야 했다. 그는 두 사람의 손을 하나씩 잡았고, 그들은 침묵 속에서 빛과 떠오르는 아침 운무에 젖은 채 나무들 사이를 빠져나갔다. 그들 뒤로 계곡에서는 아무 소리도 들리지 않았다. 단지 먼 곳에서 들려오는 공작의 투덜거림과 아침의 낮고 쾌적한 목소리뿐이었다.

그들은 반 마일 정도 간 후, 넓게 펼쳐진 정원을 피해 좁은 오솔길로 접어들었고, 그 길은 언덕으로 이어져 있었다. 언덕의 가장 높은 지점에서 잠시 걸음을 멈춘 후 뒤돌아보았다. 그들의 시선이 닿은 곳은 그들이 막 떠나온 산기슭이었는데, 그곳은 비극이 임박했음을 느끼게 해주는 음울함에 억눌려 있었다.

하늘을 배경으로 뚜렷하게, 풀 죽은 백발의 남자가 천천히 가파른 경사를 내려오고 있었고 그 뒤로는 두 사람의 덩치 큰 검둥이가 감정을 보이지 않고 따라오고 있었다. 둘은 짐 하나를 마주 들어 함께 운반하고 있었는데 그것은 햇빛 속에서 여전히 빛을 발하며 반짝이고 있었다. 반쯤 내려갔을 때 두 사람이 다가와 그들을 맞았다. 존은 그들이 워싱턴 부인과 그녀의 아들임을, 그녀가 아들의 팔에 기대어 있음을 볼 수 있었다. 비행기 조종사들은 비행기에서 성 앞에 넓게 펼쳐진 잔디밭으로 내려오고 있었다. 손에 라이플총을 든 그들은 척후 대형으로 다이아몬드 산을 향했다.

그러나 지켜보는 사람들의 주의가 집중된 저 멀리 위 다섯 명의 작은 무리는 어느 바위 선반에 멈춰 섰다. 검둥이들이 허리를 굽혀 산 측면에 있던 뚜껑 문처럼 보이는 것을 당겨 열었다. 그리고 그 안으로 모두 사라졌다. 백발의 남자가 먼저, 그리고 그의 아내와 아들, 마지막으로 두 검둥이가 안으로 들어갔고, 보석이 박힌 머리 장식들의 반짝이는 끝이 잠깐 태양에 빛나더니 문이 내려가며 그들을 모두 삼켜버렸다.

키스마인이 존의 팔을 꽉 잡았다.

"세상에." 그녀가 미친 듯이 외쳤다. "어디로들 간 거예요? 뭘 하려는 거예요?"

"지하에 탈출구가 있는 게 분명해요……."

두 여자의 날카로운 비명이 그의 말을 중단시켰다.

"모르겠어요?" 키스마인이 이성을 잃고 흐느껴 울었다. "산에는 폭파 장치가 되어 있단 말이에요!"

그녀가 이야기를 하는 동안 존은 두 손을 들어 올려 그의 시야를 가렸다. 바로 그들의 눈앞에서 산의 표면 전체가 갑자기 눈부시게 타오르는 노란색으로 변하더니 산을 덮은 떼장을 뚫고 밖으로 드러났고 그 빛은 인간의 손까지 뚫고 들어왔다. 한동안 참을 수 없이 타오르는 불빛이 계속되었고, 그러다 꺼져 버린 필라멘트처럼 사그라져 버렸다. 그리고 그곳엔 검은 폐허만이 푸른 연기를 천천히 피워 올리며 드러나 있었다. 식물과 인간 육체의 남아 있던 것을 함께 빼앗은 채로. 비행기 조종사들은 피도 뼈도 남아 있지 않았다. 그들도 안으로 들어간 다섯 영혼과 함께 완전히 소멸되고 말았다.

동시에, 거대한 진동과 함께 성이 말 그대로 하늘로 치솟아 올랐다. 그러고는 터지며 산산이 부서지더니 불타는 조각들이 되어 다시 땅으로 쏟아져 내렸고, 연기를 뿜으며 쌓여 거의 호수의 물 쪽으로 향하고 있었다. 불은 없었다. 연기는 햇빛과 뒤섞여 날아갔고, 얼마 후에는, 한때 보석의 집이었던 거대한 절망의 덩어리에서 대리석의 고운 먼지가 바람에 날려 가버렸다. 아무런 소리도 들리지 않았고 세 사람만이 계곡에 남았을 뿐이었다.

XI

해 질 무렵 존과 두 동행은 높은 절벽에 도달했다. 워싱턴 가문 영역의 경계가 되는 곳이었다. 뒤돌아본 계곡은 어스름 속에서 고요하고 아름다웠다. 그들은 앉아서 재스민이 바구니에 담아 가져온 음식을 먹었다.

"저기!" 재스민이 식탁보를 펼치고 그 위에 샌드위치를 깔끔하게 쌓으며 말했다. "샌드위치 맛있어 보이지 않아? 난 항상 밖에서 먹는 음식이 더 맛있는 것 같아."

키스마인이 지적했다. "그런 말을 하는 걸 보니 재스민 언니도 중산층에 속하게 되는군."

존이 간절한 마음으로 말했다. "이제 호주머니를 뒤집어 봐요. 어떤 보석들을 가져왔는지 봅시다. 좋은 것들이라면 우리 세 사람은 남은 인생 편안하게 살 수 있을 거예요."

그 말에 고분고분하게 키스마인이 손을 주머니에 넣더니 빛나는 보석들 두 주먹을 존 앞에 내려놓았다.

"괜찮은데요." 존이 기쁨에 들떠 소리쳤다. "아주 크지는 않아. 그런데, 이것 봐요!" 그중 하나를 저물어가는 해를 향해 들어 올린 그의 표정이 바뀌었다. "아니, 이거 다이아몬드가 아니잖아! 뭔가 문제가 있어!"

"어머나!" 키스마인이 당황스러운 얼굴로 소리쳤다. "내가 정말 멍청하네!"

"이런, 이거 전부 모조 다이아몬드군!" 존이 외쳤다.

"알아요." 그녀는 웃음을 터뜨렸다. "내가 엉뚱한 서랍을 열었어요. 이건 재스민의 손님으로 왔던 아가씨 드레스에 있던 것들이에요. 내가 다이아몬드를 줄 테니 바꾸자고 했죠. 그전에는 보석 외에는 본 적이 없었거든요."

"그래서 당신이 가져온 건 모두 이거예요?"

"그런 것 같네요." 그녀는 동경하듯이 손가락으로 그 빛나는 것들을 가리켰다. "난 이것들이 더 마음에 들어요. 다이아몬드에는 좀 싫증이 났거든요."

"알았어요." 존이 우울하게 말했다. "우리는 하데스에서 살아야 할 거예요. 그리고 당신은 의심 많은 여자들에게 당신이 엉뚱한 서랍을 가져왔노라고 이야기하며 늙어갈 거고요. 불행하게도 당신 아버지의 은행 통장들도 그와 함께 모두 사라져버렸으니까요."

"그런데, 하데스가 어때서요?"

"내가 내 또래의 아내와 함께 집에 간다면 우리 아버지는 불같이 화를 내며 나를 호적에서 파내려 할 겁니다. 그 아래에선 그렇게 표현하지요."

재스민이 입을 열었다.

"나는 빨래하는 걸 좋아해요." 그녀가 조용하게 말했다. "항상 내 손수건은 내가 직접 빨았어요. 내가 세탁 일을 해서 두 사람을 돕겠어요."

"하데스에도 세탁부가 있어요?" 키스마인이 순진하게 물었다.

"물론이죠." 존이 대답했다. "다른 곳들과 똑같아요."

"난, 거긴 너무 더워서 옷을 전혀 안 입을 거라 생각했죠."

존이 웃음을 터뜨렸다.

"가서 겪어봐요!" 존이 말했다. "시작도 채 하기 전에 지치게 될 거예요."

"아버지도 거기 오실 건가요?" 그녀가 물었다.

존은 놀라서 그녀를 돌아보았다.

리츠칼튼 호텔만큼 커다란 다이아몬드

"당신 아버지는 죽었어요." 그가 침울하게 대답했다. "그가 왜 하데스에 가겠어요? 당신은 오래전에 사라져버린 다른 곳과 혼동하고 있어요."[8)]

저녁을 먹은 후 그들은 식탁보를 접고 밤을 보내기 위해 담요를 깔았다.

"대단한 꿈이었네." 키스마인이 한숨을 쉬며 별들을 바라보았다. "옷 한 벌과 무일푼 약혼자와 여기 이렇게 있는 것이 정말 신기해! 별 아래에서." 그녀가 되풀이하여 말했다. "나는 전에는 별이 있다는 것을 느끼지 못했어요. 누군가의 커다란 다이아몬드라고 항상 생각했었죠. 그런데 저 별들이 이제는 날 겁나게 하는군요. 모든 것이 꿈이었다고, 내 모든 어린 시절이 꿈이었다고 느끼게 만들어요."

"정말 꿈이었어요." 존이 조용하게 말했다. "누구나 어린 시절은 꿈이에요. 일종의 화학적 광기지요."

"그렇다면 미친다는 것은 즐거운 일이군요!"

"그렇다고 들었어요." 존이 슬프게 말했다. "그 이상은 나도 모르겠어요. 어쨌든 우리는 한동안 사랑하기로 해요. 일 년이든 얼마간이든, 당신과 나. 그것이 우리가 시도해 볼 수 있는 신성한 취기예요. 이 세상 전체에는 다이아몬드만이 있어요. 다이아몬드와 그리고 아마도 미몽에서 깨어나기라는 초라한 선물만이. 이제 나는 그 미몽에서 깨어나는 선물을 받았으니, 늘 그렇듯이 대수롭지 않게 생각할 겁니다." 그가 몸을 떨었다. "코트 칼라를 올려요, 귀여운 아가씨. 밤이 추워요. 폐렴에 걸릴지도 몰라요. 의식이란 걸 처음 만든 신은 큰 죄를 지었어요. 몇 시간만이라도 의식을 버리기로 합시다."

그리고 그는 담요로 몸을 감싼 후 잠에 빠져들었다.

벤자민 버튼의 시간은 거꾸로 간다

    오래전, 그러니까 1860년만 해도 집에서 아기를 낳는 일은 당연했다. 듣자 하니 요즘은 대단한 의학 기술 덕분에 아기들의 첫 울음소리가 마취제가 진동하는 병원에서 울려 퍼지며, 사람들도 이왕이면 최고의 병원을 선호한다고 한다. 따라서 1860년 여름 어느 날 젊은 로저 버튼 부부가 자신들의 첫 아이를 병원에서 낳기로 결정한 것은 50년이나 유행을 앞서 간 결정이었다. 시대를 앞서 간 이 일이 내가 지금부터 하려는 놀라운 이야기와 어떤 관련이 있는지는 아무도 알 수 없는 일이다.
    나는 그저 무슨 일이 있었는지 이야기할 뿐이며 판단은 독자의 몫이다.
    남북전쟁이 일어나기 전 볼티모어에서 로저 버튼 부부는 사회적으로나 재정적으로나 모두 부러워할 만한 위치에 있었다. 이들은 이런 가문, 저런 가문과 혈연이 있었고, 그래서 남부 사람이면 누구나 알듯이 남부 연방에 많이 살고 있던 거대한 귀족 사회의 일원이 될 수 있었다. 아이를 갖는다는 매혹적인 오랜 관습을 처음 경험하는 것이었으므로 버튼 씨는 당연히 신경이 곤두서 있었다. 그는 아들이길 바랐다. 아들이면 코네티컷에 있는 예일 대학에 보낼 수 있을 것이다. 버튼 씨 역시 그 대학에 다녔고 4년 동안 '커프스'라는 어느 정도는 뻔한 별명으로 알려졌었다.

엄청난 사건이 일어났던 그 9월 아침, 버튼 씨는 초조하게 6시에 일어나 옷을 입고 목의 장식 깃을 흠잡을 데 없이 바로잡은 후, 지난밤의 어둠이 새로운 생명을 탄생시켜 그 품에 안고 있는지 알아보기 위해 서둘러 볼티모어의 거리들을 지나 병원으로 달려갔다.

'신사와 숙녀를 위한 메릴랜드 사립병원'으로부터 거의 100야드 정도 떨어진 곳에서 그는 가족 주치의인 키니 박사가 현관 계단에서 손을 씻는 것처럼 두 손을 비비며 내려오는 것을 보았다. 의사라면 누구나 직업의 불문율처럼 의당 해야 할 일이었다.

철물 도매상인 로저 버튼 상사의 사장 로저 버튼 씨는 그 그림 같던 시대의 남부 신사에게서 기대하는 품위를 제대로 유지하지 못하고 키니 박사를 향해 뛰어가기 시작했다. "키니 선생님!" 그가 불렀다. "아, 키니 선생님!"

의사는 그 소리를 듣고 얼굴을 돌려 보더니 자리에 서서 기다렸다. 버튼 씨가 가까이 다가가자 엄격한 의사의 얼굴에 기이한 표정이 떠올랐다.

"어떻게 됐습니까?" 버튼 씨가 숨을 헐떡이며 급하게 다가가 물었다. "뭔가요? 아내는 어떤가요? 아들인가요? 누구를 닮았나요? 뭐가……."

"정신 차리고 얘기하게!" 키니 박사가 날카롭게 말했다. 그는 다소 짜증이 나 있는 것 같았다.

"아이가 태어났습니까?" 버튼 씨가 물었다.

키니 박사가 인상을 찌푸렸다. "글쎄, 그렇네. 그런 것 같군. 그런대로." 그는 다시 기이한 눈길을 버튼 씨에게 던졌다.

"제 아내는 괜찮습니까?"

"그렇다네."

"아들입니까, 딸입니까?"

"이제 그만!" 키니 박사가 성가심으로 벌컥 화를 내며 소리쳤다. "가서 직접 보게. 괴이해!" 그는 마지막 말을 거의 한 음절로 내뱉고는 돌아서서 중얼거리며 가버렸다. "이런 사례가 내 직업적 명성에 도움이 되리라 생각하나? 또 이런 일이 한 번이라도 생기면 난 끝장이네. 누구든 끝장이야."

"무슨 문제입니까?" 놀라서 버튼 씨가 물었다. "세쌍둥이인가요?"

"아니, 세쌍둥이는 아니네!" 의사가 냉정하게 말했다. "그 이상은 직접 가서 보게. 그리고 다른 의사를 구하도록 하게. 자네가 세상에 나올 때 내가 받아주었지. 그리고 나는 40년 동안 자네 가족의 주치의였어. 하지만 난 이제 자네와는 끝이야! 자네도, 자네 친지들 어느 누구도 다시는 보고 싶지 않아! 잘 가게!"

그러고는 급히 돌아섰고, 한마디 말도 없이 길모퉁이에서 기다리고 있던 그의 마차에 올라타고는 맹렬하게 몰고 가버렸다.

버튼 씨는 그곳 인도 위에서 머리부터 발끝까지 떨며 멍하게 서 있었다. 무슨 끔찍한 불상사가 일어난 걸까? 그는 갑자기 '신사와 숙녀를 위한 메릴랜드 사립병원'으로 들어가고픈 모든 열망을 잃어버렸다. 그리고 얼마 후 억지로 간신히 힘을 내어 계단을 오른 후 정문으로 들어갔다.

간호사 한 사람이 홀의 어두컴컴한 암흑 속에 놓인 데스크 뒤에 앉아 있었다. 모욕을 감내하며 버튼 씨는 간호사에게 다가갔다.

"안녕하세요." 그녀가 기분 좋게 그를 올려다보며 말했다.

"안녕하세요. 나, 나는 버튼입니다."

이 말에 극한 공포의 표정이 그녀의 얼굴 위로 퍼져갔다. 그녀는 벌떡 일어서더니 금방이라도 홀에서 달아날 듯이 하다가 겨우겨우 그런 자신을 참는 모습을 보였다.

"내 아이를 보고 싶은데요." 버튼 씨가 말했다.

간호사가 작은 비명을 질렀다. "오, 그러셔야죠!" 그녀는 이성을 잃은 사람처럼 소리쳤다. "위층이에요. 바로 계단 위요. 올라…… 가세요!"

그녀가 방향을 가리켜 보였다. 버튼 씨는 식은땀에 젖어 비틀거리며 돌아선 후 이 층으로 오르기 시작했다. 위층의 홀에서 그는 세숫대야를 손에 든 채 걸어오고 있던 다른 간호사에게 말을 걸었다. "버튼이라고 하는데요." 그는 간신히 입 밖으로 소리 내어 말했다. "내 아이를 보고……."

쨍그렁! 세숫대야가 바닥으로 떨어져 소리를 내더니 계단을 향해 굴렀다. 쨍그렁! 쨍그랑! 마치 이 신사가 불러일으킨 공포를 전체적으로 나누어 주기라도 하는 것처럼 차근차근 내려가기 시작했다.

"나는 내 아이를 보고 싶다고요!" 버튼 씨는 거의 비명을 지르다시피 했다. 거의 쓰러질 지경이었다.

"쨍그렁!" 세숫대야가 일 층에 닿았다. 간호사는 자제력을 되찾고는 버튼 씨에게 진심으로 경멸하는 눈길을 던졌다.

"좋아요, 버튼 씨." 간호사가 목소리를 낮추어 동의했다. "알았다고요! 하지만 그것이 오늘 아침 우리들을 어떤 상태로 몰아넣었는지 아셨으면 좋겠군요! 정말이지 기괴해요! 그런 일이 있은 뒤이니 이 병원은 이제 결코 다시는 그 명성을……."

"어서요!" 그가 거칠게 소리쳤다. "더 이상 견딜 수가 없군!"

"이쪽으로 오세요, 그럼, 버튼 씨."

그는 간호사 뒤에서 몸을 끌다시피 겨우 뒤따라갔다. 긴 복도 끝에 있는 방에 도착했는데, 그곳에서는 다양한 울음소리들이 흘러나오고 있었고, 실제로, 나중에 쓰는 어법으로는 '우는 방'이라고 알려졌을 방이었다. 그들이 방으로 들어갔다. 벽을 둘러 대여섯 개의 하얀 에나멜로 만든 바퀴 달린 아기 침대가 가지런히 놓여 있었는데, 각 머리맡에는 꼬리표가 매어 있었다.

버튼 씨가 숨을 들이마시며 말했다. "그런데 어느 쪽이 내 아이죠?"

"저기요!" 간호사가 말했다.

버튼 씨의 눈이 그녀가 가리키고 있는 손가락을 따라갔고, 다음이 그가 본 것에 대한 설명이다. 침대 안에는 큼직한 흰 담요를 두르고서 억지로 몸을 쑤셔 넣어 불편스럽게 앉아 있는 한 노인이 있었는데, 분명히 일흔 살은 되어 보였다. 그의 성긴 머리카락은 거의 백발이었고, 턱에서는 긴 잿빛 수염이 흘러내리고 있었는데 그 수염은 창에서 불어 들어오는 바람에 날려 앞뒤로 우스꽝스럽게 흔들리고 있었다. 그는 혼란스러운 의문이 담긴 흐릿하고 빛바랜 눈으로 버튼 씨를 올려다보았다.

"내가 미친 거요?" 버튼 씨가 소리쳤다. 그의 두려움은 분노로 변했다. "이거 무슨 병원에서 하는 지독한 농담인 거요?"

"우린 농담 같지 않군요." 간호사가 딱딱하게 대꾸했다. "그리고 나는 당신이 미쳤는지 아닌지는 몰라요. 하지만 당신 아이는 분명 그런 것 같네요."

버튼 씨 이마의 식은땀이 더 많아졌다. 그는 눈을 감았다. 그리고 눈을 떠 다시 한 번 바라보았다. 실수가 아니었다. 그는 분명 일흔 살의 남자를, 일흔 살의 아기를, 누워 있는 침대 양옆으로 두 발이 밖으로 나와 매달려 있는 그런 아기를 보고 있는 것이었다.

그 늙은이가 잠시 동안 차분하게 두 사람을 번갈아 보더니 느닷없이 갈라지고 늙은 목소리로 말을 했다. "당신이 내 아버지요?"

버튼 씨와 간호사가 혼비백산하였다.

"왜냐하면, 당신이 내 아버지라면……." 늙은이가 투덜거리며 말을 이었다. "여기서 나를 좀 데리고 나가 줬음 해요. 아니면 최소한 여기에 편안한 흔들의자를 좀 갖다 놓으라고 하든가."

"아니 도대체 당신은 어디서 온 거요? 누구요?" 버튼 씨가 미친 듯이 폭발하고 말았다.

"내가 누구인지 정확하게는 말할 수 없소." 투덜거리는 소리가 대답했다. "왜냐하면 난 태어난 지 겨우 몇 시간밖에 되지 않았으니까. 하지만 내 성은 분명 버튼이오."

"거짓말을 하고 있군! 당신은 사기꾼이야!"

늙은이는 피곤한 표정으로 간호사를 향했다. "새로 태어난 아기를 이따위로 환영하다니." 그가 허약한 목소리로 불평했다. "저 양반이 틀렸다고 말해 줘요. 그러지 않겠소?"

"당신이 틀렸어요, 버튼 씨." 간호사가 준엄하게 말했다. "이 사람이 당신 아기이고, 당신은 알아서 최선을 다해야 해요. 가능한 빨리 이 사람을 데리고 집으로 가주기를 부탁드려요.

오늘 중으로요."

"집?" 버튼 씨가 쉽사리 믿을 수 없어 그 말을 되풀이했다.

"그래요. 저 사람을 우리가 여기 데리고 있을 수는 없어요. 정말이지 그럴 순 없어요. 아시겠어요?"

"나도 그편이 정말 좋겠는데." 늙은이가 우는소리를 했다. "여긴 조용한 걸 좋아하는 어린것들을 두기에는 좋은 장소야. 이렇게 소리 지르고 울고, 그동안 난 조금도 잠을 잘 수가 없었어요. 먹을 걸 달라고 부탁했더니—여기서 그의 목소리는 날카로워지며 따지는 투가 되었다.—우유병을 가져다주더라고!"

버튼 씨는 그의 아들 근처에 있는 의자에 주저앉아 두 손에 얼굴을 묻었다. "하느님 맙소사!" 그가 두려움이 극에 달해 중얼거렸다. "사람들이 뭐라고 그럴까? 내가 어떻게 해야 하지?"

"저 사람을 집에 데려가세요." 간호사가 고집했다. "지금 당장요!"

괴로움에 처한 그의 눈앞에 무서우리만큼 선명하게 기이한 그림이 펼쳐졌다. 그 그림 속에서 그는 사람 많은 도시의 거리를 걸어가고 있었고, 옆에서는 이 갑자기 나타난 소름 끼치는 존재가 나란히 활보하고 있었다. "난 못 해. 난 못 해." 그가 신음을 토해 냈다.

사람들은 가던 길을 멈추고 그에게 물어볼 것이고, 그러면 그는 뭐라고 말을 할 것인가? 그는 이, 이 일흔 먹은 사람을 소개해야만 할 것이다. "내 아들입니다. 오늘 아침에 태어났죠." 그러면 늙은이는 두르고 있던 담요를 끌어안을 것이고, 그들은 계속 가던 길을 갈 것이다. 분주한 가게들을 지나, 노예시장을 지나—그 사악한 순간, 버튼 씨는 그의 아들이 차라리 흑인이었다면 하고 간절히 바랐다.—주거지역의 화려한 저택들을 지나, 양로원을 지나…….

"자, 어서요! 정신을 차리세요." 간호사가 말했다.

"여기 봐요." 늙은이가 갑자기 단호하게 말했다. "내가 이 담요를 두르고 걸어서 집에 갈 거라고 생각한다면 그건 완전히 잘못 생각하는 거요."

"아기들은 항상 담요를 두르는 건데."

늙은이는 심술궂게 뚜두둑 소리를 내며 작은 백색의 배내옷을 들어 보였다. "이것 봐요!" 그가 떨리는 목소리로 말했다. "저 사람들이 내게 준비해 준 옷이 바로 이거요."

"아기들은 늘 그런 걸 입어요." 간호사가 새침하게 말했다.

늙은이가 말했다. "어쨌든, 이 아기는 2분 후에는 아무것도 입고 있지 않을 거요. 이 담요는 까슬해서 말이오. 최소한 뭐 홑이불이라도 주었어야지."

"입고 있어요! 입고 있어!" 버튼 씨가 황급히 말했다. 그는 간호사를 돌아보았다. "어떻게 하죠?"

"시내에 가서 댁의 아들 옷을 좀 사세요."

버튼 씨의 아들의 목소리가 복도로 나온 그의 뒤를 따라왔다. "그리고 지팡이, 아버지. 지팡이가 있었으면 좋겠소."

버튼 씨가 바깥문을 거칠게 쾅 하고 닫았다…….

II

"안녕하세요." 버튼 씨가 소심하게 체서피크 의류 상점의 점원에게 말했다. "우리 아이 옷을 좀 샀으면 합니다."

"아이가 몇 살인가요?"

"여섯 시간 정도요." 버튼 씨가 별생각 없이 대답했다.

"아기용품은 뒤쪽에 있습니다."

"그런데, 제 생각에는, 저도 제가 뭘 원하는지 모르겠군요. 아이가 드물게 크거든요. 유별나게, 음, 크다고요."

"제일 큰 아이 사이즈들도 있어요."

"아동복 코너는 어디죠?" 버튼 씨가 생각다 못해 요구를 바꾸었다. 그는 점원이 자신의 부끄러운 비밀을 감지한 것이 분명하다고 느꼈다.

"바로 여기예요."

"그럼······." 그가 주저했다. 아들에게 성인 남자의 옷을 입힌다는 개념은 그로서는 아주 불쾌한 것이었다. 만일, 이를테면 매우 큰 아동용 양복을 찾을 수만 있다면, 그 길고 보기 흉한 수염을 자르고 백발은 갈색으로 염색하여 최악의 모습을 감출 것이며, 그러면 볼티모어 사회에서 그의 지위는 말할 것도 없고 그의 자존심의 다만 얼마만이라도 유지할 수 있을 것이다.

그러나 아동복 코너를 미친 듯이 뒤지고 다녔지만 새로 태어난 버튼에게 맞는 양복은 발견할 수 없었다. 그는 그 가게를 탓했다. 당연하게도—그런 경우라면 가게를 탓하는 것이 당연했다.

"아드님이 몇 살이라 그러셨죠?" 점원이 참견하여 물었다.

"걔는? 열여섯 살이에요."

"아, 죄송합니다. 전 여섯 시간이라고 말씀하신 줄 알고. 청소년 코너가 다음 줄에 있어요."

버튼 씨가 불쌍하게 돌아섰다. 그때 그가 멈춰 서더니 환해진 표정으로 쇼윈도에 있는 마네킹의 옷을 손가락으로 가리켰다. "저거야!" 그가 소리쳤다.

점원이 눈을 동그랗게 뜨고 바라보았다. "아니." 그가 이의를 제기했다. "저건 아동용 양복이 아닌데요. 뭐, 그렇긴 해도, 아주 고급 옷입니다. 선생님께서 입으셔도 될 겁니다!"

"싸 주시오." 손님은 안절부절못하며 고집을 부렸다. "저게 내가 원하는 거요."

놀란 점원은 그 말을 따랐다.

병원으로 돌아온 버튼 씨는 신생아실로 들어가 꾸러미를 아들에게 거의 집어 던지다시피 했다. "여기 네 옷이 있다." 그가 날카롭게 말했다.

늙은이는 꾸러미를 풀고는 난처한 눈으로 내용물을 살폈다.

"내가 보기에 이건 좀 웃긴데요." 그는 투덜거렸다. "나는 동물원의 원숭이가 되고 싶지 않아요……."

"네가 날 원숭이로 만든 거야!" 버튼 씨가 사납게 쏘아붙였다. "네가 얼마나 웃기게 보일까 신경 쓰지 마라. 그냥 입어라. 아니면 내가, 아니면 내가 때려 주겠다." 그는 끝에서 두 번째 단어를 불편해하며 취소했지만 그래도 합당한 말이었다고 느꼈다.

"알았어요, 아버지." 아들로서의 존경이라는 기괴한 흉내와 함께 나온 대답이었다. "아버지가 더 오래 살았고, 그러니 더 잘 알겠죠. 아버지 말대로 하죠."

아까처럼 '아버지'라는 말에 버튼 씨는 심하게 놀랐다.

"서둘러라."

"서두르고 있어요, 아버지."

아들이 옷을 입고 나자 버튼 씨는 아들을 우울하게 바라보았다.

그 복장은 방울 무늬 양말과 핑크색 바지, 그리고 넓은 흰색 칼라에 벨트가 달린 셔츠로 이루어져 있었다. 셔츠 칼라 위로 길고 희끗한 수염이 물결치며 거의 허리까지 늘어져 있었다. 모양새가 좋지 않았다.

"기다려라!"

버튼 씨는 병원의 가위를 쥐더니 세 번의 빠른 손놀림으로 수염의 대부분을 잘라내었다. 하지만 이 정도 개선만으로는 전체적 효과가 완벽과는 거리가 멀었다. 남아 있는 앙상한 머리카락과 물기 어린 두 눈, 오래된 치아 등은 그 복장의 화사함과는 기이하게 어울리지 않는 것 같았다. 그러나 버튼 씨는 완고하였고, 손을 내밀었다. "따라오너라!" 엄하게 말했다.

아들은 믿음을 가지고 손을 잡았다. "나를 뭐라고 부를 건가요, 아빠?" 그들이 신생아실에서 걸어 나올 때 그가 목소리를 떨며 물었다. "그냥 한동안은 '아가야'? 괜찮은 이름이 생각날 때까지요."

버튼 씨가 으르렁대듯 말했다. "모르겠다." 그는 거칠게 말했다. "므두셀라[1]라고 불러야 할 것 같다."

III

버튼 가문에 새 식구가 늘어난 후, 머리를 짧게 자르게 했고, 그 성긴 머리를 검은색으로 자연스럽지 못한 염색을 시키고, 얼굴은 윤이 날 정도로 면도를 아주 바짝 하게 만든 데다, 어리둥절해진 재봉사에게 주문하여 아동복도 맞춰 입혔지만, 버튼 씨는 자신의 첫 아이라기에는 그 아들이 명색에 불과할 뿐 너무나도 볼품이 없다는 사실을 모른 척할 수가 없었다. 나이 든 구부정한 모습에도 불구하고 벤자민 버튼은—이것이 사람들이 부르는 그의 이름이었다. 적절하긴 하지만 기분 나쁠 소지가 있는 므두셀라 대신이었다.—키가 170센티미터에 달했다. 옷들은 그 키를 감추지 못했고, 눈썹을 다듬고 염색을 해도 눈썹 아래에는 흐릿하고 피곤한, 물기 어린 눈이 있다는 사실을 가리지 못했다. 실제로, 사전에 계약이 되어 있던 아기 유모도 아기를 한 번 본 후 매우 분개하며 집을 떠나 버렸다.

그러나 버튼 씨는 그가 의도한 바를 한 치의 흔들림 없이 밀고 나갔다. 벤자민은 아기였고, 아기로 남아 있어야 한다. 처음에 그는 벤자민이 따뜻한 우유를 좋아하지 않으면 아예 음식 없이 지내야 한다고 선언했었다. 하지만 결국 고집을 꺾고 아들에게 빵과 버터, 그리고 타협하는 의미에서 오트밀까지 허락하였다. 하루는 버튼 씨가 딸랑이를 집에 가져와 벤자민에게 주며 확실한 설명도 없이 '그것을 가지고 놀라'고 주장했고, 이에 늙은 벤자민은 피곤한 표정으로 그것을 받아 들었다. 그리고 그날 내내 일정한 간격으로 흔들리는 순종적인 딸랑이 소리를 들을 수 있었다.

하지만 의심의 여지없이 딸랑이는 벤자민을 지루하게 했으며, 게다가 그는 혼자 있을 때 더 위안이 되는 다른 재미있는 놀이들을 발견하였다. 예를 들면, 어느 날 버튼 씨는 그 전 주에 그가 평소보다 더 많은 시가를 피웠음을 알아차렸다. 이 현상은 며칠 후 그가 예기치 않게 아기방에 들어가면서 설명되었다. 아기방엔 희미한 푸른 안개로 가득 차 있었고, 뭔가 잘못했다는 듯한 표정의 벤자민이 검은색의 하바나 시가 하나를 감추려 하고 있었다. 이는, 물론, 상당한 매로 이어질 일이었지만, 버튼 씨는 자신이 직접 매를 들 마음이 생기지 않았다. 그는 아들에게 '그런 식의 성장은 막겠다'는 경고만 주고 말았다.

그럼에도 버튼 씨는 자신의 태도를 줄곧 고집했다. 그는 주석으로 만든 장난감 병정들을 가져왔고, 장난감 기차를, 면으로 만든 커다랗고 귀여운 동물 인형들을 집으로 가지고 왔으며 자신이 스스로를 위해 만들어내고 있던 환상을 완벽하게 하기 위해 장난감 가게 점원에게 열심히 묻기까지 했다. "아기가 입에 넣어도 이 분홍색 오리의 페인트가 벗겨지지 않을까요?" 그러나 이 모든 아버지로서의 노력에도 벤자민은 흥미를 보이지 않았다. 그는 뒷계단으로 몰래 내려가 『브리태니커 백과사전』 한 권을 가지고 아기방으로 돌아와서는 오후 내내 책에 빠져 열심히 읽곤 하였다. 그러는 그의 옆에는 장난감 소와 노아의 방주가 아무렇게나 바닥에서 뒹굴고 있었다. 그런 고집스러움에 대하여 버튼 씨의 노력은 아무런 소용이 없었다.

볼티모어에 빚어진 물의는 처음에는 엄청난 것이었다. 이 불운으로 하여 버튼 가문과 그의 친척들이 사회적으로 어떤 대가를 치렀는지는 단정할 수 없다. 왜냐하면 곧 남북전쟁이 발발했고 따라서 온 도시의 주의가 다른 것들로 쏠렸기 때문이었다. 변함없이 예의 바른 몇몇 사람들은 아이의 부모에게 뭔가 듣기 좋은 말을 해주기 위해 머리를 쥐어짜야 했고, 그러다 결국 현명한 방법을 생각해 내어 아기가 할아버지를 닮았다고 얘기했다. 일흔 살의 남자에게 공통적이게 마련인 쇠약이라는 전형적인 상태, 그 부정할 수 없는 사실 때문이었다. 로저 버튼 부부는 마음에 들지 않아 했고, 벤자민의 할아버지는 심하게 모욕을 당했다.

벤자민은 그가 병원을 떠난 이후 그가 생각했던 삶은 버렸다. 아버지는 몇 명의 어린 남자아이들을 집에 데려와 그와 놀도록 하였다. 그는 팽이와 구슬에 재미를 붙이려고 애쓰며 관절이 뻣뻣해지도록 오후를 보냈고, 심지어 우연이긴 하지만 새총으로 돌을 쏘아 부엌 창문을 깨기까지 했는데, 아버지는 이 행동에 오히려 은근히 흐뭇해하였다.

그다음부터 벤자민은 매일 뭔가를 깨는 일을 저질렀는데, 그런 행동을 한 것은 사람들이 그러기를 기대했기 때문이었고, 그는 천성적으로 그런 기대에 맞춰주려고 했기 때문이었다.

할아버지가 초기의 노여움으로부터 조금씩 벗어나면서, 벤자민과 할아버지는 함께 지내는 일에서 서로 큰 기쁨을 느끼게 되었다. 그들은 몇 시간이고 함께 앉아 있었다. 이들 두 사람은 나이와 경험에는 먼 거리가 있었지만, 마치 오랜 벗인 양 그날 하루 더디게 일어났던 일과들에 대해 지치지 않고 한결같이 이야기를 나누었다. 벤자민은 부모와 있을 때보다 할아버지와 있을 때 훨씬 더 편안했다. 부모는 항상 그를 좀 두려워하는 듯이 보였으며, 강압적으로 권위를 행사하면서도 종종 그에게 '씨'라는 호칭을 붙일 때가 있었다.

그 역시 태어나면서부터 자신의 몸과 정신이 그렇게 나이가 들어 있다는 것에 누구 못지않게 당황스러웠다. 의학 학술지에서도 찾아보았지만 이전에 그런 사례가 있었는지 기록되어 있는 경우는 발견할 수 없었다. 아버지가 권하니 그도 다른 아이들과 놀아보려고 진심으로 시도를 해보았고, 그래서 자주 비교적 온순한 게임에는 참가도 해보았다. 풋볼은 그에게 너무 힘들었고 골절이라도 생기면 늙은 뼈가 다시 접합되지 않을까 두려웠다.

다섯 살이 되자 유치원에 보내졌고, 유치원에서 그는 초록색 종이를 오렌지색 종이 위에 붙이기, 색칠한 지도 맞추기, 끝없이 이어지는 마분지 목걸이 만들기 등의 미술을 배우게 되었다. 그는 그런 과제를 하는 도중 졸다가 잠이 들곤 했는데, 그의 그런 버릇 때문에 젊은 선생님은 화도 나고 무섭기도 하였다. 다행스럽게도 여선생은 그의 부모에게 불평을 털어놓았고, 그는 유치원을 나오게 되었다. 로저 버튼은 자기 친구들에게 아이가 너무 어리다더라고 말했다.

그가 열두 살이 되었을 무렵엔 부모도 그에게 점차 익숙해져 있었다. 실제로, 습관의 힘이란 그렇게 큰 것이어서 부모는 더 이상 그가 다른 아이들과 다르다고 여기지 않게 되었다. 예외적으로 어떤 기이한 변칙적인 모습이 사실을 일깨우기도 했지만. 그런데 그의 열두 번째 생일이 몇 주일 지난 어느 날, 거울을 보던 벤자민은 놀라운 발견을 했다. 혹은 발견을 했다고 생각했다. 눈이 잘못된 것이었을까, 아니면 12년 그의 인생 동안 염색 아래 숨겨져 있던 그의 머리카락이 백발에서 검은빛이 도는 회색으로 바뀐 것일까? 얼굴에 가득했던 주름살이 점점 희미해진 것인가? 피부가 더 건강해지고 탄력적이 된 것인가, 심지어 불그스레한 겨울빛까지 돌고 있지 않은가? 그는 확신이 서지 않았다. 자신의 몸이 이제는 구부정하지 않으며 신체 조건도 나아져 왔다는 것은 알고 있었다.

'혹시……?' 혼자 생각해 보았다, 라기보다는 가까스로 감히 그런 생각을 해보았다.

그는 아버지에게 갔다. "저도 이제 컸어요." 그가 단호하게 말했다. "그러니 긴 바지를 입고 싶어요."

아버지는 망설였다. "글쎄." 마침내 그가 말했다. "잘 모르겠구나. 열네 살이 되어야 긴 바지를 입을 수 있는데, 넌 겨우 열두 살이다."

"하지만 아버지도 인정하시잖아요. 전 나이에 비해 큽니다." 벤자민이 항의했다.

아버지가 착각에 빠져 억측을 하며 그를 바라보았다. "그건 꼭 그렇지도 않다. 나도 열두 살 때 너만큼 컸단다."

그건 사실이 아니었다. 그것은 모두 로저 버튼이 자신의 아들이 정상이라고 믿기로 스스로와 암묵적인 합의를 한 데서 비롯된 것이었다.

마침내 타협이 이루어졌다. 벤자민은 계속해서 머리를 염색하기로 했다. 또래의 소년들과 놀기 위한 노력도 더 열심히 하기로 했다. 거리에서 안경을 쓰거나 지팡이를 짚는 일도 하지 않기로 했다. 그리고 이러한 양보에 대한 대가로 그는 처음으로 긴 바지 입는 일을 허락받았다.

IV

열두 살에서 스물한 살 사이의 벤자민 버튼의 삶에 대해서는 나는 별로 이야기하지 않으려 한다. 정상적으로 성장한 나날들이었다는 것만 기록하면 그로 족하다. 벤자민이 열여덟 살이 되자 그는 쉰 살의 남자처럼 몸이 곧게 펴져 있었다. 머리카락도 더 풍성하였고 색깔도 검회색이었다. 걸음걸이는 힘이 들어가 안정적이었고, 목소리는 쉰 소리와 떨림이 사라져 건강한 바리톤으로 바뀌었다. 그래서 아버지는 그를 코네티컷으로 보내 예일 대학 입학시험을 보게 했다. 벤자민은 시험에 합격했고 신입생의 일원이 되었다.

입학한 지 사흘째 되던 날, 그는 대학의 학적부 직원인 하트 씨로부터 사무실에 들러 수강 등록을 하라는 연락을 받았다. 거울을 본 벤자민은 머리를 다시 갈색으로 염색해야겠다고 판단했지만, 서랍을 아무리 샅샅이 뒤져보아도 염색약은 그곳에 없었다. 그제야 그는 그 전날 염색약을 다 쓰고 병을 버렸던 것이 기억났다.

그는 궁지에 처했다. 등록 사무실에 오 분 내로 가야 했다. 어찌할 수가 없었다. 그냥 그 상태로 가야만 하는 것이다. 그래서 그는 그렇게 갔다.

"안녕하십니까?" 하트 씨가 공손하게 말했다. "아드님 일을 문의하러 오셨습니까?"

"아, 실은, 제 이름은 버튼이라고……." 벤자민이 그렇게 입을 떼었으나 하트 씨가 중간에 끼어들었다.

"만나 뵈어서 반갑습니다, 버튼 씨. 아드님이 곧 오기로 되어 있습니다."

"그게 접니다!" 벤자민이 이야기해 버렸다. "제가 신입생입니다."

"뭐라고요!"

"제가 신입생입니다."

"분명 농담이시겠지요."

"전혀 아닙니다."

직원은 인상을 찌푸리더니 자기 앞에 놓인 카드를 보았다. "여기 벤자민 버튼 씨의 나이는 열여덟 살로 적혀 있는데요."

"그게 제 나이입니다." 벤자민은 약간 얼굴을 붉히며 주장했다.

지친 직원의 눈이 그를 바라보았다. "확실히 하시지요, 버튼 씨. 제가 그 말을 믿기를 기대하십니까?"

벤자민도 지쳐서 피곤한 미소를 지었다. "저는 열여덟 살입니다." 그가 되풀이했다.

직원이 단호하게 문을 가리켰다. "나가시오." 그가 말했다. "학교에서 나가시오. 그리고 이 도시에서도 떠나시오. 당신은 위험한 미치광이요."

"난 열여덟 살이오."

하트 씨가 문을 열었다. "생각만으로도!" 그가 큰 소리로 외쳤다. "당신 나이에 대학 신입생으로 입학하려 하다니. 열여덟 살이라고, 당신이? 그렇다면 내가 18분을 줄 테니 이곳을 떠나시오."

벤자민 버튼은 품위를 지키며 방을 걸어 나왔다. 복도에서 기다리고 있던 대여섯 명의 학부 학생들의 호기심 어린 눈길이 그를 따라왔다. 그는 조금 가다가 돌아선 후 아직도 문가에 서 있던 화난 얼굴의 직원을 향하고는 확고한 목소리로 되풀이하여 말했다. "난 열여덟 살이오."

대학생 무리로부터 터져 나오는 킥킥거리는 웃음의 합창을 들으며 벤자민은 걸어 나왔다.

그러나 그는 그렇게 쉽게 빠져나올 운명이 아니었다. 그는 기차역을 향해 우울하게 걷다가 자기 뒤를 따라오는 사람들이 있음을 알게 되었다. 처음엔 몇몇 사람들이었다가 곧 떼 지어 오는 무리가 되더니, 결국은 대학생들이 빽빽이 모인 군중이 되었다. 미치광이 하나가 예일 대학 입학시험에 통과하여 열여덟 살 젊은이라고 사기를 치려 했다는 소문이 돌았던 것이다. 흥분의 열기가 대학에 퍼졌다. 사람들이 모자도 없이 강의실에서 뛰어나왔고, 풋볼 팀은 연습을 중단하고 사람들의 무리에 동참했으며, 보닛 모자를 쓴 교수 사모님들도 자리를 벗어나

야단법석을 떨며 사람들의 행렬 뒤를 소리치며 뒤따랐다. 사람들은 벤자민 버튼의 연약한 감수성을 향해 끊임없이 계속해서 한마디씩 던져왔다.

"저 사람은 분명히 방랑하는 유대인일 거야!"

"저 나이면 고등학교에 가야지!"

"신동 좀 보게나!"

"여기가 양로원일 줄 알았던 게지."

"하버드에 가라!"

벤자민은 발걸음을 빨리했고, 곧 그는 달리고 있었다. 그들에게 보여 줄 것이다! 그는 하버드에 갈 것이고, 그때가 되면 저들도 이 악의적인 조롱을 후회하게 될 것이다!

무사히 볼티모어행 기차에 오른 그는 창밖으로 머리를 내밀었다. "너희들은 이 일을 후회할 것이다!" 그가 소리쳤다.

"하하!" 대학생들이 웃어댔다. "하하하!" 이는 예일 대학이 그때껏 저지른 가장 큰 실수였다…….

V

1880년 벤자민 버튼은 스무 살이었고, 그는 아버지 밑에서 일하기 위해 철물 도매상인 로저 버튼 회사에 출근하는 것으로 그의 생일을 의미 있게 만들었다. 또 그해는 그가 '사교적으로 활동' 하기 시작한 해이기도 하였다. 아버지가 그를 여러 사교계 댄스파티에 데리고 가겠다고 주장했던 것이다. 로저 버튼은 이제 쉰 살이었고, 그와 아들은 점점 더 친구처럼 함께 다니게 되었다. 실제로, 벤자민이 머리 염색을 중단한 이후로 (아직 희끗희끗하기는 했다.) 두 사람은 거의 같은 연배로 보였으며, 형제로 간주될 수도 있었다.

8월의 어느 날 밤, 그들은 정장을 차려입고 마차를 탄 후 볼티모어 근교에 위치한 셰블린 가문의 별장에서 열리는 댄스파티를 향해 마차를 몰았다. 아름다운 저녁이었다. 보름달의 달빛은 무광의 백금으로 길을 적셨고, 뒤늦게 활짝 핀 꽃들은 바람기 없는 공기에 향기를 불어넣었는데 마치 나지막하게 은은히 들리는 웃음소리 같았다. 탁 트인 시골은 밝은 빛의 밀이 카펫처럼 뒤덮인 길들로 해서 마치 대낮처럼 투명했다. 그 순수한 하늘의 아름다움에 영향을 받지 않기란 거의 불가능했다, 거의.

"의류 상품 사업의 전망은 정말이지 밝단다." 로저 버튼이 이야기하고 있었다. 그는 정신적인 사람이 아니었고, 미적 감각은 기초적인 것에 불과했다.

"나처럼 늙은 사람은 새로운 기술을 배울 수가 없는 법이다." 그는 심각하게 말했다. "너희 젊은이들은 에너지도 있고 활력도 있으니 훌륭한 미래가 너희 앞에 펼쳐질 것이다."

길 저 멀리로 셰블린 별장에서 불빛들이 흘러나와 시야에 들어왔고, 그러자 곧 그들을 향해 조금씩 지속적으로 다가오는 한숨짓듯 산들거리는 소리가 들려왔다. 바이올린의 섬세한 애탄일 수도 있었을 것이며 또는 달빛 아래 흔들리는 은빛 밀의 속삭임이었을지도 모른다.

그들은 멋진 브룸 마차 뒤에 멈추어 섰다. 앞 마차의 승객들이 문으로 내리고 있었다. 부인 한 사람이 내렸고, 뒤이어 나이 든 신사가, 그리고 또 젊은 여자 한 사람이 내렸다. 너무나도 아름다웠다. 벤자민은 흠칫 놀랐다. 마치 어떤 화학적 변화가 그의 몸의 모든 요소들을 다 녹여 다시 재구성하는 것만 같았다. 몸이 뻣뻣하게 굳어졌고 피가 두 뺨으로, 이마로 치솟아 올랐으며 귀에서는 쿵쿵하는 소리가 계속 되었다. 첫사랑이었다.

그 여자는 가냘프고 연약했으며, 머리는 달빛 아래에서는 잿빛이더니, 현관의 깜박이는 가스등 아래에서는 꿀의 빛깔이 났다. 어깨에는 스페인풍의 베일이 덮여 있었는데, 너무나도 부드러운 노란빛 바탕에 검은 나비들이 그려져 있었다. 발은 바스락거리는 드레스 단 아래에서 반짝이는 단추 같았다.

로저 버튼이 아들에게 몸을 기울이며 말했다. "저 아이가 힐데가르드 몽크리프야. 몽크리프 장군의 딸이지."

벤자민은 냉정하게 고개를 끄덕였다. "예쁜 아이군요." 그는 무심한 척 말했다. 하지만 검둥이 소년이 마차를 끌고 간 후 그가 덧붙여 말했다. "아버지, 인사 좀 시켜주시죠."

그들은 몽크리프 양을 중심으로 모여 있던 사람들에게 다가갔다. 옛 전통 방식대로 자라난 그녀는 벤자민에게 한 발을 뒤로 빼며 무릎을 낮게 굽혀 인사했다. 그래, 그는 함께 춤을 추게 될 것 같다. 벤자민은 고마움을 표한 후 걸어갔다. 아니, 비틀거리며 멀어졌다.

그의 차례는 한없이 지루하게 시간을 끈 후에야 간신히 찾아왔다. 그는 벽 가까이서 조용히, 헤아릴 수 없는 표정으로 볼티모어의 젊은이들이 힐데가르드 몽크리프의 주변에서 맴도는 것을 험악한 눈길로 바라보며 서 있었다. 벤자민이 보기에 그들은 얼마나 불쾌하고, 얼마나 보기 역겨울 정도로 낙관적이었던지! 양쪽으로 말려 올라간 그들의 갈색 콧수염은 그에게 소화불량과도 같은 불편함을 불러일으켰다.

하지만 마침내 그의 차례가 왔을 때, 그는 그녀와 함께 파리에서 온 최신 왈츠의 음악에 맞춰 변화하는 댄스 플로어로 나갔고, 그러자 질투와 불안감이 모두 쌓인 눈처럼 녹아 사라졌다. 매혹에 눈이 멀어버린 그는 인생이 막 시작되고 있다고 느꼈다.

"당신과 당신 형님은 우리가 도착했을 때 그때 오셨지요?" 힐데가르드가 에나멜처럼 환한 푸른 눈으로 그를 올려다보며 말했다.

벤자민은 잠시 주저했다. 그녀가 자신을 아버지의 동생으로 생각하고 있는데, 그녀를 일깨워 주는 것이 과연 최선일까? 그는 예일에서의 경험을 떠올리며 그러지 않기로 마음먹었다. 여자의 말을 부정하는 것은 무례한 행동일 것이다. 그리고 이렇게 우아한 순간을 자신의 출생에 대한 괴이한 이야기로 망치는 것도 범죄나 마찬가지이다. 나중에, 아마도. 그래서 그는 고개를 끄덕이고 미소를 지었고 그녀 이야기에 귀를 기울였으며 행복했다.

"나는 당신 연배의 남자들이 좋아요." 힐데가르드가 말했다. "젊은 남자들은 너무 멍청해요. 대학에서 얼마나 샴페인을 많이 마셨는지, 카드 게임을 하다가 돈을 얼마나 잃었는지 저에게 얘기하죠. 당신 나이 남자들은 여성의 가치에 감사할 줄 알아요."

벤자민은 금방이라도 프러포즈를 하고 싶은 자신을 느꼈지만, 애써 그 충동을 삼켰다.

"당신은 아주 낭만적인 나이이지요." 그녀가 말을 이었다. "쉰 살. 스물다섯 살은 너무 처세에 능하고, 서른 살은 과로로 활기가 없는 편이죠. 마흔 살은 온갖 사연들이 많은 나이라 시가 한 대를 다 피우며 이야기를 해야 하고요. 예순 살은, 아, 예순 살은 거의 일흔이잖아요. 하지만 쉰 살은 원숙한 나이이지요. 나는 쉰 살을 사랑해요."

벤자민에게 쉰 살은 영광스러운 나이로 생각되었다. 그는 쉰 살이 되기를 열정적으로 갈망했다.

"난 늘 말했었죠." 힐데가르드가 계속했다. "서른 살의 남자와 결혼해서 남편을 돌보느니 차라리 쉰 살의 남자와 결혼해서 돌봄을 받겠다고요."

벤자민은 그날 저녁 남은 시간들이 모두 꿀빛 같은 안개 속에 젖어 있는 것 같았다. 힐데가르드는 그와 두 번 춤을 추었고, 그들은 두 사람이 그날의 모든 문제들에 대해서 놀라울 정도로 의견이 일치한다는 것을 발견했다. 그녀는 다음 일요일에 그와 함께 드라이브를 가기로 했다. 그때 이 모든 문제들에 대해 더 깊이 이야기를 나눌 것이다.

마차를 타고 집으로 향한 것은 막 동이 트기 직전이었다. 그날의 첫 꿀벌들이 윙윙거리고 있었고 사그라지는 달빛이 차가운 이슬 위로 어렴풋했다. 벤자민은 아버지가 철물 도매 이야기를 하고 있는 것을 건성으로 듣고 있었다.

"......그러니 너는 망치와 못 다음에 우리가 가장 집중해야 할 것이 무엇이라 생각하느냐?" 아버지는 그렇게 말하고 있었다.

"사랑이오." 벤자민은 얼이 빠진 상태에서 대답했다.

"나사?" 로저 버튼이 말했다. "나사 문제는 내가 지금 막 얘기했잖니."

벤자민이 멍한 눈으로 아버지를 바라볼 그때, 동쪽 하늘이 갑자기 열리며 빛이 비추었고 꾀꼬리 한 마리가 점차 소생하는 숲 속에서 날카로운 하품을 하였다…….

VI

 6개월 후 힐데가르드 몽크리프 양과 벤자민 버튼 씨의 약혼이 알려지게 되었을 때(나는 '알려지게 되었다' 고 표현했는데, 이는 몽크리프 장군이 그 약혼을 발표하느니 차라리 칼 위에 엎어지겠다고 했기 때문이다.) 볼티모어 사회의 열광적인 흥분은 최고조에 달했다. 거의 잊고 있었던 벤자민의 탄생 이야기를 떠올리게 되었고, 이는 악한소설이나 믿을 수 없는 형식의 스캔들이 되어 바람을 타고 퍼져 나갔다. 그 소문에 따르면, 사실은 벤자민이 로저 버튼의 아버지였다거나 벤자민은 사십 년 동안 감옥에 가 있었던 그의 동생이었다거나 또는 변장을 한 존 윌크스 부스[2]라든가, 심지어는 그의 머리에는 두 개의 작은 원뿔 모양의 뿔이 돋아나 있다고도 했다.

 뉴욕 신문들의 일요일 판에서는 이 이야기를 크게 취급하였고, 벤자민의 머리가 물고기나 뱀, 심지어는 단단한 놋쇠 몸체에 달려 있는 흥미진진한 스케치들을 싣기까지 하였다. 언론에서 그는 메릴랜드의 신비한 사나이로 알려졌다. 하지만 사실대로의 이야기는 으레 그렇듯이 극히 소수의 사람들에게만 회자되었다.

 어찌 되었건, 사람들은 모두, 볼티모어의 어떤 미남과도 결혼할 수 있었을 그렇게 아름다운 아가씨가 분명히 오십은 된 남자의 품에 자신을 던져버렸다는 것은 '범죄' 나 마찬가지라며 몽크리프 장군의 말에 동의하였다. 로저 버튼 씨는 아들의 출생증명서를 볼티모어 《블레이즈 소식》에 큰 활자로 실어도 보았지만 허사였다. 아무도 그것을 믿어주지 않았다. 그저 벤자민을 보았고, 그리고 상상할 뿐이었다.

그러나 누구보다 당사자인 두 사람은 전혀 흔들림이 없었다. 약혼자에 대한 소문들이 너무나도 많이 거짓된 것이어서 힐데가르드는 사실인 이야기조차도 고집스레 믿으려 하지 않았다. 몽크리프 장군은 오십 대 남자들의, 또는 최소한 오십처럼 보이는 남자의 높은 사망률까지 지적했으나 그녀는 듣지 않았다. 그는 철물 도매 사업이 불안정하다는 것도 이야기했으나 역시 허사였다. 힐데가르드는 완숙함을 보고 결혼하기로 선택한 것이었고, 또 그렇게 결혼을 하였다.

VII

특히 한 가지 점에서는 최소한 힐데가르드 몽크리프의 친구들이 틀린 것이 있었다. 철물 도매 사업이 놀라울 만큼 번창하였던 것이다. 1880년 벤자민 버튼이 결혼하고 1895년 그의 아버지가 은퇴할 때까지 15년 동안 가문의 재산은 두 배가 되었는데, 이는 벤자민이 회사에 기여한 바가 컸기 때문이었다.

말할 필요도 없이 볼티모어는 점차 이 부부를 진심으로 받아들이게 되었다. 심지어 그 몽크리프 장군조차도, 벤자민이 돈을 내어 장군의 『남북전쟁의 역사』가 빛을 볼 수 있도록 돕자 사위와 화해하게 되었다. 아홉 군데 유명한 출판사들이 모두 거절했던 책이었다.

벤자민도 그 15년 동안 많은 변화를 겪었다. 그는 혈관 속에 새로운 활력을 지닌 피가 흐르는 것처럼 느꼈다. 아침에 일어나는 일이, 힘찬 발걸음으로 분주하고 햇빛 가득한 거리를 걷는 일이, 망치를 선적하고 못을 운송하며 지치지 않고 일하는 것이 기쁨으로 다가오기 시작했다. 1890년, 그는 그의 유명한 사업상의 개혁을 단행하였다. 즉, '못을 운송할 때 사용하는 박스들을 닫기 위해 쓴 못들은 모두 선적하는 회사의 재산임'을 선언하는 제안서를 내놓은 것이다. 그리고 이 제안은 연방 대법원장 포실의 승인을 받아 법규가 되었으며 로저 버튼 회사는 매년 600개 이상의 못을 절약할 수 있었다.

게다가 벤자민은 자신이 갈수록 인생의 즐거운 측면에 점점 더 끌리게 되었음을 깨달았다. 그가 볼티모어에서 처음으로 자동차를 소유하고 타고 다닌 것도 즐거움을 추구하는 그의 열정이 점차 커가고 있음을 보여 주는 전형적인 예였다. 거리에서 그를 만나면 그 당시 사람들은 그가 건강과 생동감으로 만들어 내는 광경을 부러움을 가득 안고 바라보곤 했다.

"저 사람은 매년 젊어지는 것 같아." 사람들은 말하곤 했다. 그리고 이제 예순다섯 살이 된 로저 버튼도 처음에는 적절한 환영을 해주지 못했던 자신의 아들에게 마침내 무조건적인 찬사를 보냄으로써 빚을 갚았다.

그리고 여기서 이제 우리는 유쾌하지 못한 이야기를 해야 하는데, 가능한 빨리 언급하고 지나가도록 하겠다. 벤자민 버튼이 유일하게 걱정하는 것이 한 가지 있었다. 그것은 아내가 더 이상 매력적으로 보이지 않는다는 것이었다.

그때 힐데가르드는 서른다섯의 여인이었고 열네 살짜리 아들 로스코도 두고 있었다. 결혼 생활 초기에는 벤자민도 그녀에게 큰 애정을 품고 있었다. 하지만 세월이 흐르면서 그녀의 꿀빛 같던 머리는 지루한 갈색이 되었고, 푸른 에나멜 같던 눈은 싸구려 도기 그릇처럼 되었다. 게다가 무엇보다도 그녀는 자신의 방식에 너무 안주하고 있었다. 너무나 평온하고 자기만

족적이었고 열광하는 일이 부족했으며 취향도 너무 수수했다. 새 신부였을 때 그녀는 벤자민을 '끌고' 댄스파티와 저녁 식사 자리들을 다녔지만, 지금은 상황이 뒤바뀌어 있었다. 그녀는 여전히 남편과 함께 사교 모임을 다녔지만 아무런 열정도 없었고, 이미 우리들에게 오게 마련인, 그러고는 인생의 마지막까지 우리와 함께 머무르게 되는 그 영원한 무기력에 함몰되어 있었다.

벤자민의 불만은 점점 강해졌다. 1898년 미국―스페인 전쟁이 발발하자, 집에서 거의 매력을 느끼지 못하고 있던 그는 입대하기로 결심하였다. 사업상의 영향력을 발휘하여 그는 대위로 임관했고, 그 일에 매우 유능함을 증명하여 소령으로 승진하였으며, 마침내는 중령이 되어 시기적절하게 그 유명한 산후안 고지 돌격전에 참가할 수 있었다. 그는 가벼운 부상을 입었고 메달을 받았다.

벤자민은 군 생활의 활동과 흥분에 너무나도 몰두하여 그것을 포기하고 싶지 않았지만, 그의 사업 역시 그의 관심을 요구하였기에 퇴역하고 집으로 돌아왔다. 그가 역에 내렸을 때 브라스밴드가 그를 맞이하여 집까지 수행하였다.

VIII

힐데가르드는 커다란 실크 깃발을 흔들며 현관에서 그를 환영했고, 그녀에게 키스하면서 그는 가슴이 내려앉았다. 그 삼 년으로 해서 그들이 많은 것을 상실했음을 느꼈기 때문이다. 그녀는 이제 마흔의 여인이었고 머리에는 희미하게나마 흰머리가 희끗희끗 보였다. 그런 모습에 그는 우울해졌다.

그의 방 안, 친숙한 거울에 비친 그의 모습이 보였다. 그는 조금 더 가까이 다가가 근심스럽게 자신의 얼굴을 자세히 살폈다. 잠시 후 그 모습과 전쟁 직전 군복을 입고 찍은 사진을 비교해 보았다.

"세상에!" 그가 큰 소리로 말했다. 그 과정은 계속 진행되고 있었다. 의심의 여지가 없었다. 그는 이제 서른 살의 남자처럼 보였다. 기뻐하는 대신에 그는 걱정스러웠다. 그는 어려지고 있는 것이다. 지금까지는, 일단 그의 육체적인 나이가 몇 년 후 그의 나이와 일치하게 되면 그가 태어나면서 겪었던 기이한 현상이 작동을 멈추기를 바라고 있었다. 그는 몸서리를 쳤다. 그의 운명은 그에게 너무나도 끔찍하고 믿기 어려운 것처럼 보였다.

그가 아래층으로 내려오자 힐데가르드가 기다리고 있었다. 그녀는 화가 나 있는 것처럼 보였고, 그는 그녀가 마침내 무언가 잘못됐음을 발견한 것일까 생각했다. 그들 사이의 긴장을 누그러뜨리려고 애쓰며, 그는 저녁 식사 때 나름 상당히 섬세하다고 생각되는 방식으로 그 문제를 끄집어내었다.

"있잖소." 그가 가볍게 말했다. "사람들이 다 내가 전보다 젊어 보인다는군."

힐데가르드가 냉소를 머금고 그를 바라보았다. 그녀가 코웃음을 쳤다. "그게 자랑거리라고 생각해요?"

"자랑하는 게 아니오." 그가 불편한 마음으로 말했다.

그녀가 또다시 코웃음을 쳤다. "그 생각." 그녀가 말하고는 잠시 기다렸다. "난 당신이 자존심을 갖추고 그 일을 중단해야 한다고 생각해요."

"내가 어떻게 할 수 있단 말이오?" 그가 물었다.

"난 당신과 논쟁하지 않겠어요." 그녀가 쏘아붙였다. "하지만 세상일에는 옳은 방법이 있고 그릇된 방법이 있어요. 당신이 다른 모든 사람들과 달라야겠다고 마음을 먹었다면, 나로서는 당신을 멈추게 할 수 없겠지만, 당신의 행동은 정말이지 사려 깊지 못하다고 생각해요."

"하지만, 힐데가르드, 나로서도 어쩔 수 없는 일이오."

"당신은 할 수 있어요. 그런데 그냥 고집을 부리는 거지요. 당신은 다른 사람과 같아지고 싶지 않은 거예요. 당신은 늘 그런 식이었고, 앞으로도 그럴 거예요. 하지만 생각해 봐요. 다른 사람들도 당신처럼 사물을 본다면 도대체 어떻겠어요? 세상이 어떻게 되겠느냐고요?"

이는 공허하고 답이 나올 수 없는 논쟁이었기에 벤자민은 대꾸를 하지 않았고, 그 순간부터 두 사람 사이의 틈은 점점 더 벌어지게 되었다.

그 간극에 더하여, 그는 새로운 세기가 다가오면서 쾌락에 대한 자신의 욕구가 점점 더 강해지는 것을 깨달았다. 볼티모어에서 열리는 파티라면 어느 곳도 놓치지 않고 참석하였으며 가장 젊은 유부녀들과 춤을 추었고, 가장 인기 있는, 사교계에 갓 데뷔한 아가씨들과 담소를 즐겼으며, 그들과 함께 있는 것에 매료되었다. 반면, 그의 아내는 사악한 저주의 귀부인이 되어 샤프롱들 사이에 앉아 때로는 오만하게 불만을 표했고, 때로는 근엄하고 당혹스러운, 그리고 비난하는 눈길로 그의 뒤를 쫓았다.

"저것 좀 봐요!" 사람들이 이야기하곤 했다. "정말 안됐군! 저렇게 젊은 청년이 마흔다섯의 여자에게 매여 있다니. 부인보다 스무 살은 아래로 보이는군." 그들은 이미 잊어버리고 있었다. 사람들이란 그렇게 잊게 마련이다. 1880년에는 그들의 어머니와 아버지도 이 어울리지 않는 커플에 대해 한마디씩 했었다는 것을.

벤자민은 집에서 점점 커가는 불만을 많은 새로운 관심사를 통해 보상받았다. 그는 골프를 시작했고 거기서 커다란 성공을 거두었다. 그는 댄스에도 입문했다. 1906년 그는 '보스턴 왈츠'의 전문가였고, 1908년에는 '머시서 춤'의 달인으로 인정받았으며, 1909년에는 도시의 모든 젊은이들이 부러워할 정도로 '캐슬워크 댄스'를 추었다.

당연히 그의 사교계 생활로 해서 사업도 어느 정도 영향을 받았다. 하지만 그는 25년간 철물 도매상에서 열심히 일을 했고, 그래서 그는 곧 아들에게 사업을 넘길 수 있을 것이라 생각하고 있었다. 아들 로스코는 최근에 하버드를 졸업한 상태였다.

실제로 사람들은 종종 그와 그의 아들을 반대로 알아보기도 하였다. 그럴 때면 벤자민은 기뻐했다. 그는 미국-스페인 전쟁에서 돌아왔을 때 그를 엄습했던, 자기도 모르는 사이 불쾌하게 숨어 있던 그 공포를 이미 잊어버렸던 것이다. 그러고는 순진하게도 자신의 모습에 점점 만족하며 지내고 있었던 것이다. 여기에는 하나의 옥에 티가 있었으니, 끔찍해하면서도 아내와 함께 대중 앞에 나서야 한다는 것이었다. 힐데가르드는 거의 쉰 살이었고 그녀의 모습만 보아도 그는 너무 터무니가 없다고 느꼈다…….

IV

  1910년 9월 어느 날—로저 버튼 회사가 젊은 로스코 버튼에게 넘겨진 지 몇 년이 지난 후였다.—분명히 스무 살로 보이는 한 남자가 케임브리지의 하버드 대학에 신입생으로 입학하였다. 그는 자신이 다시는 쉰 살이 되지 못할 것이라는, 혹은 그의 아들이 이미 십 년 전에 같은 학교를 졸업했다는 사실을 언급하는 실수를 저지르지 않았다.

  그는 입학 허가를 받았고, 그와 동시에 곧 학년에서 뛰어난 위치를 차지하였는데, 이는 부분적으로는 그가 평균 열여덟 살인 다른 1학년 학생들보다 조금 더 나이가 많았기 때문이기도 했다.

  하지만 그의 성공은 주로 예일 대학과의 풋볼 시합에서 그가 너무나도 뛰어난 솜씨로 경기를 했기 때문이었다. 그는 아주 냉정하고 가차 없는 분노를 보이며 수많은 공격을 시도하여 일곱 개의 터치다운과 네 개의 필드골을 얻어내었고, 예일 대학 선수 열한 명 전부가 한 명씩 의식을 잃고 필드에서 실려 나가게 만들었다. 그는 학교에서 가장 유명한 사람이었다.

  그런데 이상하게도 3학년이 되면서 그는 간신히 팀에 들어갈 수 있었다. 코치는 벤자민의 체중이 많이 빠졌다고 말했으며, 좀 더 관찰력이 있는 사람들이 보기에는 그의 키도 예전만큼 크지 않았다. 그는 한 번도 터치다운을 하지 못했고, 실제로 그가 팀에 남겨졌던 주된 이유는 그의 엄청난 명성이 예일 대학 팀에게 두려움과 분열을 일으켰으면 하는 희망 때문이었다.

  4학년 때 그는 아예 팀에 들어가지 못했다. 그는 더 야위고 약해져서 하루는 2학년 학생들이 그를 신입생으로 잘못 생각하기도 하였으며, 이 사건을 그는 매우 모욕적으로 받아들였다. 그는 신동으로 알려지기 시작했다. 분명 열여섯 살 정도밖에 되지 않았는데 4학년이었고, 그는 동급생들 일부의 세속적 행태에 충격을 받기도 했다. 그는 공부를 버겁게 느끼는 것 같았다. 너무 앞선 내용으로 생각되었다. 그는 동급생들이 세인트 미다스라는 유명한 사립 고등학교에 대해 이야기하는 것을 들었다. 상당히 많은 학생들이 그 학교에서 대학 준비를 하였다고 했다. 그는 졸업 후 그 세인트 미다스에 들어가야겠다고 결심했다. 그곳에서라면 자기 또래의 소년들 사이에서 보호받는 생활을 할 수 있을 것이고 그편이 자신에게 더 맞을 것이다.

1914년 졸업과 함께 그는 하버드 대학 졸업장을 주머니에 넣고 볼티모어의 집으로 갔다. 힐데가르드는 이제 이탈리아에서 거주하고 있었기에 벤자민은 아들 로스코에게 가서 함께 살았다. 전반적으로 환영을 받았지만 로스코가 그를 대하는 태도에는 진심이 담겨 있지 않은 것이 드러났다. 심지어 아들에게서는 사춘기적인 몽환 속에서 집 안을 맥없이 돌아다니는 벤자민이 자신에게 다소 걸림돌이 된다고 생각하는 경향까지 느껴졌다. 로스코는 이제 결혼을 하였고 볼티모어에서 저명인사로서의 삶을 살고 있었기에 가족과 관련된 어떤 추문도 퍼져 나가는 걸 원치 않았다.

벤자민은 이제 더 이상 사교계 아가씨들의 인기 인물도, 젊은 대학생 그룹도 아니었기에 혼자 남겨지는 경우가 많았고, 때로 이웃의 열다섯 살 소년들 서너 명과 어울리는 것이 고작이었다. 세인트 미다스 학교에 가겠다던 생각이 다시금 떠올랐다.

"있잖니." 하루는 벤자민이 로스코에게 말했다. "사립 기숙

학교에 가고 싶다는 말을 하고 또 했었는데."

"그럼, 가세요." 로스코가 간단히 대답했다. 그로서는 이 문제가 불쾌했지만 대화를 피하고 싶었다.

"난 혼자 갈 수 없다." 벤자민이 무력하게 말했다. "네가 입학을 시키고 거기 데려다 줘야겠다."

"전 시간이 없습니다." 로스코가 무뚝뚝하게 말했다. 그는 눈을 가늘게 뜨고서 거북하게 아버지를 바라보았다. "말이 나왔으니 말인데." 그가 덧붙였다. "이제 이 일은 더 이상 하지 않는 게 좋겠습니다. 이제 그만두시라고요. 그만두고, 그만두고서……." 그는 말을 멈추고 붉어진 얼굴로 적당한 표현을 찾고 있었다. "그만두고 뒤돌아서서 반대 방향으로 가시란 말입니다. 농담치고도 너무 심하지 않았습니까? 더 이상 농담이 아니에요. 제발, 제발 처신 똑바로 하세요!"

아들을 쳐다보는 벤자민에게 눈물이 그렁거렸다.

"그리고 또 하나." 로스코가 말을 이었다. "집에 손님들이 오면 저를 '아저씨'라고 부르세요. '로스코'가 아닌 '아저씨'로, 아시겠어요? 열다섯 된 아이가 내 이름을 부르면 우스꽝스럽지요. 차라리 늘 '아저씨'로 부르는 편이 나을 것 같군요. 그래야 익숙해질 테니."

엄격한 표정으로 아버지를 바라본 후 로스코는 돌아서 가버렸다…….

X

이 대화가 끝난 후 벤자민은 참담한 마음으로 위층으로 올라가 거울 속의 자신을 바라보았다. 그는 석 달 동안 면도를 하지 않았지만 얼굴은 깨끗했고 신경 쓸 필요 없어 보이는 하얀 솜털만이 희미하게 있었다. 그가 하버드에서 처음 집으로 돌아왔을 때 로스코가 다가와 안경을 쓰고 가짜 콧수염을 접착제로 뺨에 붙이는 것이 어떻겠느냐는 제안을 했었다. 그 잠깐 동안은 초년 시절의 우스꽝스러운 짓이 다시 반복되는 것처럼 보였다. 하지만 콧수염은 가려웠고 그는 창피했다. 그는 울었고 로스코는 마지못해 마음을 누그러뜨렸다.

벤자민은 청소년용 이야기책인 『비미니 만의 보이스카우트』를 읽기 시작했다. 하지만 그는 끊임없이 전쟁에 대해 생각하고 있는 자신을 발견했다. 미국은 지난달 연합군 전선에 참여했고, 벤자민은 입대하고 싶었지만 애석하게도 최소 연령이 열여섯 살이었고 벤자민은 그만큼 나이 들어 보이지 않았다. 그의 실제 나이는 쉰일곱이었는데, 그 나이 역시 자격이 되지 않는 것은 마찬가지였다.

문을 두드리는 소리가 났고, 집사가 편지를 한 장 가지고 나타났는데, 한구석에 커다란 공인(公印)이 찍힌 그 편지는 벤자민 버튼 씨 앞으로 온 것이었다. 벤자민은 고대하는 마음으로 편지를 찢어서 연 후 내용물을 기쁘게 읽었다. 편지는 미국—스페인 전쟁에 참전했던 많은 예비군들이 더 높은 계급으로 다시 부름을 받게 되었다는 것을 알리고 있었다. 편지에는 그가 미 육군 준장으로 임명되었으니 즉시 부대에 신고하라는 명령도 포함하고 있었다.

벤자민은 흥분으로 몸을 떨며 벌떡 일어났다. 이것이 바로 그가 원하던 것이었다. 그는 모자를 손에 쥐었고, 십 분 후 찰스가(街)에 있는 커다란 양복점으로 들어가 불안정한 소프라노 목소리로 군복을 맞추어야겠노라 말했다.

"군인 놀이를 하고 싶니, 얘야?" 점원이 아무렇지도 않게 물었다.

벤자민의 얼굴이 붉어졌다. "이봐요! 내가 뭘 원하는지는 신경 쓰지 말아요!" 그는 화를 내며 쏘아붙였다. "내 이름은 버튼이고 나는 마운트 버넌 플레이스에 살아요. 그러니 당신도 내게 그럴 만한 돈이 있다는 건 알 거예요."

"글쎄." 점원이 주저하며 인정했다. "네가 아니더라도 네 아버지는 그렇겠지. 좋다."

그는 벤자민의 치수를 재었고, 일주일 후 군복이 완성되었다. 그는 걸맞은 장군의 휘장을 구하는 데 어려움을 겪었다. 가게 주인이 계속 Y.W.C.A. 배지도 그만큼 근사하며 가지고 놀기에도 훨씬 재미있다고 벤자민을 설득하려 들었던 것이다.

로스코에게는 아무 말도 하지 않은 채 그는 어느 날 밤 집을 떠나 기차를 타고 사우스캐롤라이나에 위치한 모스비 부대로 갔다. 그곳에서 그는 보병 여단을 지휘할 터였다. 몹시 뜨거운 4월의 어느 날, 그는 부대의 입구로 다가가 기차역에서 거기까지 그를 싣고 온 택시에 요금을 지불하고 보초를 향해 돌아섰다.

"누가 와서 내 가방을 가지고 가라고 해!" 그가 힘차게 말했다.

보초가 꾸짖는 표정으로 그를 바라보았다. "얘야." 그가 말했다. "장군 복장을 하고 어디 가는 거냐?"

미국—스페인 전쟁 참전 용사인 벤자민은 눈에 불길을 담고 그의 주변을 한 바퀴 돌았다. 하지만 안타깝게도 그의 목소리는 변성 중인 소프라노 목소리였다.

"차렷!" 그는 호령을 시도했다. 그가 잠시 숨을 쉬기 위해 멈추자, 문득 그는 보초가 뒤꿈치를 하나로 모으고 받들어총 자세를 취하는 것을 보았다. 흐뭇해하며 떠오르는 미소를 감추던 벤자민은 흘깃 고개를 돌리다가 그만 웃음기를 지우고 말았다. 복종을 표하게 했던 것은 그가 아니라, 말을 타고 다가오고 있던 늠름한 포병 대령이었다.

"대령!" 벤자민이 날카롭게 불렀다.

대령은 가까이 오더니 고삐를 잡아당기고는 반짝이는 눈빛으로 침착하게 그를 내려다보았다. "너는 어느 집 아들이냐?" 그가 친절하게 물었다.

"내가 어느 집 아들인지 곧 알려주겠다!" 벤자민은 화가 난 목소리로 응수했다. "말에서 당장 내려!"

대령이 크게 웃음을 터뜨렸다.

"저 친구를 원하시오? 예, 장군?"

"그만!" 벤자민이 다급한 마음에 외쳤다. "이걸 읽어보게!" 그러곤 그의 임관 임명서를 내밀었다.

대령은 그것을 읽더니 눈이 튀어나올 것처럼 놀랐다.

"이게 어디서 났니?" 그가 서류를 자기 주머니에 집어넣으며 물었다.

"정부에서 받은 것이다. 대령도 곧 알게 될 것이다!"

"나와 함께 가자." 대령은 이상하다는 표정을 지으며 말했다. "본부로 가서 이야기를 하자구나. 따라오너라."

대령은 고개를 돌리더니 본부 방향으로 말을 걸게 했다. 벤자민으로서는 최대한 위엄을 지키며 그를 따라가는 것 외에는 달리 방법이 없었다. 그렇게 따라가면서 그는 준엄한 복수를 해주리라 스스로 약속하고 있었다.

그 복수는 구체화되지 못했다. 하지만, 이틀 후 아들 로스코가 볼티모어로부터 구체화되어 나타났고, 급히 서둘러 온 여행으로 흥분하여 성질이 잔뜩 난 그는 군복도 없이 울먹이는 장군을 집으로 데리고 돌아갔다.

XI

1920년 로스코 버튼의 첫 아이가 태어났다. 그러나 이를 축하하기 위해 열린 잔치들에서 그 어느 누구도, 저 작고 단정치 못한 아이가, 열 살 정도 되어 보이고 집 여기저기서 장난감 병정과 장난감 서커스를 가지고 놀고 있는 저 아이가 새로 태어난 아이의 할아버지라는 것을 언급하는 것이 '적절한 행동'이라 생각하지 않았다.

소년의 싱싱하고 밝은 얼굴에는 아주 약간의 슬픔이 스치고 있었다. 아무도 그 작은 소년을 싫어하지는 않았지만, 로스코 버튼에게 그의 존재는 고민의 근원이었다. 그의 세대가 가지는 특징은 이런 문제를 '능률적'이라 생각하지 않는다는 것이었다. 그가 생각하기에 아버지는 예순 살처럼 보이기를 거부하며 '기운이 넘치는 남자다운 남자'답게—그것은 로스코가 가장 좋아하는 표현이었다.—행동하지 않고, 오히려 기이하고 그릇된 태도를 취하고 있는 것으로 보였다. 실제로, 이 문제를 반시간만 생각하여도 그는 돌 것만 같았다. 로스코는 '활동가들'은 젊게 살아야 하지만, 저런 정도까지 밀고 나간다는 것은 정말이지, 참으로 '비능률적'이라 믿었다. 그리고 거기서 로스코의 생각은 그만이었다.

5년 후 로스코의 아이가 자랐고, 어린 벤자민과 함께 같은 유모의 보호 아래 아이들 게임들을 하며 놀 수 있게 되었다. 로스코는 둘을 같은 날 유치원에 데리고 갔다. 벤자민은 작은 색종이 조각들과 노는 일, 방석과 종이 사슬과 신기하고 아름다운 디자인을 만드는 것이 세상에서 가장 매혹적인 놀이라는 것을 알게 되었다. 한번은 그가 나쁜 행동을 해서 구석에 서 있는 벌을 받기도 했지만—그때 그는 울었다.—대부분은 유쾌한 방에서 즐거운 시간을 보냈으며, 창문으로 들어오는 햇살과 베일리 선생님의 친절한 손길이 때때로 잠깐씩 그의 헝클어진 머리 위에 놓이기도 하였다.

일 년 후 로스코의 아들은 1학년으로 올라갔으나 벤자민은 유치원에 그대로 남았다. 그는 아주 행복했다. 때때로 다른 꼬마들이 커서 무엇이 되고 싶은지 이야기할 때면 그의 작은 얼굴 위에 그늘이 스치고 지나가기도 했다. 분명치 않은 어린아이다운 방식으로나마 그는 자신은 그러한 것들을 결코 공유할 수 없음을 깨닫고 있었다.

세월은 평온한 만족스러움 속에 흘러갔다. 그는 삼 년째 유치원에 다녔다. 하지만 이제 그는 너무 작아 화사한 색깔의 색종이 조각들로 무엇을 해야 하는지 이해하지 못하였다. 그는 다른 아이들이 그보다 컸고, 그런 그들이 무서워 울었다. 선생님은 그에게 이야기를 했고, 그도 이해하려고 노력했으나 전혀 이해할 수 없었다.

그는 유치원에서 나오게 되었다. 풀을 먹인 깅엄 드레스를 입은 그의 유모 나나가 그의 조그만 세계의 중심이 되었다. 밝은 날이면 그들은 공원에서 산책을 하였다. 나나는 커다란 회색 괴물을 가리키며 말하곤 했다. "코끼리." 그러면 벤자민은 그녀의 말을 따라하곤 하였다. 그날 밤 잠자리에 들기 위해 옷이 갈아입혀질 때도 그는 그녀에게 그 말을 되풀이하여 말하고 또 말했다. "코꾸리, 코꾸리, 코꾸리." 때때로 나나는 그가 침대에서 뛰도록 해주었는데 아주 재미있었다. 아주 똑바로 앉았다가 다시 튕겨져 발로 일어서면서, 그리고 뛰는 동안에 "아!" 하고 오랫동안 소리를 내면 소리가 띄엄띄엄 끊기면서 매우 재미있는 효과가 났다.

그는 모자걸이에서 커다란 지팡이를 꺼내어 놀기를 좋아했다. 지팡이로 의자들과 테이블들을 때리고 돌아다니며 말하곤 했다. "싸우자, 싸우자, 싸우자." 사람들이 주위에 있는 경우, 나이 든 여인네들은 그를 보며 혀를 찼고, 그는 그것을 재미있어했다. 젊은 아가씨들은 그에게 키스하려 했는데, 그는 그것이 별로 재미는 없었지만 그대로 따랐다. 긴 하루가 지나고 5시가 되면 그는 나나와 함께 위층으로 올라갔고, 나나가 숟가락으로 먹여 주는 오트밀과 맛있고 부드러운 유동식을 먹었다.

어린아이 같은 잠에는 고달픈 기억이란 것이 없었다. 대학 시절 용감했던 나날들의 기억도, 많은 아가씨들의 마음을 취하게 하던 화려하던 시절도 존재하지 않았다. 오직 아기 침대의 하얗고 안전한 벽만이 있을 뿐이었고, 나나와 가끔씩 그를 보러 오는 한 남자만 있을 뿐이었다. 그리고 그가 막 어스름 무렵 잠자리에 들기 직전 나나가 손가락으로 가리키며 '태양'이라고 부른 오렌지색 커다란 공이 있을 뿐이었다. 그 태양은 그의 눈이 졸음에 잠기자 가버렸고, 이제 그곳엔 꿈이, 그를 괴롭히는 꿈이 존재하지 않았다.

과거는, 산후안 고지에서 부하들의 선두에 서서 지휘했던 거친 돌격, 사랑하는 젊은 힐데가르드를 위해 여름날 어둠이 질 때까지 분주한 도시에서 늦게까지 일하던 신혼 시절, 그 시절

이전, 먼로가에 있던 음침한 옛 버튼 저택에서 할아버지와 함께 앉아 밤늦도록 시가를 피우던 날들, 그 모든 것들이 한 번도 존재하지 않았던 일들처럼 그의 정신에서 비현실적인 꿈이 되어 희미해지고 있었다.

그는 기억하지 못했다. 그는 지난번에 먹었던 우유가 따뜻했는지 차가웠는지, 또는 어떻게 나날들이 지나갔는지 기억하지 못했다. 오직 아기 침대와 나나라는 친숙한 존재만이 있을 뿐이었다. 그리고 그는 전혀 기억하지 못했다. 배고프면 울었다. 그게 다였다. 낮에도 밤에도 그는 그저 숨을 쉬었고, 그의 위에서 부드러운 중얼거림과 소곤거림만이 간간이 들려왔다. 그리고 희미하게 구분되는 냄새들, 빛과 어둠.

그리고 모든 것이 어두워졌다. 하얀 아기 침대와 그의 위에서 움직이던 흐릿한 얼굴들, 우유의 따뜻하고 달콤한 내음, 그 모든 것들이 한꺼번에 그의 마음에서 점점 희미해지다 사라졌다.

칩사이드의 타르퀴니우스

뛰는 발소리―가벼운, 실론 섬에서 가져온 신기한 가죽 같은 직물로 만든, 부드러운 밑창을 댄 신발. 흘러내린 두꺼운 장화 두 켤레, 짙은 푸른색과 금박을 입힌 것, 어슴푸레한 광택과 얼룩에 달빛을 반사시키며 돌을 던지면 닿을 만한 거리 뒤에서 따라가고.

부드러운 신발은 달빛 조각들 사이를 빠르게 지나간 후, 출구가 보이지 않는 미로 같은 뒷골목으로 재빨리 뛰어들었고, 저 앞 만물을 감싸는 어둠 속 어딘가에서 간헐적으로 들리는 질질 끌리는 발걸음으로만 남았다. 뒤쫓고 있던 흘러내린 장화들, 짧은 칼은 비틀거리고 긴 깃털은 구부러진 채 숨을 헐떡이며 저주를 퍼붓고 런던의 검은 뒷골목을 욕했다.

부드러운 신발은 어두운 문을 뛰어넘고 관목 울타리를 헤치고 지나갔다. 흘러내린 장화들도 문을 뛰어넘고 관목 울타리를 헤치고 지나갔다. 그런데 그곳에는 놀랍게도 저 앞에 보초들이 있었다. 네덜란드와 스페인 행군에서 얻은 무지막지하게 비틀린 입에, 흉포하게 생긴 창을 들고 있는 두 병사.

하지만 도움을 청하는 외침은 없었다. 돈주머니를 든 쫓기는 자는 보초의 발치에 숨을 헐떡이며 쓰러지지 않았고, 쫓는 자들도 고함을 지르거나 소리치지 않았다. 부드러운 신발은 바람처럼 쏜살같이 달려 지나갔다. 보초들은 욕을 하고 주저하며 도망가는 이를 시선으로 쫓다가 창을 벌려 단호하게 길을 막고는 장화들을 기다렸다. 어두움이 거대한 손길처럼 달빛의 흐름조차 단절시켰다.

그 손길이 달에서 치워지자 달빛의 파르스름한 어루만짐으로 다시 처마와 창문들의 윤곽이 드러났고, 보초들은 상처 입은 채 흙바닥에서 뒹굴고 있었다. 거리 저 위로 장화 중 하나가 점점이 검은 흔적을 남기고 가다 달리는 상태에서 서툴게 목에 걸린 고급 레이스로 상처를 동여맨다.

보초들은 관여할 바가 아니었다. 오늘 밤은 악마가 장악하고 있었고, 그 악마가 어렴풋이 앞에 나타나는가 싶더니 이미 문을 뛰어넘고 울타리를 헤치고 가버렸다. 게다가, 그 적은 명백히 집 근처를 돌아다니고 있거나 또는 최소한 그의 거친 변덕에 맞아떨어진 런던의 동네를 휩쓸며 다니고 있는 것으로 보였다. 거리는 마치 그림 속에 있는 길처럼 좁아졌고, 나지막이 웅크린 집들이 갈수록 점점 모여들어 좁아지며 자연스럽게 숨을 장소를 만들었으니, 살인 또는 극적으로 동급인 갑작스러운 죽음이 일어나기에 적당했다.

길고 꾸불꾸불한 뒷골목들을 따라 쫓기는 자와 쫓는 자가 이리저리 얽히며 내려갔다. 섬광처럼 단편적으로 드러나며 체스판 위 퀸의 끊임없는 움직임처럼 달빛 아래에서 보였다가 사라졌다가 되풀이되고 있었다. 저 앞으로는 사냥감이, 이제는 가죽조끼도 벗은 채, 흐르는 땀방울로 시야도 흐릿한 채 초조하게 양쪽을 번갈아 살피고 있었다. 그러고는 갑자기 속도를 줄이더니 오던 길을 몇 걸음 되밟은 후 작은 골목으로 급히 뛰어들었다. 그 골목은 너무나도 어두워, 마치 마지막 빙하가 포효하며 지상을 미끄러져 다닌 이후 해와 달이 빛을 잃어버린 곳만 같았다. 이백 야드 정도 골목을 따라 내려간 그는 멈추었고 벽 사이 움푹 파진 곳에 몸을 숨긴 다음 움츠린 채로 조용히 가쁜 숨을 내쉬었다. 어둠 속에서 크기도 형체도 없는 기이한 신이 된 것이다.

장화 두 켤레가 근처까지 왔고 골목을 올라왔다가 옆을 지나더니 이십 야드 정도 그를 지나친 곳에서 멈추고 폐 깊숙한 곳에서 나오는 가느다란 속삭임으로 말했다.

"그 질질 끌리는 발소리가 들렸었어. 이젠 멈춰 섰군."

"이십 보 이내야."

"숨었군."

"같이 있다가 잡아버리자고."

목소리가 점점 저벅저벅 낮은 장화 소리가 되어 사라졌고, 부드러운 신발은 더 이상 귀 기울이며 기다리지 않고 세 달음만에 골목을 건넌 다음, 거기서 훌쩍 뛰어올라 거대한 새처럼 담장 위에 잠시 날갯짓하듯 머무르더니 사라져버렸다. 허기진 밤 속으로 한입에 삼켜진 것 같았다.

II

"그는 와인을 마시며 읽었고, 침대에서도 읽었다,
그는 소리 내어 읽었다, 기운이 남아 있는 한,

그의 모든 생각은 죽은 자와 함께했으니,
그리하여 그는 읽다가 죽었다."

피츠힐 근처의 제임스 1세 묘지를 방문해 본 사람이라면 웨셀 캑스터의 무덤에서 이 운율도 맞지 않는 조잡한 시구절을 읽어보았을 것이다. 의심의 여지없이 엘리자베스 시대에 기록된 것 중 가장 최악이다.

여기서 말하는 그의 죽음은, 고고학자에 따르면 그가 서른일곱 살의 일이었다. 그러나 이 이야기가 어둠 속에서 있었던 어느 추격의 밤과 관련되었기에, 우리는 그가 아직도 살아 있다고, 그리고 아직도 읽고 있다고 믿는다. 그의 눈은 좀 흐릿했고, 배는 좀 나왔다.—체격이 엉망이고 행동도 굼떴다.—오, 맙소사! 그러나 한 시대는 한 시대였고, 잉글랜드 여왕 엘리자베스 치하에 루터의 은총으로 누구든 열정의 정신을 받아들일 수밖에 없었다. 칩사이드 거리에 있는 다락방마다 새로운 무운시(無韻詩)를 담은 마그눔폴리움(잡지)을 발행했고, 칩사이드 거리의 배우들은 '복고적인 기적극[1]'에서 벗어날 수만 있다면' 무엇이든 볼거리로 작품화할 것이었다. 그리고 영어 성경은 '매우 큰' 판본 일곱 가지로 일곱 달 동안이나 제작되었다.

그래서 웨셀 캑스터(젊은 시절에는 선원이었다.)는 이제 손에 잡히는 모든 것은 다 읽는 독서광이 되어서 경건한 우정 속에서 원고를 읽었다. 그는 타락한 시인들과 저녁 식사를 했고, 잡지들이 인쇄되는 가게들을 돌아다니며 시간을 보냈고, 젊은 극작가들이 자기들끼리 논쟁하고 말다툼하는 것을, 그리고 서로의 등 뒤에서 신랄하고 악의적으로 표절이든 무엇이든 그들이 생각해 낼 수 있는 것을 가지고 비난하는 것을 아량 있게 들어

주었다.

오늘 밤 그는 책을 한 권 가지고 있었다. 절제되지 못한 시이 긴 했지만 그가 생각하기로는 상당히 탁월한 정치적 풍자를 내포하고 있는 작품이었다. 에드먼드 스펜서의 『요정 여왕』이 그의 앞, 떨리는 촛불 아래 놓여 있었다. 그는 한 편을 공들여 읽었다. 그리고 한 편 더 읽기 시작했다.

브리토마르티스 또는 착한 처녀의 전설

내 여기서 착한 처녀에 대해 쓰노라.
가장 요정다운 미덕, 그 무엇보다 고귀한…….

갑자기 황급히 계단을 오르는 발소리, 얇은 문이 삐거덕 열어젖혀지는 소리, 그리고 한 남자가 방으로 뛰어들어 왔다. 한 남자가 조끼도 없이 숨을 헐떡이며, 가쁜 숨을 몰아쉬며 거의 쓰러지기 직전이었다.

"웨셀." 그가 숨 막히는 목소리를 토해 냈다. "날 어딘가 숨겨 주게, 제발 부탁하네!"

캑스터가 조심스럽게 책을 닫으며 일어났고, 다소 염려스러워하며 문을 잠갔다.

"쫓기고 있네." 부드러운 신발이 소리쳤다. "단언하건대, 두 개의 정신 모자란 칼이 나를 다진 고기로 만들려는 중이야. 거의 그럴 뻔했지. 그들이 내가 뒷담을 뛰어넘는 걸 봤어!"

웨셀이 그를 호기심 어린 표정으로 보며 말했다. "나팔 총으로 무장한 대부대들과 두셋 정도의 스페인 무적함대는 있어야 자네를 세상의 복수로부터 안전하게 지켜줄 수 있을걸."

부드러운 신발이 흐뭇하게 미소를 지었다. 가쁘게 몰아쉬던 숨도 이제는 빠르고 규칙적인 호흡으로 가라앉아 있었다. 쫓기고 있던 분위기는 어느덧 퇴색되어 희미하게 불안한 아이러니가 되어 있었다.

"좀 놀랍구먼." 웨셀이 말을 이었다.

"아주 불쾌한 유인원 같은 놈들이 둘 있었네."

"합이 셋이군."

"자네가 나를 숨겨 주면 둘뿐이지. 이런, 이런, 좀 움직여 보게. 순식간에 그들도 계단을 오를 거야."

웨셀이 구석에서 창 자루를 꺼내 오더니 천장 높이 들어 올려 투박한 뚜껑문을 밀어내었고, 그러자 다락방으로 올라가는 입구가 드러났다.

"사다리는 없어."

그가 의자를 구멍 아래로 가져왔다. 그 위로 부드러운 신발이 올라가더니 몸을 웅크렸고, 주저하더니 다시 몸을 웅크렸다가 놀랍게도 위를 향하여 뛰어올랐다. 그가 입구의 가장자리를 붙들었고, 손의 위치를 바꾸면서 몸을 잠시 앞뒤로 흔들더니 마침내 몸을 구부려 그 위의 어둠 속으로 사라졌다. 위에서 잰걸음 소리, 그리고 쥐들이 몰려다니는 소리, 문이 다시 제자리에 놓였다……. 침묵.

웨셀은 책상으로 돌아와 「브리토마르티스 또는 착한 처녀의 전설」을 펼쳤다. 그리고 기다렸다. 일 분가량이 지나자, 계단을 오르는 소리, 그리고 급박하게 문을 두드리는 소리가 있었다. 웨셀은 한숨을 쉬고는 촛불을 들고 자리에서 일어났다.

"누구요?"

"문을 여시오!"

"누구시오?"

아주 강한 일격이 약한 나무를 위협했고 가장자리 부근이 갈라졌다. 웨셀이 겨우 한 뼘 정도 문을 열고 촛불을 높이 들었다. 그는 겁이 많지만 엄청나게 훌륭한 시민이 불명예스럽게 침해받는 장면을 연기하고 있었다.

"고작 한 시간 밤의 휴식. 그게 그렇게 싸우는 이들에게는 힘든 요구요? 그리고……."

"조용히, 쓸데없는 소리! 땀에 젖은 사내를 보았소?"

두 남자의 그림자가 계단 위로 떨어져 거대한 형체를 이룬 채 너울거리고 있었다. 불 옆에서 그들을 가까이 살펴보았다. 신사였다, 그들은. 서둘러 입긴 했지만 분명 고급스러운 옷을 입고 있었다. 한 사람은 손에 심각한 부상을 입은 상태였고, 두 사람 모두 분노에 싸여 혐오 같은 것을 뿜어내고 있었다. 웨셀의 준비된 오해를 물리치며 그들은 그를 밀치고 방으로 들어왔고, 방에 있는 의심스러운 어두운 구석이란 구석은 다 칼로 세심하게 찌르면서 다녔으며, 침실로까지 수색을 뻗쳤다.

"그 사람 여기 숨었소?" 부상당한 남자가 거칠게 물었다.

"그 사람 누구 말이오?"

"당신 아닌 아무나."

"내가 아는 한 둘뿐이오."

순간 웨셀은 자신이 너무 익살을 떤 건 아닌지 겁이 났다. 그 두 사람이 자신을 찌르기라도 할 것 같았기 때문이다.

"계단에서 사람 소리를 듣긴 했소." 그가 서둘러 말했다. "오 분은 족히 됐을 거요. 분명히 올라오지는 못했소."

그는 자신이 『요정 여왕』에 몰두해 있었다는 것을 설명했지만, 최소한 그 순간만큼은 그들은 위대한 성자들인 양 문화에 무감각했다.

"무슨 일이 있었소?" 웨셀이 물었다.

"폭력이었소!" 손에 부상을 입은 남자가 말했다. 웨셀은 그의 눈에서 상당한 분노를 목격했다. "내 누이요. 아, 하느님 맙소사, 그 사람을 찾게 하소서!"

웨셀이 주춤하였다.

"그가 누구요?"

"이거 참! 우린 그것조차 알지 못하오. ……저 위의 문은 무엇이오?" 남자가 갑자기 덧붙였다.

"못을 박아놓았소. 사용한 지 몇 년 되었소." 그는 구석의 장대를 생각하고는 배가 위축되는 걸 느꼈지만, 극한 비탄에 빠진 두 남자는 눈치가 빠르지 못했다.

"이거 곡예사가 아닌 다음에야 사다리가 있어야겠군." 손을 다친 사람이 맥이 풀려 말했다.

그의 일행이 갑자기 신경질적으로 웃음을 터뜨렸다.

"곡예사. 아, 곡예사. 아……."

웨셀이 놀라서 그들을 바라보았다.

"내가 아주 비탄스러운 마음인데도 그건 와 닿는군." 그 남자가 큰 소리로 말했다. "그 아무도, 오, 아무도, 못 올라가지. 곡예사가 아닌 다음에야."

손을 다친 신사가 괜찮은 손가락들을 초조하게 꺾어댔다.

"다음 집으로 가야 해. 그리고 계속……."

기운 없이 그들은 나갔다. 폭풍이 휩쓸고 지나간 어두운 하늘 아래로 둘은 걸어갔다.

웨셀은 문을 닫고 잠근 후, 문 옆에 잠시 서서 동정심에 얼굴을 찌푸렸다.

낮은 숨결과 함께 "하!" 하는 소리에 그는 위를 쳐다보았다. 부드러운 신발이 벌써 문을 위로 들어 올리고 방을 내려다보고 있었다. 그는 꼬마 요정 같은 얼굴을 찌푸리고 있었다. 반은 혐오로, 반은 조롱하는 재미에서였다.

"저들은 투구를 벗을 때 자기 머리도 같이 제거하는군." 그가 낮은 목소리로 한마디 했다. "하지만 자네와 나는, 웨셀, 우리는 빈틈없는 사람들이야."

"이젠 자네 욕 좀 해야겠네." 웨셀이 화를 내며 소리 질렀다. "자네가 개 같은 줄은 알았지. 하지만, 이런 이야기는 반만 들어도 자네가 정말 더러운 똥개라는 걸 알겠고, 그래서 정말이지 몽둥이로 자네 그 머리를 치고 싶군."

부드러운 신발이 눈을 깜박이며 그를 바라보았다.

그가 마침내 대답을 했다. "여하튼 간에 내가 이 위치에서 품위를 찾는 것은 불가능할 것 같군."

그 말과 함께 그는 구멍으로 몸을 내민 후 잠시 매달리는가 싶더니 2미터 아래 바닥으로 뛰어내렸다.

"쥐 한 마리가 미식가 같은 태도로 내 귀를 바라보더군." 그는 두 손의 먼지를 엉덩이에 대고 털며 말을 이었다. "그래서 내가 쥐의 독특한 언어로 말해 줬지. 나는 치명적인 독이라고. 그랬더니 가버리더군."

"오늘 밤 있었던 호색한 짓거리나 얘기해 봐!" 웨셀이 화를 내며 재촉했다.

부드러운 신발은 엄지를 코 위에 올리고 다른 네 손가락을 흔들어 보이며 웨셀을 놀렸다.

"망할 녀석!" 웨셀이 중얼거렸다.

"종이 있나?" 부드러운 신발이 뜬금없이 묻더니 불쑥 덧붙였다. "자네가 쓸 줄은 아나?"

"내가 왜 자네에게 종이를 주어야 하나?"

"오늘 밤의 흥미로운 이야깃거리를 듣고 싶다면서. 그럼, 내게 펜과 잉크, 종이 한 뭉치 그리고 방을 내어주게."

웨셀이 주저했다.

"나가!" 그가 마침내 말했다.

"자네 결정대로 하지. 하지만 자네는 너무나도 흥미로운 이야기를 놓친 거야."

웨셀이 손을 흔들었다.—그는 토피 캔디처럼 부드러웠다. 그는—져주었다. 부드러운 신발은 마지못해 내준 필기도구들을 가지고 옆방으로 들어간 후 문을 꼭 닫았다. 웨셀은 투덜거리며 다시 『요정 여왕』으로 돌아갔다. 다시금 집에는 고요함이 찾아왔다.

III

3시가 넘어 4시가 되었다. 집 안은 어슴푸레했고 어두운 바깥은 눅눅함과 냉기로 가득 차 있었다. 웨셀은 두 손으로 머리를 감싸며 테이블 위로 몸을 낮게 구부렸다. 그는 기사들과 요정들과 비탄에 빠져 괴로워하는 많은 소녀들이 반복되어 나타나는 이야기를 따라가고 있었다. 바깥의 좁다란 거리를 따라서 용들이 킬킬거리며 지나갔다. 갑옷 만드는 이의 조수가 잠에 겨운 채 5시 반에 일을 시작하면, 갑옷과 연결된 못이 둔중하게 울리는 철커덩 절꺽절꺽 소리가 점점 커져 행군하는 기마행렬의 메아리가 되었다.

새벽의 첫 빛줄기가 나타나자 안개가 내렸고, 6시에는 방이 잿빛 노란빛으로 물들었다. 웨셀은 발꿈치를 들고 찬장이 있는 침실로 다가가서 문을 열어보았다. 돌아보는 그의 손님 얼굴은 양피지처럼 창백했고 그 위의 광기 어린 두 눈은 커다란 붉은 글자처럼 타오르고 있었다. 그는 웨셀의 기도대 옆에 의자를 끌어다 놓고 책상으로 사용하고 있었다. 그 위에는 빽빽하게 글을 쓴 엄청난 양의 종이들이 쌓여 있었다. 길게 한숨을 쉰 웨셀은 동이 터오는데도 침대를 달라고 하지 못한 자신을 바보라고 부르며 방에서 물러나와 그의 요정에게로 돌아갔다.

밖에서 들리는 터벅터벅 장화 발소리, 다락방마다 흘러나오는 노파들이 툴툴대는 소리, 아침의 단조로운 중얼거림 등이 그의 신경을 이완시켰고, 그는 졸면서 의자에서 늘어졌다. 소리와 색깔이 과하게 들어찬 그의 머리는 그 안에 쌓인 이미지들을 완고하게 다시 재연하고 있었다. 이 쉼 없는 꿈속에서 그는 태양 가까이서 부서지며 신음하는 수많은 인간들 중 하나였고, 그 태양은 강렬한 눈을 가진 아폴로로 향하는 무력한 교량이었다. 꿈은 그를 괴롭혔고, 거친 칼이 되어 그의 정신을 난도질했다. 뜨거운 손 하나가 그의 어깨를 만지자 그는 거의 비명을 지르다시피 하며 깨어났다. 방 안에는 짙은 안개가 내려 있었고, 그의 객은 어렴풋한 잿빛 유령처럼 손에 종이 뭉치를 들고 그의 곁에 서 있었다.

"틀림없이 대단히 흥미로운 이야기일 거야. 난 그렇게 믿어. 물론 다시 손은 좀 봐야겠지만. 이것 좀 어디에 넣고 잘 보관 좀 해주겠나? 그리고 정말이지, 잠 좀 자야겠네."

그는 대답도 기다리지 않고 그 종이 다발을 웨셀에게 던지더니 말 그대로 갑자기 거꾸로 든 병에서 쏟아져 나오는 것처럼 구석에 있던 소파에 몸을 던졌다. 그는 잠이 들었다. 고른 숨결이었지만 호기심 어린 그리고 다소 신비한 표정으로 얼굴을 찡그리고 있었다.

웨셀은 졸음에 겨워 하품을 하고는, 갈겨 써놓은 그 알 수 없는 첫 페이지를 흘깃 보고 나서 아주 부드러운 목소리로 나지막이 읽기 시작했다.

루크레티아의 능욕[2]

"포위당한 아르데아에서 모두가 자리를 지켰노라,
그릇된 욕망이라는 믿을 수 없는 날개가 낳은,
욕정을 풍기는 타르퀴니우스는 로마 군을 떠나니……."

오 빨간 머리 마녀!

멀린 그레인저는 '문라이트퀼 서점'의 직원이다. 혹시 당신도 가보았을지 모르는 서점으로, 47번가에 있는 리츠칼튼 호텔 모퉁이를 돌면 바로 있다. 이 문라이트퀼 서점은 아주 낭만적인 작은 서점으로 멋진 곳으로 여겨지며 비밀스러운 곳으로 인정받고 있다. 내부에는 숨을 멎게 만드는 이국적 열정의 빨강, 오렌지 채색의 포스터들이 여기저기 붙어 있었고, 조명이라고는 빛을 반사하며 반짝이는 특별판의 장정과 하루 종일 켜져 머리 위에서 흔들거리고 있는 나지막하고 멋진 진홍빛 새틴 램프뿐이었다. 정말이지 아늑한 서점이었다. '문라이트퀼'이라는 글자들이 구불구불 수놓인 글씨로 문 위에 장식되어 있었다. 쇼윈도 위에는 항상 철저한 문학적 검열을 통과한 것들, 짙은 오렌지색 표지에, 작고 하얀 사각형의 종이 위에다 제목을 쓴 책들로 가득 차 있었다. 그리고 전체적으로는 사향의 향기가 풍기고 있었다. 이는 매우 좋은 생각으로, 속을 알 수 없는 문라이트 퀼 씨가 주문하여 가게에 뿌리라고 한 것인데, 반은 디킨슨의 런던에 있는 골동품 상점 냄새가 났고, 반은 보스포

루스 해협 따뜻한 해변에 있는 커피 집의 향기가 났다.

9시부터 5시 30분까지 멀린 그레인저는 검은 옷을 입고 지루해하는 나이 든 여인네들과 눈 아래 검게 그늘이 진 젊은 남자들에게 '이 작가를 좋아하는지' 또는 초판에 관심이 있는지 물었다. 그들이 표지에 아랍 사람들이 있는 소설을 샀던가? 아니면 사우스다코타의 서턴 양에게 직접 구술하여 만든 셰익스피어의 소네트 최신판이 담겨 있는 책들을 샀던가? 그는 콧방귀를 뀌었다. 실제로 개인적인 그의 취향으로는 후자에 끌렸지만, 문라이트퀼의 직원으로서 일하는 날만큼은 환상을 갖지 않는 전문가의 태도를 취하였다.

매일 오후 5시 30분이면 그는 천천히 진열이 되어 있는 창가로 가서 해 가리개를 당겨서 내린 후, 신비로운 문라이트 퀼 씨와 점원 매크랜큰 양, 그리고 속기사인 매스터스 양에게 인사를 하고는 그녀, 캐롤라인이 있는 집으로 갔다. 그는 캐롤라인과 저녁을 먹지 않았다. 멀린의 칼라 단추들이 위험스럽게 코티지 치즈 근처에 널려 있는, 그리고 멀린의 넥타이 한 끝이 우유 잔에 금방이라도 빠질 듯이 놓인 그의 책상에서 캐롤라인이 뭘 먹으려고 생각한다는 것은 있을 수 없는 일이었다. 그는 그녀에게 함께 먹자고 얘기해 본 일이 없었다. 그는 혼자 먹었다. 그는 6번로에 있는 브래그도르트 식료품점으로 들어가 크래커 한 상자와 안초비 소스, 오렌지 몇 개, 아니면 소시지 작은 병, 감자 샐러드, 소다수 한 병 등을 사서 갈색 봉투에 넣은 후 웨스트 58번가 오십 몇 번지에 있는 그의 방으로 갔고, 저녁을 먹었고, 캐롤라인을 보았다.

캐롤라인은 아주 젊고 명랑한 사람으로 어떤 나이 든 여자와 함께 살았고, 아마도 열아홉 살일 것이다. 그녀는 마치 유령 같아서 저녁이 될 때까지는 결코 존재하지 않았다. 그녀는 6시경 그녀의 아파트에 불이 켜지면 살아났고, 아무리 늦어도 자정쯤 되면 사라졌다. 그녀의 아파트는 센트럴파크 남단 건너편에 위치한, 정면을 흰색 석조로 꾸민 좋은 건물에 있는 좋은 아파트였다. 아파트 뒤편은, 싱글인 그레인저 씨가 살고 있는 한 칸짜리 방의 하나뿐인 창문과 마주 보고 있었다.

그가 그녀를 캐롤라인이라고 부르는 것은, 문라이트퀼에 있는 책 중 표지에 그녀와 닮은 그림이 있는 것이 있었고 거기에 캐롤라인이라고 쓰여 있었기 때문이다.

멀린 그레인저는 스물다섯의 야윈 청년으로, 검은 머리에, 콧수염이나 턱수염 같은 것은 기르지 않았다. 하지만 캐롤라인은 눈부시게 아름답고 밝았으며 머리카락을 대신하는 적갈색 물결의 반짝이는 이끼, 그리고 키스를 떠올리게 하는 용모, 첫사랑이 그렇게 생겼었지, 하고 생각하게 만드는, 그러나 막상 옛 사진을 보고 사실은 그렇지 않았음을 깨닫게 되는 그런 용모였다. 그녀는 대개 핑크색이나 푸른색 옷을 입고 있었지만, 최근에는 때때로 날씬한 검은 드레스를 입기도 했는데, 그녀가 특별히 소중히 여기는 옷이 분명했다. 그 옷을 입을 때면 서늘 벽의 어떤 곳—멀린은 그곳에 분명 거울이 있으리라 생각했다.—을 바라보곤 했기 때문이다. 그녀는 보통 창가에 있는 의자에 앉았지만, 가끔씩은 램프 옆에 놓인 긴 의자에 앉기도 하였고, 뒤로 몸을 기댄 채 담배를 피우기도 했는데, 그럴 때 그녀의 팔과 손의 자태가 매우 우아하다고 멀린은 생각했다.

또 어떨 때는 그녀가 창가로 와 고상하게 자리 잡고서는 밖을 내다보았다. 달이 갈 길을 잃고서는 사물을 아주 기이하게, 그리고 극한으로 변형시키는 광휘를 건물 사이 통로에 떨구고 있어, 그곳에서는 쓰레기통과 빨랫줄의 문양이 은빛 통으로, 거대하게 펼쳐진 가냘픈 거미줄로, 아주 생생한 인상주의적 표현으로 바뀌어 있었기 때문이었다. 멀린은 잘 보이는 곳에 앉아 설탕과 우유를 얹은 코티지 치즈를 먹고 있었다. 그러다 그가 너무나도 빠르게 창문의 커튼 줄로 손을 뻗치다가 다른 손으로 코티지 치즈를 무릎 위에 쏟고 말았다. 우유는 차가웠고, 바지에 설탕 얼룩이 졌다. 그는 그녀가 다 본 것이 분명하다고 생각했다.

때로는 손님들도 있었다. 정장을 차려입은 남자들이었다. 그들은 모자를 손에 들고 코트는 팔에 걸친 채 서서 고개를 숙여 인사했다. 그들은 캐롤라인에게 이야기를 했고, 다시 인사를 한 후 그녀를 따라 불빛 밖으로 나갔다. 연극 공연장이나 댄스 파티에 가는 것이리라. 어떤 젊은 남자들은 와서 자리에 앉아 담배를 피웠고, 캐롤라인에게 무언가 이야기하려는 것처럼 보였다. 그럴 때면 그녀는 의자에 앉아서 열심히 귀 기울이며 그들을 바라보거나 아니면 램프 곁의 긴 의자에 기대어 앉아 있곤 했는데, 그런 그녀는 너무나도 사랑스럽고 젊음에 넘치며 진정 신비롭게 보였다.

멀린은 이들 방문이 즐거웠다. 그 남자들 일부에 대해서는 그도 인정했다. 몇몇에 대해서는 못마땅해하면서도 간신히 참기로 했고, 한두 인간은 아주 싫었다. 특히 가장 자주 오는 방문객이 있었는데, 검은 머리에 턱 밑에 검은 염소수염을 기른, 지독하게 어두운 영혼의 소유자였다. 그는 막연하게 낯이 익어 보였지만 볼 때마다 누구인지 도저히 기억해 낼 수가 없었다.

그렇다고, 멀린의 생활 전체가 '그가 만들어놓은 이 로맨스에 매여 있는 것'은 아니었다. 그 시간들이 '그의 하루 중 가장 행복한 시간'인 것도 아니었다. 그는 제시간에 도착하여 그녀를 '마수(魔手)'에서 구해 낸 적도 없었고, 그녀와 결혼하지도 않았다. 이보다 훨씬 더 이상한 일들도 일어났고, 곧 여기에 기록할 이야기도 그렇게 이상한 일이다. 이 일은 어느 10월 오후, 그녀가 활기차게 문라이트퀼의 부드러운 실내로 걸어 들어오면서 시작되었다.

어두운 오후였다. 금방이라도 비가 쏟아지고 세상의 종말이 올 것만 같았다. 오직 뉴욕의 오후만이 빠져들 수 있는 그런 특별한 우울한 잿빛에서 일어난 일이었다. 바람 한 줄기가 울부짖으며 거리를 휩쓸고 내려와 낡은 신문지들과 이런저런 조각들을 휘젓고 있었고, 창문마다 작은 불빛들이 깜박이고 있었다. 너무나도 황량하여 시커먼 녹색 잿빛 하늘 속으로 사라져 버린 초고층 빌딩 꼭대기가 안쓰러울 지경이었고, 그래서 이제 확실히 저런 어리석은 짓을 그만두어야 한다고, 곧 모든 빌딩들이 카드를 쌓아 만든 집처럼 무너져 내릴 것이며, 그것이 그 빌딩들을 드나들었을 수백만 위로 먼지를 날리며 냉소적인 산더미로 쌓일 것이라고 느껴질 정도였다.

최소한 이런 것들이 멀린 그레인저가 창가에서 서서 십여 권의 책을 줄 맞춰 진열하는 동안 그의 영혼에 무겁게 내려앉은 생각들이었다. 흰 담비 장식을 단 어떤 여자가 회오리바람처럼 휩쓸고 나간 다음이었다. 그는 아주 우울한 생각들로 가득 차 창문으로 밖을 바라보고 있었다. H. G. 웰스의 초기 소설들, 창세기, 토머스 에디슨이 삼십 년 후에는 이 섬에서 거주용 주택이 사라지고 거대하고 소란스러운 상점들만 남게 될 것이라고 말한 일 등에 관한 생각들이었다. 그가 마지막 책을 똑바로 놓고 몸을 돌렸는데, 그때 캐롤라인이 서점 안으로 침착하게 들어왔다.

그녀는 멋을 냈지만 그래도 얌전한 외출복을 입고 있었다.―이 사실은 나중에 그가 다시 생각하던 중에 기억해 낸 것이다. 손풍금 같은 주름이 있는 격자무늬 치마를 입었다. 재킷은 부드러우면서도 선명한 황갈색, 신발과 각반은 갈색이었고, 모자는 작고 손질이 잘 되어 있어, 매우 비싸고 아름답게 채워진 캔디 상자의 뚜껑처럼 그녀를 완성시켰다.

멀린은 숨도 못 쉴 정도로 놀라 불안스럽게 그녀 앞으로 걸어갔다.

"안녕하세요……." 그는 그렇게 말하고는 말을 멈췄다. 그로서 알 수 있는 건 그의 인생에서 굉장히 중대한 뭔가가 일어나려 한다는 것, 그리고 침묵 외에는 어떤 광 내기도 필요 없다는 것, 그리고 적당한 양의 주의력을 기울이며 관망해야 한다는 것뿐이었다. 그리고 그 일이 일어나기 일 분 전, 그는 숨 막히는 한순간이 시간 속에 멈추었음을 느꼈다. 작은 사무실과 경계를 짓는 유리 칸막이 너머로 편지 위에 몸을 구부리고 있는 그의 고용주 문라이트 퀼 씨의 불길한 원뿔형 머리가 보였다. 매크래큰 양과 매스터스 양도 보였는데, 두 사람은 머리를 늘어뜨린 채 쌓아둔 신문을 읽고 있었다. 그는 머리 위의 진홍빛 전등을 보았다. 그리고 그 전등이 서점을 얼마나 로맨틱하고 기분 좋은 곳으로 보이게 만들었는지 알아차리며 은근한 기쁨을 느꼈다.

그때 그 일이 일어났다. 아니, 일어나기 시작했다. 캐롤라인이 쌓아둔 책들 위에 놓여 있던 시집 한 권을 집어 들고는 가냘프고 하얀 손으로 무심하게 뒤적이더니, 갑자기 아주 편안한 몸짓으로 책을 천장을 향해 위로 던져 올렸는데, 그 책이 진홍빛 전등 안으로 사라져버리고는 그대로 거기에 머물렀다. 불빛이 밝히고 있는 실크 갓에 검고 두툼한 직사각형이 비쳐 보였다. 그녀는 이것을 재미있어하여 젊은 사람다운, 전염성이 강한 웃음을 터뜨렸고, 멀린도 곧 따라서 함께 웃게 되었다.

"그냥 저기 있네요!" 그녀가 명랑하게 외쳤다. "그냥 있어요, 그렇죠?" 두 사람에게는 이 일이 아주 재치 넘치는 황당함의 절정으로 보였다. 그들의 웃음이 함께 섞이며 서점을 가득 채웠다. 멀린은 그녀의 목소리가 풍부하고 마법적인 매력으로 넘치는 것이 마음에 들었다.

"또 해봐요." 그는 어느새 부추기고 있는 자신을 발견했다. "빨간 걸로 해봐요."

이 말에 그녀의 웃음소리는 더 커졌고, 그녀는 몸을 가누기 위해 쌓아둔 책 위에 두 손을 짚어야 했다.

"또 해봐요." 그녀는 발작적인 웃음들 중간에 간신히 말했다. "오, 세상에, 또 해봐요!"

"그래요, 두 권을 해보죠. 아, 웃음을 멈춰야지 정말 숨넘어가겠네. 자, 하시죠."

그 말에 맞추어 그녀가 빨간색 책 한 권을 집더니 천장을 향해 부드러운 포물선이 그려지게 던졌고, 책은 전등갓 안으로 들어가 첫 번째 책 옆에 떨어졌다. 어쩔 줄 모르고 좋아하며 몸을 앞뒤로 흔들던 두 사람은 몇 분이 지나서야 간신히 한 사람이라도 정신을 차릴 수 있었다. 하지만, 그때 가서도 두 사람은 이 놀이를 다시 하자고 의견을 모았다. 그것도 같이 던지기로. 멀린이 특별 장정을 한 커다란 프랑스 고전을 잡더니 빙글 돌려 위로 던졌다. 자신의 정확함에 환호하며 그는 한 손에는 베스트셀러 한 권을, 다른 손엔 삿갓조개에 관한 책을 들고는 그녀가 책을 던지는 동안 숨을 죽이며 기다렸다. 그러고는 일이 점점 빨라지고 격렬해졌다. 두 사람은 교대로 던지기도 했는데, 그럴 때면 그는 지켜보면서 그녀의 동작들이 얼마나 유연한지 알게 되었다. 한 사람이 연이어 던지는 경우도 있었다. 가장 가까이 있는 책을 들어 던지게 되면, 던진 책을 눈으로 쫓으면서 곧장 다음 책을 집어 들면 되었다. 삼 분 만에 테이블 위의 작은 공간이 비워졌고, 진홍빛 실크 전등갓은 책들로 가득 차서 금방이라도 터질 것만 같았다.

"어리석은 게임이에요. 농구 같네요." 그녀가 손에 책 한 권이 남아 있을 때 비웃듯이 말했다. "고등학교 여자아이들이 흉측한 바지에다 이런 놀이를 하죠."

"바보스럽군요." 그도 동의했다.

그녀가 책을 던질 듯하다가 멈추더니 문득 책을 테이블 위 제자리에 내려놓았다.

"이제 앉을 자리가 생긴 것 같군요." 그녀가 진지하게 말했다.

그랬다. 그들은 테이블 위에 두 사람이 앉을 만한 넓은 자리를 비웠던 것이다. 멀린이 약간 불안스럽게 문라이트 퀼 씨의 유리 칸막이 쪽으로 시선을 돌렸지만, 그 세 사람의 머리는 아직도 그들이 열심히 하고 있는 일 위로 숙여진 채였다. 서점 안에서 일어난 일을 보지 못한 것이 분명했다. 그래서 캐롤라인이 손을 테이블을 짚으며 위로 올라앉자 멀린도 그녀와 똑같이 했고, 두 사람은 나란히 앉아 매우 서로를 진지하게 바라보았다.

"당신을 만나야 했어요." 그녀가 먼저 말을 시작했다. 그녀의 갈색 눈에는 측은하다는 표현을 담고 있었다.

"알아요."

"지난번에 말이에요." 그녀가 말을 이었다. 그녀의 목소리는 진정시키려는 그녀의 노력에도 불구하고 약간 떨리고 있었다. "겁이 났어요. 난 당신이 서랍장 위에서 밥을 먹지 않았으면 좋겠어요. 두려워요. 혹, 혹, 그러다 당신이 칼라의 단추를 삼키면 어떡하나."

"한 번 그런 적이 있죠. 거의 그럴 뻔했죠." 그는 마지못해 사실대로 말했다. "하지만 그러기가 쉽지 않거든요. 내 말은, 납작한 건, 또는 떨어져 나온 다른 부분은 쉽게 삼킬 만하지만 칼라 단추를 삼키려면 거기에 특별히 맞춘 목구멍이어야 할 거예요." 그는 자신이 한 말이 사근사근하면서 적절했다는 것에 스스로 놀랐다. 말이라는 것이 생전 처음으로 함성을 지르며 사용해 달라고 자신에게 달려오고 있었다. 단어들이 세심하게 분대와 소대를 규합하고 정렬하여 아주 꼼꼼한 부관들이라는 단락을 이루며 그의 앞에 나타났다.

"그래서 무서웠던 거예요. 당신에게 분명히 그 특별하게 맞춘 목구멍이 있어야 한다는 것을 알았거든요. 그리고 알고 있었죠. 적어도, 당신에게 그런 목구멍이 없다는 것은 분명 느꼈거든요."

그가 솔직하게 고개를 끄덕였다.

"없어요. 그런 목구멍을 만들려면 돈이 들어서요. 불행하게도 내가 가진 돈으론 부족하죠."

그는 이런 말을 하는 것에 부끄러움을 느끼지는 않았다. 오히려 그렇게 인정하는 데서 어떤 기쁨까지 느꼈다. 그로서는 그녀의 이해력을 넘어서는 어떤 말이나 행동도 할 수 없다는 것을 알았다. 더군다나 자신의 가난과 그 가난으로부터 벗어난다는 것이 실제로는 불가능하다는 것을 말할 수는 없었다.

캐롤라인이 자신의 손목시계를 내려다보더니, 작게 소리를 지르며 테이블에서 내려와 섰다.

"5시가 넘었네요." 그녀가 말했다. "전혀 모르고 있었어요. 5시 30분까지 리츠칼튼에 가야 하는데. 우리 서둘러서 이 일을 끝내요. 분명히 될 거예요."

함께 두 사람은 던지기 시작했다. 캐롤라인이 곤충에 관한 책을 들어 윙 하고 소리를 내며 날렸고, 결국은 그 책이 문라이트 퀼 씨가 들어가 있던 유리 칸막이를 깨면서 뚫고 떨어지는 일이 일어나고 말았다. 사장은 험악한 표정으로 올려다보더니 책상에 떨어진 유리 조각들을 쓸어 내렸고, 계속해서 편지를 읽기 시작했다. 매크래큰 양은 들은 것 같은 눈치가 아니었고, 매스터스 양만 화들짝 놀라 겁먹은 소리를 작게 지르더니 다시 고개를 숙이고 하던 일로 돌아갔다.

그러나 멀린과 캐롤라인에게 그런 것은 중요하지 않았다. 완벽한 에너지의 열중 속에서 그들은 사방으로 책을 던지고 또 던졌고, 나중에는 서너 권씩을 한꺼번에 던지기도 하였다. 책은 날아가 책꽂이에 부딪히고, 벽에 걸린 유리 액자를 금 가게 한 후, 바닥으로 떨어져 상처 입고 찢어진 채 쌓여 갔다. 손님이 들어오지 않은 것이 다행이었다. 그랬더라면 다시는 이곳을 찾지 않았을 것이 분명했다. 소리는 엄청나게 컸다. 부수고 잡아 뜯고 찢는 소리에 가끔씩 쨍그랑거리는 유리 소리, 던지고 있는 두 사람의 가쁜 호흡 소리, 간간히 터져 나오는 웃음소리가 뒤섞였고, 두 사람은 웃어대느라고 잠깐씩 동작을 멈추기도 했다.

5시 30분에 캐롤라인이 마지막 책을 전등에 던졌는데, 그것이 전등이 짊어질 수 있는 양에 대한 마지막 충격이었다. 약해진 실크가 찢어졌고 그 안에 담겨 있던 것들이 이미 어지러이 흐트러진 바닥으로 흰색과 색색의 거대한 퍼덕임이 되어 쏟아져 내렸다. 그러자 안도의 한숨을 내쉬며 그녀가 멀린을 향하더니 손을 내밀었다.

"안녕." 그녀가 간단히 말했다.

"가는 거예요?" 그도 그녀가 간다는 것을 알고 있었다. 그의 질문은 미련이 남아 단순히 시간을 끌자고 한 말이었다. 조금이라도 더 그녀를 붙들어 두고 그녀의 존재에서 그가 얻은 그 눈부신 빛의 정수를 끌어내고 싶었다. 조금이라도 더 그녀의 모습에서 커다란 만족감을 이어가고 싶었다. 그녀의 모습은 키스와도 같았고, 또, 그가 예전 1910년, 한때 알았던 여자의 모습과도 닮았다. 잠시 동안 그는 부드러운 그녀의 손을 잡았다. 그러자 그녀는 미소를 지으며 손을 뺐고, 그가 뛰어가 문을 열어주기도 전에 알아서 문을 열고는 47번가를 죄어들며 뒤덮고 있는 흐리고 음울한 땅거미 속으로 걸어 들어갔다.

나는, 아름다움과 나이 먹으면 철이 든다는 것과 어떤 관계인지를 본 멀린이 문라이트 퀼 씨의 작은 사무실로 걸어 들어가 바로 그 자리에서 일을 그만두겠다고 말했다고, 그러고는 더욱 세련되고 고상한, 더욱더 아이러니한 남자가 되어 거리를 향해 걸어 나갔다고 말하고 싶다. 그러나 진실은 그보다 훨씬 더 진부하다. 멀린 그레인저는 똑바로 몸을 세우고 서점이 망가진 정도, 상처 난 책들, 한때 아름다운 진홍빛 전등갓이었던 찢어진 실크 조각들, 실내 전체 여기저기 무지개 빛깔 먼지 속에서 투명하게 반짝이고 있는 깨어진 유리 파편들 등을 살펴보았다. 그러고는 빗자루가 있는 구석으로 가서 청소와 정리 정돈을 하기 시작했다. 그가 할 수 있는 최대한, 서점을 이전의 상태로 회복시키려고 노력한 것이다. 그는 멀쩡한 책들이 조금

있긴 했지만, 대부분은 정도만 다를 뿐 상처 입었음을 알게 되었다. 뒤표지가 뜯긴 책들, 중간에 페이지들이 찢어져 나간 책들, 앞표지가 약간 구겨지기만 한 책들도 있기는 했지만, 조심성 없게 책을 다루다 교환하러 오는 이들은 다 아는 사실로, 그런 책은 팔 수가 없고 따라서 헌책이 된다.

그럼에도 6시가 되자 망가진 것들이 상당히 복구가 되었다. 그는 책들을 원래의 자리로 돌려놓았고, 바닥을 쓸었으며, 전등 소켓에는 새 전구를 끼웠다. 붉은 전등갓은 수선을 할 수 없을 정도로 못쓰게 되었고, 그래서 멀린은 낭패감을 맛보며 전등갓을 새로 살 돈이 자신의 봉급에서 나가야만 할지도 모르겠다고 생각했다. 6시, 할 수 있는 만큼 일을 한 그는 정면 진열창으로 천천히 걸어가 해 가리개를 잡아당겨 내렸다. 조심스럽게 뒤로 나오던 그는 문라이트 퀼 씨가 책상에서 일어나 코트를 입고 모자를 쓰더니 가게로 나오는 것을 보았다. 그는 멀린에게 속을 알 수 없게 고개를 끄덕여 보이더니 문을 향해 걸어갔다. 손잡이에 손을 댄 채 멈춰 선 그가 돌아보더니 분노와 불확실성이 기이하게 뒤섞인 목소리로 말했다.

"만약 그 여자가 여기 또 오면, 처신 잘하라고 해."

그렇게 말하며 문을 열었다. 멀린을 압도하여 고분고분하게 만들며. "네, 사장님." 삐걱거리는 소리, 그리고 그는 나갔다.

멀린은 잠시 그 자리에 서 있었다. 그리고 그는 현명하게도, 당분간만은 미래가 어떻게 될지에 대해 염려하지 않기로 마음먹었다. 그리고 그는 서점 뒤로 가서 매스터스 양에게 프랑스 식당 풀팻에서 저녁을 함께 먹자고 초대했다. 위대한 연방 정부의 금주령에도 불구하고 그 식당에서는 아직도 저녁 식사 때 레드 와인을 마실 수 있었다. 매스터스 양은 그러자고 했다.

"난 와인을 마시면 기분이 얼얼해져요."

멀린은 그녀를 캐롤라인과 비교하며 속으로 웃음을 터뜨렸다. 아니, 그녀와 비교하지 않았다. 비교라는 게 성립되지 않았다.

II

문라이트 퀼 씨는 기질이 신비롭고, 이국적이며, 동양적이었지만 그럼에도 단호한 사람이었다. 그래서 그가 엉망이 된 가게 문제에 접근하는 방식도 단호했다. 그가 전체 재고의 원가에 해당하는 경비를 지출하지 않는 이상—그것은 그의 개인적인 사정으로 택하고 싶지 않은 방법이었다.—그가 예전과 같은 방식으로 서점 운영을 계속한다는 것은 불가능해 보였다. 따라서 한 가지 길밖에 없었다. 그는 즉시 그의 서점을 최신 서적을 파는 서점에서 중고책 가게로 전환시켰다. 하자가 생긴 책들은 25~50퍼센트 정도 가격을 인하했고, 문에 있던 뱀처럼 구불구불 자수로 새긴 이름도 예전에는 거만하게 빛났었지만, 이제는 점차 광채를 잃고 오래된 페인트처럼 형언할 수 없는 희미한 빛깔이 되도록 내버려 두었다. 그리고 형식적인 절차를 매우 좋아하는 사장은 심지어 싸구려 펠트로 만든 빨간색 테 없는 모자까지 두 개를 사왔다. 하나는 본인이, 하나는 직원인 멀린 그레인저가 쓸 것이었다. 게다가 그는 염소수염을 계속 길러, 수염이 늙은 참새의 꼬리 깃털처럼 되었고, 말쑥한 양복 대신 광택 있는 알파카 소재로 경외심을 불러일으키는 그런 옷을 입었다.

실제로, 캐롤라인의 재앙 같은 방문이 있은 지 일 년도 안 되어서 서점 안에서 그때까지 외모를 그대로 유지하고 있던 사람은 매스터스 양뿐이었다. 매크래큰 양은 문라이트 퀼 씨를 따라 봐줄 수 없을 정도로 촌스러워졌다.

멀린 역시 충성과 무기력이 복합된 감정으로 자신의 모습이 버려진 정원과 같이 되도록 내버려 두었다. 그는 빨간 펠트 모자를 그의 황폐함의 상징으로 받아들였다. 항상 '추진력 있는 젊은이'로 알려졌던 그였다. 뉴욕 고등학교의 공작과를 졸업한 이후, 그는 고질적인 습관처럼 옷과 머리와 이와 심지어는 눈썹까지 솔질을 해왔고, 깨끗하게 빨래를 한 양말들을 발가락 부분과 뒤꿈치 부분까지 줄을 맞추어 옷장 안의 양말 서랍이라 부르는 서랍에 차곡차곡 정돈하는 일이 중요하다고 배웠다.

그는 그렇게 느꼈다. 이런 습관들 때문에, 문라이트퀼의 가장 빛났던 시절 속에서 그의 위치를 차지할 수 있었던 것이라고. 이런 습관들 때문에 그는 여전히, 고등학교에서 숨 막히는 실용성을 강조하며 배웠던 대로 '궤를 유용하게 사용하여 물건을 보관'하지는 못하고, 그 궤들을, 누구든 궤가 꼭 있어야 하는 사람에게—아마도 장의사들이 아닐까.—팔 생각이었다. 그럼에도 진보적 문라이트퀼이 복고적 문라이트퀼이 되자, 그는 그 문라이트퀼과 함께 가라앉기를 선택했다. 그래서 그는 양복들에는 손도 대지 않고 그 위에 가냘픈 공기가 쌓이도록 내버려 두었으며, 양말도 아무렇게나 셔츠 서랍이나 속옷 서랍에 던져 넣거나 또는 아예 서랍에 넣지 않는 일에 익숙해졌다. 새롭게 시작한 이 무심한 생활에서 그가 한 번도 입지 않은 깨끗한 옷을 곧장 세탁소로 보내는 일도 드물지 않았는데, 이는 피폐해진 노총각에게서 흔히 보이는 괴상함이었다. 이 말은 그가 가장 좋아하는 잡지 표지에 있었다. 그 잡지는 당시 성공적인 작가들이 구제불능의 가난한 사람들이 가지고 있는 놀랄 만한 몰염치에 대하여 쓴 글들로 상당히 충격을 불러일으키고 있었다. 가난한 사람들이 좋은 셔츠를 사고 고기도 좋은 부위를 사먹는가 하면 은행에 4퍼센트 이율로 저축하는 존경스러운 투자 대신에 보석에 돈을 많이 투자한다는 사실이었다.

정말 기이한 사태였고, 많은 덕망 있고 경건한 사람들로서는 유감스러운 일이었다. 공화국 역사상 처음으로 조지아 이북의 검둥이들은 누구든 1달러짜리 지폐를 바꿀 수 있게 되었다. 그러나 그 당시 센트의 구매력은 이미 빠르게 중국 물건이나 살 수 있을 정도에 가까워지고 있었고, 센트란 그저 소다수 값을 낸 후 가끔씩 잔돈으로 받거나 또는 정확한 몸무게를 재는 데에나 쓸 수 있을 뿐이었다. 그러니까 그 현상도 처음 보기보다는 그다지 신기할 것도 없다 하겠다. 그런데, 멀린 그레인저에게 그보다 더 기이한 사태는 그가 취한 행동이었다. 그는 매스터스 양에게 프러포즈를 하는 위험스럽고도 거의 본의 아닌 행동을 하고 말았던 것이다. 더욱 기이한 것은 그녀가 그것을 받아들였다는 것이다.

프러포즈를 하게 된 것은 토요일 밤, 풀팻에서 한 병에 1달러 75센트짜리 물 탄 포도주를 마시면서였다.

"와인을 마시면 난 기분이 얼얼해져요. 당신도 그런가요?" 매스터스 양이 즐겁게 이야기를 했다.

"네." 멀린은 별생각 없이 대답했다. 그리고 길고 의미심장한 침묵 후에 말했다. "매스터스 양, 올리브, 당신에게 할 말이 있으니 들어줘요."

매스터스 양(무슨 일이 있을지 알고 있던)의 얼얼함은 점점 더해져 자신의 초조한 반응 때문에 금방 감전이라도 될 것만 같았다. 하지만 그녀는, 내적인 동요를 티 내거나 내비치지 않고 "네, 멀린."이라고 말했다. 멀린은 입안에 고여 있던 공기를 삼켰다.

"난 가진 재산도 없어요." 그가 발표를 하는 태도로 말했다. "나는 재산이 하나도 없어요."

그들의 눈이 만났고, 서로 시선을 떼지 못한 채 동경을 담은 그들의 눈은 꿈꾸듯 아름다웠다.

"올리브." 그가 말했다. "당신을 사랑해요."

"나도 당신을 사랑해요, 멀린." 그녀가 간결하게 대답했다. "우리 와인 한 병 더 할까요?"

"그러죠." 그가 큰 소리로 말했다. 그의 가슴은 엄청나게 빨리 뛰고 있었다. "그 말은……."

"우리 약혼을 축하하기 위해서죠." 그녀가 용감하게 말을 끊고 나섰다. "약혼 기간이 짧기를!"

"안 돼요!" 그는 거의 소리를 지르다시피 했다. 그는 주먹으로 테이블을 세게 쳤다. "영원히 지속되길!"

"네?"

"내 말은, 아, 당신 말뜻을 알아요. 당신이 맞아요. 짧아야죠." 그는 웃음을 터뜨리며 덧붙였다. "내 실수예요."

와인이 온 후 그들은 이 문제를 자세하게 의논했다.

"우리는 먼저 작은 아파트부터 얻어야겠군요." 그가 말했다. "내 생각에, 네, 저런, 어느 집에 작은 셋방이 있는 걸 알아요. 큰 침실 하나에 옷방 겸 간이 부엌 겸 그런 공간이 있고요. 같은 층 화장실도 쓸 수 있어요."

그녀가 행복하게 손뼉을 쳤고, 그는 그런 그녀가 정말 아름답다고 생각했다. 하지만 그건 그녀 얼굴의 윗부분에만 해당하는 이야기였고, 콧날부터 아래로는 진실이 아니었다. 그녀가 열정적으로 말을 이었다.

"우리가 형편이 나아지는 대로 정말 근사한 아파트를 얻어요. 엘리베이터도 있고 현관에 안내하는 아가씨도 있는 곳으로요."

"그다음에는 시골에 집을 구하죠. 차도요."

"이보다 재미있는 일은 상상할 수 없네요. 그렇지 않아요?"

멀린은 잠시 침묵을 느꼈다. 그는 그의 방을, 4층의 그 뒷방을 포기해야 하는구나 생각하고 있었다. 사실 이제는 별로 개의치 않았다. 지난 1년 반 동안—실제로는, 캐롤라인이 문라이트퀼을 찾아왔던 바로 그날 이후—한 번도 그녀를 본 적이 없었다. 그녀의 방문 후 일주일 동안은 그녀 방에 불도 켜지지 않았다. 어둠이 빌딩 사이의 골목을 뒤덮더니, 그가 기다리던 커튼도 없는 창가를 맹목적으로 더듬거리며 찾아드는 것 같았다. 그리고 마침내 불빛이 들어왔지만, 캐롤라인과 그녀의 손님들 대신에 땅딸막한 가족이 있었다. 뻣뻣한 콧수염을 기른 키 작은 남자와 가슴이 풍만한 여인이었다. 그 여자는 저녁마다 자신의 엉덩이를 두드리며 잡동사니를 정돈했다. 그들이 온 후 이틀 뒤 멀린은 굳은 표정으로 해 가리개를 내렸다.

아니, 멀린은 올리브와 함께 이 세상에서 깨어나는 것보다 재미있는 것은 생각할 수 없었다. 교외에 작은 집을 얻을 것이다. 푸른 페인트를 칠한 집을, 하얀 벽토를 바르고 초록색 지붕을 올린 그런 종류의 작은 주택보다 한 등급 정도만 낮은 그런 집을. 집을 둘러싼 잔디밭에는 녹슨 모종삽들과 부서진 초록색 벤치, 그리고 왼쪽으로 가라앉은 왕골로 만든 유모차도 있을 것이다. 그리고 잔디밭 주변에는 잔디와 유모차와 집이, 자신의 세계 주변에는 약간 뚱뚱해진 올리브의 팔이, 새로운 올리브 시대의 팔이 있을 것이다. 그때면 그녀가 걸어갈 때 그녀의 두 볼은 너무 과한 얼굴 마사지 때문에 아주 약간일지라도 아래위로 흔들릴 것이다. 그는 이제 그녀의 목소리가 들렸다. 숟가락 두 개 정도의 거리에 떨어져 있던 그녀다.

"난 당신이 오늘 밤 그 말을 할 줄 알았어요, 멀린. 나는 알 수……"

그녀는 알 수 있었단다. 아, 갑자기 그는 그녀가 얼마나 알 수 있었는지 궁금해졌다. 그녀는 알 수 있었을까, 세 명의 남자와 함께 들어와 옆 테이블에 앉은 여자가 캐롤라인이었다는 것을? 아, 그녀가 그걸 알았을까? 그 남자들이 가져온 술이 풀팻의 뻘건 잉크를 세 배로 농축한 것보다 훨씬 더 강한 것이라는 걸 알았을까……?

멀린은 소리의 에테르를 뚫고 반쯤 들려오는 올리브의 낮고 부드러운 혼자만의 이야기를 들으며 숨을 죽이고 바라보았다. 그녀는 이 기억해 두어야 할 순간에서 달콤함을 빨아 마시는 부지런한 꿀벌 같았다. 멀린은 얼음이 쨍그랑거리는 소리, 무엇이 즐거운지 기분 좋게 웃는 그 네 사람의 웃음소리, 그리고 캐롤라인의 웃음소리를 듣고 있었다. 캐롤라인의 웃음소리, 너무나도 잘 알고 있던 그 웃음소리에 그는 흔들렸고, 그는 붕 떠올랐고, 그는 그의 마음을 급하게 그녀의 테이블로 보냈고, 마음은 순종하여 그곳으로 갔다. 그는 그녀를 상당히 똑똑하게 볼 수 있었고, 지난 1년 반 동안 그녀가 거의 변하지 않았다는 생각이 들었다. 조명 때문일까, 아니면 그녀의 뺨이 약간 야위고 눈에도 생기가 덜해진 것일까? 나이보다는 술 때문일까? 하지만 그녀의 빨간 머리에 내린 그늘도 여전히 보라색이었다. 그녀의 입 역시 키스를 암시하였다. 진홍빛 전등이 더 이상 존재하지 않게 된 서점에 어스름이 내렸을 때 그의 눈과 책들 사이로 언뜻언뜻 보이던 그 옆모습처럼.

그녀는 계속 술을 마시고 있었다. 평소보다 세 배는 붉어진 두 볼에 젊음과 와인과 고급 화장품이 혼재해 있음을 그는 알 수 있었다. 그녀는 왼쪽에 앉은 젊은 남자와 오른쪽의 뚱뚱한 남자, 그리고 심지어는 맞은편의 나이 든 사내에게도 대단한 즐거움을 주고 있어, 그 나이 든 사내는 때때로 충격을 받은 듯이 다른 세대를 부드럽게 나무라는 웃음을 터뜨리곤 했다. 멀린은 그녀가 간헐적으로 부르는 노래의 가사를 들을 수 있었다.

"걱정은 그냥 무시해 버려요,
미리 앞질러 걱정하지 마세요……."

뚱뚱한 사람이 차가운 호박색 술을 그녀의 잔에 따랐다. 웨이터가 몇 번씩이나 테이블로 와서는, 이 요리는 또는 저 요리는 즙이 많은지 어떤지 즐겁게 쓸데없는 질문들을 계속 해대는 캐롤라인을 무기력하게 여러 번 쳐다본 후에야 간신히 주문 비슷한 것을 받아 급하게 가버렸…….

올리브는 멀린에게 이야기를 하고 있었다.

"그럼 언제요?" 그녀가 물었는데, 목소리는 실망으로 희미한 그늘이 져 있었다. 그는 그녀가 한 어떤 질문에 막 안 된다고 대답했음을 깨달았다.

"아, 곧."

"당신은, 관심 없어요?"

질문에 담긴 다소 측은한 신랄함에 그는 다시 그녀에게로 시선을 돌렸다.

"가능한 빨리하죠." 그는 놀라울 정도로 부드럽게 대답했다. "두 달 후, 6월에요."

"그렇게 빨리요?" 그녀는 기쁨으로 흥분한 나머지 숨을 죽였다.

"그래요. 6월로 해두는 게 나을 것 같아요. 기다릴 필요 없지요."

올리브는 두 달이면 준비하기에는 정말 짧은 시간이라며 불평하는 척하였다. 그가 나쁜 남자라는 것! 그렇게 참을성이 없다니! 그녀는 그가 자신에게 너무 빨리 접근해서는 안 된다는 것도 보여 줄 것이다. 사실 그가 너무나도 갑작스러웠기에 자신은 그와 결혼해야 할지도 확실히 모르겠다는 것이었다.

"6월." 그가 단호하게 반복했다.

올리브는 한숨을 쉬었고, 미소를 지으며 커피를 마셨는데, 그녀의 새끼손가락을 다른 네 손가락보다 위로 올리는 아주 세련된 유행을 따랐다. 멀린은 반지를 다섯 개 사서 저기에 던져 버리고 싶다는 엉뚱한 생각을 잠깐 했다.

"맙소사!" 그는 소리 내어 내뱉었다. 곧 그는 그녀의 손가락 하나에 반지를 끼우게 될 것이다.

그는 급히 오른쪽으로 눈길을 돌렸다. 네 사람의 일행은 지나치게 떠들썩하여 수석 웨이터가 그들에게 다가가 이야기를 하였다. 캐롤라인은 그 수석 웨이터와 목소리를 높여 언쟁을 벌였는데, 그 소리가 너무 또렷하고 기운이 넘쳐 레스토랑 전체가 다 듣고 있는 것처럼 보였다. 레스토랑 전체가, 자신의 새로운 비밀에 스스로 몰두되어 있던 올리브 매스터스만 제외하고는.

"안녕하세요?" 캐롤라인이 말하고 있었다. "아마도 포로가 된 가장 잘생긴 수석 웨이터인가 봐요. 너무 시끄러웠나요? 그거 아주 안됐군요. 뭔가 조치가 있어야겠죠. 제럴드?" 그녀는 오른쪽 남자에게 말했다. "수석 웨이터가 너무 시끄럽다는군요. 우리보고 그만하라는데. 뭐라고 할까요?"

"쉿!" 그가 웃음을 터뜨리며 충고했다. "쉿!" 그리고 멀린은 그가 낮은 목소리로 덧붙이는 것을 들을 수 있었다. "부르주아들이 죄다 깨겠어. 이런 곳이 바로 매장 매니저들도 불어를 배우는 곳이지."

캐롤라인이 불현듯 정신을 차리며 똑바로 앉았다.

"매장 매니저는 어디 있나요?" 그녀가 말했다. "내게 매장 매니저를 보여 줘요." 이에 일행은 재미있어했고, 그들은 모두, 캐롤라인까지 포함하여 또다시 웃음을 터뜨렸다. 수석 웨이터는 마지막으로 이성적인, 하지만 포기하는 듯한 경고를 남기고는, 프랑스 사람 특유의 어깨를 으쓱하는 동작을 하고 뒤로 물러나 버렸다.

풀팻은 다들 알다시피 정식(定食)을 제공하는, 항상 점잖은 곳이다. 흔히 얘기하는 그런 즐거운 식당이 아니다. 들어가서는 낮고 연기가 가득한 천장 아래에서 레드 와인을 마시고, 아마도 평소보다 좀 더 많이, 그리고 좀 더 큰 소리로 이야기를 나누다 집으로 가는 곳이다. 식당은 9시 30분에 닫는다. 더 여유는 없다. 경찰에게 돈을 지불하고 그의 부인 선물로 와인도 한 병 준다. 외투 보관소의 아가씨가 받은 팁을 담당자에게 넘기고 나면 어둠이 내려와 작고 둥근 테이블들을 보이지 않게 짓누른다. 그러면, 그들의 생명도 끝난다. 하지만 오늘 저녁 풀팻에는 소동이 준비되어 있었다. 꽤 훌륭한 종류의 소동이다. 빨간 머리에 보라색 그늘이 진 여자가 테이블 위로 올라가더니 거기서 춤을 추기 시작한 것이다.

"사크레 농 드 디유!" 거기서 내려와요!" 수석 웨이터가 소리쳤다. "음악을 멈춰!"

그러나 악단은 이미 너무 크게 연주를 하고 있었고, 그들은 그의 명령이 들리지 않는 척했다. 그들도 한때 젊었기에, 더욱 크게 그 어느 때보다 즐겁게 연주를 했고, 캐롤라인은 우아하고 경쾌하게 춤을 추었다. 핑크빛 얇은 드레스가 빙글빙글 돌았고, 생기발랄한 두 팔은 연기 가득한 공기를 따라 유연하고 섬세한 동작을 보였다.

가까이 있던 테이블의 프랑스 사람들이 환호를 내질렀고, 다른 사람들도 그에 동참하여, 곧 식당은 박수와 외침으로 가득하게 되었다. 식당 손님들의 절반이 일어나 몰려들었고, 외곽에서는 급하게 불러온 주인의 알아들을 수 없는 목소리가 들려왔는데, 가능한 빨리 이 사태를 끝내고 싶어 하는 것이 분명했다.

"……멀린!" 올리브가 소리쳤다. 마침내 깨어나 정신을 차린 것이다. "저 여자는 아주 고약하군요! 나가요, 당장!"

매료된 멀린은 계산을 아직 하지 않았다고 약하게 저항해 보았다.

"괜찮아요. 테이블에 5달러를 놓고 가요. 난 저 여자를 경멸해요. 저 여자를 보는 것도 참을 수가 없어요." 그녀는 일어서더니 멀린의 팔을 잡아당겼다.

어쩔 수 없이 내키지 않아 하면서 그리고 순전히 반항하는 마음에서 그도 자리에서 일어나 올리브를 따라갔다. 이제는 절정에 이르러 결코 잊을 수 없는 광란의 소동이 되려고 하는 열광적인 환호 속을 뚫고 그녀는 길을 헤쳐 나갔다. 순종적으로 그는 코트를 들고 휘청거리며 대여섯 걸음 나가니 촉촉한 4월의 공기 속이었다. 그의 귀에는 아직도 테이블 위에서 울리던 가벼운 발소리와 카페라는 작은 세계를 온통 가득 채우던 웃음소리가 들리고 있었다. 아무 말 없이 두 사람을 5번로로 걸어가 버스를 탔다.

다음 날이 되어서야 그녀는 그에게 결혼에 대해 이야기했다. 그녀가 날짜를 어떻게 앞당겼는지를. 5월 1일에 결혼하는 것이 훨씬 낫겠다고 했다.

III

그리고 그들은 결혼을 했다. 다소 답답하게도 올리브가 어머니와 함께 살고 있는 아파트 샹들리에 아래에서였다. 올리브는 어머니와 살고 있었다. 결혼은 매우 기쁘게 다가왔지만, 그러고는 점점 권태가 자라났다. 책임감이 멀린에게 닥쳐왔다. 그가 일주일에 삼십 달러를, 그녀가 이십 달러를 벌어야 두 사람이 흉하지 않게 살도 오르고 괜찮은 옷으로 자신들을 가릴 수 있었다.

몇 주 동안 피해가 막심한, 그리고 거의 굴욕적인 레스토랑들과의 실험을 마친 후, 그들은 대다수 사람들처럼 식료품점 음식을 먹기로 결정했다. 그래서 그는 옛 생활 방식으로 다시 돌아가 매일 저녁 브래그도르트 식료품점에 들러 감자 샐러드와 햄 슬라이스, 그리고 가끔씩은 순간적인 무절제로, 속을 채운 토마토를 사기도 했다.

그리고 그는 터벅터벅 집으로 향했고, 어두운 현관으로 들어가 오래전 사라진 디자인의 낡아빠진 카펫이 깔린 금방이라도 무너질 것 같은 계단을 세 층이나 올라갔다. 복도에서는 오래된 냄새가, 1880년의 식물들의, '아담과 이브주의자' 브라이언이 윌리엄 맥킨리를 상대로 대통령 선거에 출마했을 때의, 먼지가 쌓여 1온스나 무게가 더 나가는 커튼의, 닳고 해진 신발의, 이미 오래전에 조각조각 퀼트가 되어버린 옷의 보풀의 그런 냄새들이 났다. 그 냄새는 계단을 따라 그를 뒤따라오곤 했고, 되살아나서는 이 시대의 음식 냄새 때문에 층계참마다 더욱 강렬해지다가 그가 다음 층의 계단을 오르기 시작하면 희미해지며 죽은 세대들의 죽은 일상의 냄새로 가라앉곤 했다.

마침내 방문이 나타나 음란하게 스스로 미끄러지듯 열렸고, 그가 "여보, 오늘 밤 당신을 위해 맛있는 걸 사왔어."라고 하자 쿵쿵 냄새를 맡는 소리와 함께 문이 닫혔다.

올리브는 '바람을 좀 쐬기 위해' 항상 버스를 타고 집으로 갔고, 침대를 정돈하고 물건들을 걸곤 했다. 그가 부르자 그녀는 그에게 다가와 두 눈을 크게 뜨고 살짝 키스를 하고, 그럴 때면 그는 손으로 그녀의 팔을 잡고 마치 그녀가 균형을 못 잡는 물건이라도 되듯이, 그가 잡았던 손을 놓으면 그녀가 뻣뻣하게 뒤로 넘어져 바닥으로 쓰러지기라도 할 것처럼 그녀를 사다리처럼 똑바로 안았다. 이것이 신랑 신부 키스에 뒤이은 결혼 2년째에 온 키스이다. 신랑 신부 키스는 잘해야 연극적인 것이며, 열정적인 영화를 따라하는 경향이 있다고 이런 일들을 잘 아는 사람들은 말한다.

그리고 저녁 식사다. 식사 후에 그들은 산책을 나간다. 두 블록을 걸어 센트럴파크를 가로지르거나 영화를 보러 가기도 한다. 영화는 인내심을 가지고 그들에게 그들은 삶을 명령받은 사람들이며 그들이 정당한 윗사람에게 유순하게 복종한다면, 그리고 쾌락을 멀리한다면 대단히 으리으리하고 화려하고 아름다운 뭔가가 곧 그들에게도 일어날 것임을 가르쳤다.

삼 년을 그렇게 살았다. 그리고 그들의 생활에도 변화가 찾아왔다. 올리브가 아기를 가졌고, 그 결과로 멀린에게 새로운 물질적 재원이 흘러들어 왔다. 올리브가 출산한 지 삼 주가 되었을 때 그는 한 시간의 초조한 예행연습을 하고는 문라이트 퀼 씨의 사무실로 들어가 엄청난 봉급 인상을 요구했다.

"여기에 십 년을 있었습니다." 그가 말했다. "열아홉 살 때부터였지요. 항상 최선을 다해서 서점 운영이 잘 되도록 노력했습니다."

문라이트 퀼 씨는 생각해 보겠다고 말했다. 다음 날 아침 그는 오랫동안 계획하고 있었던 프로젝트를 실행에 옮길 것이라고, 서점에서 상근하는 일에서는 은퇴하고 정기적으로 들르기만 하겠다고, 그래서 멀린을 매니저로 삼고 오십 달러의 주급과 영업이익의 10분의 1을 주겠다고 발표했으며, 멀린은 뛸듯이 기뻐했다. 사장이 말을 마치자 멀린의 두 뺨이 달아올랐고 눈엔 눈물이 가득 고였다. 그는 사장의 손을 잡고 힘차게 흔들며 되풀이하여 말하고 또 말했다.

"정말 감사합니다, 사장님. 매우 관대하시군요. 대단히, 대단히, 친절하십니다."

십 년 동안 가게에서 충직하게 일한 뒤 그는 마침내 성공한 것이다. 그는 뒤돌아, 이 환희의 언덕에 이르기까지 자신이 걸어온 길을 보았다. 그것은 더 이상, 때때로 비참하고 항상 잿빛이었던 근심과 실패한 열성, 실패한 꿈의 십 년이, 골목의 달빛은 갈수록 어두워지고 올리브의 얼굴에서는 젊음이 빛바래고 있었던 세월이 아니었다. 오히려 그것은 그가 불굴의 의지를 가지고 굳은 마음으로 난관들을 극복하고 영광스럽게 승리하여 정상에 오른 시간으로 보였다. 그가 불행에 빠지지 않도록 해주었던 낙관적 자기기만은 이제 단호한 결심이라는 황금 옷에 감싸여 있었다. 여러 번 문라이트퀼을 떠나 더 위로 비상하고 싶어 방도를 간구했지만, 결국 그저 소심했기에 주저앉고 말았다. 그런데 기이하게도 그는 그런 시간들이 이제 와서는 자신이 대단한 인내심을 발휘했던 것으로, 자신의 위치와 투쟁하기로 '굳게 결의했던 것'으로 기억되었다.

어쨌든 이 순간 멀린이 자신에 대해 새롭고 당당한 관점을 가지게 된 것을 언짢아하지는 말자. 그는 도달한 것이다. 나이 서른에 중요한 자리에 올라선 것이다. 그는 그날 저녁 아주 환하게 서점을 나서서 주머니에 있는 잔돈까지 모두 다 털어 브래그도르트 식료품점에 있는 음식들 중 가장 대단한 진수성찬을 산 후, 멋진 소식과 네 개의 대형 쇼핑백을 들고 집을 향해 휘청휘청 걸었다. 사실 올리브는 너무 몸이 안 좋아 먹을 수가 없었기 때문에 그는 혼자서 속을 채운 토마토를 힘겹게 네 개나 먹어치우고는 약간이긴 했지만 병이 났다. 그리고 대부분의 음식은 다음 날이 되자 얼음도 없는 아이스박스 안에서 금방 상해 버렸지만 그렇다고 축하 분위기를 망치지는 못했다. 결혼했던 그 주 이후 처음으로 멀린 그레인저는 구름이 걷힌 평온한 하늘 아래에서 살았다.

아들은 아서라는 세례명을 받았다. 삶은 기품과 의미를 갖게 되었고 마침내 중심에 놓이게 되었다. 멀린과 올리브는 자신들의 우주 안에서 이류에 갇혀 포기하는 삶을 살고 있었다. 하지만 그들은 자신들의 성품에서 잃었던 것을 일종의 근원적인 긍지 속에서 다시 얻었다. 시골의 별장은 없었지만, 여름마다 애스버리파크의 민박집에서 한 달을 보내는 것으로 그 간극을 메웠다. 멀린의 2주 휴가 동안 떠나게 된 이 여행은 정말 즐거운 분위기였다. 특히, 실제로 바다를 향해 열려 있는 널찍한 방에서 아기가 잠자는 동안, 시가를 피우며 올리브와 함께 사람들 많은 해변의 원목 산책길을 걸으면서 일 년에 이만 달러를 버는 사람처럼 보이려 할 땐 더더욱 그랬다.

하루하루는 천천히 지나가는데도 한 해, 한 해는 점점 빨리 지나가는 것이 좀 놀라웠다. 멀린은 서른한 살, 서른둘, 그리고 순식간에 빨래도 하고 접시도 씻고 하다 보니 젊음이라는 소중함은 겨우 한 줌밖에 붙들 수 없는 나이가 되고 말았다. 서른다섯이 된 것이다. 그리고 하루는 5번로에서 캐롤라인을 보았다.

일요일이었다. 화사하게 빛나는, 꽃이 만발한 부활절 아침, 5번로는 백합과 야회복과 행복한 4월 빛깔의 보닛 모자들의 행렬로 넘쳐났다. 12시. 큰 교회들이 사람들을 내보내고 있었다. 세인트시몬 교회, 세인트힐다 교회, 사도서간 교회가 커다랗게 입을 벌리듯이 문을 열자 앞으로 쏟아져 나오는 사람들은 분명히 행복한 웃음과 닮아 있었다. 그들은 서로 만나고 산책을 하고 대화를 나눴고 또는 기다리는 운전기사에게 하얀 꽃다발을 흔들었다.

사도서간 교회 앞에 열두 명의 교구위원이 서서 예로부터 내려오는 전통을 실천하고 있었다. 곱게 채색한 부활절 계란을 교인들 중에서 그해에 사교계에 데뷔한 아가씨들에게 나누어 주고 있었다. 그들 주위에서는 놀랄 만하게 꾸민 이천 명의 어린이들이 기쁘게 춤을 추고 있었다. 알맞게 귀엽고 머리가 곱게 말린, 아주 부유한 사람들의 아이들이 그들 어머니 손가락의 작은 보석들처럼 반짝이며 빛나고 있었다. 감상적인 사람은 가난한 집 아이들을 위해 이야기한다고? 아, 그러나 부자들의 아이들은 깨끗한 옷을 입고, 달콤한 냄새를 풍기며, 교외의 피부 빛을 가졌으며, 그리고 무엇보다 그들의 목소리는 부드럽고 조용조용하다.

어린 아서는 다섯 살로 중산층의 아이다. 평범하고 눈에 띄지 않는 아이로, 그의 외모가 그리스인이 열망하던 것처럼 될지도 모른다는 희망을 영원히 부숴버린 코를 가졌다. 아이는 엄마의 따뜻하고 촉촉한 손을 꽉 잡았고, 아이의 다른 한쪽에는 멀린이 서서 몰려든 군중들을 뚫고 나갔다. 53번가는 두 개의 교회가 있는 곳으로, 사람들의 혼잡함이 가장 심했고, 또 가장 부자들이 많았다. 그들의 걸음은 필연적으로 더디어져서, 어린 아서조차 따라오는 것을 힘들어하지 않을 정도였다. 그때였다. 멀린이 더할 수 없이 짙은 진홍빛의 컨버터블 랜도 자동차를 본 것은. 멋진 니켈 테두리를 한 그 차는 천천히 인도를 향해 다가오더니 멈춰 섰다. 그리고 그 안에 캐롤라인이 있었다.

그녀는 검은 드레스를 입고 있었다. 몸에 딱 맞게 입은 옷에는 라벤더 빛깔의 테두리 장식이 있었고 허리에는 난으로 만든 코사지 꽃 장식이 있었다. 멀린은 처음엔 놀랐고, 다음엔 뚫어지게 그녀를 응시했다. 그가 결혼을 하고 8년 만에 처음으로 다시 보게 된 그녀였다. 하지만 더 이상 아가씨는 아니었다. 물론 그녀의 몸매는 여전히 날씬했다. 아니, 어쩌면 예전만큼은 아닌지도 모르겠다. 그것은 아마도, 소년 같던 활발한 걸음과 일종의 오만한 사춘기 같은 느낌이 사라졌기 때문인지도 모르겠다. 두 뺨에서 처음으로 피어났던 생기가 사라진 것같이. 그러나 그녀는 여전히 아름다웠다. 이제는 기품도 있었고, 행운의 스물하고도 아홉 살, 그 매혹적인 주름도 있었다. 그녀는 차 안에 완벽하게 어울리게, 그리고 침착하게 앉아 있었는데, 그는 그 모습을 숨을 죽이고 바라보았다.

문득 그녀가 미소를 지었다. 부활절과 부활절 꽃처럼 오래되고 환한 미소였고 그 어느 때보다 감미로운 미소였다. 그러면서도 어쩐지 9년 전 서점에서 처음 지었던 미소에 깃들었던 광채와 무한한 약속 같은 것은 사라진 것 같았다. 더욱 견고하고 환상이 깨어진 슬픈 미소였다.

그렇지만 여전히 충분히 부드러웠기에, 충분한 미소였기에 야회복을 입은 젊은이 두 사람이 서둘러 달려와 무지갯빛이 감도는 젖은 머리에 쓴 중절모를 벗고 그녀의 랜도 자동차 끝으로 다가와 정신을 못 차리고 인사를 하게 만들었다. 그녀는 라벤더빛 장갑으로 살며시 그들의 회색 장갑을 만졌다. 그러자 그 두 사람들 곁으로 곧 다른 젊은이가, 그러고는 또 두 사람 더, 그렇게 랜도 자동차 주변에는 사람들이 빠르게 불어나고 있었다. 멀린은 옆에서 한 젊은이가 아마도 용모가 훌륭할 그의 동행에게 하는 말을 들을 수 있었다.

"잠깐만 실례하겠어요. 꼭 이야기를 해야 할 사람이 있어서요. 계속 걸어가세요. 뒤따라갈게요."

삼 분 만에 자동차는 앞, 뒤, 옆 할 것 없이 빽빽하게 남자들로 둘러싸이게 되었다. 남자들은 저마다 대화의 흐름을 뚫고 어떻게 해서든 캐롤라인에게 다가갈 세련된 문장 하나를 만들려고 애를 썼다. 멀린으로서는 다행스럽게도, 아서 옷 한 부분의 솔기가 터지기 직전이 되어 올리브가 임시변통으로 수선을 해주기 위해 급하게 아이를 데리고 어느 건물 앞으로 갔고, 그는 방해받지 않은 채 거리에 펼쳐진 사교계 살롱을 구경하게 되었다.

사람들은 더욱 불어났다. 차 바로 첫 줄 뒤로 줄이 하나 형성이 되었고, 그 뒤로 두 줄이 늘어났다. 그 가운데에는 검은 꽃다발 한가운데에 솟아 있는 난초처럼 캐롤라인이 이제는 보이지 않게 된 차 안에서 왕좌를 차지하고 있었다. 그녀는 고개를 끄덕이며 인사말을 외쳤고 정말 진실로 행복한 미소를 짓고 있었다. 그러면 불현듯 또 새로운 신사들이 줄지어 아내와 동행을 버려두고 그녀를 향해 다가가고 있었다.

사람들의 무리는 이제 밀집대형이 되었고, 급기야 단순히 궁금해하는 사람들까지 몰려들기 시작했다. 캐롤라인을 알 리가 없는 모든 연령의 남자들이 서로 밀치며 다가왔고 그리하여 지름이 점점 커지는 둥근 원 안으로 흡수가 되어 라벤더의 여인은 거대한 즉석 청중의 한가운데에 놓이게 되었다.

그녀를 빙 둘러 있는 것들은 모두 얼굴이었다. 깨끗하게 면도를 한, 수염을 기른, 늙은, 젊은, 나이를 먹지 않는, 그리고 이제는 여기저기 여자들의 얼굴까지. 군중은 빠르게 반대편 인도까지 퍼져 갔고, 그 모퉁이에 있는 세인트안토니우스 교회에서 사람들이 나오면서 인도는 넘쳐 나며 길 건너편 백만장자의 철제 울타리까지 꽉 들어찼다. 5번로를 따라가던 자동차들은 멈출 수밖에 없었고, 순식간에 세 줄, 다섯 줄, 여섯 줄, 사람들의 무리 끝에서 늘어서게 되었다. 버스들, 사람을 잔뜩 채운 그 거북이 차량까지 교통 체증에 뛰어들었고, 버스 승객들은 버스 지붕 끝으로 몰려들어 떠들썩한 흥분 속에서 군중 한가운데를 내려다보았다. 아래에 있는 군중들 가장자리에서는 거의 보이지 않는 모습이었다.

그 혼잡은 엄청났다. 예일 대학 풋볼 게임의 상류층 관중들도, 월드시리즈의 숨 막히는 군중들도, 검은색과 라벤더색 드레스를 입은 여인에게 말을 걸고 쳐다보고 웃고 자동차 경적을 울리는 화려한 의식과는 비교가 될 수 없을 것이다. 그것은 엄청났다. 그것은 대단했다. 그 블록에서 반 마일 떨어진 곳에서는 반쯤 얼이 빠진 경찰이 소속 경찰서에 전화를 걸었다. 같은 길모퉁이에 있던 겁에 질린 한 시민은 화재경보기의 유리를 깨고 뉴욕의 모든 소방서에 엄청난 굉음이 울려 퍼지게 했다. 고층 빌딩 높은 층에 사는 노파 한 사람은 이성을 잃고 흥분하여 차례로 금주 단속반, 볼셰비키주의자 담당 특별 검사, 벨뷰 병원의 산모 병동 등에 전화를 걸었다.

소란은 더욱 커졌다. 첫 소방차가 일요일 하늘을 연기로 채우고 요란한 금속성 메시지를 땡그랑 울려대면서 그 소리를 반향하는 높은 벽들을 따라 내려와 도착했다. 뭔가 끔찍한 재난이 도시를 장악했다고 이해한 두 사람의 성당 부제(副祭)가 즉시 특별 미사를 지시하고 세인트힐다와 세인트안토니우스의 커다란 종을 울리게 했고, 곧 세인트시몬과 사도서간 교회에서도 질세라 종이 울렸다. 심지어는 저 멀리 허드슨 강과 이스트 리버 강에서도 그 소동의 소리가 들려, 페리보트와 예인선과 대형 쾌속선들이 사이렌과 경적을 울리며 우울한 리듬 속에 항해하다가 이제 항로에서 이탈하고 다시 항로를 조정하여, 도시를 완전히 대각선으로 가로지른 건너편으로, 리버사이드 드라이브에서 이스트사이드 남단의 잿빛 부두로 향했다…….

랜도 자동차 가운데 앉은 검은색과 라벤더색의 여인은 즐겁게 한 사람과 이야기를 하고는 또 다른 사람과 이야기를 나누었다. 그들은 처음에 서둘러 그녀와 말할 수 있는 거리까지 찾아들어 온 운 좋은 야회복들에 속했다. 좀 시간이 흐르자 그녀는 점점 짜증이 나는 표정으로 그녀 주위와 옆을 돌아보았다.

그녀는 하품을 하고 가장 가까이 있는 남자에게 어디든 가서 물 한 잔만 가져다줄 수 없겠느냐고 부탁했다. 그 사람은 좀 당황하며 그럴 수 없음을 사과했다. 그는 손도 발도 움직일 수 없었을 것이다. 그는 자기 귀도 긁을 수 없었을 것이다…….

강에서 첫 사이렌이 대기를 통해 울려 퍼졌을 때 올리브는 아서의 옷에 마지막 옷핀을 꽂고 고개를 들었다. 멀린은 그녀가 깜짝 놀라더니, 천천히 단단해지는 벽토처럼 굳어지는 것을, 그러고는 놀라움과 불만으로 숨을 잠깐 몰아쉬는 것을 보았다.

"저 여자." 그녀가 갑자기 소리쳤다. "어머나!"

그녀는 멀린을 매섭게 흘겨보았는데, 그 눈길에는 비난과 고통이 뒤섞여 있었다. 그러고는 아무 말도 하지 않고 한 손으로 어린 아서를 안아들고 다른 손으로는 남편을 잡은 후 놀랍게도 그 사람들의 무리 속으로 돌진하여 이리저리 헤치고 부딪히며 걸어 나갔다. 그럭저럭 사람들은 그녀에게 길을 내주었고, 그럭저럭 그녀는 아들과 남편을 붙잡고 있는 손을 놓치지 않을 수 있었다. 그리고 그럭저럭 그녀는 지치고 옷차림도 흐트러졌지만 두 블록을 걸어 올라가 좀 넓은 공간을 찾았으며, 그래도 속도를 늦추지 않고 옆으로 한 블록을 더 돌진했다. 그리고 마침내 함성이 희미해져 멀리서 들리는 소음이 되었을 때 그녀는 천천히 걸으며 어린 아서도 걷게 내려놓았다.

"아니 일요일에도! 그 여자는 그만큼 스스로를 망신시켰으면 됐잖아?" 그것이 그녀가 유일하게 한 말이었다. 그녀는 그 말을 아서에게 했는데, 그날 나머지 시간 내내 그녀는 계속 하고픈 말을 아서에게 하는 것 같았다. 무슨 기이하고 난해한 이유에서인지 그녀는 그렇게 물러나는 내내 남편은 단 한 번도 쳐다보지 않았다.

IV

서른다섯과 예순다섯 사이의 세월은 수동적인 정신 앞에서는 설명되지 않는, 당황케 하는 회전목마처럼 돌아간다. 사실이다. 그 세월들은 불편하게 걷는, 숨 가빠하는 말들이 돌아가는 회전목마이다. 처음에는 파스텔 색깔로 칠해졌다가 희미한 회색과 갈색으로 바랜, 당황스럽고 참을 수 없이 어지러운 그런 회전목마이다. 중요한 것은, 어린 시절이나 사춘기 때 타던 그 즐거운 회전목마가 아니라는 것, 젊은 시절의 가는 길이 확실하고 역동적인 롤러코스터가 분명히, 절대로 아니라는 것이다. 대부분의 남자와 여자들에게 이 삼십 년 세월은 서서히 삶에서 물러나는 시간이다. 처음에는, 젊음의 수많은 재미와 호기심으로 가득한 많은 대피호들이 있는 최전선에서 물러나, 대피호가 훨씬 적은 방어선으로 퇴각하게 된다. 그때 우리는 여러 야망들을 다 떨구어내고 하나의 야망이 남게 되며, 여러 오락 거리가 하나의 오락 거리가 되며, 여러 친구들이 극소수의 친구가 되는데, 그들에게도 우리는 무감각해진다. 그리고 결국은 고독하고 쓸쓸한 전략상의 요지로 들어가게 되는데, 결코 튼튼하지 못하여, 포탄들이 지긋지긋하게 날아다니는 곳이다. 하지만, 이제 겁에 질리고 지쳐 그 소리도 거의 들리지 않고 우리는 주저앉아 죽음을 기다릴 뿐이다.

마흔 살, 그때 멀린은 서른다섯 살의 자신과 전혀 다를 바 없었다. 서른다섯의 그는 전에 비해 배가 더 나왔고, 귓가가 희끗희끗했고 걸을 땐 분명히 활기가 예전보다 못했다. 그의 마흔다섯 살은 그의 마흔 살과 거의 다를 바 없었다. 왼쪽 귀가 약간 들리지 않는 것을 제외하고는. 그러나 쉰다섯이 되자 나이 드는 과정이 엄청나게 빠른 속도의 화학적 변화가 되었다. 해마다 그는 점점 더 가족에게 '노인네'가 되었고—아내는 그가 거의 영감이라고 생각했다. 이즈음 해서 그는 서점의 완전한 소유주가 되어 있었다. 신비롭던 문라이트 퀼 씨는 5년 전에 죽었고, 그의 부인은 그보다 먼저 세상을 떠났다. 퀼 씨는 재고 전부와 가게를 그에게 양도하였고, 그래서 그는 여전히 그곳에서 그의 나날들을 보내고 있는 것이다. 이제는 이름으로는, 인간이 삼천 년 동안 기록한 거의 모든 이름들과 친숙해져 인간 카탈로그가 되었고, 도구를 쓰고 장정을 하는 일에도, 2절판과 초판본에 대해서도 권위자가 되었고, 수천의 작가 목록을 정확하게 숙지하게 되었다. 하지만 그는 그 작가들을 전혀 이해할 수도, 분명히 전혀 읽어본 적도 없었다.

예순다섯에 그는 눈에 띄게 늙었다. 빅토리아시대 보편적인 희극들 속 두 번째 노인들이 그렇게 자주 그려냈던 나이 든 사람들의 우울한 버릇들을 그 역시 하고 있었다. 그는 엉뚱한 곳에 둔 안경을 찾느라고 거대한 시간이란 창고를 써버리곤 했다. 그는 아내에게 '잔소리'를 했고, 또 '잔소리'를 들었다. 그는 가족이 모인 자리에서 같은 농담을 일 년에 서너 번씩 되풀이하고, 아들에게는 아들 인생에서 실천하기 불가능한 이상한 충고들을 해주곤 했다. 정신적으로나 육체적으로나 그는 스물다섯 시절의 멀린 그레인저와 완전히 달랐기에 그들이 같은 이름을 가지고 있다는 것이 온당치 못한 것 같았다.

그는 여전히 서점에서 일했다. 도와주는 청년이 한 사람 있었는데, 물론 그가 보기엔 매우 게을렀다. 개프니란 이름의 젊은 여자도 한 사람 있었다. 역시 그처럼 늙고 노쇠해진 매크래큰 양이 여전히 가게의 경리를 봐주고 있었다. 젊은 아서는 월스트리트로 가서 채권을 팔고 있었다. 그것이 당시 모든 젊은 이들이 하는 일 같았다. 이것은 물론 훌륭한 일이었다. 늙은 멀린은 그가 책들에서 얻을 수 있는 마법을 얻었고, 젊은 아서 왕의 자리는 경리과였다.

어느 오후 4시, 그는 부드러운 밑창의 신발을 신고 소리 없이 가게 앞으로 나가 보았다. 이것은 새로 생긴 버릇인데, 솔직히 말해 젊은 점원을 몰래 감시한다는 것이 좀 부끄럽긴 했다. 그는 짐짓 자연스럽게 앞 창문으로부터 시선을 돌려 약해진 시력으로 거리를 향했다. 리무진 한 대가, 크고 어마어마한, 대단히 인상적인 그런 리무진이 인도 옆으로 멈추었고, 운전기사가 차에서 내려 차 안에 있는 사람들과 잠깐 대화 같은 것을 나누더니 뒤로 돌아 당황스러운 듯이 문라이트퀼 서점의 입구로 향했다. 그는 문을 열고 안으로 들어가더니 불안하게 챙 없는 모자를 쓴 노인을 흘깃 보고는 굵고 탁한 목소리로 말을 걸었다. 마치 안개 속에서 나오는 것 같은 말들이었다.

"저기, 저, 주판 책 팔아요?"

멀린이 고개를 끄덕였다.

"계산하는 법에 관한 책들은 저 뒤에 있는데."

기사는 모자를 벗더니 짧게 자른 곱슬곱슬한 머리를 긁었다.

"아니, 아뇨. 이 책은, 제가 원하는 건, 형사 이야기예요." 그가 엄지손가락으로 리무진을 가리켰다. "사모님이 신문에서 봤대요. 초판."

 멀린의 흥미가 되살아났다. 여기서 마침 큰 세일을 하는 중이었다.

 "아, 판본 얘기였군. 그래요, 초판들 광고를 했지. 그렇지만, 형사 이야기라, 없었던 것 같은데. 제목이 뭐였소?"

 "잊어버렸어요. 범죄에 대한 건데."

 "범죄에 대한 거라. 글쎄, 이런 건 있지.『보르자의 범죄』, 완전 모로코 가죽 장정, 런던, 1769년 판, 아름답게……."

 "아뇨." 기사가 말을 끊었다. "이건요. 어떤 사람이 이 범죄를 저지른 거예요. 사모님이 신문에서 여기서 세일한다고 봤다고." 여러 책을 제안했으나 그는 잘 아는 척 다 퇴짜를 놓았다.

 "실버 본스." 그가 잠깐 말을 잊은 듯하더니 갑자기 외쳤다.

 "뭐?" 자신의 원기가 떨어졌다고 탓하는 건가 싶어서 멀린이 되물었다.[2)]

 "실버 본스. 그게 범죄를 저지른 자예요."

 "실버 본스?"

 "실버 본스. 인디언인가?"

 멀린은 은빛 수염이 난 자신의 뺨을 만졌다.

 "아이구, 선생님." 잠재 고객이 말했다. "저한테 불호령 떨어지는 걸 막아주려면, 빨리 생각 좀 해봐요. 일이 잘 안 돌아가면 저 노친네가 난리친다고요."

 그러나 멀린이 실버 본스에 대해 곰곰이 생각해 보아도, 책꽂이들을 열심히 다 찾아보아도 결국 허사였고, 오 분 후 운전기사는 아주 풀이 죽어 그의 여주인을 향해 나갔다. 유리창을 통해 멀린은 리무진 안에서 일어나는 대단한 소동을 눈에 보이는 징후들로 알 수 있었다. 운전기사는 자신에게는 잘못이 없다고 호소하는 과장된 몸짓을 하고 있었지만, 보아하니 소용이 없는 것 같았다. 왜냐하면 그가 몸을 돌려 운전석에 탈 때, 그의 표정은 적잖이 풀이 죽어 있었기 때문이다.

그때 리무진의 문이 열리더니 스무 살 정도 된 파리하고 마른 젊은 남자가 내렸는데, 그는 유행과는 상관없이 옷을 입었고 지팡이를 들고 있었다. 그가 서점 안으로 들어오더니 멀린을 지나쳐 갔고, 그러고는 담배를 한 대 꺼내어 불을 붙였다. 멀린이 그에게 다가갔다.

"뭘 도와드릴까요?"

"늙은이." 젊은이가 차갑게 말했다. "몇 가지가 있소. 먼저 내가 저 리무진에 있는 노친네가 보이지 않는 이곳에서 담배를 피우게 해주는 것이오. 저 노친네는 내 할머니요. 내가 성인이 되기 전에 담배를 피우는지 아닌지에 대한 할머니의 판단이 내게는 오천 달러가 걸린 문제라고요. 두 번째는, 지난 일요일 자 《타임스》에 광고했던 『실베스터 보나르의 범죄』 초판을 찾아주시오. 저기 있는 우리 할머니가 그걸 당신 손에서 가져가고 싶어해요."

형사 이야기! 누군가의 범죄! 실버 본스! 모든 게 설명이 되었다. 희미하게 변명하는 웃음을 지었다. 삶이 그에게 무엇이든 즐길 수 있는 습관을 만들어주었더라면 이 일도 즐길 수 있었을 것이라고 말하듯이. 그러고는 그의 보물이 보관된 가게 뒤편으로 비틀거리며 걸어가서, 큰 컬렉션 세일에서 다소 싼값에 구입한 최근의 투자물인 그 책을 꺼냈다.

그가 책을 가지고 돌아왔을 때 젊은 남자는 담배를 빨고는 아주 만족해하며 상당한 양의 연기를 내뿜었다.

"맙소사!" 그가 말했다. "할머니가 멍청한 볼일들을 보러 다니면서 하루 종일 옆에 끼고 있어서, 이게 여섯 시간 만에 처음 피우는 거요. 도대체 세상이 어떻게 돌아가는 건지, 무기력한 시대의 다 늙은 노친네가 남자의 개인적 악습에 대해 이래라저래라 지시할 수 있는 거요? 나는 마지못해 그렇게 지시나 받고 있지. 책이나 봅시다."

 멀린이 세심하게 다루며 책을 건네주자, 그 젊은이는 조심성 없이 책을 열고는—그 행동에 책방 주인의 가슴은 철렁했다.—엄지로 책장을 휙휙 넘겨 보았다.

 "그림도 없네?" 그가 말했다. "이봐요, 늙은이, 이거 얼마요? 큰 소리로 말해요! 우리는 좋은 값을 쳐주겠소. 왜 그래야 되는지 모르겠지만."

 "100달러요." 멀린이 인상을 찌푸리며 말했다.

 젊은이가 놀랐다는 듯이 휘파람을 불었다.

 "휴! 말도 안 돼. 내가 옥수수나 키우는 촌놈이 아니오. 나는 도시에 자란 사람이고, 할머니도 도시에서 자란 여인네요. 물론 할머니를 저렇게 유지하는 데 세금 꽤나 들었다는 건 나도 인정하겠지만. 25달러를 주겠소. 그거면 아주 후한 거요. 우리 집 다락에 책들이 있어요. 내 옛날 장난감들과 함께 다락 위에 있는데, 그 책들은 이 책을 쓴 늙은이가 태어나기도 전에 쓰인 것들이란 말이오."

 멀린은 굳어지면서 엄격하고 신중한 놀라움을 표현했다.

 "댁의 할머니가 이 책을 사라고 25달러를 주었소?"

 "아니. 50달러를 주었지만 할머니는 잔돈을 가지고 오길 바라죠. 난 저 노친네를 잘 알아요."

 "가서 할머니에게 이야기하시오." 멀린이 점잖게 말했다. "아주 좋은 가격의 책을 놓쳤다고."

"40달러 주겠소." 젊은이가 재촉했다. "어서요. 적당히 합시다. 우리한테 바가지······."

멀린은 그 귀중한 책을 팔 밑에 끼고 책을 사무실의 특별 서랍에 다시 갖다 놓기 위해 돌아섰는데, 그때 갑작스러운 일이 그것을 막았다. 가게 앞문이 전례가 없는 대단한 분위기로, 빙글 돌기보다는, 마치 터지는 것처럼 왈칵하고 열리더니 어두운 실내로 검은 실크와 모피로 치장한 왕과 같이 당당한 모습이 출현하였고, 그리고 그를 향하여 빠르게 다가왔다. 담배가 도시에서 자란 젊은이 손가락에서 떨어졌다. 젊은이가 무의식중에 내뱉었다. "젠장!" 하지만 그렇게 들이닥친 사람에게 가장 눈에 띄고 가장 어울리지 않은 반응을 보인 것은 멀린이었다. 그 영향이 너무나도 커 서점의 가장 큰 보물이 손에서 미끄러져 바닥에 있던 담배 옆으로 떨어졌다. 앞에 선 사람은 캐롤라인이었다.

그녀는 나이 든 여인이었다. 하지만 놀랄 만큼 젊음을 유지하고 있는, 보기 드물게 아름다운, 보기 드물게 꼿꼿한, 그럼에도 여전히 나이 든 여인이었다. 머리카락은 부드럽고 아름다운 은발이었고 세련되게 옷과 보석을 차려입고 있었다. 귀부인처럼 연하게 화장을 한 얼굴엔 눈가에 잔주름이 져 있었고, 입가와 코를 연결하는 기둥인 양 두 줄 주름도 깊게 파여 있었다. 그녀의 눈은 흐릿하고 심술궂었으며 성말라 보였다.

그러나 분명 캐롤라인이었다. 퇴락하긴 하였으나 캐롤라인의 얼굴이었다. 캐롤라인의 모습은, 그 움직임이 부서질 듯이 약하고 뻣뻣했다. 캐롤라인의 태도는 분명 사람을 즐겁게 하는 오만함과 부러움을 느끼게 하는 자신감이 어우러져 있었고, 무엇보다도 캐롤라인의 목소리, 더듬거리며 흔들리는, 그러면서도 확실한 울림이 있어, 그녀의 목소리는 여전히 운전기사에게 세탁소 마차를 끌고 싶게 만들 수 있고, 또 그렇게 만들었으며 도시에서 자란 손자의 손가락에서 담배가 떨어지게 했다.

그녀는 멈춰 서서 냄새를 맡아보았다. 그녀의 시선이 바닥에 있던 담배를 발견했다.

"이게 뭐냐?" 그녀가 소리쳤다. 그것은 질문이 아니었다. 거기에는 의심과 비난과 확인과 결심의 모든 설명과 이야기가 담겨 있었다. 그녀는 한순간도 채 기다려주지 않았다. "똑바로 서!" 그녀가 손자에게 말했다. "똑바로 서서 네 허파에 든 니코틴을 다 불어내라!"

젊은이가 당황하며 그녀를 바라보았다.

"불라니까!" 그녀가 명령했다.

그는 입술을 약간 내밀고는 허공에 숨을 내쉬었다.

"불어!" 그녀가 아까보다 더 위압적으로 되풀이했다.

그가 다시 숨을 내불었다. 무력하게, 우스꽝스럽게.

"너는 지금 막 오 분 만에 오천 달러를 박탈당했다는 것을 알고 있느냐?" 그녀가 날카롭게 말을 이었다.

멀린은 순간적으로 젊은이가 무릎을 꿇고 빌기를 기대했다. 그렇게 하는 것이 고귀한 인간 본성이었지만 그는 그냥 그대로 서 있었다. 게다가 허공에 대고 숨을 다시 불고 있었는데, 겁에 질리기도 했고, 또 의심의 여지없이 그녀의 비위를 맞추어야겠다는 막연한 희망 때문이기도 했다.

"젊은것들이란!" 캐롤라인이 소리쳤다. "한 번만 더 그러면, 단 한 번만이라도 더 그러면 넌 대학 그만두고 일이나 해."

이 위협은 그 젊은이에게 엄청난 효과를 불러일으켜 원래 파리했던 얼굴이 더 창백해졌다. 그런데도 캐롤라인은 끝내지 않앉다.

"너는 내가 너와 네 형들이, 그리고 네 어리석은 애비가 날 어떻게 생각하는지 모를 것 같으냐? 나는 안다. 너희들은 내가 노망났다고 생각하지. 너희들은 내가 멍청하다고 생각하지. 난 그렇지 않아!" 그녀는 자신이 근육과 힘줄로 뭉쳐졌음을 증명이라도 하듯이 주먹으로 자신을 쳤다. "그리고 너희들이 어느 화창한 날, 응접실에서 내 입관 준비를 할 때에도 너희들이나 나머지 다른 사람들이 태어날 때 가지고 나온 머리보다 차라리 내 머리가 훨씬 좋을 게다."

"하지만 할머니……."

"조용히 해. 너, 비쩍 마른 젓가락 같은 녀석, 넌 내 돈이 아니었다면 저기 변두리 브롱스에서 이발사 수습도 마치지 못했을 거다. 네 손을 보자. 이런! 이발사의 손이로군. 그런 네가 날 속일 수 있다고 생각하는구나. 감히 나를, 한때 백작 셋과 진짜 공작 한 사람, 그리고 대여섯 명의 교황들까지 로마에서 뉴욕까지 따라오게 했던 그런 나를." 그녀는 말을 멈추고 숨을 들이마셨다. "똑바로 서! 불어라!"

젊은이는 고분고분 숨을 내불었다. 그와 동시에 문이 열리더니 흥분한 중년 남자가 가게로 급하게 들어와 캐롤라인에게 다가갔다. 그는 털을 가장자리에 두른 코트와 모자를 입었고, 게다가 윗입술과 턱에도 같은 종류의 털을 두른 것처럼 보였다.

"마침내 찾았군요." 그가 큰 소리로 말했다. "사모님 찾느라고 온 시내를 다 다녔습니다. 집에 전화를 했더니 비서가 서점에 갔을 거라고 얘기하더군요. 문라이트……."

캐롤라인이 성마르게 그를 돌아보았다.

"내가 자네 회고담이나 듣자고 고용했나?" 그녀가 말을 낚아

오 빨간 머리 마녀! 341

했다. "내 과외 선생인가, 아니면 내 중개인인가?"

"중개인입니다." 털을 두른 남자가 적잖이 당황하며 말했다. "죄송합니다. 그 축음기 물건 때문에 왔습니다. 105달러에 팔 수 있습니다."

"그럼 그렇게 해."

"잘 알겠습니다. 저는 제가……."

"가서 팔라고. 나는 내 손자와 얘기 중이야."

"잘 알겠습니다. 제가……."

"가보게."

"안녕히 계십시오, 사모님." 털을 두른 남자가 가볍게 고개를 숙여 인사하고는 어쩔 줄 몰라 하며 서둘러 서점을 나갔다.

"그리고 너." 캐롤라인이 손자를 돌아보며 말했다. "넌 지금 여기 그대로 서서 조용히 있어."

그녀는 멀린을 향해 돌아서더니 쌀쌀하지는 않은 태도로 그를 아래위로 훑어보았다. 그리고 그녀는 미소를 지었고, 멀린도 자신이 미소 짓고 있음을 알았다. 다음 순간 그들 두 사람은 쉰 목소리로, 그럼에도 아주 자연스럽게 웃었다. 그녀는 그의 팔을 잡고 가게 반대편으로 데리고 갔다. 그들은 멈춰 서서 서로의 얼굴을 마주 보고는, 다시 한 번 노년의 환희가 가득 차 오랫동안 웃었다.

"이 방법뿐이에요." 그녀가 일종의 의기양양한 악의 속에서 숨을 헐떡이며 말했다. "나 같은 늙은이들을 행복하게 해주는 유일한 것은 늙은이들도 다른 사람들을 주변에서 맴돌게 할 수 있다는 느낌이에요. 늙고 부자에 가난한 자손이 있다는 것은 젊고 아름답고 못생긴 언니들이 있는 것과 거의 같은 재미이지요."

"아, 맞아요." 멀린이 낮게 웃었다. "알아요. 당신이 부럽군요."

그녀가 고개를 끄덕이며 눈을 깜박였다.

"지난번 내가 여기 있었던 것이 사십 년 전이군요." 그녀가 말했다. "당신은 자유를 만끽하고 싶어 안달이 난 청년이었죠."

"그랬어요." 그도 인정했다.

"내가 다녀간 일이 당신에겐 상당한 의미가 있었겠군요."

"당신은 계속 그래왔어요." 그가 말했다. "나는 생각했어요. —처음에 나는 당신이 진짜 사람이라고, 그러니까 인간이라고 생각했었어요."

그녀가 웃음을 터뜨렸다.

"나를 비인간적이라고 생각하는 남자들이 많았지요."

멀린이 흥분하여 말을 계속했다. "그런데 지금은 이해합니다. 이해라는 것이 우리 나이 든 사람들에게는 허용이 되지요. 그 후에는 아무것도 그다지 중요하지 않아요. 어느 날 밤 당신이 테이블 위에서 춤을 추었어요. 당시의 내게 당신이란 사람은, 아름답고 별난 여인에 대한 내 낭만적 열망에 불과했다는 것이 이제는 보여요."

그녀의 늙은 눈이 멀리 있었고, 그녀의 목소리는 잊어버린 꿈의 메아리 그 이상은 아니었다.

"그날 밤 난 정말 신나게 춤을 추었죠! 기억나요."

"당신은 나를 유혹하고 있었지요. 올리브의 두 팔이 나를 포위하고 있었고, 당신은 내게 자유로워지라고, 젊음에 대한 내 기준과 무책임을 계속 유지하라고 경고를 했어요. 하지만 그건 최후의 순간에야 나타난 효능 같았어요. 너무 늦은 것이죠."

"당신은 많이 늙었군요." 그녀가 뜻 모르게 말했다. "깨닫지 못하고 있었어요."

"그리고 내가 서른다섯 살 때 당신이 내게 한 일도 잊지 않고 있어요. 당신은 교통마비를 일으키며 나를 온통 뒤흔들었소. 그건 정말 엄청난 효과였지. 아름다움과 지배력으로 당신은 환히 빛나고 있었소! 당신은 내 아내에게도 구현되어 아내가 당신을 두려워했었지. 몇 주 동안 나는 어두워지면 집을 빠져나가고 싶어 했소. 숨 막히는 삶을 음악과 칵테일과 여자들로 잊어버리고 나를 젊게 만들고 싶었소. 그러나 그때는—이미 어떻게 해야 할지를 알지 못했어."

"당신은 이제 정말 많이 늙었군요."

일종의 두려움을 느끼며 그녀는 뒤로 물러서며 거리를 두었다.

"그래요, 나를 떠나요!" 그가 소리쳤다. "당신도 역시 늙었어. 영혼도 피부와 함께 시들게 마련이오. 당신은 여기에 와서 고작 내가 잊는 것이 최상이라는 이야기를 하려는 거요? 늙고 가난한 것이 늙고 부자인 것보다 더 비참하다는 이야기를? 내 아들이 내 면전에 대고 내 음울한 실패를 집어 던지는 것을 상기시켜 주려고?"

"내 책을 줘요." 그녀가 거칠게 명령했다. "어서, 늙은이!"

멀린은 다시 한 번 그녀를 바라본 후, 꾹 참으며 그 말에 따랐다. 그는 책을 집어 들어 그녀에게 건넸다. 그녀가 그에게 지폐를 내밀자 그는 고개를 저었다.

"왜 내게 돈을 지불하는 우스꽝스러운 짓을 하려는 거요? 한때는 내가 바로 여기 이 가게를 파괴하게 만들지 않았었소."

"그랬죠." 그녀가 화가 나서 말했다. "그래서 나는 기뻐요.

아마도 그때 나를 망칠 만큼 충분히 했었나 보죠."

그녀가 그를 쳐다보는 시선에는 반쯤은 경멸이, 반쯤은 채 숨기지 못한 불쾌함이 담겨 있었다. 그녀는 도시의 아이인 손자에게 날카로운 한마디를 던지며 문을 향해 갔다.

그리고 그녀는 사라졌다.—그의 가게로부터—그의 삶으로부터. 문이 딸깍하고 닫혔다. 한숨을 쉬며 돌아선 그는 터벅터벅 유리 칸막이를 향해 걸었다. 그곳엔 오랜 세월 동안 기록한 누렇게 바랜 경리 장부들과 이제는 원숙하게 나이가 들어 주름진 매크래큰 양이 있었다.

멀린은 그녀의 바싹 마르고 잔주름이 자글자글한 얼굴을 생각지 못했던 안쓰러움을 느끼며 바라보았다. 그녀는 어떤 면에서든 그보다는 삶에서 가진 것이 적었다. 어떤 반항적이고 낭만적인 충동으로 자발적인 돌출 행동을 했던, 그런 추억에 남은 순간들이 있어 그녀의 삶에 짜릿한 자극이나 찬미를 주었던 일도 없었다.

그때 매크래큰 양이 올려다보더니 그에게 말했다.

"여전히 성마른 노친네군요, 그렇죠?"

멀린이 움찔했다.

"누구요?"

"그 유명한 알리샤 데어 말이에요. 이제는 물론 토머스 앨러다이스 부인이지만. 삼십 년 전부터요."

"무슨 소리요? 무슨 말인지 못 알아듣겠네요." 멀린은 갑자기 회전의자에 주저앉았다. 그의 눈이 커졌다.

"글쎄요, 그레인저 씨. 분명히, 저 여자를 잊어버리지는 않으셨을 텐데요. 십 년 동안 저 여자는 뉴욕에서 가장 악명 높은 인물이었죠. 왜 언젠가 저 여자가 스록모턴 이혼 사건에서 간

통으로 고소당했을 때, 5번로에서 너무나도 많은 사람들의 관심을 끄는 바람에 교통까지 마비됐었잖아요. 신문에서 못 읽었어요?"

"난 신문은 읽지 않아서." 그의 노쇠한 두뇌가 윙윙 소리를 내었다.

"흠, 그래도 저 여자가 여기 들어와서 사업을 다 망쳐놨던 건 잊으셨을 리가 없죠. 나는 문라이트 퀼 씨에게 내 봉급을 달라고 해서 가버리려다 말았는걸요."

"그럼, 그 여자 하는 짓을 봤다는 거요?"

"봤냐고요? 그렇게 소동을 일으켰는데 어떻게 보지 않을 수가 있었겠어요? 문라이트 퀼 씨도 물론 불만이었죠. 하지만 당연히 그는 한마디도 하지 않았어요. 퀼 씨는 그 여자에게 미쳐 있었고, 그 여자는 퀼 씨를 자기 멋대로 부릴 수 있었지요. 그가 그녀의 변덕스러운 짓에 반대하는 순간 그 여자는 그의 아내에게 다 말해 버리겠다고 위협을 했을 거예요. 당해도 싸지. 그분이 그런 반반한 사기꾼에게 빠지다니! 당연히 퀼 씨는 그녀가 보기에 대단한 부자가 아니었죠. 당시 가게 장사가 잘되긴 했지만요."

멀린이 더듬거리며 말했다. "하지만 내가 저 여자를 보았을 때는, 그러니까 내 생각에 내가 저 여자를 보았을 때는, 자기 어머니와 살고 있었는데."

"어머니? 말도 안 돼!" 매크래큰 양이 분노하며 말했다. "그 여자가 '이모'라고 부르는 어떤 여자가 있었지만, 나나 그 이모라는 여자나 피 한 방울 안 섞이긴 마찬가지예요. 아, 정말 나쁜 여자였어요. 똑똑하긴 했지만. 스록모턴 이혼 사건 후에 토머스 앨러다이스와 결혼해서 평생 탄탄하게 살게 됐죠."

"그 여자는 도대체 누구였소?" 멀린이 소리쳤다. "도대체 뭐였소? 마녀였던 거요?"

"그 여자는 알리샤 데어, 댄서였어요. 왜 아니겠어요? 당시에는 신문에 그 여자 사진이 실리지 않았던 적이 없었어요."

멀린은 말없이 앉아 있었다. 머리가 갑자기 피곤해지더니 정지하였다. 그는 이제 진짜 늙은이였다. 너무 늙어서 그도 한때 젊었다는 것을 꿈꾸는 것이 불가능했고, 너무 늙어서 세상에서 매혹이란 것도 사라져버렸다. 그 매혹은 아이들의 얼굴로도, 따뜻함과 삶의 지속적인 평안함으로도 전해지지 않고, 눈앞에서, 감정에서 사라져버린 것이다. 그는 이제 다시는 미소 짓지 못할 것이며, 봄날 저녁, 아이들 소리가 창가로 실려 오고, 그 소리가 점차 소년 시절 밖에서 놀던 친구들의 모습으로 바뀌며 어둠이 내리기 전에 나와서 놀자고 재촉하여도 다시는 긴 몽상에 잠긴 채 앉아 있지 못할 것이다. 그는 이제 추억에 잠기기에도 너무 늙은 것이다.

그날 밤 그는 아내와 아들과 앉아 저녁을 먹었다. 그들은 맹목적으로 그를 이용했었다. 올리브가 말했다.

"송장처럼 그렇게 앉아만 있지 마요. 뭐라고 말 좀 해봐요."

"그냥 조용히 앉아 있게 내버려 둬요." 아서가 투덜거렸다. "자꾸 그러면 옛날에 골백번도 더 했던 얘기 또 한단 말이에요."

멀린은 9시가 되자 아주 조용하게 위층으로 올라갔다. 그는 자기 방에 들어가서 문을 닫고는 문 옆에 잠시 서 있었다. 그의 가는 팔다리가 떨리고 있었다. 그는 이제 자신이 줄곧 바보였음을 알게 되었다.

"오 이런 빨간 머리 마녀 같으니라고!"

그러나 너무 늦어버렸다. 그는 자신이 너무 많은 유혹에 저항했던 것에 대해 신에게 분노했다. 이제 남은 것은 아무것도 없었다. 단지 하늘에 가서 자신처럼 지상의 삶을 낭비한 사람들을 만나는 일뿐이었다.

행복이 남은 자리

당신이 금세기 첫 몇 해 동안의 옛 잡지 자료들을 살펴보게 되면, 리처드 하딩 데이비스와 프랭크 노리스의 작품들뿐임을 알게 될 것이다. 다른 작가들은 오래전에 사라졌고, 제프리 커튼이라고 하는 사람의 작품은 좀 볼 수 있을 것이다. 소설 한두 편, 그리고 아마도 삼사십 편의 단편들 정도다. 당신이 관심이 좀 있다면, 그의 작품들이 1908년 정도까지는 이어지다 어느 날 갑자기 사라져버린 것도 발견할 수 있을 것이다.

그리고 그 작품들을 다 읽었다면, 걸작은 하나도 없다는 것을 확신할 것이다. 좀 유행에 뒤떨어져도 꽤 쓸 만하고 재미있는 이야기들이긴 했으나, 의심의 여지없이 치과에서 초조하게 기다릴 때 그 삼십 분 정도를 때워주기에나 적당한 그런 종류에 속했다. 그 글을 쓴 사람은 상당히 지적이었고, 재능이 있었으며, 입심이 좋고, 그리고 분명히 젊었다. 하지만 당신이 찾은 그의 작품들에는 당신을 감동시키는 것이 아무것도 없었을 것이다. 기껏해야 삶의 변덕스러움에 대한 희미한 관심 정도뿐, 깊은 내적 웃음도, 공허감도, 비극의 암시도 전혀 없을 것이다.

그 작품들을 읽은 후 당신은 하품을 하며 잡지를 다시 제자리에 넣을 것이며, 당신이 도서관 서고에 있었다면, 다양한 독서를 위해 신문을 보기로, 일본군이 러일전쟁에서 만주의 포트아서를 점령했는지 알아보려 마음먹었을 것이다. 그런데 우연히 당신이 신문을 제대로 골랐다면, 그리고 연극 소식면을 펼치게 되었다면, 당신의 눈은 정지되어 그곳에 붙박이게 될 것이고, 최소한 일 분은 당신이 샤토티에리[1]를 잊어버렸던 만큼이나 빨리 포트아서도 잊게 될 것이다. 왜냐하면 당신은 이 우연한 행운 덕분에 어느 더없이 아름다운 여인의 초상화를 볼 것이기 때문이다.

당시는 「플로로도라」[2]와 6대 여배우의 시대였기 때문이다. 그 여섯 여배우들은 허리를 잘록하게 졸라매고 소매를 잔뜩 부풀렸고, 뒷자락을 부풀려 거의 완전히 발레 스커트 같아 보이는 것을 입었다. 그런데 여기 이 여인은, 익숙지 않은 뻣뻣함과 의상의 복고풍 때문에 좀 가려지긴 했으나 의심의 여지없이 나비 중의 나비였다. 여기 이 여인은 그 시대의 즐거움이었다.—감미로운 와인 같은 두 눈, 사람들의 마음을 설레게 하는 노래, 건배와 꽃다발과 춤과 만찬. 여기 이 여인은 핸섬 마차의 비너스였고, 최전성기의 깁슨걸[3]이었다. 여기 이 여인은······.

······여기 이 여인은, 그 아래에 있는 이름을 보고 알게 되겠지만, 록센 밀뱅크라고 하는 사람으로, 「데이지 꽃 목걸이」의 코러스 걸이자 언더스터디였다. 그런데, 스타가 몸이 아팠을 때 아주 훌륭한 연기를 보여 주어 주인공 역할을 맡게 되었다.

당신은 다시 한 번 사진을 보고는 궁금하게 생각할 것이다. 왜 한 번도 이 여배우를 들어본 적이 없는 것일까? 왜 이 이름이 유명한 노래나 보드빌 조크, 시가의 띠지 등에 남아 있지 않은 걸까? 왜 이 이름이 당신의 유쾌한 삼촌의 오래된 기억 속에 릴리언 러셀과 스텔라 메이휴, 안나 헬드 등과 함께 남아 있지 않은 걸까? 록센 밀뱅크, 그녀는 시들어 사라진 것일까? 어떤 어두운 함정의 문이 갑자기 열리며 그녀를 삼켜버린 것일까? 그녀의 이름은 일요일 신문 특별 판에 실리는 영국 귀족과 결혼한 여배우 명단에도 확실히 없었다. 분명 그녀는 죽었고—가난하고 아름답고 젊은 아가씨로—그리고 아주 잊힌 것이다.

나는 너무 많은 것을 바라고 있다. 나는 당신에게 제프리 커튼이라고 하는 사람의 글들과 록센 밀뱅크의 사진을 마주치게 해주었다. 그런데 육 개월 후 신문 기사에서, 가로 2인치, 세로 4인치짜리 단신에서 「데이지 꽃 목걸이」를 공연 중이던 록센 밀뱅크 양과 인기 작가인 제프리 커튼 씨의 결혼을 아주 조용하게 발표하는 내용을 발견한다면 정말 놀라운 일일 것이다. 기사는 '커튼 부인은 무대에서 은퇴할 것'이라고 무심하게 덧붙였다.

사랑으로 맺어진 결혼이었다. 그는 아주 제멋대로였지만 매력적이었고, 그녀는 아주 영리하며 매혹적이었다. 물에 떠 있는 두 개의 통나무처럼 그들은 서로 정면으로 부딪히며 급하게 만났고, 서로에게 반해서 함께 질주하였다. 제프리 커튼은 사십 년을 글쟁이로 지냈지만 그의 삶에 찾아온 그 운명의 장난보다 더 기이한 사건을 자신의 이야기에 써본 적이 없었다. 록센 밀뱅크는 삼십여 역할을 맡아보았고 오천여 공연장을 채워보았지만, 록센 커튼으로서의 삶에 예정되어 있던 운명에서보다 더한 행복과 더한 절망을 지닌 역할은 해보지 못했었다.

1년 동안 그들은 호텔에서 살았다. 캘리포니아로, 알래스카로, 플로리다로, 멕시코로 여행을 다녔으며, 사랑을 했고, 온화하게 언쟁을 했으며, 그의 위트가 그녀의 아름다움을 희롱하며 시간 보내는 일에 자랑스러움을 느꼈다. 그들은 젊었고, 진지하게 열정적이었다. 그들은 모든 것을 요구했고, 그러고는 다시금 이타심과 긍지의 도취 속에서 모든 것을 포기했다. 그녀는 그의 목소리의 빠른 어조를, 그리고 그의 이유도 없는 지독한 질투를 사랑했다. 그는 그녀의 어두운 광휘를, 그녀 눈의 하얀 홍채를, 그녀 미소의 따스하게 빛나는 열정을 사랑했다.

"정말 그녀가 좋지 않아?" 그는 다소 흥분하여, 그리고 수줍게 묻곤 했다. "정말 멋진 여자지? 본 적 있어? 저렇게……."

"맞아." 사람들은 씩 웃으며 대답하곤 했다. "훌륭한 여자야. 넌 행운아고."

그해가 지나갔다. 그들은 호텔 생활에 싫증이 났다. 그들은 시카고에서 반 시간 떨어진 말로라는 도시 근처에 오래된 집 한 채와 20에이커의 땅을 샀다. 작은 차도 사서 발보아[4]도 어리둥절하게 했었을 개척자의 환상과 함께 떠들썩하게 이사를 했다.

"여기가 당신 방이야!" 그들은 교대로 외쳐댔다.

"아기가 생기면 여기에 아기방을 만들어요."

"잠을 잘 수 있는 포치도 지읍시다. 내년쯤."

그들은 4월에 이사했다. 6월에 제프리의 가장 가까운 친구인 해리 크롬웰이 와서 일주일을 지냈다. 그들은 길게 펼쳐진 잔디밭 끝까지 나가 그를 마중했고 서둘러 자랑스럽게 집으로 안내했다.

해리도 결혼했다. 아내는 6개월여 전에 아기를 낳았고, 그때까지도 뉴욕에 있는 그녀 어머니의 집에서 몸조리 중이었다. 록센은 제프리로부터 해리의 아내가 해리만큼 매력적이지 않다라는 이야기를 들었다. 제프리는 그의 아내를 한 번 만났는데 '천박하게' 생각되었다고 한다. 하지만 해리는 거의 2년이 되도록 결혼을 유지하고 있었고, 또 행복해 보였기에 제프리는 그의 아내가 아마도 괜찮은 사람인가 보다 추측하였다…….

"나는 비스킷을 만들어요." 록센이 조용하게 이야기를 풀어 나갔다. "부인도 비스킷을 만드세요? 요리사가 방법을 가르쳐 준답니다. 나는 여자라면 비스킷 만드는 법을 알아야 한다고 생각해요. 기분을 완전히 풀어주거든요. 비스킷을 만들 수 있는 여자라면 분명 무엇이든……."

"이리로 이사 와서 살아." 제프리가 말했다. "우리처럼 시골에 집을 얻어. 너와 키티를 위해서."

"키티를 몰라서 그래. 시골을 싫어해. 극장이며 보드빌쇼가 꼭 있어야 하는 사람이거든."

"이리로 데리고 와봐." 제프리가 되풀이해 말했다. "우리가 마을을 하나 만들자고. 이곳엔 벌써 정말 좋은 사람들이 많이 있어. 데리고 와!"

그들은 포치 계단에 나와 있었는데, 록센이 오른쪽에 있는 황폐한 건물을 활기차게 가리켰다.

"차고예요." 그녀가 말했다. "거기다 한 달 안에 제프리의 집필실도 꾸밀 거예요. 참, 저녁 식사는 7시예요. 그동안 마실 칵테일을 만들겠어요."

두 남자는 2층으로 올라갔다. 말하자면 그들이 반쯤 올라갔을 때였다. 첫 층계참에서 제프리가 손님의 가방을 떨어뜨렸고, 놀란 감탄사와 질문이 교차했다.

"아이구 맙소사! 해리, 우리 집사람 어떻게 생각해?"

"위로 올라가자." 그가 대답했다. "올라가서 문을 닫자고."

반 시간 후, 그들이 서재에 함께 앉아 있을 때 록센이 앞에 비스킷 그릇을 들고 부엌에서 다시 나타났다. 제프리와 해리가 자리에서 일어섰다.

"비스킷이 예쁘군, 여보." 제프리가 성의껏 말했다.

"훌륭해요." 해리가 말했다.

록셴의 얼굴이 환해졌다.

"하나 드셔보세요. 두 사람이 이걸 다 보기 전에는 차마 만질 수가 없었어요. 그리고 맛이 어떤지 알기 전까지는 차마 가지고 돌아갈 수도 없고요."

"마치 만나 같군, 여보."

동시에 두 남자는 비스킷을 들어 입술로 가져갔고, 맛을 보기 위해 한 입 먹었다. 그리고 동시에 두 사람은 화제를 돌리려고 노력했다. 하지만 록셴이 곧 알아차리고는 그릇을 내려놓으며 비스킷 하나를 집어 들었다. 잠시 후 그녀의 애처롭고 단호한 평가가 울려 퍼졌다.

"완전히 엉망이네요."

"정말?"

"아니, 난 몰랐는데……."

록셴이 웃음을 터뜨렸다.

"아, 난 쓸모가 없군요." 그녀는 계속 웃고 있었다. "날 내쫓아요, 제프리. 난 기생충이야. 난 할 줄 아는 게……."

제프리가 팔로 그녀를 감쌌다.

"여보, 난 당신 비스킷을 먹을 거야."

"그래도 비스킷이 예쁘긴 해요." 록셴이 말했다.

"비스킷이, 비스킷이 장식이 되겠어요." 해리가 제안했다.

제프리가 그 말을 받아 흥분하며 말했다.

"그래, 그거야. 장식을 하면 되겠어. 걸작이잖아. 장식용으로 쓰자고."

그는 부엌으로 뛰어가더니 망치와 못 한 줌을 가지고 돌아왔다.

"비스킷을 쓰는 거야, 그러자고, 록센! 벽장식을 만들자고."

"하지 마요!" 록센이 소리쳤다. "우리들의 아름다운 집인데."

"걱정 마. 10월에 서재 다시 도배하기로 했잖아. 기억 안 나?"

"글쎄……."

탕! 비스킷 하나가 벽에 못으로 박혔고, 잠시 살아 있는 것처럼 떨렸다.

탕……!

록센이 두 잔째의 칵테일을 가지고 돌아오니, 비스킷들은 수직으로 일렬로, 열두 개가 마치 원시시대 창끝을 모아둔 것처럼 배열되어 있었다.

"록센." 제프리가 감탄했다. "당신은 예술가야! 요리사? 말도 안 돼! 당신은 내 책에 삽화를 그려야겠어!"

저녁 식사 동안 어스름은 짙은 땅거미로 뒷걸음쳤고, 또 곧 별이 빛나는 깜깜한 어둠이 되었다. 어둠은 록센의 하얀 드레스의 청순한 아름다움과 그녀의 떨리는 나지막한 웃음소리로 가득 채워지고 물들어 갔다.

정말 발랄한 소녀 같아, 해리는 생각했다. 키티처럼 나이 먹지 않았어.

그는 두 사람을 비교해 보았다. 키티—섬세하지도 못하면서 신경질적이고, 개성도 없이 변덕을 부리고, 경박하게 움직이면서도 결코 경쾌하지 않았다. 그런데 록센은 마치 봄날의 저녁

행복이 남은 자리

처럼 젊었고 사춘기 소녀 같은 웃음으로 품성이 드러났다.
 제프리와 참 잘 어울리는 짝이다, 그는 또 생각했다. 두 사람은 아주 젊고, 오래도록 그렇게 계속 젊게 살다가 어느 날에야 갑자기 늙었다는 사실을 알아차릴 그럴 사람들이었다.
 해리는 잠깐씩 이런 생각들을 하면서도 줄곧 키티에 대해 생각했다. 그는 키티 생각을 하면 우울해졌다. 키티는 그의 어린 아들을 데리고 시카고로 돌아올 만큼 충분히 건강이 회복되었다는 판단이 들었다. 그는 층계 아래에서 친구와 친구의 아내에게 잘 자라는 인사를 할 때도 막연하게 키티를 생각하고 있었다.
 "우리 집 진짜 첫 손님이세요." 록센이 뒤에서 말했다. "신나고 자랑스럽지 않으세요?"
 해리가 계단 모퉁이를 돌아 보이지 않게 되었을 때 록센은 제프리를 바라보았다. 그는 손으로 난간을 짚고 그녀 곁에 서 있었다.
 "여보, 피곤해요?"
 제프리가 손가락으로 이마 가운데를 문질렀다.
 "좀. 어떻게 알았어?"
 "내가 어떻게 당신에 대해 모를 수가 있겠어요?"
 "두통이야." 그가 기분이 가라앉아 말했다. "쪼개지는 것 같아. 아스피린을 좀 먹어야겠어."
 그녀가 손을 뻗어 불을 껐다. 그의 팔이 단단하게 그녀의 허리를 감은 채, 그들은 함께 계단을 걸어 올라갔다.

II

해리의 일주일이 지났다. 그들은 몽상 같은 길로 드라이브를 하거나, 호숫가나 잔디밭에서 행복하게 멍하니 게으름을 피우며 지냈다. 저녁이면 집 안에 앉아 록센이 공연을 하기도 했고, 그것을 보는 두 남자가 피우는 시가, 그 빨갛게 타오르는 끝이 하얗게 재가 되어갔다. 그러고는 키티에게서 전보가 왔다. 해리에게 동부로 자신을 데리러 와달라는 내용이었다. 그래서 록센과 제프리는 둘만 남겨졌는데, 그런 둘만의 시간에 결코 싫증이 나지 않는 것처럼 보였다.

'단둘이' 있다는 것에 다시 뛸 듯이 기뻤다. 그들은 서로의 존재를 친밀하게 느끼며 집 안을 돌아다녔다. 신혼부부처럼 테이블에 나란히 앉기도 했다. 그들은 열렬하게 서로에게 몰두했고, 열렬하게 행복했다.

말로라는 동네는 비교적 오래된 마을이었지만 최근에야 '사교계'라는 것이 형성되었다. 오륙 년 전, 시카고가 연기 속에 팽창하는 것에 놀란 젊은 부부 두세 쌍, '방갈로 사람들'이 이곳으로 이사를 나왔고, 그들의 친구들이 뒤따라왔다. 제프리 커튼은 그들을 환영하기 위한 이미 형성된 '세트'를 발견했다. 즉, 그들을 지루하게 했던 컨트리클럽, 무도회, 골프 코스가 있었고, 그러고는 브리지게임 파티, 포커 파티, 그리고 맥주를 마시는 파티, 아무것도 마시지 않는 파티들이 있었다.

해리가 떠나고 일주일 후 그들은 포커 파티에 갔다. 두 개의 테이블이 있었고, 상당수 젊은 부인들이 담배를 피우고 큰 소리로 외치며 내기 돈을 걸었는데, 당시로서는 매우 대담하고 남성적인 모습이었다.

록셴은 일찍 게임을 그만두고 주위를 돌아보았다. 그녀는 돌아다니다 찬장을 발견하고는 포도 주스를 찾아들고—맥주를 마시면 머리가 아팠다.—테이블들을 지나다니며 어깨너머로 패들을 보았고, 제프리를 지켜보며 별다른 호기심 없이 만족스럽고 기분 좋게 있었다. 제프리는 긴장하고 집중한 채로 색색깔 칩을 쌓아올려 놓고 있었다. 록셴은 그의 미간에 깊은 주름이 잡힌 것을 보고 그가 큰 흥미를 느끼고 있다는 것을 알았다. 그녀는 그가 작은 일들에 흥미를 가지는 것이 좋았다.

그녀는 조용히 방을 가로질러 그의 의자 팔걸이에 걸터앉았다.

그녀는 거기 그렇게 오 분 정도 앉아 있었다. 남자들이 사이사이 던지는 날카로운 한마디들과 여자들의 수다에 귀를 기울이고 있었는데, 그것들은 마치 부드러운 연기처럼 테이블에서 솟아올랐지만 거의 들리지가 않았다. 그러다 무심코 그녀가 손을 뻗어 제프리의 어깨에 올렸는데, 손이 그에게 닿는 순간 제프리가 갑작스럽게 놀라며 짧은 불만의 소리를 뱉더니, 사납게 팔을 뒤로 휘둘렀는데 그만 그녀 팔꿈치에 빗맞고 말았다.

사람들이 모두 헉하고 숨을 멈추며 놀랐다. 록셴은 간신히 몸을 가누었고, 작은 비명을 지르며 재빨리 자리에서 일어섰다. 그녀 인생에서 가장 큰 충격이었다. 이런 행동을, 제프리가, 친절과 배려의 사람인 그가—그것은 본능적으로 나온 거친 몸짓이었다.

놀란 탄성이 멈추며 정적이 감돌았다. 십여 개의 눈들이 제프리를 향했고, 제프리는 마치 록셴을 처음 보는 것처럼 그녀를 올려다보았다. 당황스러운 표정이 그의 얼굴에 떠올랐다.

"아니? 록셴……." 그가 더듬더듬 말했다.

십여 명의 마음에 재빨리 의혹이, 스캔들의 루머가 파고들었다. 이 부부는 보기에는 너무나 사랑하는 것 같지만, 뒤에는 어떤 증오가 도사리고 있는 것 아닐까? 그렇지 않다면 왜 구름 한 점 없는 하늘에 이런 불길이 스치고 지나간 것일까?

 "제프리!" 록센의 목소리는 애원하고 있었다. 놀라고 겁먹은 그녀는 그의 행동이 실수였음을 알고 있었다. 그를 비난하거나 원망할 생각은 전혀 들지 않았다. 그녀의 목소리가 떨며 간청하고 있었다. "내게 얘기해 봐요, 제프리. 록센에게, 당신의 록센에게 말해 봐요."

 "아니, 록센……." 제프리가 다시 말을 시작했다. 당황스러운 표정은 고통으로 바뀌었다. 그는 분명 그녀만큼이나 놀란 상태였다. "그럴 생각이 아니었어." 그가 말을 이었다. "당신이 나를 놀라게 했어. 당신이—난 누군가가 나를 공격하는 것처럼 느꼈어. 내가, 어떻게, 왜, 정말 어리석게!"

 "제프리!" 다시금 말은 기도가 되었다. 이전에는 없었던, 헤아릴 수 없는 어둠을 뚫으며 저 높은 곳에 있는 신에게 바치는 향이었다.

 두 사람 다 일어섰고, 사람들에게 작별 인사를 하고, 뒷걸음질 치며 사과하고 설명했다. 이 일을 쉽게 넘겨버리려는 시도는 없었다. 그것은 죄받을 짓이다. 제프리는 몸이 좋지 않았었다고 그들은 이야기했다. 그의 신경이 곤두서 있었다고. 두 사람의 마음 뒤에는 그렇게 록센을 친 것에 대한 설명되지 않은 공포가 자리 잡고 있었다. 그들 두 사람 사이에 뭔가 잠깐 존재했던 그 불가사의, 그의 분노, 그녀의 두려움, 그리고 이제는 두 사람 모두에게 다가온 슬픔, 물론 일시적이겠지만, 슬픔이 그들 사이에 길을 낼 것이다, 즉시, 당장. 그렇지만 아직 시간은 있었다. 그것은 그들의 발아래로 휘몰아치고 가는 빠른 물살이었을까? 일찍이 보지 못했던 균열이 사납게 그 기색을 드러낸 것이었을까?

차에 탄 채로 가을 보름달 아래에서 그가 더듬거리며 이야기를 했다. 이 일은 정말이지, 그로서도 이해가 되지 않는다고, 그는 말했다. 그는 포커 게임을 생각하고 있었고―완전히 몰입한 채로―그러고는 어깨에 와 닿는 손길이 있었는데 그를 공격하는 것 같았다는 것이다. 공격이라니! 그는 그 말에 집착했고, 방패막이로 내세웠다. 그는 그를 만지는 그것이 싫었다. 그의 손이 충격을 가했더니 그것은 사라졌다, 그 불안감이. 그것이 그가 아는 전부였다.

두 사람 모두 눈에 눈물이 고였다. 그들은 깊은 밤하늘 아래에서 사랑한다고 속삭였고, 차창 밖으로는 평화로운 말로 거리들이 스치고 지나갔다. 나중에 그들이 잠자리에 들었을 때 그들은 매우 평온했다. 제프리는 일주일 동안 모든 일을 쉴 생각을 했다. 그냥 한가하게 빈둥거리고, 자고, 긴 산책을 나가며 이 불안함이 사라지길 기다릴 참이다. 그들이 이렇게 결정하고 나자 록셴에게도 안도감이 찾아왔다. 머리 아래 베개가 부드럽게 친근해졌다. 창가로 흘러들어 오는 빛줄기 아래 그들이 누워 있는 침대는 순백색으로 넓고 튼튼하게 보였다.

5일이 지나고 늦은 오후의 첫 서늘함이 찾아왔을 때, 제프리는 참나무 의자를 하나 집어 들어 던졌고, 의자는 집 앞 창문을 깨뜨리며 뚫고 나갔다. 그는 그러고는 소파에 어린아이처럼 누워 애처롭게 울며 죽게 해달라고 빌었다. 구슬만 한 혈전이 그의 뇌 속에서 터졌던 것이다.

III

 사람이 하루, 이틀 잠을 못 자고 나면 때때로 깨어 있는 것이 악몽 같은 순간들이 있다. 극심한 피로와 새로운 태양과 함께 몰려드는 어떤 느낌, 그리고 주변 삶의 질이 바뀐 것이다. 그것은 아주 또렷한 확신이었다. 어쩐지 지금 살아내고 있는 존재는 삶에서 새로 돋아난 가지이며, 오직 영화나 거울처럼 삶에 연결되어 있다는 그런 것, 사람도, 거리도, 집들도 모두 아주 희미하고 혼란스러운 과거에서 투영되어 나오고 있을 뿐인 것이다. 제프리가 아프기 시작한 후 처음 몇 달 동안 록센은 바로 그런 상태 속에 빠져 있었다. 그녀는 지독하게 피곤할 때만 잠을 잤다. 그리고 깨어나면 서글펐다. 오랫동안 침착한 목소리로 받았던 상담들, 방마다 희미하게 풍기는 약 냄새, 한때 경쾌한 발소리가 울리던 집 안을 갑자기 발끝으로 소리를 죽이며 걷는 일, 그리고 그 무엇보다도 함께 쓰던 침대 위 베개들 사이에 보이는 제프리의 창백한 얼굴, 이런 것들이 그녀를 억눌렀고, 그녀를 되돌릴 수 없이 늙게 만들었다. 의사들은 희망을 약속했지만, 그게 다였다. 오랜 휴식과 안정, 그들은 말했다. 그리하여 모든 책임은 록센에게 돌아왔다. 그녀가 모든 비용을 지불했고, 그녀가 그의 은행 통장을 들고 씨름했으며, 그녀가 그의 출판사들과 연락했다. 그녀는 계속 부엌에 있었다. 간호사에게 그의 음식을 어떻게 준비해야 하는지 배웠고, 첫 달이 지난 후 그는 환자를 돌보는 일을 혼자서 전적으로 맡았다. 경제적인 이유 때문에 간호사를 내보내야 했던 것이다. 동시에 흑인 가정부 둘 중 한 사람도 그만두게 했다. 록센은 그들의 삶이 단편소설에서 단편소설로 이어지고 있음을 깨닫고 있었다.

가장 자주 찾아주는 사람은 해리 크롬웰이었다. 그는 소식을 듣고 충격에 빠져 몹시 상심해하였다. 이제는 그의 아내가 시카고에서 그와 함께 살고 있었지만 그는 시간을 내어 한 달에 여러 번 오곤 했다. 록센은 그의 인정 어린 방문을 환영했다. 이 남자에게는 뭔가 고통의 흔적이 있었고, 그가 가까이 있을 때면 그녀를 편안하게 만들어주는 뭔가 내재된 가련함이 있었다. 록센의 성격도 급격히 심각해졌다. 그녀는 때때로 제프리와 함께 있음으로 해서 자신의 아이도 잃고 있다고 느끼기 시작했다. 그 아이들이야말로 지금 그녀가 필요로 하는, 반드시 가져야만 하는 가장 중요한 존재였다.

제프리가 쓰러진 지 6개월이 지났다. 그리고 악몽도 점차 퇴색하면서 옛 세계가 아닌, 새로운 세계, 더 잿빛이고 더 차가운 세계를 남겨 주었다. 그리고 그녀는 해리의 아내를 만나러 갔다. 시카고에 갔다가 기차를 타기 전까지 한 시간 여유가 있어 예의상 방문하기로 마음먹었던 것이다.

그녀는 문 안으로 들어서면서 그 아파트가 전에 어디선가 본 일이 있는 어느 곳과 상당히 유사하다는 인상을 즉각 받았다. 그리고 거의 즉시 그녀는 어린 시절 길모퉁이에 있던 빵집을 기억해 냈다. 핑크빛 프로스팅을 올린 케이크들이 여러 줄로 줄지어 가득히 있던 그 빵집, 온통 답답하게 핑크로 꽉 차 있었다. 음식이 핑크라니, 의기양양하고, 천박하고, 불쾌한 핑크였다.

그런데 이 아파트도 그랬다. 핑크였다. 냄새도 핑크빛이었다!

크롬웰 부인이 핑크와 검은색이 섞인 실내복을 입고 있고서 문을 열었다. 그녀의 머리는 탈색한 노란색이었다. 록센은 매주 물에 과산화수소를 타서 머리를 헹구었을 것이라고 추측했다. 그녀의 눈은 연하고 창백한 푸른색이었다. 그녀는 아름다웠고 지나치게 의식적으로 우아했다. 환영하는 인사는 거칠고 친밀했는데, 적대감은 너무 순식간에 녹아 환대가 되었기에 둘 다 그저 얼굴과 말뿐인 것처럼 보였다. 절대 그 표면 아래 깊이 있는 자기중심적인 속마음은 건드리지도, 건드려지지도 않았다.

그러나 록센에게 이런 것들은 부차적인 것에 불과했다. 록센의 눈은 그녀의 실내복에서 기이한 흥미로움을 발견하고 그것에서 눈을 뗄 수 없었다. 실내복이 지독하게 불결했던 것이다. 제일 밑단에서 위로 4인치 정도는 바닥의 어두운 먼지로 완전히 더러웠고, 그 위로 3인치는 회색이었고, 거기서부터 위로는 점차 원래의 색, 그러니까 핑크색을 되찾아가고 있었다. 소매도, 칼라도 더러웠다. 그 여자가 뒤로 돌아 거실로 안내할 때, 록센은 그녀의 목도 더럽다는 것을 확실히 알 수 있었다.

일방적인 수다의 대화가 시작되었다. 크롬웰 부인은 좋아하고 싫어하는 것에 대해 분명히 했다. 그녀의 머리, 그녀의 위장, 그녀의 이, 그녀의 아파트—일종의 오만에서 비롯된 신중함으로 그녀는 록센과 삶을 포함하기를 피했다. 마치 불행을 겪은 록센의 인생이 조심스럽게 피해 가길 바랄 것이라고 여기는 것 같았다.

록센은 미소를 지었다. 저 옷! 저 목!

오 분이 지나자 어린 남자아이가 아장아장 거실로 걸어왔다. 더러운 핑크색 롬퍼스[5]를 입은 더러운 어린아이였다. 얼굴도 온통 더러움투성이였다. 록센은 아이를 무릎에 앉히고 코를 닦아주고 싶었다. 머리 근처 다른 부분들도 손길이 필요했고, 조그마한 신발은 발가락 부분이 나와 있었다. 입에 담을 수가 없을 지경이었다!

"정말 귀여운 아이네요!" 록센이 환하게 웃으며 감탄했다. "이리 오렴."

크롬웰 부인이 자기 아들을 차갑게 바라보았다.

"쟤는 저렇게 더럽힌다니까. 저 얼굴 좀 봐요!" 그녀가 머리를 한쪽으로 기울이며 힐난하듯이 아이의 얼굴을 바라보았다.

"정말 귀엽지 않아요?" 록센이 다시 되풀이해서 말했다.

"쟤 옷 좀 봐요." 크롬웰 부인이 인상을 찌푸렸다.

"롬퍼스 갈아입어야겠네. 그렇지, 조지?"

조지가 호기심 어린 눈으로 그녀를 쳐다보았다. 아이 생각에 롬퍼스란 말은 밖에 더러운 것을 잔뜩 묻힌 옷, 지금 입은 옷과 같은 것을 뜻했다.

"오늘 아침에 저 아이를 말쑥하게 보이려 했답니다." 인내심이 아주 바닥난 사람처럼 크롬웰 부인이 불평했다. "그런데 갈아입힐 롬퍼스가 없더라고요. 그래서 벗겨 놓느니 입던 걸 다시 입힌 거죠. 그리고 쟤 얼굴은······."

"저 아이에게 롬퍼스가 몇 벌이나 있는 데요?" 록센의 목소리는 상냥하게 관심을 보이고 있었다. "당신 깃털 부채는 몇 개나 있어요?"라고 그녀는 묻고 싶었는지도 모른다.

"아······." 크롬웰 부인이 그녀의 예쁜 눈썹을 찌푸리며 생각해 보더니 말했다. "다섯 벌, 그런 것 같네요. 넉넉하죠. 알아요."

"한 벌에 50센트면 살 수 있어요."

크롬웰 부인의 눈에 놀라움이, 그리고 아주 희미하게 우월감이 보였다. 롬퍼스 값을 얘기하다니!

"정말이에요? 나는 몰랐네요. 많이 있어야 하지만, 일주일 내내 잠시도 여유가 없어서 빨래를 보내지 못할 정도였어요." 그러고는 상관없는 내용이라는 듯이 화제를 돌리며 말했다. "보여 드려야 할 것들이 있어요."

그들은 자리에서 일어났고, 록센은 그녀를 뒤따라 열린 화장실 문을 지나갔다. 옷가지들이 흩어져 있는 화장실 바닥은 정말 한동안 빨래들을 보내지 않았음을 보여 주고 있었다. 그리고 다른 방으로 들어갔는데, 그것은 말하자면 핑크색의 진수 그 자체였다. 그곳이 크롬웰 부인의 방이었다.

여기서 그녀는 옷장 문을 열었고, 록센의 눈앞에는 놀라운 란제리 컬렉션이 펼쳐졌다. 놀랍도록 아주 얇은 레이스와 실크 속옷들이 십여 벌이 되었다. 모두 깨끗하게 구김도 없어 보기에는 만지지도 않은 것 같았다. 그들 옆 옷걸이에는 새 이브닝드레스 세 벌이 걸려 있었다.

"아름다운 옷들이 좀 있지요." 크롬웰 부인이 말했다. "하지만 입을 기회는 거의 없어요. 해리는 외출하는 걸 좋아하지 않아요." 불만이 그녀 목소리에 스며들었다. "그 사람은 나를 하루 종일 애 키우고 집안 살림 하는 사람, 저녁에는 사랑하는 아내, 그런 역할이나 하게 하는 것으로 완전히 만족하고 있어요."

록센이 다시 미소를 지었다.

"아름다운 옷들이 많네요."

"네, 그래요. 이것도 보여 드릴게요……."

"아름답군요." 록센이 반복해서 말하며 말을 끊었다. "하지만, 기차 시간에 맞추려면 지금 가야 해서요."

그녀는 손이 떨리는 것을 느꼈다. 그녀는 그 손을 이 여자의 어깨에 올리고 여자를 흔들고 싶었다. 흔들어대고 싶었다. 여자를 어딘가 가두어버리고 바닥을 닦고 싶었다.

"아름다워요." 그녀는 다시 말했다. "잠깐 들르려고 온 거였어요."

"해리가 집에 없어서 유감이네요."

그들은 문을 향해 걸어갔다.

"그리고, 아." 록센이 절제하며 말했다. 여전히 그녀의 목소리는 부드러웠고 입술에도 미소를 떠올리고 있었다. "가게 이름이 '아르질'이에요. 롬퍼스 파는 곳 말이에요. 안녕히 계세요."

역에 도착해서 말로로 가는 기차표를 산 후에야 록센은 깨달았다. 오 분이었지만, 6개월 만에 처음으로 자신의 마음이 제프리 생각에서 떠나 있었다는 것을.

IV

일주일 후 해리가 말로에 나타났다. 5시에 연락도 없이 도착했고, 인도를 걸어오더니 지쳐서 포치 의자에 주저앉았다. 록센도 바쁜 하루를 보내고 완전히 기진맥진해 있던 참이었다. 의사들이 5시 30분에 오기로 되어 있었다. 뉴욕에서 유명한 신경 전문의를 데리고 온다고 했다. 그녀는 흥분되었고, 완전히 맥이 풀려 있었지만 해리의 눈을 보자 그의 곁에 앉을 수밖에 없었다.

"왜 그러세요?"

"아무것도 아니에요, 록센." 그가 부정했다. "제프가 어떤지 보러 왔어요. 나는 신경 쓰지 마요."

"해리." 록센이 계속 물었다. "무슨 문제가 있군요."

"아니에요." 그도 되풀이했다. "제프는 어때요?"

불안감으로 그녀의 얼굴이 어두워졌다.

"조금 더 나빠졌어요, 해리. 주웨트 박사님이 뉴욕에서 왔어요. 그분이 확실한 뭔가를 내게 얘기해 줄 수 있을 거라고 해요. 그가 제프리의 마비가 원래의 혈전과 관련이 있는지 확인할 거예요."

해리가 일어섰다.

"아, 미안해요." 그가 급하게 말했다. "진찰을 기다리고 있는지 몰랐어요. 그랬다면 오지 않았을 텐데. 난 그저 여기 포치 흔들의자에 앉아 한 시간 정도……."

"앉아요." 그녀가 말했다.

해리가 주저했다.

"앉아요, 해리, 어서요." 그녀의 친절함이 흘러나와 그를 감쌌다. "뭔가 문제가 있다는 거 알아요. 당신은 백지장처럼 창백해요. 차가운 맥주 한 병 가져다 드릴게요."

갑자기 그가 무너지듯이 의자에 주저앉더니 두 손에 얼굴을 파묻었다.

"난 그녀를 행복하게 만들 수가 없어요." 그가 천천히 말했다. "나는 노력했고, 또 노력했어요. 오늘 아침 우리는 아침 식사에 대해서 말다툼을 했어요.—나는 줄곧 시내에서 아침을 먹어왔거든요. 그리고, 내가 사무실로 출근한 바로 직후에 그녀가 집을 나가서 동부의 자기 어머니에게로 가버렸어요. 조지와 레이스 속옷으로 가득한 가방을 가지고요."

"해리!"

"난 모르겠어요……."

자갈길 밟히는 소리가 나더니 차 한 대가 집의 차로로 꺾어

들어왔다. 록센이 작게 외쳤다.

"주웨트 박사님이에요."

"아, 그럼 나는……."

"기다리세요, 그러실 거죠?" 그녀가 멍하니 말을 끊었다. 그는 자신의 문제가 그녀 마음의 괴로운 표면에서 이미 죽었음을 보았다.

모호하고 간단하게 서로 인사를 나누며 당황스러운 순간을 보내고는 해리는 그들을 뒤따라 안으로 들어가서는 위층으로 사라지는 그들을 지켜봤다. 그는 서재로 들어가서 커다란 소파에 앉았다.

한 시간 동안 그는 사라사 무명 커튼의 일정하게 잡힌 주름을 따라 태양이 스멀스멀 기어오르는 것을 바라보고 있었다. 깊은 정적 속에서 유리창 안에 갇힌 말벌의 윙윙거림이 소란의 한몫을 담당하고 있었다. 때때로 또 다른 윙윙거림이 위층에서 들려왔다. 그 소리는 더 커다란 말벌 여러 마리가 더 커다란 유리창들 안에 갇힌 소리와 닮아 있었다. 그는 낮은 발소리, 병들의 쨍그랑 소리, 물을 따르는 소리 등을 들을 수 있었다.

그와 록센이 무엇을 했기에 그들의 삶은 이렇게 덮친 날벼락과 맞서야 하는 것일까? 위층에서는 그의 친구의 영혼에 대한, 살아 있는 사람에 대한 검시(檢屍)가 이루어지고 있다. 그리고 그는 여기 조용한 방에 앉아 말벌의 한탄을 듣고 있는 것이다. 마치 어린 시절 엄격한 고모의 명령으로 한 시간 동안이나 의자에 앉아 잘못한 행동을 반성해야 했을 때처럼. 그런데 지금은 누가 그를 여기에 앉혀 놓은 것인가? 도대체 어떤 분노한 고모가 하늘에서 내려다보며 그를 속죄하게 만드는가? 도대체 무슨 잘못을 저질렀다고?

키티에 대해서 그는 커다란 절망을 느꼈다. 그 여자는 너무 사치스러웠다. 그리고 그것은 고치기 힘든 고질병이었다. 갑자기 그는 그녀가 미워졌다. 그는 그녀를 바닥에 던지고 발로 차고 싶었다. 그녀는 사기꾼이었다고, 거머리였다고, 더러웠다고 말하고 싶었다. 그리고 무엇보다 그녀는 아들을 그에게 돌려주어야 한다.

그는 자리에서 일어나 방을 왔다 갔다 걸어 다니기 시작했다. 동시에 그는 위층 복도에서도 누군가가 그와 같은 시간에 똑같이 걷기 시작했다는 것을 들을 수 있었다. 그는 위층의 사람이 복도 끝에 도달할 때까지 그들이 보조를 맞춰 걸을 것인가 궁금해하고 있는 자신을 발견했다.

키티는 그녀의 어머니에게 갔다. 그 어머니도 참 안됐다. 그렇게 찾아가는 어머니이니! 그는 그들의 만남을 상상해 보려 했다. 어머니의 가슴에 쓰러지는 학대받은 아내의 모습을. 하지만 그는 상상이 되지 않았다. 키티가 그런 깊은 슬픔을 느낄 수 있다는 것은 믿을 수가 없는 일이었다. 그는 그녀가 다가갈 수 없는 단단하게 굳은 그 무엇이라고 점점 생각하게 되었다. 그녀는 이혼을 할 것이다, 당연히. 그리고 결국 다시 결혼을 하겠지. 그는 이 문제를 고려해 보기 시작했다. 그녀는 누구와 결혼할까? 그가 쓰게 웃다가 웃음을 멈췄다. 눈앞에 그림이 문득 떠올랐다. 남자의 얼굴은 볼 수 없었지만, 키티가 어떤 남자에게 팔을 두르고 있는 모습, 그리고 키티의 입술이 아주 정열적으로 그의 입술에 포개진 모습이었다.

"젠장!" 그가 소리쳤다. "젠장! 젠장! 젠장!"

그러자 그 모습들은 계속 줄기차게 밀려왔다. 이제 오늘 아침 키티의 모습은 퇴색했다. 그녀의 더러운 옷이 둥글게 부풀더니 사라져버렸다. 뿌루퉁한 얼굴도 분노도 눈물도 모두 씻겨 가버렸다. 다시 그녀는 키티 카였다. 노란 머리와 아기 같은 커다란 눈을 가진 키티 카가 되었다. 아, 그녀는 그를 사랑했었다. 그녀는 그를 사랑했었다.

얼마 후 그는 자신 안에 무언가가 잘못되었음을 느꼈다. 그 무언가는 키티나 제프와는 아무런 상관이 없는, 다른 종류의 어떤 것이었다. 놀랍게도 마침내 그것을 알아차렸다. 그는 배가 고팠던 것이다. 그렇게 간단한 것을! 그는 곧 부엌으로 가서 흑인 요리사에게 샌드위치를 부탁했다. 그 후에는 다시 시내로 돌아가야 한다.

그는 벽 앞에서 잠시 멈춰 서서 둥근 무언가를 잡아떼었고, 무심하게 만지작거리더니 그것을 입안에 넣고는 아기가 색이 고운 장난감을 입에 넣고 맛보듯이 그렇게 맛을 보았다. 그의 이가 그것을 깨물었다. 아!

그녀는 그 망할 옷을, 그 더러운 핑크 가운을 놓고 갔다. 양심이 있었다면 그걸 가지고 갔을 텐데, 하고 그는 생각했다. 그 옷은 두 사람의 진저리 나는 결혼의 시체처럼 집에 걸려 있을 것이다. 버리려 해볼 수도 있을 것이나, 자신이 직접 그 옷을 움직일 수는 결코 없을 것이다. 그건 마치 키티 같을 테니까. 부드럽고 유연하고, 그럼에도 아무것도 침투시키지 않을 테니까. 키티를 움직일 수는 없을 것이다. 키티에게 도달할 수도 없을 것이다. 거기에는 도달할 그 무엇이 아예 없었다. 그는 완벽하게 이해하고 있었다. 그는 줄곧 다 알고 있었던 것이다.

그는 벽으로 손을 뻗어 또 비스킷 하나를 간신히 떼어냈다. 못까지 한꺼번에 빠졌다. 그는 조심스럽게 가운데 있는 못을 빼면서, 조금 전 첫 비스킷은 못과 함께 먹었던 것은 아닌가 멍하니 생각했다. 터무니없는 생각! 그랬다면 기억했을 것이다. 커다란 못이 아닌가. 그는 배를 만져보았다. 정말 많이 배가 고팠던 것이 분명하다. 그는 생각해 보니—기억이 났다.—어제 저녁도 먹지 않았다. 여자들 모임이 있는 날이었고, 키티는 자기 방에 누워 초콜릿을 먹고 있었다. 그녀는 '숨 막히는' 것 같다고, 그가 옆에 있는 것을 참을 수가 없다고 말했다. 그는 조지를 목욕시킨 후 침대에 누여 재우고, 자신의 저녁을 사러 가기 전에 잠깐만 쉬려고 소파에 누웠었다. 그런데 잠이 들었고 깨어보니 11시였다. 찾아보니 아이스박스에는 감자 샐러드 한 숟가락 외에는 아무것도 없었다. 결국 그는 그 샐러드와 키티의 옷장에서 찾아낸 초콜릿 몇 알을 먹었을 뿐이었다. 오늘 아침엔 사무실에 들어가기 전에 시내에서 급하게 먹었다. 정오에는 키티가 걱정되기 시작하였고, 집에 가서 키티를 데리고 나와 점심을 먹기로 마음먹었다. 그런데 그의 베개 위에는 쪽지가 놓여 있었던 것이다. 옷장에 가득했던 속옷 더미가 사라지고 없었다. 그리고 그녀는 짐가방을 어떻게 보낼지에 대한 지시 사항을 남겨 두었다.

그는 이렇게 배가 고파본 적이 없었던 것 같다고 생각했다.

5시, 방문 간호사가 조용히 아래층으로 내려왔을 때 그는 소파에 앉아 카펫을 바라보고 있었다.

"크롬웰 씨?"

"네?"

"아, 커튼 부인이 저녁 식사 때 뵙지 못할 것 같다고 하시네요. 몸 상태가 별로 좋지 않으세요. 요리사가 뭔가 해드릴 거라고, 그리고 남는 침실이 있다고 말씀드리라고 하셨어요."

"부인이 아프다는 말인가요?"

"방에 누워 계세요. 진찰은 막 끝났고요."

"의사들이, 선생님들이 뭔가 결정을 내렸나요?"

"네." 간호사가 나지막이 말했다. "주웨트 박사님께선 희망이 없다고 말씀하세요. 커튼 씨는 기한 없이 살지도 모르겠습니다만, 다시는 보지도 움직이지도 생각하지도 못할 겁니다. 그냥 숨만 쉬는 거지요."

"숨만 쉰다고요?"

"네."

처음으로 간호사는, 책상 옆, 신기하게 생긴 둥근 것들이 십여 개 줄지어 붙어 있던 곳에 이제는 그것이 한 개만 남아 있음을 알아차렸다. 그녀는 그 둥근 것들이 이국적인 장식품일 것이라 막연히 상상하곤 했었다. 나머지가 있던 자리에는 이제 작은 못 자국들이 줄지어 있었다.

해리는 멍하니 그녀의 시선이 가는 곳을 따라가다가 자리에서 일어섰다.

"머무르지 않을 생각입니다. 기차가 있을 거예요."

그녀가 고개를 끄덕였다. 해리는 모자를 집어 들었다.

"안녕히 가세요." 간호사가 상냥하게 말했다.

"안녕히 계세요." 해리는 혼잣말을 하듯 대답한 후, 명백히 어떤 무의식적 필요성에 의한 동기에 의해서 문으로 가던 도중 멈춰 섰다. 간호사는 그가 벽에 남아 있던 마지막 것을 떼어서 주머니에 넣는 것을 보았다.

그리고 그는 방충망으로 만든 문을 열고는 현관 계단을 내려가 그녀의 시야에서 사라졌다.

V

얼마가 지나자 제프리 커튼 집의 순백색 페인트칠은 여러 번 7월을 겪으며 태양과 결정적인 타협을 하더니 회색으로 변하는 정직함을 보여 주었다. 비늘처럼 껍질이 벗겨졌다. 아주 부서지기 쉬운 오래된 페인트가 커다란 비늘 같은 껍질이 되어, 괴상한 체조를 하는 나이 많은 남자처럼 뒤로 일어나더니, 마침내 아래의 웃자란 풀밭으로 곰팡이 슨 죽음이 되어 떨어졌다. 앞 기둥의 페인트도 갈라져 줄이 생겼다. 왼쪽 문설주 위에 올라 있던 둥근 공처럼 생긴 하얀 장식도 떨어졌다. 초록색 해가리개는 거무죽죽해져 색깔이라는 겉치레를 모두 잃었다.

이 집은 마음이 약한 사람은 피해 가는 집이 되기 시작했다. 어느 교회가 대각선으로 맞은편에 있는 땅을 묘지로 쓰려고 샀고, 이는 '커튼 부인이 산송장과 같이 사는 곳'과 결합되어 도로의 그 구역에 유령이 나올 것 같은 분위기를 빚어냈다. 그녀가 혼자 남겨진 것은 아니었다. 남자들과 여자들이 그녀를 만나러 왔고, 동네 중심가에서 그녀를 만났으며, 시장 보러 나온 그녀를 사람들이 차로 데려다 주기도 하였고, 집에 들어가 잠시 얘기를 나누며 함께 쉬기도 했고, 그럴 때면 그녀는 여전히 매력적인 미소를 지어 보였다. 그러나 그녀를 모르는 남자들이 거리에서 감탄하는 눈길로 그녀를 뒤쫓는 일은 더 이상 생기지 않았다. 투명한 베일이 내려와 그녀의 아름다움을 덮으며 그 생기를 잃게 하였던 것이다. 그러나 아직은 주름도 없었고 살이 찌지도 않았다.

그녀는 동네에서 좋은 평판을 얻었다. 그녀에 대한 이런저런 작은 이야기들이 전해졌다. 언젠가 겨울, 온 나라가 다 얼어붙어 마차도 자동차도 다닐 수 없었을 때, 그녀는 제프리가 혼자 오래 있지 않도록 하기 위해 스케이트를 배워 식료품점이나 약국을 빨리 다녀오기도 했다. 그리고 제프리가 마비된 이후로 그녀는 밤마다 그의 침대 옆에 작은 침대를 두고 그곳에서 그의 손을 잡고 잔다고도 했다.

제프리 커튼에 대해서는 이미 죽은 사람인 것처럼 얘기들을 했다. 해가 가면서 그를 알았던 사람들이 죽거나 또는 이사를 하였다. 함께 칵테일을 마시고, 서로의 아내를 이름으로 부를 수 있었던, 제프가 말로에서 가장 재치 있고 가장 재주 있는 친구라고 생각했던, 그런 옛 이웃들은 이제 대여섯밖에 남지 않았다. 이제는, 오가다 들리는 방문객에게 제프리란 그저 커튼 부인이 가끔 실례한다며 위층으로 급하게 올라가야 하는 이유에 불과했다. 그는 일요일 오후, 후덥지근한 공기가 내려앉은 조용한 거실에 실려 오는 신음 소리 또는 날카로운 외침이었을 뿐이다.

그는 움직일 수 없었다. 그는 완전히 눈이 멀었고, 말도 못했으며, 전혀 의식이 없었다. 하루 종일 그는 침대에 누워 있었고, 아침마다 그녀가 방을 정리할 때만 휠체어로 옮겨졌다. 그의 마비는 서서히 가슴을 향해 올라가고 있었다. 처음에는—첫해에는—록센이 그의 손을 잡고 있으면 때로는 반응을 보이며 희미하게나마 손에 힘을 주었으나, 곧 그것마저 사라져버렸다. 어느 날 저녁 반응은 멈추었고 다시는 돌아오지 않았다. 이틀 밤 동안 록센은 두 눈을 크게 뜨고 누운 채 어둠을 뚫어지게 바라보며 무엇이 사라진 것인지, 그의 영혼의 얼마만큼이 날아가 버린 것인지, 그렇게 망가져 버린 신경이 마지막 티끌만큼의 이해라도 아직 뇌에 전달을 하는 것인지 생각하고 또 생각했다.

 그 뒤에는 희망이 죽었다. 그녀의 끊임없는 보살핌이 아니었다면 마지막 생명의 불꽃이 이미 오래전에 사라졌을 것이다. 아침마다 그녀는 그에게 면도를 해주고 목욕을 시켰고, 자기 손으로 그를 침대에서 의자로, 다시 또 침대로 옮겼다. 그녀는 줄곧 그의 방에 있었고, 약을 주고, 베개를 매만져 주고, 거의 인간 강아지에게 이야기하듯이 그에게 이야기를 했다. 대답이나 감사에 대한 희망도 없이, 그러나 희미한 습관적인 신념으로, 믿음이 모두 사라진 기도를 올렸다.

 적지 않은 사람들이 솔직한 느낌을 전했다. 유명한 신경 전문의도 그들 중 한 사람이었는데, 그렇게 열심히 돌보는 것은 다 소용없는 일이라고, 제프리가 만약 의식이 있었다면 차라리 죽기를 바랐을 것이라고, 그의 영혼이 더 넓은 하늘에서 떠다니고 있다면 그녀에게 그런 희생에 동의하지 않았을 것이라고, 그 영혼이 육체의 감옥에서 완전히 벗어나기만을 간절히 바랄 것이라고.

 "하지만요." 그녀는 고개를 조용히 흔들며 대답했다. "나는 제프리와 결혼했고, 결혼은 내가 그를 사랑하는 한 계속되는 거랍니다."

 "하지만, 저런 상태를 사랑할 순 없어요." 의사가 반박했다.

 "한때 내가 사랑했던 그를 나는 사랑할 수 있어요. 내가 그 외에 무엇을 할 수 있나요?"

 의사는 어깨를 으쓱하며 떠났고, 커튼 부인은 놀라운 여인이라고, 천사처럼 마음 고운 여자라고 이야기했다. 하지만 그는 지독한 애처로움으로 덧붙였다.

 "남자들이, 많은 남자들이 그녀를 돌보고 싶어 줄을 설 텐데……."

때때로, 그런 남자들이 있었다. 여기저기서 누군가가 희망을 가지고 시작했다가 존경하는 마음을 보이며 그만두었다. 그녀에겐 사랑이 없었다. 기이하게도 오직 삶에 대한 사랑, 세상 사람들에 대한 사랑만을 지니고 있을 뿐이었다. 그녀도 어렵게 사 온 음식을 나누어 준 방랑자로부터, 고기 도마 너머로 그녀에게 싸구려 스테이크 덩어리를 파는 정육점 주인에 이르기까지 그녀는 세상 사람들을 사랑했던 것이다. 그 다른 단계의 사랑은 저 표정 없이 누워 있는 산송장 안 어딘가를 메우고 있었다. 그는 마치 나침반 바늘처럼 기계적으로 햇빛을 따라 얼굴을 돌리며 묵묵히 마지막 파도가 그의 심장에 몰려오기를 기다렸다.

11년이 지난 어느 5월 밤, 그는 죽었다. 라일락 향기가 창턱을 감돌았고, 한 줄기 바람이 창밖의 개구리와 매미 울음소리를 실어오고 있었다. 룩셴은 2시에 깨어났고, 마침내 자신이 집 안에 홀로 있다는 걸 화들짝 깨달았다.

VI

그 후, 그녀는 비바람을 견뎌내며 낡은 포치에 앉아 많은 오후를 보냈다. 건너편 완만하게 굽이치며 저 아래 흰색과 초록색의 동네로 연결되는 들판을 바라보곤 했다. 그녀는 이제 그녀의 삶을 어떻게 해야 할지 생각했다. 그녀는 서른여섯, 아름답고, 강하고, 자유로웠다. 지난 세월 동안 제프리의 보험은 소진되었다. 그녀는 할 수 없이 오른쪽과 왼쪽의 땅 몇 에이커를 쪼개어 팔아야 했고, 적은 액수지만 집에 저당도 설정했다.
 남편의 죽음과 함께 심한 육체적 불안감이 찾아왔다. 그녀는 아침에 그를 돌보던 일이 그리웠다. 바쁘게 동네로 내려가 정육점과 식료품점에 들러 짧게, 따라서 강렬하게 이웃들과 나눴던 만남이 그리웠다. 그녀는 2인분을 준비하던 요리가, 그를 위한 부드러운 유동식 준비가 그리웠다. 하루는 에너지를 주체하지 못해 밖으로 나가 정원 전체를 삽으로 갈아엎었다. 오랜 세월 동안 하지 못했던 일이었다.
 그리고 그녀는 밤에는 결혼 생활의 화려함을, 그 후에는 고통을 함께했던 방에 홀로 앉아 있었다. 장차 해결하기 어려운 문제들을 생각하기보다는, 그녀는 다시 제프를 만나기 위해 마음속으로 그 아름다웠던 시절, 그 열정적으로, 정열적으로 서로에게 몰두하고 의지했던 시절로 돌아갔다. 그녀는 자주 잠에서 깨어나 누운 채 곁에 누군가 있기를, 움직이지 못하더라도 숨을 쉬는 누군가가—제프가 여전히 곁에 있기를 바랐다.
 그가 죽은 지 6개월 후 어느 오후, 그녀는 포치에 앉아 있었다. 그녀가 입은 검은 드레스는 몸매의 굴곡을 조금도 드러내지 않고 있었다. 늦가을인데도 화창한 봄날 같은 인디언서머였다. 그녀 주변 모든 것이 황금빛 갈색이었다. 고요함은 나뭇잎의 한숨으로 깨어졌고, 서쪽으로 4시의 태양이 불타는 하늘에 붉고 노란 햇살 줄기들을 떨구고 있었다. 새들은 대부분 떠났고, 참새 한 마리만이 기둥 위 처마 아래에 둥지를 짓고선 쉴 새 없이 지저귀다가 때때로 날개를 퍼덕이며 머리 위로 기운차게 날아오르곤 했다. 록센은 그 참새를 볼 수 있는 곳으로 의자를 옮겼고, 그녀의 마음은 한가로이 오후의 한가운데를 노닐었다.

해리 크롬웰이 저녁 식사를 하러 시카고에서 오고 있는 중이었다. 8년 전 이혼을 한 뒤로 그는 자주 방문을 했었다. 두 사람은 그들 사이에 전통이 되어버린 것들을 지키고 있었다. 그가 도착하면 그는 제프리를 보러 올라갔다. 해리는 침대 모서리에 걸터앉아 진심 어린 목소리로 묻고는 했다.

"자, 제프, 이 친구야, 오늘은 좀 어떤가?"

록센은 옆에 서서 제프를 골똘히 바라보고는 했다. 이 옛 친구를 어렴풋이나마 알아보는 일이 그의 망가진 정신을 스치고 지나가기를 꿈꾸며. 그러나 그의 머리는, 창백하고 조각한 듯 여위어 그의 유일한 움직임인 빛을 향해 서서히 따라가기만을 계속할 뿐이었다. 마치 그의 멀어버린 눈 뒤에서 뭔가가 오래 전에 꺼져버린 또 다른 불빛을 더듬어 찾고 있기라도 하듯이.

이런 방문이 8년 동안 계속되었다. 부활절에, 크리스마스에, 추수감사절에, 그리고 일요일에도 자주 해리는 집에 왔고, 제프를 만났고, 그리고 오래도록 록센과 포치에서 이야기를 나누었다. 그는 그녀에게 헌신적이었다. 그는 이러한 관계를 감추려고도, 더 깊이 진전시키려고도 하지 않았다. 저곳 침대 위에 누워 있는 살덩어리가 그의 가장 친한 친구였듯이 그녀 역시 그가 가장 아끼는 친구였다. 그녀는 평화였고, 그녀는 휴식이었다. 그녀는 과거였다. 그의 비극에 대해 유일하게 아는 사람이었다.

그는 장례식에 왔었지만, 그 이후로 일하던 회사에서 동부로 발령을 받았고, 출장이 있을 때만 시카고 근처로 오곤 하였다. 록센이 그에게 편지를 써서 시간이 나면 와달라고 했고, 그는 시내에서 하룻밤을 지낸 후 기차를 타고 온 것이다.

그들은 악수를 했고, 그는 그녀를 도와 흔들의자 두 개를 함께 옮겼다.

"조지는 어때요?"

"조지는 잘 있어요, 록센. 학교를 좋아하는 것 같아요."

"물론 당연히 그랬어야죠. 학교에 보내는 일 말이에요."

"물론……."

"아이가 끔찍하게 보고 싶죠, 해리?"

"네, 정말 보고 싶어요. 재미있는 아이예요."

그는 조지에 대해 이야기를 많이 했다. 록센은 관심을 보이며 재미있어했다. 다음 방학에는 아이를 꼭 데리고 오라고 했다. 그녀는 단 한 번 그 아이를 보았다. 더러운 롬퍼스를 입고 있었던 그 아이를.

그녀는 해리에게 신문을 주고 식사를 준비했다. 그녀는 오늘 밤 네 덩어리의 고기와 정원에서 직접 딴 철늦은 채소를 준비했다. 그녀는 모두 차려놓고 그를 불렀으며, 두 사람은 함께 앉아 계속해서 조지에 관한 이야기를 나누었다.

"나도 아이가 있었더라면……." 그녀는 이야기하곤 했다.

그리고 나서 해리는 투자에 관한 간단한 도움말을 주었고, 두 사람은 정원을 산책하며 잠깐씩 여기저기 멈추어서 한때 시멘트 벤치였던 것을, 또는 한때 테니스 코트가 있었던 곳을 회상했다…….

"기억나요……."

그러고는 추억의 물결을 타고 떠갔다. 그들이 모두 함께 스냅사진을 찍던 날, 제프가 송아지를 탄 사진을 찍었던 그날을. 그리고 해리가 제프와 록센이 풀밭에 온몸을 펼치고 누워 머리를 거의 맞대고 있는 모습을 그렸던 스케치를. 헛간 겸 집필실과 집을 연결하는 지붕 달린 격자 울타리를 만들 계획이었다.

그러면 제프가 비오는 날에도 오가기 편하니까. 그래서 격자 울타리를 시작했었지만, 남은 것이라곤 아직도 집에 붙어 있는 부서진 삼각형 조각 하나뿐이었고, 그것은 망가진 닭장처럼 보였다.

"그리고 그 박하 칵테일!"

"제프의 노트도요! 우리가 제프 호주머니에서 노트를 꺼내서 자료 페이지를 큰 소리로 읽으면서 얼마나 웃었는지 기억해요, 해리? 그러면 제프는 얼마나 흥분했었는지?"

"아주 펄펄 뛰었죠! 그 친구는 자기 글에 대해서는 애 같았다니까."

그들은 둘 다 잠깐 말이 없었다. 그리고 해리가 말했다.

"우리도 여기에 집을 구하려고 했었지요. 기억나요? 우리가 바로 옆의 땅 20에이커를 살 생각이었잖아요. 그러곤 함께 많은 파티를 열려고 했었는데!"

다시 말이 끊겼다가, 이번에는 록센이 낮은 목소리로 침묵을 깼다.

"소식은 들어요, 해리?"

"아? 네." 그가 차분하게 그렇다고 대답했다. "그 여자는 시애틀에 있어요. 호턴이라는 이름의 남자와 재혼했어요. 목재 재벌이라나. 그 여자보다 나이가 한참 많을 거예요."

"잘 처신하고 있대요?"

"네, 듣기로는 그래요. 모든 걸 다 가졌잖아요. 할 일이 뭐 있겠어요. 저녁 식사 때 그 남자 위해서 잘 차려입기만 하면 될 텐데요."

"그러네요." 그녀가 말하며 고개를 끄덕였다. "난 여기서 너무 오래 살아서요, 해리. 이사를 하는 일이 끔찍한 것 같아요.

간호사 훈련을 생각해 봤는데, 그러려면 여길 떠나야 하잖아요. 그래서 하숙집 아줌마가 되기로 마음을 거의 먹었어요."

"하숙 일을 하겠다고요?"

"아니요, 경영을 하는 거죠. 하숙집 아줌마가 뭐 특별히 다른 게 있겠어요? 어쨌든 검둥이 여자 한 사람 데리고서 여름에는 여덟 명, 겨울에도 구할 수 있다면 두세 명 정도 받을 거예요. 물론 집도 다시 페인트칠을 하고 내부도 점검을 해야 할 거고요."

해리가 생각을 해보았다.

"록센, 저, 당연히 당신은 당신이 가장 잘 할 수 있는 일을 알 거예요. 그런데 좀 놀랍기는 하군요, 록센. 당신은 이곳에 새 신부로 왔었는데."

그녀가 말했다. "아마도 그래서 제가 여기 하숙집 아줌마로 남는 것에 개의치 않는 걸 거예요."

"그 비스킷 한 판 구웠던 것 기억나요."

"아, 그 비스킷요." 그녀가 말했다. "난 아직도, 당신이 그걸 다 먹어치웠다는 이야기를 듣고서는 그 비스킷들이 그다지 맛없었을 리는 없다고 생각해요. 그날 나는 너무 우울했지만, 간호사에게서 비스킷 이야기를 듣고서는 웃었지요."

"서재 벽에 아직도 제프가 박았던 못 자국이 열두 개 그대로 있더군요."

"네."

이제 날이 상당히 어두워지고 있었고, 공기도 차가워졌다. 바람이 약하게 휙 하고 불면서 마지막 나뭇잎들을 흩날려 떨어뜨렸다. 록센이 살짝 몸을 떨었다.

"들어가는 게 좋겠어요."

그가 손목시계를 보았다.

"늦었어요. 저는 가봐야겠어요. 내일 동부로 갑니다."

"꼭 가셔야 해요?"

그들은 한동안 층계 바로 아래에 머무른 채 눈으로 가득 찬 것처럼 보이는 달이 저 멀리 호수가 있는 곳으로부터 떠오는 것을 바라보았다. 여름은 가고 이제 인디언서머다. 잔디는 차갑고 안개도 이슬도 없었다. 그가 떠나면, 그녀는 안으로 들어가서 덧문들을 닫을 것이고, 그는 길을 내려가 마을로 갈 것이었다. 이들 두 사람에게 삶은 빨리 와서 빨리 지나갔으며, 쓸쓸함을 남기지는 않았지만 연민을 남겼고, 환멸을 남기지 않았지만 오직 아픔만을 남겼다. 벌써 달빛이 가득했다. 두 사람은 악수를 나누었다. 서로의 눈에 담긴 호의를 서로가 볼 수 있었기에.

이키 씨

유별남의 정수 1막

이 장면은 웨스트이사크셔에 있는 작은 시골집 외부, 매우 목가적인 8월의 오후를 배경으로 한다. 엘리자베스 여왕 시대 농부의 복장을 예스럽게 입은 이키 씨가 항아리들과 가금류 사이로 천천히 돌아다니며 이런저런 일들을 하고 있다. 그는 노인이다. 인생의 전성기가 한참 지났고 더 이상 젊지 않다. 말을 할 때 발음이 분명하지 않고, 무심하게 외투를 뒤집어 입은 것으로 보아 그는 인생의 평범한 피상적인 단계보다 위이거나 아래이거나 한 것으로 짐작할 수 있다.

근처 풀밭 위에는 어린 소년 피터가 누워 있다. 피터는 물론, 어린 시절의 월터 롤리 경(卿)[1]의 그림들처럼 손바닥으로 턱을 괴고 있다. 그는 진지하고 침울한, 심지어는 장송의 분위기까지 풍기는 회색 눈을 포함하여 완벽한 용모를 가지고 있다. 그리고 생전 먹어본 적이 없는 것 같은 매혹적인 분위기를 풍기고 있다. 이 분위기는 소고기로 저녁을 먹은 후 그 여운이 남는 동안 가장 빛을 발한다. 그는 아주 흥미롭게 이키 씨를 쳐다보고 있다.

침묵……. 새들의 노랫소리.

피터: 밤에 자주 창가에 앉아 별들을 봐요. 가끔 그 별들이 내 별들이라는 생각이 들어요……. (심각하게) 언젠가 나도 별이 될 거라 생각해요…….

이키 씨: (건성으로) 그래, 그래……. 그래…….

피터: 다 알지는 못해요. 금성, 화성, 해왕성, 글로리아 스완슨.[2]

이키 씨: 나는 천문학에 관심이 없단다……. 나는 런던을 생각하고 있었다, 애야. 그리고 내 딸이 걱정되어 전화를 하려고, 그 아이는 타이피스트가 되려고 갔는데……. (한숨을 쉰다.)

피터: 나는 얼사를 좋아했어요, 이키 씨. 그녀는 아주 통통하고, 둥글고, 풍만했어요.

이키 씨: 종이를 채워 넣어 부풀린 거다, 쓸데없이, 애야. (잡동사니가 쌓인 것에 걸려 비틀거린다.)

피터: 천식은 좀 어떠세요, 이키 씨?

이키 씨: 더 나빠졌어, 젠장……! (우울하게) 난 백 살이야……. 점점 쇠약해지고 있어.

피터: 이키 씨가 보잘것없는 방화를 그만둔 후로 그래도 사는 게 평온해졌을 것 같은데요.

이키 씨: 그래…… 그래……. 있잖니, 피터, 애야, 내가 쉰 살 때 나도 한때 교정이 됐었다. 감옥에서.

피터: 그런데 또 잘못된 거예요?

이키 씨: 그것보다 더 나쁜 경우다. 형기가 끝나기 일주일 전에, 사형시킬 건강한 젊은 죄수의 분비 기관들을 나한테 이식을 시켜야겠다는 거야.

피터: 그래서 새로운 기력을 되찾으셨나요?"

이키 씨: 새로운 기력! 그러기는커녕 예전의 넉으로 다시 돌아왔다고! 이 젊은 범죄자는 명백한 교외 지역 강도에다 병적인 절도범이었어. 그에 비하면 장난삼아 저지르는 방화는 아무것도 아니었지!

피터: (놀라서) 정말 소름 끼치는 일이네요! 과학은 엉터리예요.

이키 씨: (한숨 쉬며) 이제는 그 친구를 잘 억누르고 있어. 살면서 분비 기관을 두 벌이나 지치도록 써야 하는 거, 누구나 그런 건 아니잖아? 난 고아원에 있는 모든 동물의 영혼을 다 준다고 해도 분비 기관을 또 받지는 않겠어.

피터: (생각에 잠기며) 훌륭하고 마음 좋은 늙은 목사의 것이라면 거부하실 것 같지 않은데요.

이키 씨: 목사는 분비 기관이 없단다. 그 사람들은 영혼이 있지.

(무대 밖에서 낮게 울려 퍼지는 경적 소리가 아주 가까운 곳에 커다란 자동차가 멈추었음을 알린다. 그러고는 젊은 남자가 양복을 멋지게 차려입고, 에나멜 가죽과 실크로 만든 모자를 쓰고 무대 위로 나타난다. 그는 아주 세속적이다. 다른 두 사람의 영적인 모습과 대조되는 것이 멀리 발코니의 첫 줄에서 보일 정도다. 그는 로드니 디바인이다.)

디바인: 얼사 이키를 찾고 있습니다.

(이키 씨가 두 마리의 가금류 사이에서 몸을 떨며 일어나 똑바로 선다.)

이키 씨: 내 딸은 런던에 있소.

디바인: 그녀가 런던을 떠났습니다. 이리로 오고 있어요. 그

녀를 따라왔지요.

(그는 옆에 메고 있던 진주색 작은 가방에 손을 넣어 담배를 찾는다. 담배 하나를 꺼내고 성냥불을 당긴 다음 담배에 가져간다. 담배에 곧 불이 붙는다.)

디바인: 기다리겠습니다.

(그는 기다린다. 몇 시간이 흐른다. 아무런 소리도 들리지 않는다. 이따금씩 짐승들 사이에서 서로 싸우는지 꽥꽥대거나 쉿쉿거리는 소리만이 들려왔다. 여기서 디바인이 노래 몇 곡을 들려주거나 카드 마술을 보여 주고, 또는 원한다면 재주를 넘을 수도 있다.)

디바인: 여긴 아주 조용하군요.

이키 씨: 그래, 아주 조용하지…….

(갑자기 화려하게 옷을 입은 젊은 여자가 등장한다. 매우 세속적이다. 여자는 얼사 이키이다. 그녀의 얼굴은 초기 이탈리아 회화 특유의 못생긴 얼굴이다.)

얼사: (거칠고 세속적인 목소리로) 아부지! 제가 왔어요! 얼사가 어쨌다고요?

이키 씨: (떨면서) 얼사, 우리 얼사.

(두 사람은 서로를 얼싸안는다.)

이키 씨: (바라는 목소리로) 밭 가는 일 도와주러 돌아왔구나.

얼사: (샐쭉해서) 아뇨, 아부지. 밭 가는 일은 너무 힘들어요. 안 하는 편이 낫겠어요.

(그녀가 심한 사투리를 쓰기는 해도 말의 내용은 다정하고 깔끔하다.)

디바인: (달래는 투로) 여기 봐요, 얼사. 서로 이해를 합시다.

(그는 그녀를 향해 앞으로 간다. 그의 발걸음은 우아하고 보폭

이 일정해서 케임브리지 대학의 걷기 팀의 주장을 해도 될 정도다.)

얼사: 당신은 아직도 잭일 거라는 거예요?

이키 씨: 쟤가 무슨 소리를 하는 거지?

디바인: (친절하게) 물론 잭이죠. 프랭크가 될 수는 없어요.

이키 씨: 프랭크 누구?

얼사: 프랭크일 거예요!

(여기서 약간 아슬아슬한 농담이 나와도 좋다.)

이키 씨: (건성으로) 싸움은 안 좋아······. 싸움은 안 좋아······.

디바인: (그녀의 팔을 다독거리기 위해 팔을 내미는데, 그 힘 있는 동작은 옥스퍼드 대학의 보트 팀의 정조수를 해도 될 정도이다.) 나와 결혼해요.

얼사: (비웃으며) 왜요, 당신 집에선 하인 출입구로도 들여보내지 않을걸요.

디바인: (화를 내며) 그리로는 들여보내지 않을 거요! 절대 두려워 마요. 당신은 주인 마님 대문으로 들어갈 거요.

얼사: 선생님!

디바인: (당황하여) 미안해요. 내 말뜻을 알겠어요?

이키 씨: (종잡을 수 없어 신경이 곤두선다.) 자네가 우리 얼사와 결혼을 하고 싶다고······?

디바인: 네, 그렇습니다.

이키 씨: 과거는 깨끗하고?

디바인: 훌륭합니다. 저는 세계에서 가장 훌륭한 체질입니다······.

얼사: 그리고 법적으로는 최악이죠.

디바인: 이튼 스쿨에서 사교 토론 클럽 회원이었습니다. 럭

비에서는 니어비어 팀에 속했고요. 작은아들인 저는 경찰이 되기로 되어······.

이키 씨: 그 이야기는 건너뛰고······ 돈은 있나······?

디바인: 아주 많죠. 아침마다 얼사는 큰 차를 타고 시내로 갈 겁니다.?롤스로이스 두 대로요. 또 작은 차도 있고, 개조한 탱크도 있어요. 오페라 극장에 좌석도 있고······.

얼사: (샐쭉하여) 특등석이어야 잠을 잘 수 있죠. 그리고 난 당신이 클럽에서 면직됐다고 들었어요.

이키 씨: 면장······?

디바인: (고개를 떨구며) 면직됐어요.

얼사: 무슨 일 때문에요?

디바인: (거의 들리지 않게) 어느 날, 내가 장난삼아 폴로 공을 숨겼거든요.

이키 씨: 자네 정신은 똑바른가?

디바인: (침울하게) 괜찮습니다. 게다가 똑똑하다는 게 뭡니까? 단순히, 아무도 보지 않을 때 씨를 뿌리고, 다들 있을 때는 거두어들이는 재주지요.

이키 씨: 조심하게······. 난 내 딸을 어려운 경구(警句)에게 주진 않을 거야······.

디바인: (더 침울해져서) 말씀드리지만, 저는 아주 평범하게 말을 합니다. 종종 타고난 생각의 단계까지 내려가지요.

얼사: (무심하게) 당신이 하는 말은 하나도 중요하지 않아요. 나는 잭일 거라고 생각하는 사람과는 결혼할 수 없어요. 왜 프랭크가······.

디바인: (말을 끊으며) 말도 안 돼!

얼사: (단호하게) 당신은 바보예요!

이키 씨: 쯧쯧……! 자애로움을…… 비판해서는 안 된다, 얘야. 네로가 한 말이었던가? '누구에게도 악의를 품지 말며, 모두에게 자애심을 가져라.'

피터: 네로가 아니에요. 존 드링크워터가 한 말이죠.[3]

이키 씨: 말해 봐라! 이 프랭크란 사람이 누구냐? 잭이 누구냐?

디바인: (시무룩하게) 고치.[4]

얼사: 뎀프시.[5]

디바인: 우리는, 그 두 사람이 서로 죽여야 하는 원수라면, 그래서 한 방에 함께 가두면 누가 살아서 나올지 논쟁하고 있었어요. 나는 잭 뎀프시가 이길 거…….

얼사: (화를 내며) 당치 않아! 그 사람은 전혀…….

디바인: (재빨리) 당신이 이겼어.

얼사: 그렇다면, 난 다시 당신을 사랑해요.

이키 씨: 그럼 난 우리 예쁜 딸을 잃는 거구나…….

얼사: 아버진 아직도 집 안 가득 아이들이 많잖아요.

(얼사의 오빠인 찰스가 집에서 나온다. 그는 바다에 나가는 복장이다. 밧줄을 감아서 어깨에 메었고, 목에는 닻을 걸고 있다.)

찰스: (그들을 보지 못하고) 나는 바다로 나갑니다! 바다로 나갑니다! (목소리가 의기양양하다.)

이키 씨: (슬프게) 너는 오래전에 씨를 뿌린다고 나갔지.

찰스: 책을 읽고 있었어요, 『콘래드』[6]를요.

피터: (꿈꾸듯이) 『콘래드』! 아! 『바다에서 보낸 2년』,[7] 헨리 제임스가 쓴 소설이죠.

찰스: 네?

피터: 『로빈슨 크루소』의 월터 페이터 판이죠.[8]

찰스: (아버지에게) 난 여기 남아서 아버지와 썩을 순 없어요. 난 내 인생을 살고 싶다고요. 나는 뱀장어를 잡고 싶어요.

이키 씨: 난 여기 있으마……. 네가 돌아오면…….

찰스: (아랑곳하지 않고) 아, 벌레들은 아버지 이름을 들으면 벌써부터 입맛을 다신다고요.

(등장인물 중 몇 명은 한동안 이야기를 하지 않았음을 알아차릴 것이다. 그들이 신나는 색소폰 곡이라도 연주할 수 있다면 기법상의 문제를 개선할 수 있을 것이다.)

이키 씨: (슬픔에 잠겨) 이 골짜기들, 이 산들, 이 매코믹표 수확 기계들, 이 모든 것들이 내 자식들에게는 아무런 의미도 없구나. 나는 이해한다.

찰스: (좀 더 부드럽게) 그렇다면 아버지도 저를 진심으로 생각하셔야죠, 아버지. 이해하는 것이 용서하는 것이랍니다.

이키 씨: 아니…… 아니……. 우리는 우리가 이해하는 사람들을 절대 용서하지 않는다……. 우리는 아무런 이유도 없이 우리에게 상처 입힌 사람들을 용서할 수 있을 뿐이다…….

찰스: (참을성 없이) 저는 아버지의 그 인간성에 대한 대사도 아주 질렸어요. 어쨌든 난 여기 있는 시간들이 싫어요.

(이키 씨의 자녀 수십 명이 더 집에서 나온다. 풀밭으로, 항아리와 짐승들 위로 나온다. 그들은 중얼거린다. "우리는 멀리 갑니다." 그리고 "우리는 아버지를 떠납니다.")

이키 씨: (가슴이 찢어지듯) 모두 나를 버리고 떠나는구나. 내가 그동안 너무 잘해 주었구나. 매를 아끼면 재미를 망친다더니. 아, 비스마르크의 강철 같은 분비 기관이 있어야 했는데!

(밖에서 자동차 경적 소리가 울린다. 아마도 디바인의 운전기사가 주인을 기다리다 짜증이 커지는 모양이다.)

이키 씨: (비탄에 잠겨) 저 아이들은 흙을 사랑하지 않는구나! 저 아이들은 위대한 감자 전통에 믿음이 없었구나! (그는 열정적으로 흙을 한 줌 쥐어 올리더니 그의 대머리 위에 흙을 문지른다. 머리카락이 자란다.) 아, 워즈워드여, 워즈워드여, 당신이 말한 것이 정녕 진실이었소!⁹⁾

"이제 그녀는 움직임도 힘도 없다,
그녀는 듣지도 느끼지도 못한다,
세상의 운행과 함께 돌고 있도다,
누군가의 올즈모빌 자동차 안에서."

(그들은 모두 투덜거리며 외친다. "인생." 그리고 "재즈." 그러고는 무대 양옆을 향해 움직인다.)

찰스: 다시 흙으로 돌아가라고요, 네! 나는 십 년이나 흙을 저버리려고 노력했어요!

다른 자식: 농부들이 이 나라의 근간일지도 모르죠. 하지만 누가 근간이 되고 싶어 하나요?

다른 자식: 난 내가 샐러드만 먹을 수 있다면 누가 상추를 캐든 상관하지 않는다고요!

모두: 인생! 심리 연구! 재즈!

이키 씨: (애써 노력하며) 내가 유별난가 보다. 남은 건 그게 다야. 중요한 건 인생이 아니라, 네가 인생에 가져다주는 유별남이다…….

모두: 우리는 리비에라를 따라 내려갈 거예요. 피카디리서커스[10]로 가는 표를 구했어요. 인생! 재즈!

이키 씨: 기다려라. 성경 구절을 읽어주마. 아무 데나 펴보

자. 항상 상황에 맞는 무언가를 찾을 수 있지. (그는 잡동사니들 가운데 펼쳐 있던 성경책을 찾아서 아무 데나 열고 읽기 시작한다.) "아납과 이스테모와 아님, 고손과 올론과 질로, 열한 개의 도시와 그 마을들. 아랍과 루마 그리고 에소……."

찰스: (잔인하게) 반지 열 개를 더 사서 다시 시작해 보세요.

이키 씨: (다시 한다.) "얼마나 아름다운가, 나의 사랑, 얼마나 아름다운가! 그 안에 숨겨진 그대의 눈동자는 비둘기 같고, 그대의 머리채는 길르앗 산을 오르는 염소 무리 같구나." 흠! 좀 거친 구절이구나…….

(그의 자식들은 무례하게 그를 비웃고 소리친다. "재즈!" 그리고 "모든 인생은 원래 시사적이다!")

이키 씨: (낙담하여) 오늘은 잘 안 되는구먼. (희망적으로) 어쩌면 습해서 그럴지도 몰라. (공기를 느껴본다.) 그래, 습해서 그래……. 물기가 있었어……. 그래서 안 되는 거야.

모두: 습해서 그래! 그래서 안 되는 거야! 재즈!

자녀들 중 한 사람: 어서 와, 6시 30분 기차를 타야 해.

(어떤 몸짓이나 대사가 여기에 들어와도 좋다.)

이키 씨: 잘 가거라…….

그들은 모두 퇴장한다. 이키 씨 혼자 남겨졌다. 그는 한숨을 쉬고 집의 계단을 올라가서는 누워 눈을 감는다.

어스름이 내리고, 무대에는 땅에서도 바다에서도 결코 본 적이 없는 빛으로 가득 채워진다. 들리는 소리라고는, 양치기 아내가 멀리서 하모니카로 부는 베토벤 교향곡 10번의 아리아가 전부이다. 커다란 흰색과 회색의 나방들이 위에서 내려와서는 노인 위에 내려앉아 완전히 뒤덮는다. 그래도 그는 움직이지 않는다.

막이 여러 번 오르락내리락하며 몇 분의 시간이 흘렀음을 표시한다. 훌륭한 희극적 효과를 내려면, 이키 씨를 막에 매달리게 해서 막이 오르락내리락하면 될 것이다. 또 이때 반딧불이나 와이어를 단 요정들을 도입할 수도 있을 것이다.

피터가 등장한다. 얼굴에는 거의 바보스러울 정도의 친절한 표정이 나타나 있다.

그는 손으로 무언가를 꼭 쥐고는 때때로 황홀하게 그것을 바라보았다. 노력한 끝에 그는 그것을 노인의 몸 위에 올려놓고는 조용히 물러선다.

나방들이 그들끼리 재잘거리더니 갑자기 날아오르며 흩어졌다. 밤이 깊어졌지만 아직도 광채가 나고 있다. 작고, 하얀, 동그란 그것은 웨스트이사크서 바람에 섬세한 향기를 불어넣고 있었다. 그것은 피터의 사랑의 선물, 나프탈렌 알이었다.

(연극은 여기서 끝날 수도 있고, 무한대로 계속될 수도 있다.)

제미나, 산 아가씨

이 이야기가 '문학'인 척하지는 않겠다. 이것은 '스토리'를 원하지, '심리적' 요소와 '분석'으로 잔뜩 채워진 것은 바라지 않는 혈기왕성한 사람들을 위한 하나의 이야기일 뿐이다. 아, 당신은 이 이야기를 좋아할 것이다! 여기서 읽고, 영화로 보고, 축음기로 틀어보고, 재봉틀에도 돌아가게 하라.

야성의 소녀

켄터키 산속의 밤이었다. 사나운 산들이 사방에 솟아 있었다. 빠른 속도의 시냇물들이 산을 따라 오르고 내리며 급하게 흐르고 있었다.

제미나 탠트럼은 시냇가로 내려와 집안의 증류기로 위스키를 양조하고 있었다.

그녀는 전형적인 산 아가씨였다.

그녀는 맨발이었다. 크고 힘센 손은 무릎 아래로 내려왔다.

그녀의 얼굴은 일의 고단함을 드러내고 있었다. 겨우 열여섯 살이었음에도 그녀는 벌써 십여 년 동안 산 위스키를 양조하여 늙은 아빠와 엄마를 부양했다.

때때로 그녀는 일을 멈추고 국자 가득 기운을 북돋아 주는 순수한 술을 채워 마셨으며, 그러고는 다시 새롭게 기운을 내어 하던 일을 계속했다.

그녀는 호밀을 큰 통에 넣고 발로 밟아 탈곡을 했고, 20분이면 완성된 생산물이 제조되곤 했다.

불현듯 들리는 소리에 그녀는 국자를 비우던 동작을 멈추고 쳐다보았다.

"안녕." 어떤 목소리가 들려왔다. 사냥용 부츠를 신은 한 남자의 목소리였다. 그는 목을 만지면서 숲에서 나오고 있었다.

"안녕, 아저찌." 그녀가 무뚝뚝하게 말했다.

"탠트럼의 오두막으로 가는 길을 알려주겠어요?"

"저 아래 동네서 온 사람이어요?"

그녀가 손으로 아래편 산자락을 가리켰다. 그곳에는 루이빌이 자리하고 있다. 그녀는 한 번도 그곳에 가보지 않았다. 하지만 한 번, 그녀가 태어나기 전, 그녀의 증조할아버지 고어 탠트럼이 두 사람의 보안관과 함께 동네로 간 후 다시는 돌아오지 않았다. 그래서 탠트럼 집안은 대대로 문명을 두려워하게 되었다.

남자는 흥미로워졌다. 그는 맑고 가벼운 웃음을 지었다. 그것은 필라델피아 사람의 웃음이었다. 그렇게 울리는 웃음소리의 뭔가가 그녀를 두근거리게 했다. 그녀는 위스키를 또 한 국자 마셨다.

"탠트럼 씨는 어디 있나요, 아가씨?" 그가 물었다. 친절함이 배어 있었다.

그녀가 한 발을 들고는 엄지발가락으로 숲을 가리켰다.

"저어기 소나무 숲 뒤에 저어기 오두막이 있어요. 탠트럼 영감이 우리 아부지이어요."

마을에서 온 남자가 고맙다고 인사를 하고 성큼성큼 멀어져 갔다. 그는 젊음과 매력으로 생동감이 넘쳐나고 있었다. 그는 걸어가며 휘파람을 불고, 노래를 불렀으며, 손으로 땅을 짚으며 재주를 넘고, 또 그냥 풀쩍 돌기도 했다. 그는 산속의 신선하고 시원한 공기를 들이마셨다.

증류소 주변의 공기는 와인 같았다.

제미나 탠트럼은 그가 숲으로 들어가는 것을 바라보고 있었다. 한 번도 그런 사람이 그녀 앞에 나타난 일이 없었다.

그녀는 풀밭에 앉아 발가락을 세었다. 그녀는 열하나까지 세었다. 그녀는 산골 학교에서 산수를 배웠다.

산속의 다툼

십 년 전 동네에서 온 한 여자가 산속에 학교를 열었다. 제미나는 돈이 없었지만 대신 위스키로 보답을 했다. 아침마다 위스키를 한 들통씩 가지고 가서 라파르주 선생님의 책상에 놓아두곤 했다. 라파르주 선생님은 일 년 동안 가르친 후 알코올 중독에 의한 정신착란으로 죽었고, 제미나의 교육도 중단되었다.

증류소 시내 건너편에는 또 다른 증류소가 여전히 서 있었다. 돌드럼 집안의 증류소였다. 돌드럼 집안과 탠트럼 집안은 전혀 왕래가 없었다.

그들은 서로를 증오했다.

오십 년 전 젬 돌드럼과 젬 탠트럼이 탠트럼의 오두막에서 슬랩잭 카드놀이를 하다 말다툼을 했다. 젬 돌드럼이 하트 킹 카드를 젬 탠트럼의 얼굴에 던졌고, 화가 난 탠트럼은 돌드럼에게 다이아몬드 9를 던졌다. 곧 다른 돌드럼 식구들과 탠트럼 식구들까지 합세하여 작은 오두막에는 날아다니는 카드로 가득하게 되었다. 어린 하스트럼 돌드럼이 바닥에 큰 대자로 누워 성이 나서 몸부림을 치더니 하트 에이스 카드를 입으로 쑤셔 넣고 삼켜버렸다. 문가에 서서 카드를 한 장 한 장 던지던 젬 탠트럼의 얼굴은 극한 증오로 빛났다. 탠트럼 부인은 테이블 위에 올라서서 뜨거운 위스키를 돌드럼 사람들에게 뿌리고 있었다. 헤크 돌드럼은 마침내 트럼프 카드가 다 떨어지자 담배 주머니로 좌우를 치면서 집안사람들을 불러 모아 집에서 물러나왔다. 그러고는 자신들의 소에 올라타 거칠게 소를 몰아서 집으로 돌아갔다.

그날 밤 돌드럼 영감과 아들들은 복수를 맹세하면서 다시 돌아가 탠트럼네 창문에 쩍각거리며 가는 시계를 놓고 초인종에는 핀을 박아놓은 후 퇴각했다.

일주일 후 탠트럼 사람들은 간유 기름을 돌드럼의 증류기에 부었고, 그래서, 해마다 이 싸움은 계속되어 한 가족이 완전히 초토화되면, 다음번에는 다른 가족이 당하곤 했다.

사랑의 탄생

제미나는 매일 시내의 이쪽 편 증류기에서 일을 하였고, 보스코 돌드럼은 건너편 그쪽 증류기에서 일을 했다.

때때로, 자동적으로 물려받은 증오심으로 두 사람은 서로에게 위스키를 던지기도 했고, 그래서 제미나는 프랑스 요리 같은 냄새를 풍기며 집으로 돌아오기도 했다.

그러나 지금 제미나는 생각에 잠긴 나머지 시내 건너편을 쳐다보지 않았다.

그 낯선 남자는 정말 멋졌고, 정말 기이하게 옷을 입고 있었다! 그녀는 나름의 순진한 사고방식으로 문명화된 동네라는 것의 존재를 아예 믿지 않고 있었고, 그것을 믿는 것은 산골 사람들 특유의 고지식함이라 생각했었다.

그녀는 오두막을 향해 돌아섰다. 그녀가 돌아설 때 무언가 그녀의 목을 때렸다. 스펀지였다. 시내 건너편에서 보스코 돌드럼이 스펀지를 자기네 증류기 위스키에 적셔 던진 것이다.

"안녕, 보스코 돌드럼." 그녀는 깊은 저음의 목소리로 소리쳤다.

"야! 제미나 탠트럼. 하, 맞혔지!" 그가 말했다.

그녀는 집을 향해 가던 길을 계속 갔다.

그 낯선 사람이 그녀의 아버지에게 이야기를 하고 있었다. 탠트럼의 땅에서 금이 발견되었고, 그 낯선 사람, 에드거 에디슨은 그 땅을 노래 한 곡에 사려고 하는 중이었다. 그는 어떤 노래를 제안해야 할까 생각하고 있었다.

그녀는 끼어들지 않고서 그를 지켜보았다.

그는 멋졌다. 그가 이야기할 때 그의 입술이 움직였다.

그녀는 난로 위에 앉아서 그를 지켜보았다.

갑자기 등골이 오싹해지는 고함 소리가 들려왔다. 탠트럼 사람들이 창가로 몰려갔다.

돌드럼 사람들이었다.

그들은 자기들의 소들을 나무에 매어두고 덤불과 꽃 뒤에 숨어 있었다. 그리고 곧 돌과 벽돌들이 엄청난 소리를 내며 와르르 창문들을 두드리더니 안으로 쏟아져 들어왔다.

"아버지! 아버지!" 제미나가 비명을 질렀다.

아버지는 벽의 새총 선반에서 새총들을 가져와 손으로 고무줄을 다정하게 쓰다듬었다. 그러고는 벽의 구멍에 다가섰다. 어머니 탠트럼도 석탄 투입구로 다가섰다.

산속의 전투

낯선 사람이 마침내 화가 났다. 돌드럼 사람들에게 화가 치민 그는 굴뚝으로 기어 올라가 집에서 빠져나가려고 시도했다. 그러다 그는 침대 아래에 문이 있을지도 모른다고 생각했지만, 제미나가 그곳에 문은 없다고 말해 주었다. 그는 침대들마다, 소파들마다 그 아래에 문이 있나 찾으러 다녔지만, 그때마다 제미나가 그를 잡아당겨 끌어내며 거기엔 문이 없다고 말해 주었다. 분노에 치민 그는 문을 두드리며 돌드럼 사람들에게 고함을 질렀다. 돌드럼 사람들은 그에게 대꾸하지 않고 줄기차게 벽돌과 돌을 창문에 던지는 사격을 계속했다. 아버지 탠트럼은 그들이 틈을 만드는 순간 몰려들어 올 것이고, 그러면 싸움은 끝난다는 것을 알았다.

그때 헤크 돌드럼이 입에 거품을 물었다 바닥에 뱉으며 왼쪽으로 오른쪽으로 공격을 지휘하고 있었다.

아버지 탠트럼의 멋진 고무줄총이 효과를 발휘하고 있었다.

숙달된 그의 새총에 돌드럼 한 사람을, 그리고 또 한 사람을 쓰러뜨렸고, 거의 끊임없이 복부를 맞추며 미약하게나마 계속 싸워 나갔다.

점점 더 가까이 그들이 집에 가까워지고 있었다.

"우리는 도망가야 해요." 그 낯선 남자가 제미나에게 외쳤다. "내가 날 희생해서 당신을 피신시키겠어요."

"안 돼." 명예가 손상된 얼굴로 아버지가 소리쳤다. "당신은 여기 남아서 계속 싸워라. 내가 제미나를 구한다. 내가 엄마를 구한다. 내가 나를 구한다."

동네에서 올라온 남자는 창백해진 채 분노로 몸을 떨며 햄탠트럼을 향했다. 그는 문가에서 전진하고 있는 돌드럼 사람들에게 구멍들을 통해 쏘아대고 있었다.

"퇴각할 테니 엄호해 주겠소?"

그러나 햄은 그 역시 탠트럼 사람들을 구해야 한다고, 하지만 방법이 떠오르면 자기가 여기 남아 낯선 사람의 퇴각을 엄호하도록 돕겠다고 말했다.

곧 연기가 바닥과 천장을 스며 들어오기 시작했다. 쉠 돌드럼이 다가와 자펫 탠트럼이 총구멍에서 뒤로 몸을 젖혔을 때 그의 입김에 성냥을 갖다 대었고, 그러자 알코올이 당긴 불꽃이 사방으로 퍼져 나갔다.

욕조에 담겨 있던 위스키에 불이 붙었다. 벽이 무너지기 시작했다. 제미나와 동네에서 올라온 남자가 서로를 쳐다보았다.

"제미나." 그가 속삭였다.

"낯선 사람." 그녀가 대답했다.

"우리는 함께 죽을 거예요." 그가 말했다. "우리가 만약 살았더라면 당신을 도시로 데리고 가서 결혼했을 텐데. 술에 취하지 않는 당신 능력이라면, 당신의 사회적 성공은 보장되었을 거요."

그녀가 잠시 그를 무심하게 어루만졌다. 속으로 천천히 발가락을 세면서. 연기는 점점 짙어졌다. 그녀의 왼쪽 다리에 불이 붙었다.

그녀는 인간 알코올 램프였다.

그들의 입술이 만나 길고 긴 키스가 이어졌고, 그때 그들 위로 벽이 무너져 내리고 그들은 사라졌다.

'하나가 되어'

돌드럼 사람들이 불꽃을 뚫고 들어왔을 때 쓰러진 자리에서 죽어 있는 두 사람을 발견했다. 그들은 팔로 서로를 감싸 안고 있었다.

늙은 젬 돌드럼이 감동을 받았다.

그가 모자를 벗었다.

그는 모자를 위스키로 채우더니 다 마셨다.

"죽었구먼." 그가 천천히 말했다. "서로를 좋아했구먼. 이제 싸움은 끝났어. 저 두 사람을 떼어놓아선 안 돼."

그래서 그들은 두 사람을 함께 시내로 던졌고, 그들이 만든 두 개의 첨벙 소리는 그들이 하나 되어 만든 것이었다.

주해

젤리빈
1) 옷을 잘 차려입은 젊은이란 뜻의 1920년대 유행어. 여기서는 건달의 의미로 사용됨.
2) 남부와 북부의 경계선.
3) 뉴올리언스에서 사육제 마지막 날 열리는 유명한 축제.
4) 애인이라는 뜻도 있음.
5) 1차 세계대전 중 모집한 전시 공채.
6) 위스키에 소다수와 얼음을 넣은 것.
7) 1차 세계대전 당시 유명했던 영국 여배우. 당대 최고의 미인으로 꼽힘. 낸시 라마는 고디바 부인과 혼동한 것으로 보임.
8) 주사위 두 개를 던져서 나오는 숫자를 이용하는 게임.
9) 주사위를 굴릴 때 행운을 부르는 주문.

낙타의 뒷부분
1) 컵을 입술에 가져가는 사이에도 일을 그르칠 수 있다는 표현.
2) 탐탁지 않은 것.
3) 묵은 폐단을 일소하는 신임자.
4) 상반신을 감싸는 삼각형의 옷.
5) 무용의 여신.

6) 모조 다이아몬드.

노동절
1) 예일 대학이 있는 도시.
2) 하와이의 현악기.
3) 예일 대학 정기 댄스파티.
4) 예일 대학의 교색.

자기와 핑크
1) 당시의 광고 상품과 문구를 조합한 노래.
2) 오스카 와일드의 시. 줄리가 착각하고 있음.
3) 프랑스 혁명가.
4) 시미(shimmy), 일종의 재즈 춤. 오페레타 *Chimes of Normandy*를 잘못 읽음.
5) 미국 극작가.

리츠칼튼 호텔만큼 커다란 다이아몬드
1) 그리스 신화에서 저승 세계의 이름과 같다.
2) 그리스 신화에서 손에 닿는 모든 것을 황금으로 바꾸는 왕의 이름과 같다.
3) 최고급 벨벳.
4) 셰익스피어의 「한여름 밤의 꿈」 등장인물.
5) 16세기 프랑스 소설 『가르강튀아와 팡타그뤼엘』에 등장하는 거인.
6) '키스마인(Kismine)'이라는 이름에서 kiss mine을 연상한 것.
7) 복수의 여신.
8) 그리스 신화에서 하데스가 저승을 의미하기 때문이다.

벤자민 버튼의 시간은 거꾸로 간다
1) 구백 년 넘게 산 성경 속 인물.
2) 링컨의 암살자.

칩사이드의 타르퀴니우스
1) 그리스도·성도·순교자의 사적·기적을 다룬 중세의 연극.

2) 셰익스피어의 작품.

오 빨간 머리 마녀!
1) '하느님 맙소사!' 란 뜻의 프랑스어.
2) 실버 본스(Silver Bones). 직역하면 '늙은 뼈' 라는 뜻.

행복이 남은 자리
1) 일차대전 중 독일과 미국의 격전지.
2) 브로드웨이 뮤지컬.
3) 1890년대 최고 패션 스타일.
4) 태평양을 처음 발견한 스페인 탐험가.
5) 아래위가 붙은 아기 옷.

이키 씨
1) 엘리자베스 시대 탐험가.
2) 무성영화 시대 스타.
3) 에이브러햄 링컨이 한 말이다.
4) 프랭크 고치. 유명한 레슬링 선수.
5) 잭 뎀프시. 유명한 권투 선수.
6) 조셉 콘래드. 해양 소설가. 책 제목으로 착각하고 있음.
7) 리처드 헨리 데이너의 소설 *Two Years Before the Mast*.
8) 월터 페이터는 수필가로 전혀 말이 되지 않는 이야기다.
9) 아래는 워즈워드의 시 *A Slumber Did My Spirit Seal*을 패러디한 것이다.
10) 런던의 쇼핑·유흥 중심가.